KB066251

크로스토크 1

CROSS TALK

크로스토크 1

코니 윌리스 지음 **최세진** 옮김

아작

일러두기

1. 이 책은《Crosstalk》를 두 권으로 나누어 옮긴 것입니다.
2. 모든 각주는 옮긴이의 것입니다.
3. 등장인물의 마음속 생각이 주요 대화 수단 중 하나로 사용되는 작품의 특성상, 직접 대화나 인용에는 큰따옴표(" ")를, 마음속 생각에는 홑낫표(「 」)를 써서 구분하였습니다. 대화 안에 있는 인용한 말이나 강조, 도서명 등에는 작은따옴표(' ')를 사용하였습니다.

어떤 사람도 흉내 낼 수 없고
누구도 대신할 수 없는
메리 스튜어트에게

"아일랜드에는 불가피한 일은 절대로 일어나지 않지만,
생각지도 못했던 일은 끊임없이 일어난다."

— 존 펜틀랜드 머해피

✶

"군중 속에는 다른 사람들과 똑같아 보이더라도
놀라운 메시지를 품고 있는 사람들이 항상 있기 마련이다."

— 앙투안 드 생텍쥐페리

✶

"잘 들어봐."

— 영화 '고스트 타운'

감사의 말

이 책을 쓸 때 도움을 주었던 모든 분들에게 아주, 아주, 아주 감사하다는 인사를 드립니다. 그중에서도 특히 이분들에게 감사드립니다.

내 딸 코델리아, 플롯을 짤 때 헤아릴 수 없이 많은 도움을 주었습니다.

내 친구 멜린다 스노드 그라스, 저에게 끝도 없이 격려와 정신적 지원을 해주었습니다.

그리고 코사인에서 열린 낭독회에 참가했던 분들, 이분들이 이 책의 제목을 지었습니다.

크로스토크(crosstalk)['krostok] 명사

1. (라디오나 텔레비전 등) 통신장치의 교신이 다른 장치의 교신 때문에 방해를 받음. 이로 인해 교차하고 뒤섞이고 혼동됨. 우연한 연결로 인해 원치 않은 신호나 간섭이 존재하는 상황.
2. 모임 도중에 우연히 발생한, 화제에서 벗어난 대화.
3. 재치 있고 빠른 속도로 이야기하는 재담, 가벼운 농담과 희롱.

1

"진실한 마음이 만나는 결혼에 방해를 용납지 않으리라."

— 윌리엄 셰익스피어, '소네트 116'

브리디가 컴스팬의 주차장에 도착할 무렵, 휴대폰에는 문자가 마흔두 통이나 와 있었다. 첫 문자는 수키 파커였다. 그럴 줄 알았다. 그다음 네 개는 질 퀸시가 보낸 문자였는데, 모두 "무슨 일이 있었는지 듣고 싶어 죽겠어"의 이런저런 변형이었다. 수키의 문자는 이랬다. "트렌트 워스가 너를 이리듐에 데려갔다는 소문 들었어!???"

「당연히 네가 낸 소문이겠지.」 브리디가 생각했다. 수키는 컴스팬에서 소문을 몰고 다니는 수다쟁이였다. 즉, 지금쯤이면 회사 내 모든 사람이 알고 있으리라는 뜻이었다. 컴스팬에 사내연애 금지 규정이 없는 건 다행이었다. 브리디와 트렌트는 둘의 연애를 비밀로 지키지 못했을 것이다. 그래도 가족들에게 자신이 직접 이야기해주기 전까지는 어젯밤의 일을 비밀로 감출 수 있길 바랐다. 「가족들이 벌써 알아챈 게 아니라면 말이지.」

브리디는 다른 문자들을 대충 훑어봤다. 동생 캐슬린한테 온 문자가 다섯 통, 메리 클레어 언니에게서 온 문자가 여덟 통, 그리고 토요일 밤에 '아일랜드의 딸'에서 열리는 고대 아일랜드 게일어 시낭송회에 대해 알려주는 우나 고모의 문자가 아홉 통이었다.

「고모한테 스마트폰을 괜히 사줬어.」 브리디가 생각했다. 우나 고모는 본래 대고모인데, 우리는 그냥 고모라고 불렀다. 우나 고모가 스마트폰의 사용법을 익힐 줄은 상상도 못 했다. 고모는 DVR도 사용할 줄 모르고, 시계조차 제대로 못 맞추는 사람이었다. 하지만 브리디는 아일랜드의 딸에 대해 끊임없이 알려주며 고통을 주고 싶어 하는 우나 고모의 욕망을 제대로 헤아리지 못했던 것이다. 고모는 메이브에게 스마트폰을 배웠다. 그리고 이제 하루에 스무 번씩 브리디에게 아일랜드의 딸에 대한 문자를 보냈다.

브리디는 남은 문자들까지 재빨리 살펴봤지만, "맙소사! 설마 진짜로 그걸 하려는 건 아니지?"로 시작하는 문자는 없었다.

다행이다. 그건 그녀가 가족들에게 어떻게 말할지 고민할 시간이 아직 남아 있다는 의미였다. 최근의 통신 속도를 고려하면 그리 많지는 않겠지만 말이다.

브리디는 혹시 트렌트에게서 온 문자가 있는지 나머지 문자들을 빠르게 훑어 내렸다. 있었다. 내용은 간단했다. "사랑해 전화해줘, 급." 트렌트와 통화하고 싶은 마음은 굴뚝같았지만, 주차장에서 더 머뭇거리다간 질이나 더 그악스러운 수키가 차를 몰고 들어와 그녀에 대한 심문을 시작할 가능성이 더 커진다. 브리디가 일찍 출근한 것도 그런 사태를 피하고 싶었기 때문이었다. 트렌트와 통화는 안전하게 개인 사무실에 도착할 때까지 참아야 했다.

브리디는 차에서 내려 재빨리 정문을 향해 걸어가며, 벌써 출근한 사람은 없는지 승용차들을 확인했다. 트렌트의 포르쉐는 보이지 않았다. 수키의 차도 보이지 않았고, 브리디의 비서인 차를라의 차도 보이지 않았다. 좋은 징조였다. 하지만 질의 프리어스가 C.B. 슈워츠의 구형 혼다 옆에 주차되어 있었다.

C.B.의 차는 항상 그 자리에 서 있었다. 브리디는 C.B.가 연구실에 살면서 길거리에서 주워온 듯한 낡은 소파 위에서 잠을 자는 게 아닌지 의심스러웠다. 하지만 질은 평상시 늦게 출근하는 사람이었다. 브리디는 질이 자신을 닦달해서 대답을 들으려고 일부러 일찍 출근하고도 남을 사람이라고 생각했다. 질은 아마도 로비에 숨어서 브리디를 기다리고 있을 것이다. 「옆문으로 들어가야겠다.」 브리디가 경로를 바꿨다. 「부디 옆문까지 가는 길에 아무도 없어야 할 텐데.」

아무도 없었다. 엘리베이터에도 없었고, 4층에도 없었다. 「좋았어.」 브리디는 복도를 따라 서둘러 걸어갔다. 차를라가 아직 출근하지 않았으므로, 개인 사무실로 곧장 들어가서 문에 바리케이드를 치고, 가족들이 전화해서 "왜 내 문자에 대답을 안 해? 무슨 일 있어?"라며 질문을 쏟아 붓기 전에 이 문제를 가족들에게 털어놓을 방법을 고민해볼 수 있을 것이다.

특히 우나 고모는 항상 그러듯 브리디에게 뭔가 끔찍한 일이 생겼다고 마음대로 결론을 내려버리고 온갖 병원에 전화를 돌리기 시작할 것이다. 「그리고 이번엔 고모가 자기 예감이 옳았다고 확신할 거야.」 브리디는 사무실이 있는 복도로 접어들며 생각했다.

“브리디!” 질 퀸시가 복도 끝에서 소리쳤다.

「거의 다 왔는데.」 질이 다가오기 전에 사무실에 들어갈 수 있을지 브리디가 갈등하고 있을 때, 질은 벌써 소리를 질러대며 뛰어오고 있었다. “여기 있었구나! 아침 내내 너한테 문자를 보냈어! 네가 들어오는 건 못 봤네.”

질은 속도를 줄이려고 발로 브레이크를 잡아 쭉 미끄러지며 브리디 옆에 멈췄다. “난 로비에 있었어.” 질이 헐떡거리며 말했다. “그런데도 널 놓쳤나 봐. 어젯밤에 너랑 트렌트 워스가 이리듐에서 저녁식사를 했다는 이야기를 들었어. 그래서 어떻게 됐어?”

「너한테 말 못 해줘.」 브리디가 생각했다. 「우리 가족에게 먼저 말해주기 전엔 안 돼.」 하지만 대화를 거부할 수도 없었다. 그랬다간 몇 초 내로 온 건물에 그 이야기가 쫙 퍼질 것이다. “이쪽으로 와.” 브리디는 복도를 지나는 사람들이 이야기를 듣지 못하도록 질을 복사실로 끌고 들어갔다.

“어머.” 브리디가 문을 닫자마자 질이 말했다. “트렌트가 청혼한 거 맞지? 오, 맙소사, 그럴 줄 알았어! 너, 정말 복이 터졌구나! 얼마나 많은 여자가 트렌트랑 약혼하려고 목숨을 거는 줄 알아? 그런데 네가 그 남자를 낚아채 버린 거야! 겨우 6주 만에!”

“나는 트렌트를 ‘낚아채지’ 않았어.” 브리디가 말했다. “그리고 트렌트는 청혼 안 했어.” 하지만 질은 듣고 있지 않았다.

“반지 보여줘!” 질이 말했다. “틀림없이 엄청 예쁠 거야!” 질이 브리디의 손을 붙잡더니 반지가 보이지 않자 물었다. "어딨어?"

"우린 약혼 안 했어." 브리디가 말했다.

"그게 무슨 소리야, 약혼을 안 하다니? 그러면 트렌트는 왜 이리듐 같은 고급 레스토랑에 널 데려갔대? 그것도 목요일에! 오, 맙소사! 너한테 EED 하자고 했지, 그렇지? 그건 약혼보다 더 대단하잖아!" 질이 브리디를 끌어안았다. "나도 정말 기뻐! 다른 사람들에게 이야기해줘야지, 입이 근질거려서 도저히 못 참겠어!" 질이 문으로 나가려 했다.

"안 돼, 그러지 마!" 브리디가 질의 팔을 잡으며 말했다. "제발!"

"왜 안 돼?" 질이 의심스러운 듯 실눈을 뜨며 물었다. "설마 네가 거절한 건 아니지?"

"아냐. 당연히 아니지." 브리디가 말했다. "그냥…."

"그냥 뭐? 컴스팬에 트렌트보다 괜찮은 남자가 어디 있어! 게다가 트렌트가 널 사랑하지 않으면 너한테 EED 하자고 했겠니? 너도 트렌트를 사랑하잖아. 안 그랬으면 거절했을 거 아냐. 도대체 뭐가 문제야?"

질이 브리디를 위아래로 훑어봤다. "뭔지 알겠다. 너, 트렌트가 EED만 하자고 하고, 청혼은 하지 않아서 실망했구나, 그런 거지?"

이제 컴스팬에 그 이야기도 쫙 퍼질 것이다. "아냐, 전혀 아냐." 브리디가 말했다. "트렌트는 먼저 EED를 하고 나서 약혼하고 싶댔어. 그래야 내게 청혼할 때, 자기가 얼마나 사랑하는지 내가 알 수 있을 거라면서."

"맙소사, 그렇게 낭만적인 이야기는 처음 들어봐! 말도 안 돼! 잘 생겼지, 헌신적이지, 그런데 낭만적이기까지 하다니! 너, 그런 남자가 얼마나 찾기 힘든지 알아? 지금까지 내가 사귀었던 남자는 죄다 바람둥이거나 거짓말쟁이였어. 아니면 둘 다이거나. 넌 복 터진 거야! 네 머릿결 때문일 거야. 남자들이 빨간 머리만 보면 사족을 못 쓰잖아. 나도 빨간색으로 염색할까 봐." 질이 인상을 쓰며 말했다. "근데 다른 사람들에게 이야기하지 말라는 이유는 뭐야?"

"가족 때문이야. 가족들한테 이걸 어떻게 털어놔야 할지 모르겠어."

"가족들이 싫어할까 봐 그래? 하지만 트렌트처럼 완벽한 남자가 어디 있어! 직업도 훌륭하지, 차도 끝내주지. 게다가 너희 동생 캐슬린이 만나고 있는 그 찌질이들… 아니면 EED 때문에 그러는 거야? 다들 EED는 전적으로 안전하다고 하잖아."

"그렇지. 그런데 우리 가족은 좀…." 브리디가 말했다.

"과잉보호를 하니?"

「아니, 지긋지긋하게 참견하고 간섭하지.」"응, 그러니까 내가 가족들에게 말하기 전에는 아무 말도 하지 마. 알겠지?"

"대신 나한테 완전 자세히 이야기해줘! 그리고 언제 EED를 할 건지도 알려…."

브리디의 휴대폰이 울렸다. 트렌트의 링톤이었지만, 반드시 그의 전화라는 법은 없었다. 브리디가 최근에 가족들을 만났을 때 메이브가 그녀의 휴대폰에 무슨 짓을 한 뒤로는 휴대폰에 트렌트의 이름이 뜨더라도 절반은 다른 사람 전화였다. 그리고 아직 브리디는 그 오류를 고치지 못했다.

하지만 적어도 이 대화에서 빠져나갈 구실을 제공해주긴 했다. "미안한데," 브리디가 질에게 말했다. "누구한테서 온 건지 확인해봐야 해." 그리고 휴대폰 화면을 힐끗 쳐다봤다. "이 전화를 받아야겠어." 브리디가 복사실 문을 열고 복도로 나가며 말했다. "약속해…."

"내 입에 지퍼 채웠어." 질이 말했다. "하지만 너도 나한테 전부 이야기해주겠다고 약속해."

"그럴게." 브리디가 몸을 돌렸기 때문에, 질은 그녀가 휴대폰의 거절버튼을 누르는 모습을 보지 못했다. 브리디는 귀에 대고 통화하는 척했다. "여보세요?" 그리고 복도를 따라 성큼성큼 걸으며 질의 눈 밖으로 벗어났다.

브리디는 휴대폰을 다시 주머니에 넣었다. 하지만 필립 베넷이 물류창고에서 나와 그녀 쪽으로 다가오는 모습이 눈에 들어오자 금세 후회했다. "네가 트렌트 워스랑 EED 하기로 했다는 소문 들었어." 그가 말했다.

「어떻게 이게 가능하지?」 브리디가 생각했다. 「질이랑 헤어진 지 10초밖에 안 됐는데.」

"와우! 미식축구 선수 탐 브래디랑 동급이잖아!" 필립이 말했다. "축하해! 정말 잘 됐어! 그래도 네 남자친구 트렌트가 메모리 늘리고 안 깨지는 화면 수준보다는 나은 새 휴대폰 기획안을 만들어낼 때까지는 안 했으면 좋겠어. 애플이 다른 스마트폰을 납작하게 눌러버릴 물건을 출시할 거라는 소문이 있거든. 트렌트는 병원에 누워있을 여유가 없을 거야…."

"EED는 심각한 수술이 아니야." 브리디가 말하기 시작했지만 필립은 듣고 있지 않았다.

"우리가 조심하지 않으면 컴스팬이 제2의 노키아가 될 수도 있어." 그리고 필립은 스마트폰 회사들이 실패했던 역사를 읊기 시작했다. "우리처럼 조그마한 회사는 뭔가 혁명적이고 완전히 새로운 개념을 만들어내지 않으면 경쟁을 할 수가 없어. 그래서 빨리 그런 걸 만들어 내거나…."

「제발, 우나 고모.」 브리디가 생각했다. 「평소에는 5분마다 전화하는 분이 필요할 때는 대체 어디 계시는 거예요.」

브리디의 휴대폰이 울렸다. 「감사합니다.」 한숨 돌렸다. "사무실에 가서 이 전화를 받아야 해." 그녀가 말했다. "11시 회의에서 보자." 그리고 그 자리를 벗어났다.

하지만 브리디를 구해준 사람은 우나 고모가 아니었다. 메리 언니였다. 브리디가 전화를 음성 메시지로 넘기자마자 메이브에게서 문자가 왔다. "이모, 난 괜찮아요. 엄마 말은 신경 쓰지 말아요."

메이브의 처지가 안쓰럽긴 했지만, 이 말은 가족들이 아직 모르고 있다는 의미였다. 정말 다행이다. 이번엔 또 뭐지? 게임? 폭식증? 온라인 폭력? 메이브는 완벽하게 정상적인 아홉 살짜리 소녀인데도, 메리 언니는 딸에 대해 끊임없이 히스테리 발작을 일으켰다.

「사실, 우리 가족 중에서 정상적인 사람은 메이브 하나뿐인데 말이야.」 브리디가 생각했다.

메리 언니는 확실히 정상이 아니었다. 언니는 메이브의 숙제와 성적, 메이브가 명문대에 갈 수 있을지, 메이브의 친구들, 먹는 습관(언니는 메이브가 거식증에 걸렸다고 확신했다), 그리고 자기가 메이브에게 '작은 아씨들'과 '이상한 나라의 앨리스'를 읽으라고 강요하는 데도(아마도 그래서) 책을 많이 읽지 않는다고 끊임없이 안달복달했다.

지난주 메리 언니는 메이브가 휴대폰 문자를 너무 많이 한다고 걱정했고, 그 전 주에는 메이브가 달달한 시리얼을 너무 많이 먹는다고 걱정했다(이건 거식증과 아귀가 맞지 않는다). 오늘은 그 주제가 누드 셀카나 한타 바이러스일 수도 있다.

메이브를 위해서는 브리디가 전화해서 메리 언니를 진정시키는 게 좋겠지만, EED에 대해 어떻게 말하면 좋을지 방법을 찾을 때까지는 그럴 수 없었다. 그리고 브리디에게는 시간이 그리 많지 않았다. 아마 컴스팬 사람 중 절반은 알았을 테니, 이제 곧 우나 고모가 메이브와 함께 느닷없이 회사에 나타나서, 스텝 댄스에 입을 메이브의 새 의상을 보여주며 아일랜드의 딸 행사에 가자고 그녀를 설득하려 할 때, 누군가 고모에게 그걸 이야기할지도 모른다….

오, 맙소사! 컴스팬의 소문 공장 수키가 갑자기 인사부에서 튀어나왔다. 브리디는 사내 예의 따위는 다 치워버리고 안전한 개인 사무실까지 전력질주로 내달렸다. 브리디가 사무실 문을 휙 열고 안으로 몸을 날리는 순간, 비서의 품에 거의 안길 뻔했다.

"전 안 오시는 줄 알았어요." 차를라가 브리디를 붙잡으며 말했다. "메시지가 백만 개는 왔어요. 지난밤 이야기해주세요! EED를 하기로 했다니 복도 많으세요!"

「총알보다 빠르구나.」 브리디는 생각했다.「컴스팬이 혁명적인 통신 수단을 만들고 싶다면, 회사 내의 소문을 연구해서 설계하는 게 좋을 거야.」

"주차장에 네 차는 없던데." 브리디가 말했다.

"네이트가 출근하는 길에 태워줬어요. 저도 네이트를 설득해서 EED를 하고 싶어요. 네이트가 저를 사랑하는지 아닌지 알게 되면 정말 좋을 것 같거든요. 이제 그런 걸 걱정할 필요가 없으니 너무 좋으시겠어요. 저는 온종일 그걸 알아내느라 시간을 다 보내고 있거든요. 네이트가 저한테 사랑한다고 할 때마다 그 말이 정말인지, 아니면 그저 저랑 자고 싶어서 그러는 건지. 어젯밤에도 네이트가…."

"나한테 메시지가 있다며. 누구한테서 온 거야?"

"언니 메리 클레어 씨가 보내신 게 대부분이고요, 고모님이랑 동생분이에요. 전부 플래니건 씨 컴퓨터로 전송해놨어요. 가족분들께 회사로는 전화하지 말라고 하지 않으셨나요?"

"그랬지." 브리디가 말했다.「그래도 가족들은 듣지를 않아. 늘 그렇듯이.」

"가족들한테 그 얘기했어?" 브리디가 물었다. 차를라가 뭐라 대답할지 두려웠지만, 차를라는 고개를 가로저었다.

「천만다행이다.」"가족들이 다시 전화하면," 브리디가 말했다. "절대로, 다시 말하는데, 절대로 EED에 대해 어떤 이야기도 하지 마. 아직 가족들에게 이야기할 기회가 없었어. 나는 내 입으로 그 소식을 전하고 싶어."

"가족들이 정말 좋아하실 거예요!"

「나랑 내기할래?」"다른 메시지는 누구한테서 온 거야?" 브리디가 물었다.

"트렌트 워스 씨가 전화해서 출근하시는 대로 전화해달라고 하셨고요, 트리시 멘데스 씨와 라훌 데쉬네프 씨의 비서도 같은 이야기를 했어요. 그리고 아트 샘슨 씨는 부서 간 소통을 개선할 방안에 대해 쓴 보고서를 즉시 읽고 추가할 제안이 있는지 이야기해 달랍니다. 그건 플래니건 씨의 컴퓨터에 있습니다. 그런데 워스 씨가 EED를 제안했을 때 정말 좋으셨겠어요, 그죠?"

"응." 브리디가 대답했다. "다른 사람이 찾아오거나 전화를 하면, 회의 끝날 때까지는 이야기하기 힘들다고 전해줘." 브리디는 개인 사무실로 들어가서 문을 닫고 트렌트에게 전화했다. 그는 전화를 받지 않았다.

브리디는 트렌트에게 전화하라고 휴대폰 문자를 남기고 메신저도 보냈다. 라훌 데쉬네프 씨의 비서에게도 전화를 해봤지만 역시 받지 않았다. 그래서 트리시 멘데스에게 전화했다. "트렌트 워스랑 EED를 하기로 했다는 게 사실이야?" 트리시가 물었다.

"네." 브리디가 말했다. 「부서 간 소통은 전혀 개선할 필요가 없을 것 같아.」

"멋지다!" 트리시가 말했다. "언제 하기로 했어?"

"아직 모르겠어요. 트렌트는 베릭 박사에게 수술을 받고 싶어 하는데…."

"베릭 박사? 맙소사! 브래드 피트랑 안젤리나 졸리도 그 사람한테 수술을 받았지?"

"네. 그래서 대기자 목록이 엄청나게 길어요. EED 수술은 말할 것도 없고 면담이 언제 가능할지도 모르겠어요."

"올림픽 10종 경기 금메달 수상자 케이틀린 제너도 그 박사한테 수술받았어. 그렇지?" 트리시가 말했다. "킴 카다시안도 그 사람한테 수술을 받았어. 그런데 다른 남자하고 사랑에 빠지는 바람에 EED가 작동을 안 했지. 그 남자 이름이 뭐더라. '어벤저스'의 마지막 편에 나왔던 남잔데."

이러다간 하루가 다 가겠다. 브리디는 수화기를 책상에 가까이 대고 주먹으로 책상 위를 두 번 두드렸다. "들어오세요." 브리니가 소리치고 다시 귀에 전화기를 가져다 댔다. "저기, 약속이 있어서요. 나중에 전화해도 될까요?"

브리디가 전화를 끊었다. 그리고 프라이팬에서 도망쳐 나와 불로 뛰어드는 기분을 느끼며, 가족들이 아직 모르는지 확인하기 위해 가족들이 보낸 메시지 스물두 통을 확인했다. 아니, 서른한 통이었다. 먼저 메리 언니의 메시지부터 확인했다. 언니는 메이브가 악마에게 사로잡혔다고 결론 내리고 푸닥거리 같은 걸 하겠다고 계획을 잡았을지도 모른다.

다행히 그러지는 않았다. 메리 언니는 영화에 나오는 성 역할이 여자애들에게 미치는 부정적인 영향에 대한 기사를 인터넷에서 읽고는, 메이브가 인터넷으로 보는 영화들을 차단해야 할지 브리디의 의견을 알고 싶어 했다.

「잘 해보셔.」 브리디가 생각했다. 그리고 캐슬린의 메시지를 확인했는데, 전부 다 "채드에 대해 언니랑 이야기하고 싶어"였다. 채드는 캐슬린이 지금껏 사귄 혐오스러운 남자친구들의 기나긴 목록에 최근 올라간 녀석이었다. 우나 고모의 문자들을 봤다.

세 통의 "어디 있니, 우리 애기?"를 빼고 나면, 모두 션 오라일리가 아일랜드의 딸에서 '게일 사람들의 이주'라는 시를 읽을 거라며 모든 가족이 거기에 갈 거라는 이야기였다.

「그날 가족들이 내 아파트로 몰려와서 EED를 그만두라고 닦달하지만 않으면 그렇겠지.」 브리디는 가족들이 EED에 대해 알아내자마자 아파트로 몰려오리라 확신했다. 가족들은 트렌트를 좋아하지 않았다. 지난 토요일 우나 고모네에서 저녁식사를 했을 때 다들 깔끔하게 결론 내렸다.

메리 언니는 트렌트가 메이브에 대한 자신의 속 타는 심정을 들어주지 않고, 스마트폰 이야기에 너무 많은 시간을 허비한다고 생각했다. 캐슬린은 트렌트가 너무 부자이며 아직 독신이기엔 지나치게 잘 생겨서 뭔가 숨기고 있다고 생각했다. 심지어 가족들의 논쟁에서 늘 브리디 편을 들어왔던 메이브조차 얼굴을 찌푸리며 이렇게 말했다. "이모, 그 사람은 머리가 너무 깔끔하게 정돈된 거 같아요. 난 머리가 헝클어진 남자가 좋아요."

당연히 우나 고모는 트렌트가 아일랜드 출신이 아니라며 퇴짜를 놨다. 하지만 고모의 행색을 보거나 말하는 걸 들어보면 완전히 아일랜드 토박이 출신 같아도, 사실 고모는 평생 '고국'에 한 번도 발을 디뎌본 적이 없는 사람이었다. 고모는 영화 '안젤라스 애쉬스'에 나오는, 혹은 빙 크로스비가 출연한 오래된 영화에 나오는 아일랜드 억양으로 말했다. 그리고 고모는 은발이 되어가는 빨간 머리카락을 쪽진 머리로 얼기설기 틀어 올리고, 여름이든 겨울이든 상관없이 헐렁한 트위드 치마와 아란식으로 짠 스웨터를 입고선, 머리 위로 숄을 두르고 아일랜드의 딸 모임에 끊임없이 참석했다. 브리디는 고모에게 이렇게 소리치고 싶었다. "최근 백 년간 아일랜드에서 그렇게 옷을 입는 사람은 없어요. 게다가 고모는 아일랜드인이 아니라고요! 고모가 토탄불에 가장 가까이 가봤을 때라곤 케이블 TV로 '아일랜드의 연풍'을 봤을 때뿐이잖아요!"

하지만 그래 봤자 전혀 도움이 안 되었을 것이다. 우나 고모는 묵주를 풍만한 가슴에 끌어안고는 성 패트릭과 하늘에 계신 브리디의 모친에게 브리디의 불경스런 말을 용서해달라고 빌고, 브리디에게 '참한 아일랜드계 총각'을 소개해주려는 노력을 두 배로 끌어올릴 것이다. 마흔 살이나 먹은 대머리에다 아직도 자기 엄마와 사는 션 오라일리 같은 사람 말이다. 그 사람도 아일랜드의 딸 회원이다.

「난 션 오라일리도 싫고, 우나 고모가 소개해주는 다른 나이 든 '총각'도 싫어.」 브리디가 생각했다. 「캐슬린의 아무짝에도 쓸모없는 남자친구들도 싫어. 그게 트렌트와 사귄 이유야. 그래서 트렌트와 EED를 하려는 거야. 고모가 뭐라고 하든 말든.」

브리디는 트렌트에게 다시 전화를 해봤지만, 아직 통화 중인 모양이었다. 이제 그의 문자함도 꽉 찼다. 브리디는 트렌트에게 메일을 보냈다.

실수였다. 브리디가 메일의 '보내기' 버튼을 누르자마자 열아홉 통의 새로운 메일이 모니터에 떴다. 세 통을 제외한 모든 메일이 "맙소사! EED! 추카!"로 시작됐다. 나머지 세 통 중에는 우나 고모가 보낸 메일이 두 통이었다. "휴대폰 점검해봐. 뭔가 문제가 있어." 그리고 "무슨 사고라도 났니?" 그리고 메이브에게서 한

통. "이모가 엄마한테 말해줘요. 엄마가 '춤추는 열두 공주'랑 '겨울왕국'을 못 보게 할 거래요. '라푼젤'도요. '라푼젤'은 내가 '좀비떼' 다음으로 제일 좋아하는 영화인데!"

「메이브가 좀비 영화를 본다는 사실을 메리 언니가 모르는 건 천만다행이야. 혹시라도 알게 되면 진짜 뇌출혈로 쓰러질 거야.」 브리디가 그런 생각을 하고 있을 때 휴대폰이 울렸다.

"어디야? 난 계속…." 트렌트가 물었다.

"여보세요!" 브리디가 간절한 목소리로 말했다. "당신 목소리를 듣게 되어서 내가 얼마나 기쁜지 모를 거야. 어젯밤은 정말 환상적이었어."

"그래." 트렌트가 말했다. "당신 덕분에 내가 얼마나 행복했는지 당신은 모를 거야."

"우리가 EED를 하면 얼마나 더 행복해질까…."

"그래, 그것 때문에 전화했어. 유감스럽지만 나쁜 소식이 있어. 베릭 박사의 사무실에 연락을 해봤는데, 간호사 말로는 늦여름 전에는 우리의 수술이 불가능하대." 트렌트가 말했다.

"그렇구나. 베릭 박사의 대기 목록이야 우리도 짐작했던…."

"그 간호사는 우리가 운이 좋아서 그나마 그렇게 빨리 일정이 잡힌 거래. 일 년씩 기다리는 환자들도 있대."

"괜찮아." 브리디가 말했다. "난 기다릴 수…."

"아냐, 난 못 기다려! 이것 때문에 전부 다 꼬였어!" 트렌트가 벌컥 소리를 질렀다. "우리 자기, 미안해. 당신한테 소리 지르려던 건 아니었어. 난 그저 지금 당장 당신하고 연결되고 싶어. 그래야 내가… 그래야 당신이 내 감정을 알 수 있을 테니까…."

"나도 좀 실망스럽긴 해." 브리디가 말했다.

"그렇지! 다시 전화해서 좀 더 일찍 할 방법이 없는지 알아봐야겠어. 그리고 그사이에 예비 서류를 작성해야 돼…. 미안, 이 전화 잠깐 받아야겠다." 트렌트가 말했다. "끊지 마." 그의 목소리가 잠시 끊기더니 다시 돌아왔다. "내가 어디까지 이야기했지?"

"예비 서류를 작성해야 된다는 이야기까지 했어."

"그랬지. 베릭 박사의 간호사가 병력 기록지랑 질문지를 메일로 보내줄 거야. 당신이 그걸 작성해서 가능한 한 빨리 보내면, 박사가 우리를 좀 더 일찍 수술할 수 있을지, 우리가 준비됐는지 확인해줄 수 있을 거야. 그리고 나는 그때까지 슈워츠가 제안서 준비를 못 했을 경우 뭘 하면 좋을지 고민 좀 하고 있을게."

"C.B. 슈워츠?"

"응. 슈워츠가 오늘 내가 회의에서 발표할 새로운 휴대폰에 대한 아이디어를 내기로 했는데, 이틀 동안 내가 보낸 메일에 답장도 안 하고 전화도 안 받아. 그 녀석은 대체 뭐가 문제인지 모르겠어. 사람이 이야기를 해도 절반도 듣질 않아. 딴 세상에 있는 사람 같아. 해밀튼 씨는 녀석이 스티브 잡스 버금가는 천재라고 생각하지만, 내 생각엔 정신적으로 불안정한 사람 같아."

"C.B.는 불안정하지 않아." 브리디가 말했다. "살짝 별난 사람일 뿐이야. 그리고 머리는 진짜로 좋아."

"유나바머*도 머리는 좋았지." 트렌트가 말했다. "녀석이 살인

* 본명은 시어도어 존 카진스키, 산업화가 인간과 자연을 망가트린다고 생각하며 17년간 대학과 항공사에 폭탄 테러를 저질렀다.

자는 아니길 바라자. 그리고 내가 진행하고 있는 일이 준비되기 전까지, 이 난국을 헤쳐 나갈 아이디어를 만들어낼 수 있을 정도로 천재이기만 바라자고. 안 그러면 우린 끝이야. 애플이 새 아이폰을 내놓기 전까지 뭔가를 준비해야 돼. 이제 그걸….”

트렌트의 말소리가 갑자기 끊겨서 브리디는 다른 전화가 온 모양이라고 생각했지만, 몇 초가 채 지나기 전에 트렌트가 말했다. “미안해. 당신한테 그런 고민거리를 떠안길 생각은 없었어.”

“괜찮아. 이해해. 자기는 이 문제에 많은 게 걸렸잖아.”

트렌트가 큰 소리로 웃음을 터트렸다. “당신은 꿈에도 생각하기 힘들….” 그러더니 다시 말소리가 끊겼다.

“트렌트? 아직 끊은 거 아니지? 무슨 일이야?” 브리디가 말했다.

“전화 연결이 안 좋네.” 트렌트가 말했다. “내가 하려던 말은, 휴대폰이든 EED든 뭐든 간에 우리에게 딱 맞는 완벽한 걸 갖고 싶다는 거야. 우리가 진정으로 함께하게 될 거라는 생각만 하면 난 못 참겠어. 사랑해, 아주 많이.”

“나도 사랑….”

“이런, 다른 전화가 왔어. 회의에서 보자. 그 전에 메일 확인해 봐. 내가 뭘 보냈어.”

트렌트가 보낸 건 황금빛 장미꽃 봉오리가 가득한 사이버 꽃다발이었다. 봉오리는 화사한 노란 장미로 활짝 피어나더니 나비들로 바뀌었다.

「아, 사랑스러워라!」 브리디는 ‘언제까지나 당신을 사랑할 거예요’의 음률에 맞춰서 펄럭펄럭 모니터를 날아다니는 나비들을 보며 생각했다.

나비들이 다시 모습을 바꾸어 글씨로 변했다. "당신이 제안을 받아주어서 우리의 모든 문제가 해결됐어!"

「내가 가족들에게 말해야 한다는 사실만 빼고.」 브리디가 생각했다. 「왜 문자에 답을 안 하냐며 가족들이 사무실로 달려오기 전에 방법을 찾아내야 해.」

그때 노크 소리가 들렸다. 「으악, 맙소사. 가족들이다.」 하지만 그럴 리가 없다. 가족들은 노크하는 법이 없었다. 아무 때나 그냥 밀고 들어왔다. 그렇다면 비서인 차를라가 틀림없다. "들어와." 브리디가 말하자 차를라가 문을 열고 고개를 내밀더니 곤혹스러운 얼굴로 말했다.

"아트 샘슨 씨와 수키 파커씨가 가능한 한 빨리 연락해달랍니다. 그리고 C.B. 슈워츠 씨가 메모를 남겼어요."

「부디 새 휴대폰에 관한 아이디어야 할 텐데.」 "내 컴퓨터로 전송했어?" 브리디가 물었다.

"아뇨. 메모라니까요." 차를라가 접힌 종이를 독사라도 되는 양 손가락 끝으로 집어서 내밀었다. "그 사람은 항상 손으로 써요. 요즘에 이런 사람이 어디 있어요?"

"그 사람은 천재야." 브리디가 무뚝뚝하게 말하고 메모를 읽었다.

"설마, 정말로 그렇게 생각하시는 건 아니죠? 그 사람은 메일에 답장하는 법이 없어요."

메모는 이랬다. "할 말이 있어. C.B. 슈워츠." 혹시 이게 휴대폰에 관한 아이디어가 아직 준비되지 않았다는 이야기라면 회의 전에 지금 만나서 이야기하는 게 나을 것 같았다. 그래야 C.B.가 아이디어를 준비하지 못했다고 트렌트에게 미리 알려줄 수 있을 테니까.

브리디는 차를라에게 C.B.의 연구실 번호를 물어서 전화했지만 받지 않았다. 게다가 음성 메시지도 남길 수 없었다. "C.B.의 휴대폰 번호 줘봐." 브리디가 차를라에게 말했다.

"소용없을 거예요." 차를라가 말했다. "C.B. 슈워츠 씨의 연구실이 있는 지하 2층에서는 휴대폰이 터지지 않아요."

"우리 회사의 음성문자 기능은?"

"그것도 저 아래에서는 안 돼요."

웃기는 일이었다. 그건 수신 상태가 안 좋은 지역을 위해 특별히 설계된 기능이었다. "그래도 번호 줘봐. C.B.가 연구실 밖에 있을지도 모르잖아."

"그 사람은 항상 연구실에만 있어요."

"그럼, 문자를 남기지 뭐." 차를라가 내키지 않는 얼굴로 브리디에게 C.B.의 휴대폰 번호를 줬다.

"소용없을 거예요. 그 사람은 휴대폰을 들고 다니지도 않아요. 수키 씨 말로는 심지어 휴대폰을 켜지도 않는대요." 차를라가 인상을 찌푸리며 말했다. "설마 저보고 거기까지 내려가서 메모를 전달하라고 시키진 않으실 거죠? 지하실은 완전히 냉장고예요. 게다가 지하실엔 그 사람 말고는 아무도 없어요. 전 그 사람만 보면 섬뜩하더라고요. 그 아래 숨어서 아무하고도 말을 안 하잖아요. 꼭 '노트르담의 꼽추'에서 지하 미로에 사는 사람 같아요."

"'오페라의 유령'이겠지." 브리디가 말했다. "노트르담의 꼽추는 종탑에 살아. 지하 미로가 아니라. 그리고 C.B.는 꼽추가 아니야."

"그렇죠. 그래도 그 사람만 보면 섬뜩해요. 미친 사람 같아요."

"미치지 않았어."

차를라는 미심쩍은 표정을 지으며 말했다. "그 사람은 손목시계도 차고 다녀요. 요즘 시계를 차고 다니는 사람은 없잖아요. 옷도 꼭 노숙자처럼 입고요."

그 말에 대해서는 브리디도 대꾸하지 않았다. C.B.는 실제로 그랬다. 실리콘밸리 스타일로 체크무늬 셔츠와 청바지를 입고 운동화를 신는 컴스팬 직원들의 평상복을 기준으로 삼더라도, C.B.의 옷차림은 끔찍했다. 마치 헌옷 가게의 선반에서 아무거나 집어 와서 입는 거 같았다. 그리고 옷을 입은 채로 잠을 잔 듯 항상 후줄근했다. 아마 실제로 그랬을 것이다.

"수키 씨 말로는 그 사람이 메일 답장이나 부서 간 회의라는 존재 자체를 모르는 것 같대요." 차를라가 말했다. "그리고 항상 끼고 다니는 이어폰은 아무 데도 안 꽂혀 있어요. 전 그 사람이 혼자서 중얼거리는 모습도 봤어요. 혹시 그 사람이 연쇄살인범이어서 연구실에 시체를 쌓아놓고 있으면 어쩌죠? 그래도 아무도 눈치 못 챌 걸요. 거긴 너무 춥거든요."

「그건 말도 안 돼.」 브리디는 생각했다. 「여긴 컴스팬이라고. 10억분의 1초 만에 모든 사람이 다 아는 동네야.」 "글쎄, 연쇄살인범이든 아니든, 난 C.B.하고 이야길 해야 돼. 하지만 그 연구실까지 내려가고 싶지는 않으니까 계속 연락을 해봐." 브리디는 개인 사무실로 돌아가서 C.B.에게 문자를 보냈다.

5분도 채 지나지 않아서 브리디는 "추카!" 메일을 아홉 통 받고, 음성 메시지를 열두 통이나 받았다. 그중에는 EED가 "진정으로 경이로운 기술!"이라는 정보기술팀 대럴의 메시지와 최대한 빨리 연락을 달라는 라훌 데쉬네프 씨 비서의 메시지도 있었다. 브리디는 부디 회의가 연기되었다는 소식이기를 바라며 연락했다. 하지만 그 비서는 전화를 받자마자 이렇게 말했다. "EED를 하시게 됐다니 정말 기뻐요! 그렉과 저도 얼마 전에 했는데요, 광고보다 훨씬 좋았어요. 지금 저희는 서로에게 전혀 숨기는 게 없고 완전히 솔직한 관계가 됐어요. 이제 둘 사이에 비밀이 하나도 없어요. 그래서 전혀 싸우지도 않죠. 섹스도 끝내줘요! 그렉은…."

"미안한데요, 9시 45분까지 약속이 있어서요." 브리디는 그렇게 말하고 전화를 끊었다. 「차라리 C.B.를 만나러 내려가는 게 낫겠다.」 여기에 더 있어 봤자 잠시라도 조용한 시간을 가질 가능성은 없을 것 같았다. 지하실에는 휴대폰이 수신되지 않기 때문에 전화나 문자도 오지 않을 것이다. 차를라는 C.B.를 공포 영화에 나오는 괴물이라고 생각하기 때문에, 설령 메시지가 오더라도 그걸 전달해주려고 거기까지 내려오는 모험을 하지는 않을 것이다.

무엇보다 좋은 건, C.B.가 휴대폰을 가지고 다니지 않고 메일도 확인하지 않기 때문에, EED에 대한 소식을 전혀 모를 거라는 사실이었다. 그러니 브리디는 EED에 대해 이야기하느라 시간을 낭비하지 않아도 된다. 그녀는 C.B.가 어떤 아이디어를 제출하려고 하는지 알아낸 뒤에, 창고 같은 곳에 들어가서 방해받을 걱정 없이 가족들에게 어떻게 이야기할지 생각해볼 수 있을 것이다.

브리디가 문을 나서다가 차를라와 부딪힐 뻔했다. "수키 씨가 다시 전화했어요. 우나 고모님도요. 시 낭송에 대해 이야기하고 싶으시답니다. 그리고 메리 클레어 씨의 전화가 1번 라인에 대기 중이에요."

"내가 회의에 들어갔다고 해줘." 브리디가 말했다. "난 C.B. 슈워츠의 연구실로 내려갈 거야."

"하지만 그러면 어떻게 연락드리나요?"

「연락하지 마.」 브리디는 생각했다. "10시 30분까지는 돌아올 거야." 그녀가 말했다.

"알았어요." 차를라가 미심쩍은 표정으로 말했다. "그런데 정말 혼자서 거기로 내려가도 괜찮으시겠어요?"

"C.B.가 나를 죽이려고 하면 고드름으로 쳐버리지, 뭐." 브리디는 그렇게 말한 후, 차를라가 따라오지 않게 하려고 덧붙였다. "네가 한 말을 생각해봤는데, 네 말이 맞는 거 같아. C.B.가 살짝 노트르담의 꼽추처럼 보이긴 해. 영화 '쏘우'에 나오는 남자 같기도 하고."

"그렇다니까요. 정말 괜찮으시겠어요?"

「그렇고말고. 거기까지 가는 길에 다른 사람에게 붙잡히지만 않으면 괜찮을 거야.」 브리디는 사무실 문을 열고 바깥을 주의 깊게 살피며 수키가 숨어서 기다리고 있는지 확인했다. 그리고 제발 이번만은 우나 고모가 끊임없이 읊어대는 그 '아일랜드인의 행운'이 함께 하기를 바랐다. 복도와 엘리베이터에는 아무도 없었다. 덕분에 브리디는 아무하고도 맞닥뜨리지 않고 지하실까지 무사히 내려갈 수 있었다.

엘리베이터가 열리자 텅 빈 시멘트 바닥과 대형 냉장고의 살을 에는 냉기가 브리디를 맞아 주었다. 여기까지 아무도 내려오지 않는다는 사실이 새삼스럽지 않았다. 여긴 완전히 빙하시대였다. C.B. 연구실의 철문에는 얼음 결정이 맺혀 있었다. 그리고 '위험, 출입엄금, 실험 중'이라는 인쇄물과 손 글씨로 '출입금지, 당신한테 하는 말이야'라는 메모가 붙어 있었다. 철망이 달린 유리창 너머로 연구실을 들여다봤더니, C.B.는 두꺼운 모직 더블코트와 모직 목도리를 두르고 손가락이 없는 장갑을 끼고 있었는데, 아래는 카고 반바지에 슬리퍼를 신었다. 그는 작업대 위로 웅크린 채 회로판과 납땜인두를 가지고 뭔가 하고 있었다.

C.B.가 평소의 모습보다도 더 지저분하게 보여서, 브리디는 차를라가 여기에 없어서 다행이라는 생각이 들었다. 그는 이틀은 깎지 않은 듯 수염이 지저분했고, 머리도 평소보다 더 엉망이었다. 「메이브는 좋아할지도 몰라.」 브리디는 그런 생각이 들었다.

그는 또 여기서 밤을 새운 모양이었다. 「그건 나쁘지 않네.」 브리디가 철문을 노크하며 생각했다. 「오늘 아침에 여기에 있었으면 사람들이 EED에 대해 떠들어대는 소리를 못 들었을 테니까 말이야.」 차를라의 말대로 C.B.가 이어폰을 끼고 있는 모습을 보니, 설령 밖에서 그 이야기하는 사람을 지나쳤더라도 못 들었을 게 틀림없었다.

C.B. 슈워츠는 고개를 들지 않았다. 브리디가 다시 노크했다. 그리고 그게 전혀 효과가 없자 브리디는 문을 열고 안으로 들어가서 C.B.가 일하는 곳으로 걸어갔다. 그리고 C.B.의 눈앞에서 양손을 흔들었다. "C.B.? 여보세요? 거기 있니?"

C.B.가 고개를 들어서 그녀를 쳐다보더니 이어폰을 뺐다. "뭐

라고?"

"일하는 데 방해해서 미안해." 브리디가 미소를 지으며 말했다. "하지만 네가 나한테 할 말이 있다고 했잖아?"

"그랬지." C.B.가 말했다. "설마 EED 수술에 대해 진지하게 생각하고 있는 건 아니지?"

2

"모든 사람이 자기 일에만 신경 쓰면, 세상은
지금보다 훨씬 빠르게 돌아갈 거야." 공작부인이 말했다.
— 루이스 캐럴, '이상한 나라의 앨리스'

"뭐? 어떻게…?" 브리디는 깜짝 놀라 말을 더듬거렸다. "내가 EED 할 거라는 사실을 누가 너한테 이야기해줬어?"

"농담하는 거야?" C.B.가 납땜인두를 내려놓으면서 말했다. "컴스팬에서 다들 그 이야기잖아. 혹시 내 의견이 궁금하다면, 내 생각엔 네가 제정신이 아닌 것 같아. 이메일과 문자, 트위터, 스냅챗, 인스타그램으로 융단폭격처럼 쏟아지는 정보만으로는 부족하니? 그래서 이제 더 많은 정보를 들으려고 뇌수술까지 받겠다는 거야?"

"EED는 뇌수술이 아니야. 그저 간단한 강화 시술…."

"의사들이 네 머리에 구멍을 뚫으면 그 구멍으로 네 의식이 새어나갈 수도 있어. 이미 정보가 넘쳐흐르는데, 그런 걸 대체 왜

해! IED*라는 게 얼마나 위험한지 알아?"

"EED야." 브리디가 정정했다. "IED는 폭탄의 일종이고."

"그렇지, 아무튼, 네 머릿속에서 터질 때까지 기다려보든가." C.B.가 말했다. "메스가 미끄러져서 의사가 잘못된 신경을 자르면 어떡할래? 그러면 마비가 되거나 식물인간이 될 수…."

"이건 완벽하게 안전한 시술이야. 베릭 박사는 EED를 수백 번 했지만 아무 사고도 없었어."

"그 박사 본인한테야 아무런 문제도 없겠지. 서로의 생각을 읽을 수 있다고 연인들을 꼬드겨서 어마어마하게 돈을 버는 사람이니까. 아르마니 양복을 빼입고 이탈리아 구두를 신은 돌팔이가 너한테 아무런 문제가 없다고 떠들어댄다고 해서…."

"베릭 박사는 신경 강화 분야에서 세계적으로 명성을 쌓은 존경받는 외과 의사야. 그리고 EED는 서로의 생각을 읽을 수 있도록 만들어주는 게 아니라, 애인과 정서적으로 연결하는 능력을 강화해주는 거야."

"정서적 연결? 키스는 어쩌고? 섹스는 어떡하고?"

"너랑 이 문제를 더 논의하고 싶은 생각은 없어." 브리디가 퉁명스럽게 말했다. "이건 너하고 아무 상관없는 일이잖아."

"그래, 그렇지. 그래도 이 회사에서 내가 이야기를 나눌 수 있는 사람은 너 하나뿐인데, 네가 식물인간이 되어버리면…."

"새로운 휴대폰에 대해 제안서를 만들기로 하지 않았어? 한 시

* 급조폭발물(Improvised Explosive Device), 정해진 규격이나 절차 없이 제작된 폭발물, 흔히 사제폭탄이라 부른다.

간 안에 부서 간 회의가 열릴….”

“만들고 있어.”

“아, 이게 그거야?” 브리디는 C.B.가 납땜질하던 회로를 가리키면서 물었다.

“아니.” C.B.가 말했다. “이건 연구실에서 쓸 난로의 제어판이야.” C.B.가 뒤쪽으로 전선 뭉치가 덜렁거리는 커다란 금속 상자를 가리켰다. “여기의 남극 분위기로 봐서 너도 알겠지만, 저게 또 고장 났거든. 내가 고쳐보려는 중인데 아직은 운이 없네. 그래서 말인데, 재킷 하나 줄까?” C.B.는 옷가지가 잔뜩 쌓여있고 가운데에 담요가 불룩하게 솟아 있는 소파로 가더니 그 더미를 뒤지기 시작했다.

“아니. 괜찮아.” 브리디는 그렇게 말했지만, 사실은 몸이 떨리기 시작하던 참이었다.

브리디는 연구실을 둘러봤다. 벽은 덕지덕지 붙여놓은 개요도와 목록들, 갖가지 ‘출입금지’ 표지판으로 뒤덮였고, ‘스캐너의 허무한 삶’ 영화 포스터와 1940년대 영화배우의 사진이 붙어 있었다. 작업대도 벽과 마찬가지로 노트북과 하드 드라이브, 내장을 드러내놓고 있는 스마트폰들로 어수선했다. 다이얼이 달린 분홍색 플라스틱 구식 라디오가 그보다 더 구식 텔레비전 위에 놓여 있었고, 바닥에는 구불구불한 철사와 전선들이 미로를 이뤘다. 시체는 눈에 들어오지 않았지만, 다시 살펴보니 저 파일 캐비닛들 안에 뭐가 있을지는 아무도 모른다는 생각이 들었다.

C.B.가 색이 바래고 지저분한 카키색 군용 재킷을 집어 들었다. “이건 어때?”

"고맙지만 사양할래." 브리디가 말했다. "자, 휴대폰에 대해서 이야기를 해보자. 회의 때까지 제안서가 준비될 것 같아? 그러지 못할 거면 트렌트에게 말해서…."

"트렌트는 집어치워. 매년 얼마나 많은 사람이 뇌수술을 받다가 수술대 위에서 죽는 줄 알아?"

"말했잖아, 이건 뇌수술이 아니야. 그저 간단한…."

"알았어. 그럼, 매년 얼마나 많은 사람이," C.B.가 양손으로 따옴표를 치는 손짓을 하며 말했다. "'간단한 강화 시술'을 받다가 죽는 줄 알아? 연예잡지에서 '성형수술이 잘못됐나?'라는 제목 아래로 젊은 여배우의 코가 중간에서 푹 꺼진 사진 본 적 없어?"

"EED는 성형수술이 아니야."

"그렇다면 왜 할리우드 연예인들이 다들 하느라고 그 난리인데? 넌 포도상구균이나 살을 먹는 박테리아 같은 것들에 2차 감염될 수도 있어. 병원이란 데가 그런 병균들을 키우는 번식지거든. 병원은 아주 끔찍한 곳이야. 환자용 변기, 도뇨관, 등짝이 터진 환자복. 난 웬만하면 그 전염병 소굴을 피해. 너도 그러는 게 좋을 거야."

"나는…."

"아니면, 너한테 마취약을 너무 많이 투약할지도 몰라. 너희 담당 의사가 너무도 대단하게 맡은 일을 잘해내면 더 안 좋을 수도 있어. 텔레파시는 정말 끔찍하거든…."

"텔레파시 아니라니까…." 브리디가 말을 자르려고 했지만 C.B.가 계속 말했다.

"넌 알고 싶지 않을 거야. 내 말을 믿어. 특히 남자들의 생각은 알고 싶지 않을 거야. 거긴 시궁창이야. 사람들의 머릿속은 인터넷에 떠들어대는 것보다 훨씬 안 좋아. 너도 인터넷이 얼마나 개판인지는 잘 알잖아."

"먼저 네 제안서가 준비되었는지 아닌지부터 이야기를…."

"준비했어. 컴스팬도 고객들에게 똑같은 걸 약속하지, 더 많은 소통. 하지만 사람들이 원하는 건 그게 아니야. 사람들은 이미 너무 많이 소통하고 있거든. 노트북, 스마트폰, 태블릿, SNS까지. 그런 것들이 귀까지 바로 연결되어 있어. 지금은 너무 많이 연결된 상태야. 특히 막 연애가 시작될 즈음에는 더 적게 소통을 해야 해. 더 많이 소통하는 게 아니라."

"말도 안 돼."

"내기할래? 그렇다면 왜 '할 말이 있어'로 시작하는 모든 문장은 재난으로 끝나는 걸까? 지금까지의 모든 진화는 정보가 소통되는 걸 막으려는 노력의 역사였어. 변장, 보호색, 오징어가 뿜는 먹물, 암호화된 비밀번호, 기업 비밀, 거짓말까지 말이야. 특히 거짓말이 그 증거지. 사람들이 진짜로 소통하고 싶다면 진실만 말해야 하겠지만, 그렇지 않아."

"그건 사실이 아니야." 브리디가 막 입을 열었다가, 라훌 데쉬네프 씨의 비서에게 9시 45분에 약속이 있다고 말했었다는 것과 가족에게 회의에 들어갔다고 차를라더러 거짓말 시킨 게 떠올랐다.

"사람들은 끊임없이 거짓말을 해." C.B.가 말했다. "페이스북에도 거짓말을 하고, 데이트 사이트에도 거짓말을 해. 직접 만나면 이렇게 이야기하지. '네. 보고서는 다 끝났어요. 마지막으로 다듬는 중이에요', '아뇨. 그 옷을 입어도 뚱뚱해 보이지 않아요', '물론 저도 가고 싶어요', 여기서 '물론'과 '당연히'는 거짓말을 하고 있다는 결정적 증거야. '당연히 저도 당신의 가족들을 좋아해요', '당연히 난 그 여자하고 안 잤어', '물론 너는 나를 믿으면 돼.'"

"C.B. …."

"사람들이 누구한테 거짓말을 가장 많이 하는 줄 알아? 자기 자신이야. 사람들은 자기기만의 완벽한 달인이야. 그런 상황에서 네가 IED를 해서 트렌트의 생각을 들을 수 있게 된다고 하더라도, 대체 뭐가 좋겠니?"

"다른 사람의 생각을 듣는 게 아니라니까…." 브리디가 짜증이 난 목소리로 말했다. "내가 말했잖아. EED는 텔레파시를 할 수 있게 해주는 게 아니라고! 애인의 감정을 느끼는 감각을 강화해줄 뿐이야."

"감정은 생각보다 더 믿을 게 못 돼! 사람들은 온갖 종류의 미친 감정에 휩싸여 있단 말이야. 복수심, 질투, 증오, 분노. 넌 누군가를 죽여 버리고 싶다는 감정을 느낀 적이 한 번도 없어?"

「있어.」 브리디가 생각했다. 「바로 지금 그 감정을 느껴.」

"하지만 네가 누군가를 죽이고 싶다는 감정을 느낀다고 해서 네가 살인자라는 의미는 아니야. 네가 좋은 감정을 느낀다고 해서 네가 성인인 것도 아니고. 히틀러도 자기 개를 생각할 때는 따뜻하고 보송보송하다는 감정을 느낄 거야. 그리고 하필이면 바로 그때 네가 히틀러의 감정을 느낀다면 '정말 좋은 사람이구나!' 하고 생각할걸. 사람들은 자기가 어떤 감정을 느끼는지 실제로는 잘 몰라. 그래서 사람들은 누군가를 사랑하지 않으면서도 사랑한다고 확신하기도 해. 사람들은…."

"히틀러나 사랑에 대한 네 이론을 들으려고 여기까지 내려온 건 아냐. 내가 여기까지 내려온 건, 네가 새 휴대폰에 관해 나한테 할 말이 있는 줄 알았기 때문이야." 브리디가 말했다.

"내가 지금껏 말한 게 바로 새 휴대폰에 대한 아이디어야. 사람들에게 진짜로 필요한 건 지금보다 적은 소통이야, 더 많은 소통이 아니라." C.B.는 벽에 붙은 1940년대 여배우 사진으로 걸어갔다. "그렇지 않아요, 헤디?"

「트렌트 말이 맞았어. C.B.는 정신적으로 불안정해.」 브리디가 생각했다.

"헤디 라마르는," C.B.가 그 사진을 손등으로 툭툭 치며 말했다. "2차 대전 당시 유명한 배우였어. 헤디는 독일이 무선 신호 감지를 통해 우리의 어뢰를 찾는 걸 막으려고, 영화를 찍는 틈틈이 무선 주파수 도약 방법을 찾아내려 애썼어." C.B.가 다시 작업대로 걸어왔다. "헤디는 성공했지. 그래서 그 방법과 모든 것들에 특허를 냈어. 그런데 안타깝게도 당시는 그 방법을 활용할 기술을 만들어내지 못했어. 그래서 50년을 기다려야 했지. 그녀의 방법은 현대 휴대폰을 설계하는 데에 이용됐어. 운이 없었지. 그래도 발상은 훌륭했어."

"어떤 발상이었는데?"

"메시지를 감추고 다른 사람에게 전송되지 않도록 했어. 네가 정말로 네 남자친구와 좋은 관계를 유지하고 싶으면 차라리 반 EED 수술을 받는 게 나아…."

"우린 지금 EED 이야길 하고 있는 게 아니야." 브리디가 말했다. "나한테 보여줄 게 있긴 한 거야?"

"있어." C.B.가 노트북으로 달려가서 타자를 치기 시작했다. 모니터 가득 프로그램 코드가 떴다. "네가 대화를 나누고 싶지 않은 사람이 있거나, 중요한 일을 처리할 필요가 있어서 방해받기 싫을 때를 떠올려봐."

「오늘 아침이 그랬어.」 브리디가 무심코 생각했다.

"예전에는 전화를 제때 못 받았다던가, 메시지를 못 받았다고 이야기할 수 있었지만, 이제는 통신 기술의 발선 덕분에 그런 변명이 더 이상 통하지 않게 됐지. 그래서 이 휴대폰은 전 남자친구나 회사 상급자의 전화가 걸려올 때 미리 알려주는 거야."

「아니면 가족이라든가.」 브리디가 생각했다.

"그리고 네가 선택할 수 있는 여러 가지 방법을 제시해줘. 전화를 미리 차단한 뒤에 '수신이 원활하지 않습니다'라는 신호를 보낼 수도 있는데, 난 이걸 '통화권 이탈 기능'이라고 불러, 인사말이 채 끝나기도 전에 끊어버려도 돼. 정말로 싫은 사람이라면 '추방 기능'을 사용할 수 있어. 그러면 자동으로 그 전화를 자동차 관리부나 컴스팬의 고객센터로 돌려버리지. '무슨 일이 어떻게 돌아가는지 모르는 사람과 통화하고 싶으신 분은 1번을 누르시고, 온종일 거기에 서서 어느 버튼을 눌러야 할지 알아보고 싶은 분은 2번을 누르세요.'" C.B.가 다른 화면을 띄웠다. "그리고 이건 내가 SOS 앱이라고 부르는 건데, 다른 사람들 몰래 휴대폰 옆에 달린 버튼을 누르면 벨이 울려서 다른 사람들에게 전화를 받아야겠다고 말할 수 있는 핑계를 만들어줘."

「오늘 아침 질 퀸시에게 잡혔을 때 그 기능이 있었으면 좋았을 걸.」브리디가 생각했다.「필립에게 잡혔을 때도.」

"나는 이 휴대폰을 '안식처'라고 불러." C.B.가 말했다. "나를 노트르담의 꼽추처럼 꼭꼭 숨겨주지."

브리디의 얼굴이 붉어졌다. "어떻게 그걸…?"

"이제 내 말이 무슨 뜻인지 알겠지? 소통이 너무 심하게 잘 되어도 문제야." C.B.가 노트북 모니터를 툭툭 치며 말했다. "넌 어떻게 생각해? 휴대폰 말이야, 내가 노트르담의 꼽추냐 아니냐가 아니라."

「난 정말 환상적인 아이디어라고 생각해.」브리디는 그 휴대폰이 가족들과의 관계를 얼마나 편하게 만들어줄지 상상했다. 하지만 컴스팬에 필요한 기술은 이게 아니다. "트렌트는 소통을 강화해주는 휴대폰을 원해. 소통을 억제하는 게 아니라."

"내가 걱정하는 게 바로 그거야." C.B.가 중얼거리며 고개를 숙여 작업대에 놓인 회로판을 내려다봤다.

"그렇다면 넌 소통을 강화할 수 있는 아이디어는 없다는 거지?"

"있어. 막 하나 만들었어. 다른 사람이 보낸 문자를 사람들이 듣고 싶어 하는 말로 바꿔주는 앱이야. 내가 너한테 '이유가 뭐든간에 뇌수술을 받겠다는 건 바보 같은 짓이야. 그게 진정한 사랑을 줄 거라는 유치한 생각을 버려'라고 문자를 보내면, 이 휴대폰이 이렇게 바꿔서 보내는 거지. '와우! 트렌트가 너한테 EED를 하자 그랬다며! 정말 낭만적이다!' 나는 이걸 '완벽한 속임수' 앱이라고 해."

"됐네요. 논의는 이걸로 끝내자." 브리디가 문으로 향하며 말했다. "혹시라도 다른 제안이 있거든, 진지한 제안 말이야, 회의 전까지 트렌트에게 넘겨줘. 그런 제안이 없어도 그 전에 트렌트에게 말해줘. 회의는 11시야. 이제 한 시간 남았어."

"아냐, 그렇지 않아." 브리디가 문을 쾅 닫을 때 C.B.가 소리쳤다. "벌써 10시 20분이거든."

아, 이럴 수가, 회의까지 40분밖에 안 남았다. 오늘 내로 가족에게 어떻게 말하면 좋을지 생각할 기회는 더 이상 없을 것이다. 그리고 집으로 가면, 가족들이 그녀를 기다리며 아파트 앞에 야영을 하고 있을 것이다. 아니면 아예 집에 들어가 있거나.

「열쇠를 바꿔야겠어.」 브리디가 생각했다. 「그래도 마지막으로 한 번만 더 가족들에게 어떻게 털어놓으면 좋을지 생각해보자.」 C.B.가 있긴 하지만, 그래도 이 지하가 그 생각을 하기에는 최적의 장소였다. 브리디는 복도를 따라가다가 엘리베이터를 지나 이어진 복도로 들어가서 이용할 만한 창고가 있는지 확인하기 위해 문을 하나씩 열어봤다.

브리디는 문을 대여섯 개 확인한 후에야 잠기지 않은 문을 발견했지만, 그 창고에는 상자가 꽉 차있어서 문도 간신히 열렸다. 하지만 브리디에게는 공간이 별로 필요 없었다. 지금 그녀에게 필요한 건 사적인….

"언니, 여기 있었구나!" 캐슬린이 소리쳤다. "언니를 찾으러 온 사방을 다녔어."

"캐슬린!" 브리디가 큰 죄라도 들킨 듯 그 문에 엉거주춤 기대며 말했다. "여긴 도대체 어쩐 일이야?"

"가족들이 걱정했잖아. 언니가 우리 문자에 전혀 대답을 안 하니까, 우나 고모가 나한테 전화해서 뭔가 나쁜 일이 일어났다는 예감을 느꼈다고 해서, 내가 무슨 일인지 알아보려고 온 거야."

"가족들이 연락했었는지 몰랐어." 브리디가 거짓말을 했다. "오전 내내 여기 내려와 있었거든. 그리고 여긴 휴대폰 수신이 안 돼. 넌 내가 여기 있는지 어떻게 알았어?"

"차를라가 말해줬어. 언니가 노트르담의 꼽추하고 이야기하러 여기로 내려갔다더라고. 그래서 난 그 꼽추가 저기에 있는 꾀죄죄한 남자일 거라고 짐작했지." 캐슬린이 C.B.의 연구실을 가리키며 말했다. "나는 저 사람을 '혐오스러운 설인(雪人)'이라고 부르긴 하지만 말이야. 여긴 너무 춥다. 아무튼, 그 사람이 나한테 이걸 줬는데, 언니가 트렌트에게 전해달래." 캐슬린이 브리디에게 USB 메모리와 접힌 메모지를 내밀었다. "언니, 혹시 이 남자 만나는 사람 있어?"

"C.B. 말이야?" 브리디가 메모지를 펼치면서 말했다. "농담하는 거지?"

메모지에는 이렇게 쓰였다.

불러서 바보 같은 이야기만 늘어놔서 미안해. 회의에 제출할 다른 제안서가 있어. 걱정하지 마, 네 남자친구도 좋아할 만한 제안이야. 소통중독자들의 꿈이라고 할 수 있지. 서명. C.B.
추신. EED에 대한 내 이야기는 안 미안해. 그건 정말 끔찍한 생각이야. 먼저 그 문제를 생각해보기 전에는 절대로 수술을 하지 않겠다고 약속해줘.
추추신. 너 자신에게 물어봐. 헤라어했?

「헤라어했?」 이게 무슨 말을 줄인 것이든 브리디에게는 그걸 고민할 시간이 없었다. 캐슬린이 다른 사람과 이야기를 나누기 전에 여기서 데리고 나가야 한다. 「캐슬린을 1층으로 데리고 간 뒤에 곧장 주차장으로 나가자. 운이 좋으면 아무도 안 만날 수 있을 거야.」

"농담 아냐." 캐슬린이 말했다. "내 생각엔 저 사람한테 귀여운 면이 있는 것 같아. 머리만 손질하면 괜찮을 거야."

브리디는 캐슬린을 데리고 엘리베이터 쪽으로 성큼성큼 걸어갔다. "넌 채드하고 사귀고 있지 않았니?"

"그렇긴 하지. 그런데 모르겠어…." 캐슬린이 한숨을 뱉었다. "그래서 오늘 아침에 언니한테 전화했던 거야. 어젯밤에 채드랑 싸웠거든."

「대단하다, 대단해.」 캐슬린이 그동안 사귀었던 온갖 쪼다들 중에서 채드가 최악이었다. 하지만 브리디는 지금 그 일에 간섭할 상황도 아니었다. 지금 가장 중요한 일은 캐슬린이 다른 사람과 이야기를 나누기 전에 여기서 데리고 나가는 것이었다. 그래서 브리디는 계속 걸었다.

"채드가 다른 여자애랑 섹스팅을 하다가 나한테 걸렸어." 캐슬린이 말했다. "그것도 내 휴대폰으로. 그래서 내가 채드한테 그 일로 뭐라 했더니, 화를 내면서 고함을 지르다가 나를 내려놓고 가버렸어. 그런데 채드가 떠나고 나서야 내 휴대폰을 채드의 차에 놔두고 내렸다는 사실을 깨달았어."

엘리베이터에 도착했다. 브리디가 올라가는 버튼을 눌렀다.

"그래서 한밤중에 차를 태워줄 사람에게 연락하려고 전화기를 찾으러 다녔어." 엘리베이터가 도착해서 둘이 올라탔다. "언니, 이제 공중전화가 아무 데도 없다는 거 알아?"

브리디는 1층 버튼부터 눌렀다. 엘리베이터가 올라가기 시작했다. "그래서 어떻게 했어?"

"결국 세븐일레븐 바깥에 있는 공중전화를 찾아냈어." 캐슬린이 말했다. "그런데 잔돈이 없더라고. 그래서 집까지 걸어갈 수밖에 없었어. 걸어가는 내내 채드하고 끝내야겠다고 생각했어."

"그래." 브리디가 말했다. "그렇게 해."

"응. 그런데 문제는 채드가 나를 진짜로 사랑한다는 사실이야."

C.B.가 옳았다. 사람들은 자기기만의 달인이다. 삥 소리가 나면서 엘리베이터 문이 열렸다. 다행히 아무도 없었다. "메리 언니한테는 그 문제 이야기해봤어?" 브리디가 캐슬린을 붙잡고 주차장 쪽으로 끌고 가면서 물었다.

"해봤는데, 큰 언니는 메이브 걱정하느라 바빠서 다른 사람의 말을 안 들어."

"메이브한테 무슨 문제가 있는데?"

"아무 문제도 없어. 큰 언니는 메이브가 인터넷을 너무 오래 사용하는 거 같대. 메이브가 인터넷 중독 같은 게 아닐지 걱정하고 있어."

그들이 문에 도착했다. "내 말 잘 들어." 브리디가 말했다. "나도 너랑 이야기를 나누고 싶지만, 30분 후에 있을 회의에 참석해야 되는데, 그 전까지 C.B.가 준 이 제안서를 살펴봐야 해. 그러니까 가족들한테 나는 무사하다고 전해줘. 내가 퇴근 후에 전화할게. 너한테도." 브리디가 캐슬린을 위해 문을 열어줬다. "잘 가."

"잠깐만." 캐슬린이 말했다. "언니한테 물어볼 게 있어. 언니는 왜 우리한테 EED를 할 거라는 이야기를 안 해줬어?"

「뭐라고?」 "나… 난… 그게… 어젯밤에 결정한 거라서 그랬어." 브리디가 말을 더듬었다. "그리고 오늘 아침에는 C.B.와 회의하느라 바빴어."

"오전 내내 짧은 문자 한 통 보낼 시간이 없었다는 거지?" 캐슬린이 비꼬듯 말했다. "메일도? 우리 전화에 회신하기도 힘들었고?"

"할 수 없었어. 저 아래에선 수신이 안 된다고 했잖아. 아무한테도 이야기해줄 틈이 없었어."

"그 꼽추는 빼고 말이지? 그런데 그 사람 이름이 뭐라고?"

「베네딕트 아널드.*」 브리디가 씁쓸한 얼굴로 생각했다. "그 사람 이름은 C.B.야. C.B. 슈워츠. 그 사람이 너한테 EED에 대해서 말해준 거야? 아니면 차를라?"

"둘 다 아냐. 메이브가 말해줬어."

"메이브라고? 걔는 그걸 어떻게 알았대?"

"페이스북이나 트위터 같은 데에서 봤을 거야."

「메이브가 인터넷을 너무 많이 사용하는 건 확실하네.」 브리디가 생각했다. "설마 메이브가 우나 고모한테는 이야기 안 했겠지?"

"잘 모르겠어. 아마 메이브가 자기 페이스북에 올렸을걸."

* 미국의 독립 전쟁 당시 독립군으로 참여했다가 중간에 배신하고 영국군으로 갔던 사람으로, 흔히 '배신'의 대명사로 불린다.

"하지만 우나 고모는 페이스북 안 쓰시잖아."

"아냐, 고모도 써. 메이브가 고모한테 계정을 만들어줬거든."

「이런, 안 돼!」 브리디가 절망에 빠져 생각했다. 「그렇다면 모든 가족이 다 안다는 말이네.」 "우나 고모는 뭐라셔?"

"언니가 짐작하는 딱 그대로야. '성 패트릭의 신성한 피와 그 모든 아일랜드 성인들이 지켜보고 있는데, 이 처자가 대체 지금 무슨 짓을 저질렀다는 게냐?'"

"난 아무 짓도 안 저질렀어." 브리디가 말했다. "어젯밤에 트렌트가 나한테 EED를 하면 어떻겠냐고 물어본 것뿐이야."

"그래서 언니는 그러자고 했어? 겨우 6주 사귀고?"

"내 기억에, 넌 알렉스 맨쿠소랑 딱 두 번 데이트하고 약혼하지 않았었니?"

"그랬지. 그건 실수였어."

실수라는 말은 지나치게 순화시킨 표현이다. 알렉스는 유부남이었다. 게다가 중범죄 전과가 세 개나 있었다.

캐슬린이 말했다. "난 언니가 나랑 똑같은 실수를 하지 않기만 바랄 뿐이야. 트렌트가 언니한테 얼마나 헌신적인지 아직 충분히 알 수 없을…."

"바로 그래서 EED를 하려는 거야. 서로를 더 잘 알기 위해서. EED는…."

"지금은 참고, 저녁식사 때 말해줘. 우나 고모가 아일랜드 스튜랑 아일랜드 돼지 족발을 만들 거라며 가족들 다 모이랬어." 캐슬린이 말했다.

「그리고 아일랜드 종교재판이 시작되겠지.」 브리디가 생각했다. "난 못 가. 트렌트가…."

"트렌트는 밤 10시까지 회의에 참석할 거야." 캐슬린이 말했다. "우나 고모가 벌써 그 사람 비서한테 전화해봤어. 그러니까 언니는 남자친구가 저녁식사에 초대했다는 변명으로는 빠져나갈 수 없어. 저녁식사는 6시야."

캐슬린이 떠났다. 그러더니 바로 또 돌아와서 구슬픈 목소리로 말했다. "정말로 채드랑 헤어지는 게 나을까?"

"응." 브리디가 대답했다.

"언니 말이 맞아. 우나 고모네서 보자. '성 패트릭이 네 여정을 보호해주실 게다, 우리 애기.'" 캐슬린이 고모 흉내를 내며 쾌활하게 인사하고 떠났다.

10시 50분이었다. 브리디는 회의 전에 C.B.의 USB 메모리를 점검해서, 이게 그 안식처 휴대폰 제안서나 다른 미친 '반 소통' 어쩌고 하는 제안서는 아닌지 확인해둬야 했다. 그녀가 사무실 쪽으로 발걸음을 떼자마자 영업부의 로레인에게 붙잡혔다. 로레인은 브리디와 트렌트가 EED를 하기로 결정했다니 정말 멋지다는 이야기를 하고 싶어 했다. "트렌트에게 EED를 하자고 어떻게 설득한 거야?" 로레인이 물었다.

"난 설득 안 했어. 트렌트가 하자고 했어."

"어머, 정말이야? 대부분의 남자는 다른 사람들 앞에서 감정을 드러내는 건 고사하고, 자기한테 감정이라는 게 있다는 사실조차 인정하기 싫어하는데. 지나 있잖아, 라훌 데쉬네프 씨 비서 말이야, 알지? 지나는 EED를 하게 하려고 그렉을 협박했대. 지나 말로는 그래도 할 만한 가치가 있었다더라. EED를 하고 난 뒤로는 그렇게 행복하고 편안할 수가 없다지 뭐야."

「나처럼 당장 숨을 곳을 찾을 필요가 없으니까 행복하고 편안하겠지.」 브리디가 생각했다. "난 회의에 늦어서…."

"나도 그 회의에 가는 중이야." 로레인이 회의실로 브리디를 몰았다. "지나는 EED가 제대로 작동하지 않을까 봐서 걱정했었대. 그렉이 바람을 피우고 있을 거라고 생각했거든. 실은 나도 그렇게 생각했어. 수키 말로는…."

브리디가 멈춰 섰다. "방금 기억났는데, 잠깐 사무실에 들러서 비서한테 말해 둘 게 있어."

"지금 그럴 시간 없어. 우린 이미 늦었단 말이야." 로레인이 브리디의 팔을 붙잡았다. "그래서, 아무튼, 우리 생각이 틀렸던 거야. 둘이 연결된 걸 보면 그렉이 바람을 피우지 않았던 거지. 지나 말로는 완벽해진 느낌이래. 더 이상 착각하지도 않고, 오해하지도 않고, 비밀도 없대. 이것 봐, 벌써 다들 왔잖아."

다들 참석한 상태였다. 첫 안건이 C.B.의 제안서였다. 그래서 브리디는 트렌트에게 USB를 건네주기 전에 훑어볼 기회조차 없었다. 다행히 그건 안식처 휴대폰도 아니었고, '완벽한 속임수' 앱도 아니었다. 톡플러스(TalkPlus)라는 앱에 대한 기획안이었는데, 이 앱을 사용하면 두 대의 휴대폰과 동시에 대화할 수 있었다. "더 이상 다른 사람의 전화를 대기시키거나, 다시 전화하겠다고 하거나, '죄송하지만, 이 전화를 받아야겠어요.' 혹은 '죄송하지만, 지금은 통화하기 힘들 것 같습니다'라고 말할 필요가 없어지는 겁니다. 톡플러스가 있으면 모든 사람과 동시에 통화를 할 수 있습니다."

「아주 웃기네, C.B.」 브리디가 생각했다. 그렇지만 트렌트를 포함해서 다른 사람들은 모두 톡플러스의 개념을 아주 좋아했다. 트렌트가 회의 탁자 너머에서 문자를 보냈다. "이게 바로 우리한테 필요했던 거야. C.B.에게서 이런 걸 받아 내다니, 고마워. 베릭 박사 예비 서류 다 썼어?"

브리디가 답장을 했다. "회의 끝나자마자 할게." 그러자 트렌트가 답장했다. "회의 끝날 때까지 기다리지 말고 그냥 지금 해. 회의 엄청 오래 걸릴 거야."

트렌트의 말이 맞았다. 사람들은 즉시 톡플러스를 두 사람 이상이 대화를 할 수 있도록 만들면 어떻겠냐고 제안하기 시작했다. 그 대화가 거의 두 시간 넘게 진행되다가 점심을 주문하자는 결론으로 이어져서, 브리디는 그사이에 베릭 박사의 첫 번째 질문지에 답을 입력할 수 있었다. 그녀의 병력 사항부터 시작해서, 음식 취향, 머리카락과 눈의 색, 취미까지 온갖 걸 다 써야 하는 것이었는데도 말이다.

브리디가 예비 서류를 끝냈을 때 아트 샘슨 씨가 말하고 있었다. "전 톡플러스가 마음에 듭니다. 그렇지만 이 정도로 애플의 새 휴대폰과 경쟁할 수 있을까요? 제 말은, 우린 작은 회사라는 겁니다. 다들 이야기하듯이 새로 나올 아이폰이 패러다임을 바꾸는 수준이라면, 동시에 여러 사람과 통화할 수 있는 정도로는 경쟁할 수 없을 거라는 이야깁니다." 그러자 회의가, 애플이 출시할 새로운 아이폰에 대한 추측과 애플의 신기술을 알아낼 방법이 있으면 좋겠다는 소망을 나누는 잡담회 수준으로 떨어져 버렸다.

「수키를 애플로 보내면 되겠네.」브리디가 그런 생각을 트렌트에게 문자로 보내려는데, 트렌트에게서 문자가 왔다. "해밀튼 씨가 나를 만나고 싶대. 끝나면 연락할게. 사랑해. 예비 서류 잊지 마." 브리디는 회의의 결론을 듣기 위해 남아 있었는데, 이 잡담이 영원히 끝나지 않을 것 같아서 두려웠다.

「회의 참석을 거부하는 C.B.의 생각이 옳았어.」브리디는 두 번째 질문지 입력으로 넘어갔지만, 이걸 빨리 제출한다고 해서 무슨 효과가 있을지 의구심이 들었다. 베릭 박사를 온라인으로 찾아봤더니, 박사의 고객은 할리우드 연예인들만이 아니었다. 온갖 운동선수들과 왕족까지 있었다. 소문에 따르면, 베릭 박사는 영국의 윌리엄 왕세손과 케이트 왕세손비 부부도 수술했고, 포춘지의 500대 기업에 들어가는 CEO도 십여 명 수술했다. 브리디와 트렌트로서는 대기 명단에 올라간 것만 해도 행운이었다. 베릭 박사가 둘을 위해 데이비드 베컴이나 브루나이의 술탄과 순서를 바꿔 주지는 않을 것이다. 그래도 혹시 몰라서, 브리디는 질문지의 답을 입력하기 시작했다. 예비 서류의 질문들은 정서적 민감도, 공감능력, 연인 간의 화합을 측정하기 위해 설계된 일종의 검사였다.

「이건 도저히 오늘 내로는 못 끝내겠다.」브리디는 그렇게 생각했지만, 회의에 참석한 이들이 애플이 거짓말을 했을 가능성은 없는지, 애플이 우리 회사의 정보를 빼내고 있는 건 아닌지, 그게 얼마나 비윤리적인 짓인지, 애플의 정보를 빼낼 수 있을 만한 사람이 누가 있을지에 대한 논의를 끝냈을 때는, 그녀가 질문지 입력을 마치고, 질문지를 베릭 박사의 사무실로 보낸 후, 가족들이 보낸 엄청난 메시지 무더기를 무시하면서 메일들을 살펴보기 시작할 무렵이었다.

C.B.가 보낸 메일이 두 통 있었다. 하나는 이렇게 시작했다. "헤디 라마르라면 어떻게 했을까?"

「그럼 아까 메모에 남긴 '헤라어했?'이 그 소리였던 거야? 그러면 그렇지. 그런 말일 줄 알았어.」 브리디가 생각했다.

C.B.의 첫 번째 메일에 달린 링크를 눌렀더니 주파수 도약에 관한 헤디 라마르의 성과를 담은 긴 글로 넘어갔다. 다른 메일은 '아이오와 주에서 손거스러미 수술 후유증으로 남자 사망'이라는 제목의 기사였다.

4시에 마침내 회의가 끝났을 때, 브리디는 행복을 빌어주는 사람들에게 둘러싸였다. 그들은 트렌트가 정말 괜찮은 남자라며, 어떻게 해야 베릭 박사의 대기 명단에 이름을 올릴 수 있는지 물었다. 경리부의 라라가 간절한 얼굴로 말했다. "우리는 심지어 대기 명단에 올라갈 순서를 기다리는 대기 명단에조차 등록을 못 했어요." 그리고 품질관리부의 베스가 열정적으로 말했다. "EED는 인류 최고의 발명품이야!"

「제발 우리 가족하고 C.B.한테 그렇게 말해주면 안 되겠니?」 브리디는 사무실로 돌아오면서 생각했다. 그리고 어떤 핑계를 대야 저녁식사에 가지 않을 수 있을지 궁리했다. 보고서 마감이라고 할까? 동료의 팔이 부러져서 응급실로 데려가야 한다고 할까? 유행성 출혈열 한타 바이러스가 갑자기 퍼지기 시작했다고 할까?

가족들에게 뭐라고 핑계를 대든 최대한 빨리 만들어내야 했다. 벌써 4시 30분이었다. 우나 고모라면 브리디가 빠져나가지 못하게 하려고, 퇴근 시간 후에 캐슬린을 회사로 보내고도 남을 사람이었다.

차를라가 사무실 문 앞에 서 있었다. "방금 이게 왔어요." 차를라가 연분홍 동백꽃 다발을 가리켰다. "트렌트 워스 씨가 보냈네요." 차를라가 브리디에게 카드를 내밀었다. "당신이 보고 싶어. 내가 말을 하기도 전에 당신이 내 마음을 알고 있어서 더 이상 그립다는 이야기를 하지 않아도 될 그 날을 기다리고 있어. 트렌트."

"정말 복도 많으세요. 네이트는 절대로 저한테 이런 걸 보내지…."

"다른 메시지는 없어?" 브리디가 말을 잘랐다.

"없어요. 그런데 가족분들께서…."

"가족들한테 전화해서 일이 생겼다고 해줘." 브리디가 차를라를 지나쳐 사무실로 먼저 들어가면서 말했다. "뭐라고 하든 상관없어. 급한 회의라든가, 뭐 그런 일이 있다고 해줘. 그래서 저녁식사에 못 갈 거라고 해." 브리디가 개인 사무실 문을 열었다.

온 가족이 거기에 모여 있었다. 트위드 치마와 가디건을 걸치고 무릎 위에 뜨개질 거리를 올려놓고 앉아 있는 우나 고모를 포함해서 모든 가족이 다 모여 있었다. 고모의 양쪽으로 메리 언니와 캐슬린이 서 있었고, 메이브는 구석의 바닥에 책상다리를 하고 앉아 있었다. 「제발, 제발, 방금 내가 한 말을 못 들었어야 하는데.」 브리디가 생각했다.

"급한 회의라고 했느냐?" 우나 고모가 평소보다 더 억센 아일랜드 억양으로 물었다.

"의자 좀 더 가져올게요." 브리디는 그렇게 말하고 밖으로 나가서 차를라의 책상으로 갔다.

"제가 플래니건 씨는 정말 바쁘다고 말씀드렸는데…." 차를라가 말했다.

「하지만 가족들이 듣지 않았겠지.」 브리디가 생각했다. 「알아. 내 말도 항상 안 듣거든.」 "괜찮아, 차를라." 브리디가 말했다.

"커피나 음료수라도 가져다 드릴까요?" 차를라가 물었다.

"아니, 괜찮아." 브리디는 차를라에게 5분 후에 들어와서 급하게 가야 할 곳이 있다고 말해달라고 할까 잠시 고민했지만, 그 방법이 먹힐지 의심스러웠다. 그리고 이건 그녀가 언젠가 한 번은 치러야 할 일이었다. 차라리 차를라가 문 앞에서 이야기를 듣지 않는 편이 나았다. 그래서 브리디는 차를라에게 일찍 퇴근해도 좋다고 말하고, 벌을 받으러 개인 사무실로 들어갔다.

"네가 일 때문에 저녁식사에 오지 않을 거라는 예감이 들었단다." 차를라가 듣지 못하게 하려고 브리디가 문을 닫자마자 우나 고모가 말했다. "그래서 너하고 그 LED 어쩌고 하는 거에 대해 이야기를 나누려면 우리가 회사로 오는 게 낫겠더구나."

"EED예요." 구석에 앉은 메이브가 정정했다. "LED는 조그만 전등 같은 물건이에요. EED가 뭘 줄인 말이냐면…."

"그게 뭘 줄인 말인지 내가 어떻게 알겠니? 저 애가 그걸 하고서는 가족들한테 입도 뻥끗 안 하고 있는데 말이다. 그것도 그 영국 사내랑!"

"트렌트와 제가 하려는 거는요," 브리디가 말했다. "서로의 감정을 느끼고 연인으로서 더 잘 소통할 수 있도록 해주는 간단한 시술이에요."

"성인들이시여, 우리를 지켜주소서!" 우나 고모가 가슴에 십자가를 그으며 말했다. "소통이라고 했느냐? 아일랜드 사내가 소통을 위해서 수술을 해야 된다는 이야기 들어본 적 있더냐? 아니면, 영국 사내는 말로는 소통을 못 한대냐?"

"아뇨, 당연히 할 수 있죠. EED는 다른 소통을 대체하는 게 아니라 강화시켜 줘요." 브리디는 EED가 어떻게 신경 통로를 만들어서 연인 간에 서로의 감정을 더 잘 받아들일 수 있도록 해주는지 설명하기 시작했지만, 우나 고모는 하나도 듣지 않았다.

우나 고모는 풍만한 가슴 위로 카디건을 입은 팔로 팔짱을 끼고서 중얼거렸다. "그건 자연에 위배되는 짓이야."

"게다가 그건 명백히 시대에 뒤떨어진 짓이야." 메리 언니가 말했다. "남자를 기쁘게 해주기 위해 뇌를 잘라내는 짓에 동의하다니! 네 조카한테는 대체 뭐라고 문자를 날린 거야?"

「아무것도 안 날렸는데?」 브리디가 메이브를 쳐다보면서 생각했다. 메이브는 이 대화에는 관심이 없고 스마트폰에 넋을 놓고 있었다. "이건 뇌 절제 수술이 아니야." 브리디가 말했다. "트렌트를 위해서 이걸 해주려는 것도 아니야. EED는 우리 둘 다에게 이익이야." 하지만 메리 언니는 그 말을 듣고 있지 않았다.

"메이브가 약하고 무기력한 여성상을 보여주는 대중문화에 끊임없이 노출되는 것만 해도 이미 충분히 해로운데, 이모라는 사람이 말이야! 난 지성과 독립성을 짓밟는 영상들로부터 메이브를 지키려고 온종일 매달려 애쓰고 있는데…."

"엄마는 디즈니의 공주들을 말하는 거예요." 메이브가 스마트폰에서 고개를 들고 짜증나는 투로 말했다. "브리디 이모, 엄마는 '라푼젤'을 못 보게 해요. 플린이 라푼젤을 구하러 간다는 사실 때문에요! 하지만 사람은 때때로 다른 사람의 도움을 받아서 구출될 수도 있잖아요…."

"봤지?" 메리 언니가 브리디에게 말했다. "메이브는 벌써 여자는 그저 앉아서 구원해줄 남자를 기다리고 있어야 한다는, 자기 힘으로는 구원될 수 없다는 관념을 받아들이기 시작했어."

"자기 힘만으로는 벗어날 수 없을 때도 있잖아요!" 메이브가 소리쳤다. "묶여 있거나 얼음으로 변했다거나, 그런 때요. 하지만 남자도 도움을 받아서 구출돼요. '라푼젤'에서 마녀가 남자를 죽였을 때…."

"얘들아, 잠깐 조용해 봐." 우나 고모가 메이브의 팔을 가볍게 두드리며 말했다. "지금은 동화 이야기를 하고 있을 때가 아니야. 우리는 지금 생사가 걸린 문제를 이야기하고…."

"이건 생사와는 아무 상관도 없어요." 브리디가 말했다. "EED는 완벽하게 안전…."

"아, 물론, 그 사내가 너한테 그렇게 이야기했겠지." 우나 고모가 말했다. "영국인의 입에서 진실이 담긴 말이 나온 적이 있더냐? 과연 그런 적이 있는지 알고 싶구나. 그놈들은 거짓말을 하는 짐승…."

"트렌트는 거짓말하는 짐승이 아니에요. 영국인도 아니고요. 트렌트의 가족은 이미 수 세대 동안 미국에서 살아온 미국인이에요."

"우리 집안도 그랬지. 그래서 넌 우리가 아일랜드인이 아니라고 말하려는 게냐?" 우나 고모가 턱을 치켜들며 말했다. "얘야, 다음엔 대체 무슨 짓을 할 작정이냐? 이제 플래니건이라는 네 성도 버리고, 네 빨간 머릿결도 갈색으로 염색할래? 성 패트릭의 성스러운 피에 맹세코, 내 평생에 다른 사람도 아니고 바로 내 조카가 자신의 축복받은 혈통을 부인하는 꼴을 보게 될 줄은 상상도 못 했어! 이 처자야, 너는 아일랜드인이야. 네게 아일랜드의 피가 흐른다는 사실을 부인해봐야 소용없어! 그리고 그놈의 심장에 영국인의 피가 흐른다는 사실도 부인해봐야 소용없어! 사악하고 잔혹한 거짓의 피가 흐르지. 상놈에다가 난봉꾼 놈들이야. 네가 훌륭한 아일랜드 총각을 찾게 되면…."

"제 생각엔 트렌트의 조상이 누구인지는 중요하지 않아요." 캐슬린이 말했다. "중요한 건 그 사람이에요."

「고마워, 캐슬린.」 브리디가 생각했다.

"그리고 트렌트는 진짜 잘 생겼잖아요." 캐슬린이 계속 말했다. "그 사람은 차도 정말 좋아요. 나 같아도 그런 사람과 사귀겠어요." 이건 지금까지 캐슬린의 남성 편력과 전혀 일치하지 않는 이야기였다.

메리 언니가 즉시 그 사실을 지적하고 덧붙였다. "혼전 계약서를 쓰듯 뇌수술을 하자는 남자가 뭐가 매력적이라는 건지 난 이해가 안 돼. 브리디, 넌 그 남자의 어떤 점이 좋은 거니?"

「글쎄, 하나만 들자면,」 브리디가 생각했다. 「외아들이라는 점이지. 그리고 트렌트의 가족은 미리 양해도 구하지 않고 이렇게 쳐들어오지 않아. 그리고 자기들이 한 번도 가본 적도 없는 나라에 대해서 이렇게 쓸데없는 소리도 늘어놓지 않고, 다른 사람의 일에 이러쿵저러쿵 간섭하지도 않지. 또, 트렌트의 아파트에는 전자 열쇠가 달렸고 수위도 있어. 우리가 약혼하고 나서 그의 집으로 이사하면 마침내 난 약간의 사생활을 가질 수 있게 될 거야. 가족들은 마음대로 쳐들어와서 이러쿵저러쿵하던 걸 못하게 될 거야.」

하지만 브리디는 그렇게 말할 수 없었다. 우나 고모가 뇌출혈을 일으킬 것이다. 그리고 트렌트를 사랑하게 된 이유 중 일부는 그가 아일랜드계가 아니었기 때문이라는 사실도 절대로 말할 수 없었다.

트렌트는 그동안 캐슬린이 사귀었던 지저분한 어중이떠중이나 무책임한 개망나니들과는 정반대에 있는 사람이었다. 우나 고모가 브리디에게 계속 소개시키려 하는 한물 지난 노땅이나 부모에게 얹혀사는 '총각들'하고도 달랐다. 게다가 브리디가 전에 사귀었던 멍청이들과도 정반대였다. 트렌트는 깔끔하고 단정하고 야망이 있었으며, 월급이 두둑한 일자리를 갖고 있었다. 그리고 그는 듣기 좋은 말을 하고, 좋은 장소에 데리고 가고, 꽃을 보냈다. 그리고 다른 사람들과 섹스팅을 하지도 않았다.

「한밤중에 편의점 앞에 버려두고 떠나지 않는 남자친구를 사귀는 게 그렇게 큰 잘못이야?」 브리디가 생각했다. 「전화도 없이 사무실로 불쑥 찾아오는 사람들이 없는 삶을 원하는 게 그리 잘못된 일이야?」

하지만 브리디는 그 말도 할 수 없었다. 설령 이야기하더라도 아무도 안 들을 것이다. 메리 언니는 메이브에게 스마트폰을 끄라고 재촉하느라 바빴고, 캐슬린은 이렇게 이야기했다. "트렌트를 보면 어떤 사람이 떠오르는데, 그게 누군지는 모르겠어." 그리고 우나 고모는 이미 예전부터 브리디가 EED를 할 것이라는 예감이 있었다는 이야기를 했다.

「항상 예감이 있으시죠.」 브리디는 짜증이 솟았다. 「고모의 예감은 고모의 아일랜드 억양만큼이나 신뢰가 가요.」 브리디가 아는 한, 우나 고모가 가족의 내력이라고 주장하는, 소위 '천리안'이라는 고모의 초자연적인 능력은 캐슬린의 남자친구들이 쓸모없는 사기꾼들이라는 사실을 예감하는 데에는 한계가 있었다. 고모는 항상 너무 뻔한 사실만 예감했다. 전화가 울리기 직전에 호들갑스럽게 이렇게 말하곤 했다. "메리가 곧 전화를 할 거야. 내 뼛속 깊은 곳에서부터 느낌이 와. 틀림없이 메이브를 걱정하는 이야기를 할 게야."

메리 언니는 항상 메이브 걱정을 하고, 하루에 적어도 스무 번은 우나 고모에게 전화해서 그런 걱정을 이야기해대니까, 대단한 심령의 힘이 있어야 예측할 수 있는 일은 아니었다. 그 외 고모의 예감이나 '감지', 임박한 파멸의 느낌은 모조리 엉터리였다. 지금도 마찬가지다. "네가 그 DED를 하면 안 좋을 거라는 예감이 느껴져." 고모가 브리디에게 말했다.

"EED예요." 메이브가 스마트폰에서 고개를 들지도 않고 말했다. "'Ded'는 너무 좋아서 '죽을' 지경일 때 쓰는 단어란 말이에요. 이제 가면 안 될까요? 전 배가 고파서 죽을 지경이에요."

"물론 그렇겠지, 얘야." 우나 고모가 말했다. "차 마실 시간도 훌쩍 지났네." 그리고 아래에 있는 카페에 가서 "자양분을 조금만 섭취하자"고 제안했다. 그건 카페를 가득 채우고 있는 컴스팬의 직원 절반의 귀에 대고 이 말싸움을 계속하자는 이야기였다. 브리디는 소문 공장 수키가 그 이야기를 듣고 어떻게 할지 상상이 되었다. 그래서 그녀는 가족들에게 저녁을 먹으러 가자고 했다.

"그러면 네 급한 회의는 어떡하고?" 우나 고모가 물었다.

"취소시킬 거예요." 브리디가 단호하게 말하고, 탈출을 위한 마지막 필사의 시도로, 가족들에게 우나 고모네에서 보자고 했다.

시도는 먹히지 않았다. 고모가 브리디의 차에 타겠다고 우기더니, 가는 길 내내 훌륭한 아일랜드 총각 션 오라일리의 덕성에 대해 이야기했다. 그리고 조금도 모순을 느끼지 않은 채 메리 클레어가 메이브를 사사건건 지나치게 간섭한다며 애석해했다. "왜 메리는 그 불쌍한 애를 가만 놔두지 못한다니? 메이브가 잠시도 평온하게 지내질 못하잖아."

고모네에 도착하자, 가족들은 저녁식사 내내 EED에 대해서 앞서 늘어놨던 주장들을 전부 재탕했다. 새롭게 추가된 주장도 있긴 했다. 트렌트가 브리디에게 EED를 하도록 부추기는 데에는 사악한 동기가 있으며, 교회의 눈으로 보면 그 동기가 지옥에 떨어질 죄악일 게 틀림없고, 자긍심이 있는 아일랜드인이라면 절대로 하지 않을 짓이라는 등등의 주장이었다.

"그건 사실이 아니에요." 브리디가 말했다. "엔야도 약혼자랑 이 수술을 했고, 다니엘 데이 루이스도…."

"엔야하고 다니엘 데이 루이스가 너더러 다리에서 새넌 강으로 뛰어들라면 그렇게 할래?" 우나 고모가 말했다.

"제 생각엔 이모가 해야 될 것 같아요." 메이브가 말했다.

"다리에서 뛰어내려야 된다고?" 캐슬린이 물었다.

"메이브, 내가 전에 친구들이 압력을 행사했을 때 무작정 받아들이면 위험하다고 이야기해줬잖…." 메리 언니가 잔소리를 시작했다.

메이브는 엄마의 말을 무시했다. "브리디 이모가 EED를 하면 애인이 속으로 어떤 사람인지 알아낼 수 있잖아요. '겨울왕국'에 보면 왕자가 한 명 나오는데, 안나는 이 왕자가 진짜 좋은 사람이고 자신을 사랑한다고 믿었어요. 하지만 그건 사실이 아니었어요. 왕자는 안나의 왕국이 욕심났을 뿐이었어요. 그래서 안나를 죽이려고 해요."

"이게 너한테 디즈니 영화를 보여주지 않으려는 또 다른 이유야." 메리 언니가 말했다. "디즈니 영화들은 전부 너무 폭력적이야!"

"디즈니 영화는 폭력적이지 않아요!" 메이브가 폭력적으로 말했다. "제가 하려던 말은, 사람들은 때때로 안과 밖이 다르잖아요. 브리디 이모가 EED를 하고 나면 애인이 정말로 어떤 사람인지 알게 되어서 그 사람을 더 이상 좋아하지 않게 될 테니까, 다른 남자친구를 찾게 될 거라는 이야기였어요. 괜찮은 사람으로요."

"그러기 위해 굳이 몸에 칼을 댈 필요는 없다." 우나 고모가 말했다. 그리고 아일랜드의 딸 회원들이 경험했던 온갖 수술의 위험한 사례들을 늘어놓기 시작했다. "션 오라일리의 사촌은 다리가 안 좋아서 수술을 받으러 갔는데, 의사들이 다른 쪽 다리를 잘라버렸어!"

「아침에 C.B.한테 내 전화기에도 SOS 기능을 넣을 수 있는지 물어봤어야 하는 건데.」브리디가 생각했다.「그랬으면 바로 지금 그 기능을 이용할 수 있었을 거야.」

그때 브리디의 휴대폰이 울렸다. "귀찮게 해서 죄송해요." 차를라가 말했다. "C.B. 슈워츠 씨가 저희 집으로 전화를 해서 오늘 아침에 보여드렸던 휴대폰 아이디어에 대해 이해가 됐는지 물어봐 달라고 해서요."

「고마워, C.B.」브리디가 생각했다. "응." 그녀가 대답했다. "아냐, 괜찮아. 곧 갈게."

"회사로 가실 필요는 없어요." 차를라가 당황해서 말했다. "플래니건 씨가 이해했는지 확인해달라고만 했어요."

"이해해. 금방 갈게." 브리디는 그렇게 말하고 전화를 끊었다. "죄송한데요, 전 가봐야 할 것 같아요." 브리디가 가족들에게 말하며 외투를 걸쳤다. "회사에 문제가 생겨서 제가 확인하러 가봐야 해서요."

가족들은 차까지 바래다주겠다고 우겼다. "트렌트는 EED 수술을 언제 하자고 그러는 거야?" 메리 언니가 물었다.

"늦여름에요." 메이브가 답했다.

"넌 그걸 어떻게 알았어?" 브리디가 메이브에게 물었다.

"페이스북에 올라왔어요."

"늦여름이라…." 우나 고모가 생각에 잠긴 얼굴로 말했다. "좋네. 네가 그 문제를 다시 생각해볼 시간은 충분하겠구나."

「저한테 그만두라고 이야기할 시간이 충분하다는 뜻이겠죠.」브리디는 차를 몰고 나오면서 생각에 잠겼다.「트렌트와 결혼을 하고 나면, 저녁식사를 빙자한 종교재판 때문에 다시는 고통을 받지 않아도 돼. 트렌트와 이사를 하면 수위가 가족들과 온갖 잡스러운 일들을 다 막아줄 거야. 그러면 마침내 평화와 고요함을 맛보게 되겠지.」

브리디는 가족들의 눈에서 벗어나자마자 차를라에게 전화해서 자신이 왜 그렇게 전화를 받았는지 설명하려고 차를 갓길에 댔다. 가족들은 잠시도 틈을 주지 않았다. 벌써 우나 고모가 보낸 문자가 와 있었다. 아일랜드의 딸 회원의 조카가 정맥류 수술을 받으러 갔다가 죽었다는 이야기였다. 그리고 캐슬린도 한 통 보냈다. "트렌트를 처음 봤을 때 떠올랐던 사람이 누구였는지 이제야 기억났어. 바로 커트야."

커트는 캐슬린의 전 남자친구인데, 죽을 때까지 사랑하겠다고 맹세하더니 캐슬린의 신용카드를 가지고 도망갔던 녀석이다. 브리디는 그 문자들을 지우고 차를라에게 전화하려고 했지만, 또 들어온 문자 때문에 문자함으로 이동했다. 「집에 가서 전화해야겠다.」 브리디는 아파트에 도착하자마자 휴대폰을 꺼내서 전화하려고 했다.

그 즉시 휴대전화가 울렸다. 「차를라가 아까 걸려다 끊겼던 수신 목록을 확인했나 보다.」 트렌트의 링톤이긴 했지만, 브리디는 그렇게 생각하며 전화를 받았다.

실수였다. 메리 언니였다. "우리는 조금 전에 집에 도착했는데, 메이브가 자기 방에 들어가서 문을 잠가 버렸어."

「언니가 내 엄마라면 나라도 방에 들어가서 문을 잠갔을 거야.」 브리디가 생각했다.

"그리고는 문에다 경고문을 붙여놨어. '출입금지. 엄마한테 하는 말이야. 진심이야.'"

「C.B. 연구실 앞에 붙어있던 경고문이랑 비슷하네.」 브리디가 생각했다. "뭐, 적어도 자기주장은 할 줄 아네. 메이브가 '억눌린 소녀 증후군'에 빠졌을까 봐 언니가 걱정하지 않아도 되겠어."

메리 언니는 그 말을 무시했다. "이제 어떡하지? 메이브가 방 안에서 마약을 할 수도 있고, 잔인한 영화를 볼지도 몰라."

"메이브가 제일 좋아하는 영화는 '라푼젤'이야. 걔는 잔인한 영화 안 볼 거야."

"그건 모르는 소리야. 메이브는 너무 조숙해. 그리고 학교를 마치고 나면 온종일 휴대폰과 노트북만 들여다보고 있어. 내가 얼마 전에 어떤 기사를 보니까, 메이브 또래는 컴퓨터 능력이 부모들보다 월등히 뛰어나서, 부모들이 아이들을 통제하는 건 고사하고 이해할 수조차 없대. 너 혹시 감시용 몰래카메라 어떻게 설치하는지 아니?"

"몰라." 브리디가 단호하게 말했다. "이만 끊어야 할 것 같아. 트렌트의 전화가 왔거든." 브리디가 전화를 끊었다. 그 즉시 다시 휴대폰이 울렸다. 「우나 고모면 어쩌지….」 브리디가 생각했다.

트렌트였다. "멋진 소식이 있어. 방금 베릭 박사랑 이야길 나눴는데, 파리에서 진행될 예정이었던 EED 수술이 취소되어서 우리 순서를 앞으로 당겨줄 수 있대."

"그러면 5월로?" 브리디가 말했다. 「그래도 두 달은 남았잖아. 그때까지 적어도 30억 통의 전화와 메일, 문자를 받을 거야. 그리고 아일랜드 종교재판을 몇 번이나 견뎌야 할지 누가 알겠어.

난 결국 포기하고 말 거야.」

"아니." 트렌트가 말했다. "취소된 수술들 때문에 일정이 많이 바뀌어서, 우리 수술이 다음 주 수요일에 가능하대!"

3

"분열된 삶은 이걸로 끝이다. 연결되는 일만 남았다."

— E. M. 포스터, '하워즈 엔드'

수술 날짜를 비밀로 유지하는 일은 겨우 며칠이라고 해도 커다란 도전이었다. 특히 베릭 박사의 사무실에서 사전 동의서를 브리디의 업무용 메일 주소로 보냈는데, 차를라가 그 메일을 보는 바람에 더욱 힘들어졌다. 차를라는 곧바로 브리디에게 EED 수술 날짜가 당겨졌냐고 물었다.

브리디는 그렇지 않다고 차를라를 간신히 납득시켰다. 그녀는 보험회사에 지급 요구를 처리할 시간을 주기 위해 병원에서 몇 달 앞당겨서 진행하는 거라고 말했다. 정말 아슬아슬했다. 브리디는 그때까지도 소문 공장을 자극하지 않고 관리부서에 가서 휴가에 대해 문의할 방법을 찾아내지 못하고 있었다. EED 수술을 하면 하룻밤을 입원해야 했기 때문에 특히 문제였다. 애플의 새 휴대폰 출시 날짜가 다가오면서, 모든 사람이 그 휴대폰과 경쟁할 새로운 기획안을 만들어내려고 반쯤 미쳐있는 상황이었기 때문에, 이틀은 고사하고 잠깐 쉬는 것조차 힘들었다. 하지만 브리디가 트렌트에게 우려를 담은 문자를 보내자, 트렌트는 걱정하지 말라며 자기가 처리하겠다고 했다.

트렌트가 처리했다. 게다가 복도에 잠복하고 있다가 브리디에게 어떻게 그렇게 빨리 수술 날짜를 잡을 수 있었는지 묻는 사람이 아무도 없는 걸 보면, 기적이었다. 하지만 컴스팬 직원들에게 들키지 않고 병원까지 가서 수술 전 혈액 분석을 받는 일이 아직 남아 있었다.「내 평소 운으로 보면, 소문 공장 수키한테 걸릴 거야.」가족들이 알아내는 것도 막아야 했다. 그런데 메이브가 브리디에게 구원의 손길을 내밀었다. 메이브가 '라푼젤' 시청 금지에 대해 반발했다는 이야기가 학교로 흘러들어간 게 틀림없었다. 게다가 수업시간에 최근 발간된 '비밀의 안식처'를 읽다가 걸려서 방과 후에 남는 벌을 받았다.

"어른들은 정말 짜증나요!" 메이브가 브리디에게 문자를 보냈다. "아무것도 못 하게 하잖아요." 브리디는 메이브에게 선생님이 책을 치우라고 하면 치우는 게 나을 거라고 부드럽게 말했다. 메이브가 답장했다. "엄마한테도 말했지만, 선생님의 말을 못 들었어요."

메이브는 메리 언니에게도 선생님의 지시를 못 들었던 이유를 분명히 설명했다. "전 딴생각을 하고 있었어요." 그리고 그 설명 때문에 메이브는 담임 선생님뿐만 아니라, 학교 상담교사, 아동심리학자, 청각 전문가와 걱정스러운 대화를 나눠야 했다.

브리디는 수술 준비를 위해 혈액 분석을 하러 갔을 때, '가족치료요법' 때문에 병원에 갔던 거라는 핑계를 댈 수 있었다. 메이브에 대한 가족들의 집착 덕분에 간단한 여행용 가방을 꾸려서 자가용 트렁크에 안전하게 싣고 차를라에게 지시사항을 메모로 남길 수 있는 시간도 벌었다. 차를라에게는 수요일 오후에 시내에서 열리는 회의에 참석하고, 목요일 아침에는 협의회가 있다고 했다. 그리고 답장이 급한 메일이 오는 경우에는 차를라더러 답장하라고 지시했다.

캐슬린이 '세도나의 리잔드라'라는 사람이 진행하는 '영적 연결' 강연회 광고를 메일로 보냈다. "언니가 이 강연회에 가면 트렌트의 생각을 읽기 위해 수술까지 받지 않아도 될 거야." 우나 고모는 곧 아일랜드의 딸 모임에서 리버댄스를 보러 가기로 했다는 메일을 보냈다. "션 오라일리도 올 거야!" 그리고 메일을 신뢰하지 않는다던 C.B.는 열두 통이나 보냈다. 외래환자들이 간단한 수술을 받다가 죽었다는 기사 네 편, EED의 부작용에 대한 기사 일곱 편, 그리고 연결에 실패한 후 자기 부인을 총으로 쏘아 죽인 남편의 기사 한 편.

수요일 아침, 브리디는 가족들에게 앞으로 이틀간 회의에 참석할 예정이라는 메일을 보냈다. "제가 전화를 안 받는다고 병원에 전화 돌리지 마세요, 우나 고모!" 그리고 사무실의 전화 응답기를 활성화시키고 메시지를 남겼다. "…까지 브리디 플래니건은 사무실에 없습니다." 브리디는 녹음을 마치며 자신이 얼마나 많은 거짓말을 하고 있는 건지 생각하지 않으려 애썼다.

내일 오후까지만 거짓말을 하면 된다. 브리디는 병원에서 퇴원해 집에 돌아가자마자, 급하게 수술을 할 기회를 얻어서 다른 사람에게 이야기할 시간이 없었다고 가족들에게 말할 것이다. 그때가 되면 가족들은 그 수술이 얼마나 안전한지, 브리디와 트렌트가 얼마나 행복한지 알게 될 것이며, 지금까지 그녀에게 했던 모든 말들이 근거 없는 소리가 되어버렸다는 사실을 깨닫게 될 것이다. 이제 이 건물을 안전하게 빠져나가기만 하면 된다.

브리디는 11시까지 트렌트의 아파트로 차를 몰고 가서 거기에 세워두고, 그와 함께 병원으로 갈 계획이었다. 그런데 브리디가 막 움직이기 시작했을 때, 트렌트가 그녀에게 전화해서 해밀튼과의 회의가 늦어진다며 병원에서 만나자고 했다. "하지만 같이 수술을 받아야 되는 거 아니었어?" 브리디가 물었다.

"이게 무슨 용접 같은 거로 둘을 붙이는 수술은 아니잖아." 트렌트가 말했다. "어차피 베릭 박사로서는 한 명을 먼저 수술하고 난 다음에 다음 사람을 할 수밖에 없어. 당신 수술은 1시고, 내 수술은 2시야. 난 그 전에 여유 있게 도착할 거야. 그러고 나면 우리는 연결될 테니까, 더 이상 걱정할 필요가 없어. 모든 게 완벽해질 거야."

트렌트의 말이 맞았다. 게다가 병원에 따로따로 가는 게 함께 가는 것보다 안전할 것이다. 둘이 동시에 컴스팬에서 나가면 사람들은 뭘 하려는지 알아챌지도 모른다. 그러나 계획이 변경되는 바람에 브리디는 차를 어떻게 할지 생각해내야 했다. 택시를 타고 갈 수는 없다. 밤새 차를 회사에 두면 독수리 눈을 가진 수키가 눈치를 챌 것이다. 집에 차를 두고 택시를 이용해서 병원으로 갈 경우, 가족들에겐 컴스팬에서 회의가 있다고 말해놨는데, 가족 중 누군가가 그녀의 집에 들렀다가 차를 보게 되면….

하지만 차를 병원에 세워둘 수도 없었다. 브리디의 운으로 볼 때, 메리 언니가 메이브를 전문의사에게 데려가려고 병원으로 와서 차를 발견할 것이다. 그녀는 다른 곳에 차를 세워두고 택시를 타고 병원으로 가야만 한다.

그러자면 지금 회사에서 나가야 했다. 그건 거짓말을 더 해야 한다는 뜻이었다. 거짓말을 더 생각해낼 수 있을지 의문이었다. 주차위반 딱지를 처리해야 한다고 할까? 아니다, 차를라는 언제 어디서 그랬는지 물어볼 것이다. 법원 배심원으로 참석해야 한다고 할까? 치과 예약?

브리디는 휴대폰을 끄고 차를라의 책상으로 갔다. "혹시 오늘 수키가 사무실로 왔었니?" 그녀가 물었다.

"아뇨."

「좋았어!」 그렇다면 회사에서 빠져나가더라도 눈치를 챌 사람들이 기하급수적으로 늘어나는 사태는 피할 수 있을 것 같았다. 수키가 나보다 먼저 병원에 가 있는 상황만 아니라면 말이다. "수키가 몸이 아픈 건 아니지?" 브리디가 물었다.

"네, 아니에요. 배심원으로 참석했대요." 차를라가 말했다.

「나도 그 핑계를 대려던 참이었는데.」 브리디가 생각했다. 「내일만 넘기면 거짓말을 안 해도 되니 천만다행이야. 난 도대체 거짓말엔 소질이 없어.」

"혹시 수키 씨에게 부탁할 일이라도 있으세요?" 차를라가 물었다.

"아냐, 천천히 해도 돼. 차를라, 자료실에 가서 질 퀸시에게 애플의 최신 아이폰 세 개의 특허권에 대해 우리가 가지고 있는 모든 자료를 찾아달라고 해줄래?" 브리디는 차를라가 자료실로 떠나자마자, 적어두었던 지시사항 메모를 차를라의 책상 위에 내려놓고, 아무도 없는지 확인하기 위해 복도를 살펴봤다. 그리고 엘리베이터까지 빠른 걸음으로 걸어가면서 차라리 계단이 더 안전하지 않을까 싶은 생각이 들어 갈등했다.

하지만 차를라와 질은 자료실에 있고, 수키는 안전하게 법정에 격리되어 있으며, C.B.는 무슨 일이 있어도 지상으로 올라오지 않는다.

그 많고 많은 날 중에 오늘만 제외하고 말이다. 하필이면 브리디가 이미 엘리베이터 안에 들어가서 주차장이 있는 층의 버튼을 눌렀을 때, C.B.가 갑자기 문 앞에 나타났다. C.B.는 서둘러 왔는지 약간 숨을 헐떡였다. "아, 다행이다. 너를 찾으러 다녔어." 그가 말했다.

"혹시 톡플러스 제안서 때문에 그러는 거라면," 브리디가 말했다. "다들 그 제안을 좋아했어."

"당연히 그랬겠지." C.B.가 짜증스럽다는 투로 말했다. "그것 때문에 널 찾은 건 아냐. 너한테 할 이야기가 있어. 중요한 일이야."

"미안하지만 내가 지금은 바빠서 그럴 시간이 없어." 브리디가 '닫힘' 버튼을 누르며 말했다. "10분 내로 시내에서 열리는 회의에 가야 해."

"괜찮아. 네 차로 가는 길에 이야기하지, 뭐." C.B.가 닫히는 엘리베이터 문을 막으며 말했다. "내가 IED에 관해 보낸 메일 읽어봤어?"

"응. 덕분에 나도 지금은 EED의 부작용에 대해서 잘 알게 됐어. 좌골 신경통부터 단기 기억 상실, 물사마귀, 위궤양, 무릎연골 연화, 그리고 '독신여성(The Bachelorette)*'에서 쫓겨나기. 그게 바로 내가 원하는 일이야. 난 항상 리얼리티 쇼에서 쫓겨나 보고 싶었어."

"그건 나도 우려했던 바야. 하지만 EED 때문에 UIC가 일어날 수도 있어."

「내가 너한테 UIC가 무슨 뜻이냐고 물을 줄 알았다면, 그건 네 착각이야.」 브리디가 생각했다.

C.B.도 같은 결론에 도달했던 모양인지 이렇게 말했다. "의도하지 않은 결과(UnIntended Consequences) 말이야."

"의도하지 않은 결과라니?"

"누가 알겠어? 그러니까 의도하지 않은 결과라는 거잖아. 일어나기 전까지는 어떤 일이 일어날지 전혀 알 수 없어. 그리고 알게 되었을 때는 너무 늦지. 금주법과 DDT 문제를 떠올려봐. 정말 끝내주는 아이디어라고 생각했었지만, 그 결과 어떤 일이 일어났는지 봐. 알 카포네가 등장하고, 개똥지빠귀가 대량 학살을 당했어. 또 트위터를 봐. 트위터에 이슬람 수니파 무장단체 IS가 창궐하고, #완전심쿵고양이 사진으로 도배될 줄 누가 상상이나 했겠어? 미국으로 올 때 타이타닉을 타고 가는 게 정말 좋은 생각일 거라고 믿었던 아일랜드 이민자들을 떠올려봐. 그 사람들이 무슨

* TV 리얼리티 쇼로서, 일종의 소개팅 프로그램.

일이 일어날 줄 알았다면….”

“그래서 네 말은, 내가 EED를 하면 빙하에 들이박기라도 할 거라는 이야기야?”

“그럴지도 모르지. 무슨 일이 일어날지는 아무도 몰라. 예를 들어, 수술 전에 머리카락을 밀 텐데, 그 자리에 빨간 머리가 아니라 흰머리가 나면 어떡할래?”

“머리를 밀지는 않아. 목 뒤쪽에 삽입할 거야.”

“단두대도 목 뒤에서 내려치지. 혹시 의사가 엉뚱한 곳에 구멍을 뚫으면 소통 능력을 아예 상실할 수도 있지 않을까? 아니면 혼수상태에 빠져버리거나 말이야. 그러면 의사가 네 장기를 적출해서 암시장에 팔아버릴지도 몰라.”

“베릭 박사는 내 장기를 끄집어내지 않을 거야. 네 걱정은 잘 알겠고, 고마워. 하지만 나도 내가 무슨 짓을 하고 있는지는 잘 알아.”

“‘그녀는 타이타닉에 올라타며 이렇게 말했습니다.’ 알았어. 네 말대로 수술을 받고, 외과 의사들이 수술을 잘 끝내면, 서로에 대해 모든 걸 파악하게 되겠지. 그런데 그때 가서 네가 그 상황을 좋아하지 않을 수도 있잖아. 너도 알다시피, 소통이 전부는 아니야. 히틀러의 가장 깊숙한 곳에 숨겨진 생각을 알게 된다고 해서 네가 그 인간을 그 전보다 좋아하게 되지는 않을 거라고 장담할 수 있어. 그건 네 남자친구에 대해서도 마찬가지야.”

“그렇지 않을 거야.” 브리디가 말했다. 그녀는 엘리베이터 문 위의 숫자판을 쳐다보며 주차층이 찍히기만 간절히 바랐다.

“아니면, EED가 작동하지 않으면 어떡할래? 너희 둘이 연결되기 위해 굳이 정서적 유대감이 없어도 된다면? 혹시 너희가 연결되지 않으면? 그건 그렇고 대체 그 '정서적 유대감'이라는 게 뭐야? '그레이의 50가지 그림자'에 나오는 이야기 같잖아. 그냥 '서로를 사랑한다'라고 하면 안 되는 거래?"

브리디는 C.B.와 엘리베이터에 영원히 사로잡혀 있을 것 같았다.

"트렌트가 이미 다른 사람과 정서적 유대감을 갖고 있으면 어떡하지? 예를 들어 자기 비서라든가?" C.B.가 계속 말했다.

"에덜 고드윈은 예순이 넘었어." 브리디가 말했다.

"뭐, 그래도, 진정한 사랑을 찾은 연인보다는 잘못 맺어진 연인들이 훨씬 많은 법이야. 그래도 잘 지내지. 네 남자친구가 급여 담당 잰하고 사랑에 빠졌으면 어떡하지? 아니면 수키라든가? 그건 빼자, 예가 별로 안 좋았네. 트렌트가 수키하고 사랑에 빠졌다면, 이 행성에 있는 모든 사람이 그 사실을 알았을 거야. 영업부의 로레인하고 사랑에 빠졌으면 어떡하지? 아니면 아트 샘슨 씨나?"

"트렌트는 아트 샘슨 씨하고는 사랑…."

"아니면 너희 둘이 정서적 유대감을 갖고 있다는 생각이 착각일 수도 있잖아? 내 말은, 사람들이 믿는 게 다 사실은 아니라는 거야. 히틀러도 아마 자기가 좋은 사람이라고 생각했을…."

"너야말로 히틀러하고 무슨 관계야?" 브리디가 폭발했다.

"미안해. 인터넷을 너무 오래 사용한 부작용이야. 인터넷에서 이야기를 하다 보면 항상 히틀러가 등장하거든. 내 이야기의 요점은, EED가 제대로 작동하더라도 네 문제를 해결해주기는커녕 오히려 새로운 문제를 엄청나게 만들어낼 수도 있다는 거야."

"고마워. 고려해볼게." 브리디가 말했다. "자, 그럼 나한테 하려고 했던 말은 뭐야?"

"너한테 할 말이라니?" C.B.가 멍한 얼굴로 말했다.

"그래." 브리디가 다시 엘리베이터 숫자판을 올려다보며 말했다. "나한테 급하게 할 말이 있다고 했잖아. 아니면, 히틀러가 자기 자신에 대해 기만적인 견해를 갖고 있다는 이야기가 하고 싶었던 거야?"

"아냐." C.B.가 말했을 때 숫자판에 주차장 층이 켜졌다. "안식처 휴대폰에 대해 몇 가지 아이디어를 더 생각해냈어. 사람들이 자기 아기 사진이나 완전 심쿵 고양이 사진을 보내면, 그 사진들이 자동으로 에테르 속으로 사라진다든가."

「너도 지금 당장 에테르 속으로 사라져줬으면 좋겠어.」 브리디는 문이 열리자마자 앞으로 튀어나갈 준비를 하며 생각했다. 부디 저 문이 열리기만 한다면 말이다.

"휴대폰을 끊어주는 앱에 대해서도 아이디어가 있어." C.B.가 말했다. 그때 문이 살짝 열렸다.

"그건 다음 주에 논의하자. 차를라에게 전화해서 약속을 잡아줘." 브리디는 그렇게 말하고 쏜살같이 튀어나가 주차장으로 들어갔다.

"차까지 같이 가줄게." C.B.가 브리디를 따라잡으며 말했다. "다른 사람에게 진짜로 화났을 때 '꺼져!'라고 소리 지르면서 수화기를 꽝 내려놓을 수 있었던 옛날이 좋았지. 그러면 기분만 좋아지는 게 아니라, 상대방에게도 완벽하게 의미를 전달할 수 있었잖아?"

「차를 가까이 대놨어야 했는데.」 브리디가 발걸음을 서둘렀다.

"그런데 지금은 화가 나더라도 기껏해야 아이콘 누르는 것밖에 못 하잖아. 그런 거로는 정서적인 만족감이 거의 없지 않아? 그래서 수화기를 큰 소리로 쾅 내려놓는 소음을 내는 앱을 만들었어."

브리디가 차에 도착했다. 여행 가방을 뒷좌석이 아니라 트렁크에 실어둔 게 다행이라는 생각이 들었다.

"아직 해결해야 할 문제가 조금 있긴 해. 의도하지 않은 부작용이 나타나지 않도록 확실히 처리하고 싶거든." C.B.가 말했다.

「웃기고 있네.」

"전화를 끊는 이야기가 나와서 말인데, 텔레파시의 단점이 또 있어. 끊을 방법이 전혀 없다는 거야."

"마지막으로 말하는데, EED는 텔레파시를 할 수 있도록 만들어 주는 게 아니야!"

"너는 모르는 거야. 그게 의도하지 않은 결…."

"이것 봐." 브리디가 차문을 열며 말했다. "가능하면 여기에서 너한테 EED에 대해 다시 한 번 설명해주면 좋겠는데, 진짜로 가봐야 해. 시내에서 회의가 있…."

"그건 거짓말이잖아."

브리디가 겁에 질린 얼굴로 C.B.를 쳐다봤다. 수키가 수 킬로미터 떨어진 법정에 앉아서도 브리디가 어디에 가는지 알아낸 게 틀림없다. 그런데 수키가 C.B.에게 말했다면, 모든 사람에게 떠들었을 것이다. 페이스북에도 올리고. 이제 곧 아일랜드 종교재판이 주차장에서 열리게 될 것이다. "어… 어떻게…?" 브리디가 더듬거렸다.

"네 얼굴만 봐도 알 수 있어. 그리고 네 차로 달려가는 모습을 봐도 알 수 있어. 나를 치워버리고 싶어서 안달이잖아."

「사실이야.」 브리디가 생각했다. "네가 준 정보는 고마워…."

"아니, 넌 고마워하지 않아. 넌 내가 상관도 없는 일에 끼어들어서 오지랖을 떨고 있다고 생각하잖아. 그렇지만 어떤 사람이 절벽을 향해 곧장 나아가고 있는 모습을 목격하게 되면, 아무것도 안 하고 그냥 서서 구경하고 있을 순 없는 법이야."

"난 절벽으로 가는 게…."

"네 생각엔 그렇겠지."

"왜? 내가 혼수상태에 빠지게 될까 봐? 무릎연골이 연화될까 봐? 내가 EED를 하면 안 되는 좀 그럴듯한 이유를 대봐. 장기 밀매 암시장이나 전두엽 절제 같은 말도 안 되는 이야기 말고, 믿을 만한 이유를 대보라고."

"그래." C.B.가 어물거렸다. "그게 문제야." C.B.가 심각한 얼굴로 브리디를 바라봤다. "들어봐, 브리디. 연결된다는 게 사람들 말처럼 그렇게 좋은 것만은 아니야. 네 생각에는 다른 사람의 생각을 알게 되면 좋을 것 같겠지만…."

"플래니건 씨!" 차를라가 소리쳤다. 그리고 종이를 흔들며 주차장을 가로질러 뛰어왔다.

「아, 안 돼. 저게 혹시 트렌트에게서 온 메시지라서, 병원 이야기라도 언급하게 되면….」 브리디가 생각했다.

브리디는 그쪽으로 달려가서 차를라를 중간에 막으려 했지만, 이미 그녀는 브리디의 차까지 거의 도착한 상태였다. 차를라가 숨을 헐떡이며 말했다. "이렇게 찾아서 다행이에요. 메리 클레어 씨가 전화를 하셔서 지금 즉시 연락을 달라고 하셨어요. 비상사태랍니다."

「메리 언니야 항상 비상사태지.」 브리디가 생각했다. "그 비상사태가 무슨 일인지는 말 안 했어?"

"안 하셨어요." 차를라가 C.B.를 보더니 말했다. "죄송해요. 방해할 생각은 없었어요."

"슈워츠 씨는 막 가려던 참이었어." 브리디가 의미심장한 시선으로 C.B.를 응시했다. "그렇지?"

C.B.가 손바닥으로 차의 윗부분을 철썩 때리며 말했다. "그래." 그는 이어폰을 다시 귀에 꽂고 양손을 주머니에 넣더니 걸어갔다.

차를라가 브리디에게 가까이 오더니 속삭였다. "저 사람이 귀찮게 했나요?"

「응.」 브리디가 고개를 저으며 말했다. "아니야."

"아, 아까 소리를 지르시길래, 혹시 저 사람이 성희롱 같은 짓을 하는 건가 걱정했어요."

"아냐. 새로운 휴대폰에 대한 아이디어를 토론하고 있었어."

"아." 차를라가 의심스러운 눈초리로 C.B.의 뒷모습을 쳐다봤다. "정말 이상한 사람이에요. 저 머리 좀 보세…."

"메리 언니한테 내가 가능한 한 빨리 연락하겠다고 전해줘." 브리디는 그렇게 말하고 차에 올라탔다.

브리디는 차문을 닫고 시동을 건 후 차를라에게 손을 흔들어주고 주차구역을 빠져나왔다. 그제야 간신히 재난 상황에서 탈출했다는 기분이 느껴졌다. 하지만 완전히 탈출하기 위해서는 메리 언니에게 전화할 일이 남아 있었다.

브리디는 메리 언니에게 전화를 해야 했다. 혹시 메이브에 대한 집착이 아니라 진짜로 긴급한 일일지도 모르기 때문이었다. 하지만 정말로 긴급한 일이라서 EED 수술 일정을 미뤄야 하면 어떡하지? 그러면 앞으로 몇 달 동안은 수술 일정을 잡을 수 없을 것이다. 「그러면 난 EED 수술을 그만두라고 난리 떠는 사람들을 견디지 못할 거야.」 하지만 우나 고모에게 심장마비라도 일어났으면 어쩌지….

브리디는 메리어트 호텔에 도착해서 차를 주차할 때까지 그 문제로 조바심치다가, 주차장 깊숙한 구석에 차를 세운 뒤 결국 메리 언니에게 전화를 걸기로 작정했다. 하지만 마음 한구석으로는 차라리 휴대폰 전파가 안 잡히길 바랐다.

휴대폰 수신은 깔끔했다. 메리 언니의 목소리가 맑게 들렸다.

"아, 네가 전화해서 정말 다행이야. 난 뭘 어떻게 해야 할지 모르겠어. 메이브 담임 선생님이, 메이브가 수업시간에 보던 책이 '비밀의 안식처'가 아니라 '어둠의 목소리 연대기'였대! 메이브는 대체 왜 그런 책을 읽는 걸까?"

"3학년 여자애들은 다 읽는 책이야. 애들이 '파멸의 소녀'나 그 전에 나왔던 '헝거 게임'을 읽는 거나 마찬가지야. 언니는 메이브가 인터넷에 너무 많은 시간을 쓴다면서, 책을 읽으라고 하는 줄 알았는데…."

"그래도 이 책은 아냐! 이 책의 내용이 뭔지 알아? 조현병에 걸린 십대 여자애가 머릿속으로 목소리를 들어. 그런데 메이브가 선생님의 말소리를 못 들었다고 했잖아. 혹시 애가 자기 머릿속에서 나오는 목소리 때문에 선생님의 말소리를 못 들은 거면 어떡하지?"

「아, 이런 젠장, 제발!」 브리디가 생각했다. "메이브는 목소리를 듣지 않…."

"네가 어떻게 알아?" 메리 언니가 브리디의 말을 잘랐다. "인터넷에서 찾아봤더니 조현병은 일곱 살에도 나타날 수 있대. 게다가 '어둠의 목소리 연대기'에서 주인공 여자애는 자기 엄마를 죽이라는 소리를 들어…."

"알아. '헝거 게임'에서는 여주인공이 활과 화살을 들고 다니며 사람들을 사냥하지만, 메이브가 그런 짓을 하지는 않잖아."

"그렇다면 왜 메이브는 자기가 무슨 생각을 하는지 나한테 말해주지 않는 걸까? 무슨 일이 일어나고 있어. 난 알아. 있잖아, 내일 오후에 네가 메이브를 학교로 데리러 가서 쇼핑도 시켜주고 그러면, 걔가 너한테는 말하지 않을까…?"

"안 돼." 브리디가 말했다. "앞으로 이틀 동안 회의가 있어. 다음 주에는 가능할지도 몰라."

"다음 주면 너무 늦을 거야. 정신병 증세는 아주 빠르게 진행될 수도 있거든. 그래서 지금 즉시 진단을 받지 않으면…."

"메이브는 정신병에 안 걸렸어. 청각 장애도 없고, 거식증도 아니고, 머리카락을 잘라 팔아서 아버지를 집에 데려올 돈을 만들 계획도 없어."

"머리카락을 잘라?" 메리 언니가 울부짖었다. "메이브가 왜 그런 짓을…?"

"'작은 아씨들' 이야기야. 언니가 메이브에게 읽으라고 강요했던 책이잖아. 언니, 기껏해야 책일 뿐이야. 언니는 메이브가 학교에서 스프레이로 그라피티를 그리고 다니거나, 불을 지르거나, 인터넷에서 테러리스트로 고용되는 대신 책을 읽는 걸 감사해야 해."

"테러리스트라니?"

"메이브가 테러리스트로 고용되었다는 말이 아니야." 브리디가 말했다. "그저 언니가 얼마나 웃긴 걱정을 하고 있는지 보여주려고 말한 거야. 메이브는 아무 문제없어. 언니, 나 진짜로 가봐야 할 것 같아."

"잠깐만." 메리 언니가 말했다. "넌 아직도 EED를 할 계획이지? 인터넷에서 봤는데, 그게 오래 안 간다더라. 3개월마다 다시 수술을 해야 한대…."

"나중에 이야기해줘. 뭐라고?" 브리디가 다른 사람에게 이야기하는 척했다. "알았어. 금방 갈게. 언니, 미안해. 나 지금 가봐야 돼." 그리고 전화를 끊었다.

전화를 끊자마자 휴대폰에서 삥 소리가 났다. 트렌트에게서 온 문자가 아니라는 사실을 확인하고는 휴대폰의 전원을 껐다. 캐슬린에게서 온 문자였다. 그리고 트렁크에 있는 여행 가방을 챙겨서 엘리베이터를 타고, 메리어트 호텔 로비로 올라가서, 택시를 잡아 병원으로 향했다. 택시 운전사에게 다른 사람들의 눈에 띄지 않도록 병원의 옆문에 내려달라고 했다.

차라리 그냥 정문으로 들어갈 걸 그랬다. 안에 들어갔더니 환자 접수를 하라는데, 접수부가 병원 로비의 한가운데에 있었다. 브리디는 최대한 빨리 접수 양식을 채우고, 의료보험 카드를 스캔하는 동안 초조하게 사방을 둘러봤다.

간호조무사가 다가오더니 브리디의 이름을 큰 소리로 불렀다. 브리디는 서둘러 조무사를 따라가며 사람들의 눈에 띄지 않는 곳으로 숨을 수 있기를 바랐다. 조무사는 그녀를 데리고 위층으로 가서 진찰실로 안내했다. 진찰실에서 덩치가 크고 쾌활한 간호사가 이름이 새겨진 플라스틱 팔찌를 브리디에게 채워줬다. "햐, 정말 아름다운 빨간 머리를 가지셨네요!" 그녀가 감탄하며 말했다. "EED는 아주 평이한 수술이에요. 그리고 베릭 박사님이 탁월한 솜씨로 해주실 테니, 전혀 긴장하실 필요가 없어요."

「농담이시죠?」 브리디가 생각했다. 「저는 오늘 이제야 처음으로 긴장이 풀리기 시작하는 중이라고요.」

"베릭 박사님을 외과의로 잡으시다니 정말 운이 좋으세요." 간호사가 계속 말했다. "박사님의 수술을 원하는 사람들이 무척 많거든요." 간호사는 브리디에게 병원 환자복을 건네주더니 옷을 갈아입도록 놔두고 나갔다.

브리디는 환자복으로 갈아입고 휴대폰을 켜서 트렌트가 보낸 문자가 있는지 확인했다. 있었다. 캐슬린도 심령사 세 명의 이름이 적힌 문자를 보냈다. C.B.의 문자도 있었는데, 링크를 눌렀더니 펜펜*과 탈리도마이드**, 산업혁명의 의도하지 않은 결과에 대한 글과 단두대로 끌려가는 마리 앙투아네트의 그림이 떴다.

메이브가 보낸 문자도 있었는데, 모두 대문자로 찍혀있었다.

* 살 빼는 약. 치명적인 폐고혈압과 심장판막증을 일으키는 부작용이 발견됐다.
** 진정수면제. 기형아를 낳는 부작용이 발견됐다.

"엄마한테 도대체 뭐라고 한 거예요?" 글자 하나하나가 분노로 바들바들 떠는 느낌이었다. 이건 메리 언니가 그 테러리스트 이야기에 꽂혀서 메이브를 달달 볶았다는 의미였다.

「미안해, 메이브.」 브리디는 그렇게 생각하며 트렌트의 문자를 읽었다. "가고 있어, 수술 끝나고 봐."

브리디가 트렌트에게 답장을 하려는 찰나 간호사가 불쑥 들어오더니, 그녀가 손에 들고 있던 휴대폰을 낚아챘다. "휴대폰과 옷가지와 지갑은 사물함에 넣어드리겠습니다."

간호사는 브리디의 혈압과 체온을 쟀다. 그리고 EED가 작동하지 않거나 연결이 단기간만 이루어질 경우 베릭 박사와 병원에 어떤 책임도 묻지 않겠다는 권리포기 각서와 관상 동맥 혈전증, 출혈, 뇌졸중, 마비, 사망 등 온갖 부작용의 목록이 가득한 동의 각서에 서명하도록 했다.

하지만 식물인간이 된다는 이야긴 없었다. 장기를 적출한다는 이야기도 없었다. 「이것 봐, C.B.」 브리디는 서명을 하며 생각했다. 「이건 완벽하게 안전한 수술이야.」

"이제 이동침대로 올라가시죠." 간호사가 말했다. 브리디는 간호사의 도움을 받아 침대 위로 올라갔다. 간호사가 하얀 담요로 브리디의 몸을 덮어주었다. 그리고 그녀의 손가락에 산소 농도계를 달고, 다른 손의 손등에 정맥주사를 놓더니 생리식염수 주머니를 연결했다.

"트렌트는 아직 도착 안 했나요?" 브리디가 간호사에게 물었다.

"확인해볼게요." 간호사는 밖에 나가더니 잠시 후에 위엄 있게 생긴 남자와 함께 들어왔다. "이 분이 베릭 박사님이세요. 수술을 맡으신 분이죠." 간호사가 브리디에게 말했다. "이 환자가 플래니건 씨입니다."

「C.B.가 여기에 없어서 천만다행이야, 메이브도.」 베릭 박사의 고급 양복과 금으로 만든 롤렉스 시계는 C.B.가 말하던 연예인 성형수술 의사의 모습에 완벽하게 들어맞았다. 관자놀이 부근에 살짝 흰머리가 난 박사의 머리는 트렌트보다 더 깔끔하게 빗질되어 있었다.

하지만 박사의 태도는 온화하고 안도감을 주었다. 그는 브리디와 트렌트가 EED 수술을 하게 되어 진심으로 기뻐하는 것처럼 보였다. "두 분의 관계에 완전히 새로운 차원을 더해드릴 거라고 장담할 수 있습니다." 박사가 브리디에게 말했다. 그는 수술실까지 동행하면서 어떻게 진행될 것이며, EED는 어떻게 작동되는지 설명했다. "저는 플래니건 씨를 먼저 수술하고 나서 워스 씨를 할 겁니다. 혹시 질문 있으신가요?"

"네. 얼마나 걸리나요?"

"수술은 한 시간가량 걸립니다. 하지만 대부분은 화상 촬영하는 시간이고, 수술 자체는…."

"아뇨, 그게 아니라 수술 후에 저와 트렌트가 서로의 감정을 느끼게 되려면 얼마나 걸릴지 궁금해서요. 그 전에 EED가 작동할지 저희가 알 수 있나요?"

"그 문제에 대해선 걱정하실 필요가 없습니다. 플래니건 씨와 워스 씨는 친화성과 공감 지수 검사에서 대단히 높은 점수를 받았거든요. 그럼 몇 분 후에 수술실에서 뵙겠습니다." 박사가 브리디를 내려다보며 미소를 지었다. "아주 좋습니다." 박사가 이동침대를 손으로 가볍게 툭툭 치더니, 브리디가 질문을 더 하기 전에 떠나버렸다.

브리디는 대신 간호사에게 물었다.

"보통은 수술 후 24시간이 지나면 접촉이 이루어집니다." 간호사가 말했다.

그 말은 내일까지 거짓말을 계속해야 한다는 의미였다. "그보다 일찍 되는 경우는 없었나요?" 브리디가 희망을 담아 물었다.

"없었어요. 먼저 부종이, 부종은 몸이 붓는 걸 말해요, 가라앉아야 하거든요. 그리고 마취제가 몸에서 빠져나가야 해요. 하지만 베릭 박사님께서 두 분은 EED에 아주 잘 맞는 환자라고 제게 말씀하셨으니까 걱정하지 마세요."

하지만 말처럼 그리 쉬울 것 같지 않았다. 특히 간호사가 전기면도기를 들고 있는 경우엔 말이다. "머리를 다 밀지는 않겠죠?" 빨간 머리를 자른 자리에 흰머리가 날지도 모른다는 C.B.의 말이 생각나서 브리디가 물었다.

"이렇게 아름답게 곱실거리는 빨간 머릿결을요? 아뇨, 그럴 순 없죠. 뒷목 쪽에만 살짝 자를 거예요."

「단두대로 내려치기 편해지겠네.」 브리디가 생각했다. 그런데 간호사의 말을 들으니 아마 입으로 그 생각을 내뱉었던 모양이다. "마취과 의사가 약한 진정제로 긴장을 풀어줄 거예요."

하지만 조금도 긴장이 풀리지 않았다. C.B.가 보내줬던, 수술하다가 죽은 사람들의 이야기만 계속 떠올랐다. 마취과 의사가 그녀에게 질문했을 때 특히 그랬다. "혹시 마취제에 알레르기 반응을 일으켰던 적이 있나요?"

브리디는 의사에게 아니라고 말하려고 했지만, 진정제가 바로 그때 효과를 나타내기 시작했는지, 의사에게 혹시 자신을 혼수상태에 빠트려서 장기를 적출하려는 건 아닌지 물었다.

"그럴 리가요!" 의사가 웃음을 터트렸다.

"트렌트는 언제 볼 수 있어요?" 브리디는 질문을 했지만 대답을 듣지 못했다. 이동침대 위에서 바로 잠들어버렸기 때문이다. 하지만 아직은 브리디가 잠들면 안 되는 모양이었다. 그녀가 잠이 들자마자 간호사가 정맥주사가 꽂혀있지 않은 손을 두드리며 깨우기 시작했다. "플래니건 씨? 플래니건 씨?"

"죄송해요." 브리디가 웅얼거리는 목소리로 말했다. "잠깐 잠이 든 모양이…."

"지금 마취에서 깨어나는 중이세요." 목소리가 말했다. 이 목소리는 다른 간호사였다. "지금 기분은 어떠세요?"

"지금 몇 시예요?" 브리디가 물었다.

"3시가 조금 넘었어요. 기분은 어떠세요? 구역질이 올라오나요?"

"아뇨."

"두통은?"

"없어요."

이런저런 질문이 계속 이어졌다. 브리디가 답변을 잘한 모양인지, 브리디가 다시 눈을 감았을 때 간호사가 이렇게 이야기했다. "정말 잘하셨어요. 플래니건 씨. 이제 괜찮아질 때까지 회복실에서 잠시 쉬세요." 그리고 브리디가 다시 눈을 떴을 때는 침대가 두 개 있고 창문이 달린 병실에 누워 있었다. 그 간호사가 병실로 들어와서 동맥주사를 점검하며 5시라고 말해주었다.

「그렇다면 난 이미 EED 수술을 마쳤겠네.」 브리디가 정신이 흐리멍덩한 상태에서 생각했다. 하지만 수술실에 들어간 기억도 나지 않고, 뒷머리도 아프지 않았다. 간단한 수술이라고 하긴 했지만, 그래도 뭔가 느껴져야 하는 거 아닌가? 브리디는 뒤통수에 반창고가 있는지 만져보려 했지만 할 수 없었다. 손등에 꽂힌 정맥주사 때문에 움직임이 자유롭지 않았다. 하지만 손이 움직인다는 건 적어도 그녀가 마비되지 않았다는 의미였다. 「C.B., 네가 틀렸어.」 브리디가 나른한 상태로 생각했다. 「수술은 잘 된 거야. 이제 조금만 있으면 트렌트와 나는….」

브리디가 생각을 멈추고 숨을 죽였다. 뭔가 들렸다.

「트렌트?」 브리디가 속으로 트렌트를 불렀다. 그때 수술 후 적어도 24시간은 지나야 연결될 거라던 이야기가 떠올랐다.

「다른 침대의 환자 소리를 들었나 보다.」 브리디는 그렇게 생각했다. 침대용 탁자 너머를 보기 위해 고개를 살짝 들었더니 옆 침대는 비어 있었다. 침대보가 발치에 깔끔하게 개켜져 있었다.

그렇다면 그 소리는 복도에서 들려온 모양이었다. 하지만 브리디는 그렇지 않다는 걸 알았다. 그 소리는 바로 여기, 아주 가까운 곳에서 들렸다. 그렇다면 트렌트일 수밖에 없었다. 「내 말 들려?」 브리디는 속으로 부른 후 숨을 죽이고 기다렸다.

「응.」 브리디에게 소리가 들렸다.

「하지만 그럴 리가 없어.」 브리디가 생각했다. EED는 애인의 생각을 듣게 해주는 수술이 아니다. 상대방의 감정을 느끼게 해줄 뿐이다.

「난 트렌트의 목소리를 들었어.」 브리디는 자신에게 완강하게 말했다. 하지만 그게 목소리였다고 어떻게 그렇게 확신할 수 있는지 꼼꼼히 따져보기도 전에 감정이 폭발하며 휘몰아쳤다. 기쁨과 걱정, 안도감이 모두 뒤섞인 감정이었다. 그 감정들은 그녀의 내부에서 올라온 게 아니라 분명히 다른 사람의 감정이었다.

「트렌트다.」 브리디가 생각했다. 아직 24시간이 안 되긴 했지만, 베릭 박사는 둘이 친화성에서 대단히 높은 점수를 받았다고 했다. 그래서 빨리 연결되었는지도 모른다. 「트렌트?」 브리디가 불렀다.

감정의 폭발이 갑자기 멈췄다.

「그래도 트렌트하고 통했어!」 브리디는 기쁨이 넘쳤다. 그리고 엄청난 안도감이 몰려왔다. 뭔가가 잘못되리라던 C.B.의 경고에 그동안 자신이 얼마나 마음을 졸였는지 그제야 깨달았다. 「당신 목소리를 들었어.」 브리디가 행복에 잠겨 트렌트에게 말했다. 「내 목소리 들려?」

대답이 없었다. 「당연히 없겠지.」 브리디가 생각했다. 「난 트렌트에게 말이 아니라 감정을 전달해야 해.」 브리디는 눈을 감고 트렌트를 인식했다는 느낌과 사랑과 행복감을 전달하려 애썼다.

여전히 아무런 느낌이 없었다. 하지만 브리디가 다시 시도해 보기 전에 간호사가 들어와서 그녀의 체온을 재고, 회복실에서 간호사가 그랬듯이 장황한 질문을 늘어놨다. "현기증이나 구역질은 없으신가요?"

"네. 없어요."

간호사가 혈압을 재는 가압대를 브리디의 팔에 감았다. "혼란스럽지는 않나요?”

“네. 그런데 있잖아요….” 브리디가 입을 열었지만, 간호사는 이미 귀에 청진기를 꽂고 있었다.

간호사가 가운을 입혀주고 화장실에 데려다줄 때까지 기다려야 했다. 브리디는 화장실까지 가는 동안 고생을 한 뒤에야 자신이 어지럽다는 사실을 깨달았다. 간호사가 다시 침대로 데려다준 뒤에야 물어볼 수 있었다. “그런데 있잖아요, EED가 24시간이 지난 후에야 작동한다는 게 확실한가요?”

“네.” 간호사가 대답했다. 그리고 다른 간호사가 말했듯 부종과 마취제에 대해 똑같은 이야기를 해줬다. “지금은 수술실에서 나온 지 몇 시간도 안 되셨잖아요. 적어도 내일까지는 아무 일도 일어나지 않을 겁니다.”

“그래도 뭔가 느껴지는 것 같아서요….”

“아마 꿈일 거예요. 마취에 취한 상태에서는 온갖 이상한 꿈을 꾸기도 하거든요. 워스 씨와 연결되고 싶어 하는 환자의 마음은 이해가 되지만, 먼저 본인의 몸이 회복되어야 해요. 그리고 회복되려면 휴식이 최선이에요. 이게 호출 버튼입니다.” 간호사가 베개에 달린 버튼을 보여줬다. “필요한 게 있으면 언제든지 호출하세요.”

「난 들었어.」 브리디가 생각했다. 「트렌트도 대답했단 말이야. 난 느꼈어. 그이와 이야기를 해봐야겠다. 그쪽에서도 느꼈는지 확인해봐야지. 그러려면 그이의 병실 번호를 알아야 하는데.」 하지만 간호사는 벌써 가버렸다. 브리디가 손으로 더듬으며 호출 버튼을 찾았다. 브리디가 버튼을 누르기 전에 간호사가 커다란 장미

꽃다발을 들고 돌아왔다.

간호사가 브리디에게 트렌트가 보낸 카드를 보여줬다. "딱 하루만 더 지나면 우리는 하나가 될 거야!"

「그렇게 오래 걸리지 않을 수도 있어.」 브리디가 생각했다. 그리고 창가에 장미 다발을 놓고 있는 간호사에게 물었다. "워스 씨의 병실은 어딘가요?"

"확인해볼게요." 간호사가 말했다. 그리고 잠시 후에 돌아와서 말했다. "워스 씨는 아직 회복실에 계세요."

당연히 그렇겠지. 브리디는 트렌트가 자신보다 늦게 EED 수술을 받았다는 사실을 잊고 있었다. "워스 씨를 만나서 이야기할 게 있어요."

"워스 씨는 아직 마취에서 안 깨어나셨습니다. 이야기하려면 좀 기다리셔야 해요. 지금 플래니건 씨에게는 휴식이 필요합니다." 간호사가 단호하게 말하더니 머리맡에 있는 전등을 꺼버렸다.

「트렌트가 잠깐 마취에서 깨었다가 다시 잠들었을 거야.」 브리디가 혼잣말을 했다. 「그래서 두 번째에는 대답하지 않았던 거야.」

브리디는 살짝 졸렸다. 금세라도 잠에 빠질 것 같았다. 「간호사의 말이 맞아. 난 아직 마취제가 다 빠져나가지 않…..」 생각을 다 마치기도 전에 잠들어버렸다.

브리디가 다시 깨었을 때는 어두웠다. 「지금 몇 시지?」 휴대폰을 찾으려고 손을 더듬거리다가 여기에 없다는 사실이 기억났다. 브리디는 병원에 있었다. 어둠 덕분에 머릿속이 더 맑아지는 기분이 들었다. 어둡다는 건 몇 시간 넘게 잤다는 의미였다. 바깥

복도도 한밤처럼 조용했다. 발소리도 없고, 간호사들의 목소리도 들리지 않고, 병원 안내방송 소리도 없었다. 층 전체가 잠들었다.

하지만 브리디는 뭔가 소리를 듣고 깨어났다. 아까와 마찬가지로, 목소리가 들렸다는 느낌이 뚜렷했다. 트렌트도 지금쯤이면 틀림없이 마취에서 깨어났을 것이다. 트렌트가 접촉을 하려고 했었나? 「트렌트?」 브리디가 이름을 불렀다.

대답이 없었다. 그리고 몇 분 뒤 복도 어딘가에서 버저 소리가 나더니 그쪽으로 향해가는 발소리가 들렸다. 브리디가 실제로 소리를 들었다고 해도, 혹시 문 닫는 소리나 간호사를 부르는 환자 소리 아니었을까? 그리고 그 소리에 그녀가 깨어난 건 아닐까? 그런 소리에 아까처럼 그녀의 상상과 마취 후유증이 더해진 건 아닐까?

그렇지만 그 느낌이 너무 생생했다. 트렌트가 느껴진다고 상상했을 때와는 완전히 달랐다. 브리디는 트렌트와 연결이 되면 기쁨을 느낄 거라고 기대했었지만, 안도감이 느껴질 거라곤 생각하지 않았다. 트렌트는 EED에 대해 완벽하게 확신했었다. 그런데 감정의 폭발을 느꼈을 때 다른 감정들이 느껴졌다. 놀라움과 불안감과 즐거움. 다른 느낌은 너무 빨리 사라져버려서 브리디로서는 어떤 느낌인지 채 인식하지 못했지만, 불안감과 놀라움은 확실하게 느꼈었다. 「혹시 당신도 이게 작동하지 않을까 봐 나처럼 속으로는 불안했던 거야?」 브리디가 속으로 외쳤다.

대답이 없었다.

브리디는 어둠에 귀를 기울이고 한동안 기다렸다. 그리고 다시 말했다. 「거기에 있어? 내 말 들려?」

「응.」

「그래, 트렌트의 목소리를 들었던 거야.」 브리디가 생각했다. 그리고 그때서야 그게 누구의 목소리인지 깨달았다. 「하지만 그 사람일 리가 없어! 이런 일은 일어날 수 없어. EED 수술이 텔레파시 능력을 주는 건 아니….」

「텔레파시 능력을 준 게 확실하네.」 그가 말했다. 이번에는 그게 누구의 목소리인지 의문의 여지가 없었다. 브리디는 겁에 질려 입을 손으로 막았다.

「내가 얘기했잖아. 의도하지 않은 결과가 나타날 수도 있다고.」 C.B.가 말했다.

4

"난 저 깊고 깊은 곳에 있는 영혼을 부를 수 있네."
"그거야 나도 부를 수는 있네. 누구라도 부를 수 있지.
하지만 네가 부른다고 그들이 올까?"
— 윌리엄 셰익스피어, '헨리 4세' 1부

「제발 꿈이라고 해줘.」 브리디가 생각했다. 하지만 그녀도 이게 꿈이 아니라는 사실을 알았다. 손으로 입을 막을 때 손에 꽂혀 있던 정맥주사 바늘이 당겨지며 날카로운 아픔이 느껴지고, 침대 옆에 있는 모니터에서 삑삑거리는 소리가 들렸기 때문이다.

C.B.의 목소리가 브리디에게 대답했다. 「유감이지만 꿈은 아니야. 난 잠든 상태가 아니거든. 난 꿈속에 있지 않아. 이렇게 이야기하긴 싫지만, 우린 실제로 대화하고 있는 거야.」

"하지만 우리가 어떻게…?" 브리디가 입으로 말했다.

「나도 알고 싶어.」 C.B.가 말했다. 「넌 내 경고를 무시했어. 그렇지? 내가 너한테 다리에서 뛰어내리지 말라고 경고하지 않아서 다행인 것 같아. 내가 그걸 경고했으면 넌 그것도 무시하고 다리로 가서 뛰어내렸을 테니까. 넌 내가 이야기했던 걸 다 무시하고 달려가서 IED를 했어….」

"이건 IED가 아니야!"

「그래, 뭐, 견해 차이는 있을 수 있는 거니까. 지금 어디에서 나한테 말하고 있는 거야? 병원?」

"응." 브리디가 말했다. "넌 어디야?"

「내 연구실이야. 컴스팬에 있는.」 C.B.가 말했다. 그 말이 사실이라면 그는 적어도 몇 킬로미터는 떨어져 있었다. 그렇다면 둘은 텔레파시로 대화하고 있다는 뜻이다. 그건 불가능했다.

「불가능하지 않은 모양이네.」 C.B.가 말했다. 「내가 그걸 하는 건 끔찍한 생각이라고, 의도하지 않은 결과가 생길 수도 있다고 했잖아. 하지만 넌 내 말을 안 듣더니 결국 이 꼴이 됐어. 트렌트 대신 나랑 연결되어 버린 거야.」

"난 너랑 연결되지 않았어!"

「그럼 이걸 뭐라고 할래?」

"몰라! 베릭 박사가 뭔가 선을 잘못 연결했거나…."

「두뇌에는 선이 없어.」

"시냅스 말이야. 아니면, 뭐, 회로 같은 거라든가…."

「두뇌는 그런 식으로 작동하지 않아.」 C.B.가 말했다.

"네가 어떻게 알아? 넌 뇌 전문 의사가 아니잖아. 베릭 박사가 잘못된 시냅스를 연결시켜서, 내가 트렌트를 불렀을 때 너한테 연결된 걸 수도 있어."

「그러니까…. 번호를 잘못 눌렀단 말이지? 트렌트 이야기가 나와서 말인데, 그 사람은 지금 어디 있어? 네가 트렌트를 부르고 있었다면, 그 사람은 왜 대답이 없는 건데?」

"나도 몰라!" 브리디가 울부짖었다. "아, 어쩌다 이런 일이 일어난 거지?"

「의도하지 않은 결과가 나타날 수 있다고 내가 경고했잖아.」

"그래도 텔레파시는 아니야." 브리디가 주장했다. "그런 건 실제로 존재하지도 않잖아!"

「그렇지, 음, 그 문제에 대해서는 내가 너에게 해줄 말이 있어, 브리디.」 C.B.의 목소리는 너무도 가깝게 들려서 마치 그가 침대 맡에 서 있는 느낌이 들 정도였다.

「그런 걸 거야.」 브리디에게 갑자기 확신이 들었다. C.B.는 컴스팬에 있는 게 아니다. 브리디가 잠들어 있던 사이에 몰래 숨어들어서 이 방 어딘가에 숨어있는 것이다. 이 인간은 이 황당한 짓을 장난이라고 생각했을 것이다.

「숨다니?」 C.B.가 말했다. 「대체 무슨 소리야? 어디에 숨는단 말이야?」

「침대 밑에 있겠지.」 브리디가 생각했다. 「아니면 커튼 뒤라든가.」 하지만 브리디가 침대 머리맡에 있는 전등을 켜고 살펴봤더니 커튼은 창턱까지밖에 안 내려왔고, 침대 두 개 사이를 막는 칸막이도 지금은 모두 벽에 붙여놓아서 사람이 몸을 숨기기엔 너무 좁았다.

「저쪽 침대 뒤에 숨어있을지도 몰라. 아니면 화장실이나 벽장에 있을 수도 있고.」 브리디가 생각했다. 하지만 그렇다면, 어떻게 바로 옆에서 말하는 것처럼 들리는 거지?

「그러게 말이야.」 C.B.가 말했다.

"넌 복화술사처럼 목소리를 높이고 있는 거야." 브리디가 비난하듯이 말했다.

C.B.가 웃었다. 「복화술? 농담이지?」

「아냐.」 브리디가 침대에 앉았다. 브리디는 확인하러 가려고 침대 옆으로 다리를 짚었다. 하지만 그 순간 갑자기 방 전체가 휘청하며 어지러워서 다시 드러누웠다. "지금 나오는 게 좋을 거야." 브리디가 손을 더듬어서 베개에 달린 호출 버튼을 찾았다. "안 그러면 간호사를 부를 거야."

「내가 너라면 안 그럴 거야. 지금은 새벽 3시야. 간호사는 네가 깨어있는 모습을 보면 별로 기분이 좋지 않을 거야. 거기에 네가 목소리가 들린다는 이야기까지 하면 진짜로 불쾌해질 거야. 그래서 간호사가 머시기 박사를 부르면 그 사람은….」

"뭐? 여기로 와서 너를 쫓아낼 거라고? 좋네." 브리디가 호출 버튼을 눌렀다. "그 모습을 꼭 보고 싶어."

「나도 그 모습을 보고 싶어.」 C.B.가 말했다. 「내가 도시 건너편에 있어서 너무 아쉽네.」

"흥, 네 말이 사실이라면, 나는 조금도 믿지 않지만 아무튼, 박사는 뭔가 잘못되었는지 알아낼 테니까 수술실로 돌아가서 문제를 해결해줄 거야."

「그럴 수도 있겠지만, 너를 정신 병동에 집어넣을 수도 있어. 그리고 이러든 저러든, 박사는 트렌트에게 이야기할 거야.」

「아, 이런, 트렌트.」 브리디는 이런 이야기가 트렌트에게 어떻게 들릴지 생각하지 않고 있었다. 브리디는 손을 더듬거리며 호출 버튼을 찾아서 호출을 중지시킬 방법이 있는지 알아보려고 했지만, 이미 너무 늦었다. 간호사가 벌써 병실에 들어와 있었는데, 얼굴이 언짢아 보였다. 브리디가 아무 일도 아니라고 해버리면 간호사가 화를 낼 것 같았다. 그래서 이렇게 말했다. "호출해서 미안해요. 악몽을 꾸었어요. 이 병실에 남자가 있었어요. 칼을 들고요. 화장실에요." 그리고 생각했다. 「혹시 간호사가 화장실을 들여다보지 않으면 어떡하지?」

하지만 간호사는 화장실을 점검했다. 그리고 문을 활짝 열고 불을 켜서 브리디가 안을 볼 수 있도록 해주었다. 벽장에도 똑같이 해줬는데, 그 안에는 브리디가 화장실에 갈 때 걸쳤던 가운만 걸려 있었다. "봤죠? 아무도 없어요."

간호사가 침대로 다가왔다. "그냥 악몽이었어요." 그리고 브리디의 진료기록부를 들더니 뭔가 입력하기 시작했다. "착란은 수술 후에 흔히 일어나는 증상이에요. 마취제 때문에 종종 이상한 꿈을 꾸기도 하죠. 아니면 간호조무사나 잡역부를 본 건지도 몰라요. 혹시 화장실까지 도와드릴까요?"

「화장실에 C.B.가 없는 걸 확인했으니 이제는 갈 필요가 없어.」 브리디는 생각했다. 그리고 뭔가를 떨어뜨리면 간호사가 그걸 집기 위해서 침대 아래를 내려다보지 않을까 궁금했지만, 손이 닿는 범위 안에는 떨어뜨릴 게 아무것도 없었다. "아뇨, 괜찮아요." 브리디가 말했다.

"잠을 좀 자두세요." 간호사가 전등을 껐다.

"그냥 켜두면 안 될까요?" 브리디가 떨리는 목소리를 내며 물었다. "그리고 나가기 전에 다른 곳들도 봐주면 안 될까요? 제발요. 꿈이라는 건 알지만, 그래 주면 훨씬 마음 편하게 잘 수 있을 것 같아요."

「그리고 내가 잠들면 호출 버튼을 눌러서 당신을 귀찮게 할 일은 없을 거야.」브리디가 속으로 말했다. 간호사도 같은 결론에 도달했던 모양이다. 그녀는 전등을 다시 켜고 두 침대의 밑과 병실 구석구석을 살펴봤다.

"봤죠?" 간호사가 브리디의 침대로 다가와 말했다. "아무것도 없어요. 잘 자요." 간호사가 전등을 다시 끄고 나가며, 문을 조금만 남겨두고 거의 닫았다.

"고마워요." 브리디가 간호사의 뒤통수를 향해 소리쳤다. 그리고 누워서 어떻게 된 건지 이해하려고 애썼다. C.B.는 이 병실에 없었다. 간호사 이야기가 맞았나? C.B.의 목소리는 그저 마취제 때문에 발생한 꿈이었던 걸까?

「그랬을 거야.」브리디는 생각했다. 간호사가 병실에 들어온 뒤로는 C.B.가 한마디도 하지 않았기 때문이었다.

「재미있는 이론인데, 틀렸어.」C.B.가 말했다. 그의 목소리는 더 깨끗하고 가깝게 들렸다.「그런데 도대체 어떻게 된 간호사가 병원에 연쇄살인범이 돌아다닐지도 모르는 상황에서 너보고 자라고 할 수가 있지?」C.B.가 말했다.「나라면 저 간호사가 뭐라고 해도 안 믿을 거야.」

「대체 어떻게 이렇게 하는 거지?」브리디는 궁금해서 죽을 것 같았다.「이 병실을 도청하는 거야.」브리디가 생각했다. C.B.가 마이크와 스피커를 여기 어딘가에 숨겨 놓은 게 틀림없다.

「네 병실을 도청한다고?」C.B.가 말했다.「너 미쳤니?」

「안 미쳤어.」모든 게 들어맞았다. 그래서 간호사가 병실에 들어왔을 때 C.B.가 말을 하지 않았던 것이다. 간호사가 그의 목소리를 들을 테니까 말이다. 그리고 그 도청장치를 이용해서 브리디가 혼자 있는지 아닌지도 알 수 있었을 것이다. 브리디는 몸을 일으키고 앉아서 불을 다시 켰다. 그리고 숨겨진 도청장치를 찾기 위해 방을 둘러봤다.

「브리디, 난 그 병실 도청 안 해.」

"거짓말쟁이." 모든 게 설명이 됐다. 그렇게 해서 C.B.는 간호사가 뭐라고 했는지도 알았을 것이다. 그래서….

「난 간호사가 하는 말은 못 들어.」 C.B.가 끼어들었다. 「내게는 간호사의 말에 대해 네가 생각하는 소리만 들려. 네가 대화를 할 때는 네가 할 말만 생각하는 게 아니라 네가 듣는 소리도 생각하거든. 그런데 내가 언제 도청장치 같은 걸 할 수 있었겠어? 난 몇 분 전까지만 해도 네가 수술을 받았는지도 몰랐어.」

"몰라." 브리디가 말했다. "그래도 네가 했어." C.B.는 커튼의 안감이나 창틀, 혹은 트렌트가 보낸 장미 다발 같은 곳에 마이크와 도청장치를 숨겼을 것이다. 브리디는 그 물건들을 노려보며 삐져나온 전선이 있는지 찾아봤다.

하지만 꼭 전선이 달리지 않았을 수도 있다. C.B.는 무선장치를 설치했을 것이다. 그는 컴퓨터 천재니까….

「고마워. 네가 알아챈 줄은 몰랐네.」 C.B.가 비꼬는 투로 말했다. 그의 목소리는 창문 쪽에서 오는 게 아니었다. 바로 귓속에서 들렸다.

「베개에 숨겨놨구나.」 브리디는 자리에 앉아서 베개에 뭔가 비정상적인 혹 같은 게 잡히는지 만져봤다. 아무것도 없었다. 브리디는 베갯잇을 벗겨서 흔들었다. 매트리스의 머리 부분도 더듬어봤다.

거기에도 없었다. 하지만 어디에나 있을 수 있었다. 그리고 아주 작을 것이다. 침대 위의 벽에 붙어있는 계기판에 있을 수도 있고, 주전자에 붙여놓았을 수도 있고, 진료기록부나 클리넥스 통에 있을 수도 있었다. 아니면….

「난 구토용 통에 도청장치를 하지 않았어.」 C.B.가 말했다. 「난….」

C.B.가 갑자기 말을 멈췄다. 「그러면 그 목소리를 이용해서 도청장치를 찾을 수 없게 되는데.」 브리디가 구토용 통을 집어 들었다.

거기에는 없었다. 주전자에도 없었다. 만일 벽의 계기판에 있다면 그녀는 결코 찾아내지 못할 것이다. 그 계기판에는 버튼과 스위치, 입력 장치로 빼곡했다. 그중에 뭐라도 마이크가 될 수 있었다. C.B.가 병실을 도청하고 있다는 사실을 증명하기 위해서는 여기에서 나가서 마이크가 닿지 않는 어딘가로 가야만 했다. 브리디는 간호사에게 트렌트를 회복 후에 어느 병실로 데려갔는지 묻고 싶었다. 브리디가 트렌트에게 무슨 일이 일어났는지 말해주면 그가 마이크를 찾을 수 있을 것이다. 그리고 C.B.를 해고하겠지.

하지만 브리디는 트렌트가 어느 병실에 있는지 모른다. 다시 간호사를 호출하는 건 그다지 현명한 방법이 아니었다. 그렇다면 브리디로서는 도청장치의 범위를 벗어날 수 있을 정도로 충분히 멀리 복도를 따라 가보는 방법밖에 없었다. 그녀는 자리에 앉았다. 다리를 침대 옆에 기대고 다시 방이 휘청거리는지 보기 위해 잠시 앉아 있었다. 방이 휘청거리지 않자, 브리디는 정맥주사 스탠드를 짚고 침대에서 조심스럽게 내려왔다.

아, 이런, 정맥주사는 어떻게 하지? 정맥주사 스탠드에 바퀴가 달려있었다. 그렇다면 끌고 갈 수 있다. 하지만 C.B.가 마이크를 거기에 설치했다면, 병실을 나가봐야 아무 소용도 없는 짓이 된다.

브리디는 정맥주사를 뽑아야 했다. 그런데 주사를 뽑을 때 모니터가 삑삑거려서 간호사들을 깨우면 어쩌지? 「우선 가운을 걸치고 슬리퍼부터 신자.」 브리디는 정맥주사 스탠드를 끌고 벽장까지 걸어갔다.

얇은 가운은 있었지만 슬리퍼가 없었다. 「침대 밑에 있나 보네.」 가운의 목깃과 허리띠에 도청장치가 있는지 확인했다. 그리고 낑낑대며 가운을 걸쳤다. 간신히 한쪽 팔을 집어넣고 가운을 어깨에 걸쳤다. 하지만 다른 팔은 정맥주사를 뺄 때까지 참아야 했다. 브리디는 가운을 엉거주춤한 상태로 질질 끌며 침대로 돌아갔다. 그리고 슬리퍼를 찾으려고 몸을 숙였다.

브리디가 정맥주사 스탠드에 매달려서 지지하지 않았다면 아마도 까무러쳤을 것이다. 아까처럼 방이 급격하게 기울어지더니 흔들거렸다. 그녀는 어지럼증이 멈출 때까지 스탠드에 찰싹 달라붙어 있다가 손을 뻗어서 더듬거리며 침대 가로 엉금엉금 걸어갔다.

브리디는 침대에 앉아서 가쁜 숨을 가라앉혔다. 다시 슬리퍼를 찾으려 시도해봤자 아무 소용이 없었다. 설령 슬리퍼를 찾는다고 해도 그녀는 그걸 신을 수 있을 정도로 오랫동안 몸을 굽히는 게 불가능한 상황이었기 때문이다. 하지만 C.B.가 숨겨 놓은 스피커로부터 충분히 멀리 떨어진 복도까지만 가면 된다.

「그 정도의 거리는 슬리퍼를 신지 않고도 갈 수 있을 거야.」 브리디가 생각했다. 그리고 정맥주사 스탠드를 어떻게 처리할지 고민했다. 켜고 끄는 스위치는 보이지 않았지만 스탠드 꼭대기쯤에 버튼이 하나 달려 있었다. 기계가 삑삑거릴 상황에 대비하면서 조심스럽게 버튼을 눌렀다.

삑삑거리지 않았다. 모터가 멈추고 녹색 불이 꺼졌다. 「좋았어.」 브리디가 생각했다. 손등에 붙은 반창고를 벗겨내고 피부를 뚫고 들어간 정맥주사 바늘을 바라봤다.

「이건 미친 짓이야.」 브리디의 두뇌에서 약간 더 이성적인 부분이 그녀에게 말했다. 「넌 이제 막 수술을 받았잖아. 정맥주사를 뽑고 돌아다니는 건 위험할 수 있어.」

「하지만 그게 바로 C.B.가 믿는 구석이야. 내가 자신의 음향 시스템 안에 묶여 있을 수밖에 없을 거라 기대했겠지.」 브리디가 바늘을 뽑았다.

예상보다는 그다지 따갑지 않았지만, 피가 많이 나왔다. 브리디는 피를 멈추게 하려고 반창고를 그 장소에 다시 붙이고 가운에 팔을 집어넣었다. 그리고 왜 그녀가 깨어있는지 확인해보기 위해 간호사가 올 수도 있으므로 전등을 끄고, 뭔가에 부딪히지 않기만 바라면서 더듬더듬 조심스럽게 문까지 걸어갔다.

부딪히지는 않았지만, 문까지 가는 시간이 영원처럼 길게 느껴졌다. 그리고 문을 열자 갑자기 복도에서 빛이 쏟아져 들어와 눈이 부셨다. 브리디는 손으로 차양을 만들어 눈부신 빛을 가리고 복도를 조심스럽게 살펴봤다. 간호사도 없고 잡역부도 눈에 들어오지 않았다. 대부분의 병실 문은 닫혀있거나 거의 닫힌 상태였다. 안에서 불빛이 새어 나오는 병실은 없었다. 확실히 한밤중이었다.

브리디는 잠시 귀를 기울이다가 복도를 따라 걸어갔다. 다행히 벽에 손으로 짚고 갈 수 있는 난간이 설치되어 있었다. 옆 병실을 지나면 바로 복도가 꺾였다. 과연 거기까지 갈 수 있을지….

슬리퍼를 신고 나왔으면 좋았을 거라는 생각이 들었다. 타일 바닥이 얼음처럼 차가웠다. 그리고 뒤통수의 느낌이 이상했다. 수술할 때 머리카락을 면도한 부위가 틀림없었다. 아프지는 않았다. 「아직은.」 브리디는 발걸음을 빨리하려고 노력했다.

"로시 간호사님." 사방에서 목소리가 들려왔다. 브리디는 놀라서 이리저리 둘러보다가 그 목소리가 병원 안내방송용 스피커에서 나왔다는 사실을 깨달았다. "간호사실로 와주세요."

브리디는 발길을 멈추고 간호사의 발소리가 들리는지 귀를 기울였다. 하지만 전혀 들리지 않았다. 로시는 다른 층에 있는 간호사인 모양이었다. 브리디는 다시 복도를 따라 걷기 시작했다. 겨우 몇 걸음 떼는 게 이렇게 힘들지, 그리고 이렇게 오래 걸릴지 예상하지 못했다. 복도가 꺾이는 부분에 도착하자, 마라톤을 마친 기분이 들었다.

「괜찮아.」 브리디가 생각했다. 그리고 조심스럽게 주변을 살폈다. 「이제 조금만 더 멀리 가면 돼.」 옆 병실을 지나자 오른쪽으로 의자들과 소파가 있는 대기실이 보였다. 저기까지만 가면 앉을 수 있다.

하지만 그러려면 복도를 가로질러야 했다. 붙들고 서 있을 수 있는 정맥주사 스탠드를 가져왔으면 좋겠다는 생각이 들었다. 브리디는 비트적거리며 복도를 가로질러 반대편 벽의 난간을 움켜쥐고 몸을 기댔다. 그때 손등이 완전히 피로 범벅된 모습이 눈에 들어와 겁에 질렸다.

그 반창고로는 지혈이 안 되는 모양이었다. 브리디는 가운 끝자락으로 피가 난 부위를 톡톡 치다가 포기했다. 「대기실까지 가면 출혈을 멈추게 할 수 있을 거야.」 브리디가 혼잣말을 했다. 「지금 당장은 저기까지 가야….」

「대기실에 간다고?」 C.B.의 목소리가 파고 들어왔다. 「어디야? 왜 침대에서 나간 거야?」

「아, 맙소사!」 브리디가 천장 타일을 올려보며 생각했다. C.B.가 복도에까지 도청장치를 설치한 것이다.

「복도에서 대체 뭘 하고 있는 거야?」 C.B.가 따져 물었다. 그의 목소리는 병실에서와 마찬가지로 또렷하고 크게 들렸다. 「이제 막 수술을 받았잖아….」

「꺼져!」 브리디가 절망적인 눈빛으로 이리저리 둘러보며 말했다. C.B.가 복도에 도청장치를 설치했다면 대기실에도 했을 것이다. 「병원 로비로 내려가야겠다.」 그녀가 생각했다.

「로비라고?」 C.B.가 브리디에게 고함을 쳤다. 「도대체 무슨 생각으로 그런 짓을 하는 거야?」

「네가 도청장치를 설치하지 않은 곳으로 가려는 거야.」 브리디가 말했다. 그리고 비틀거리며 대기실 입구를 지나 그 뒤에 있는 방을 향해갔다.

「내가 말했잖아. 난 도청 같은 거 안 해. 브리디, 내 말 들어봐. 넌 병실로 다시 돌아가야….」

「그래서 네 도청장치와 스피커와 마이크가 있는 곳으로 돌아가라고? 고맙지만 사양할게.」 로비로 내려갈 수 있는 엘리베이터가 여기 어딘가에 있을 것이다.

「브리디, 네 상태에서 병원을 돌아다니면 안 돼. 젠장, 네가 이런 식으로 반응할 줄 알았다면, 난 절대로…. 지금 어디 있는지 말해!」

「왜? 또 도청장치 설치하러 오시게?」 브리디가 말했다. 그리고 그 범위를 벗어나려 발걸음을 빨리했다. 하지만 실수였다. 점점 더 어지러워지고, 뒤통수의 조이던 느낌이 통증으로 바뀌기 시작했다.

바로 앞에 있는 병실의 문 위에 달린 불빛이 깜빡였다. 그건 병실 안에 있는 환자가 호출 버튼을 눌렀다는 의미였다. 간호사가 곧 올 것이다. 브리디는 거기서 벗어나야 했다. 하지만 어디로? 아직 어디에서도 엘리베이터 표지판이 보이지 않았다.

"간호사!" 그 병실에서 여성의 목소리가 들렸다. 브리디가 향하고 있는 쪽에서 발소리가 들려왔다.

「숨어야 해.」 브리디는 필사적이었다. 어지러운 것도 무시하고 서둘러서 호출 불빛이 들어온 병실을 지나 다음 병실로 향했다. C.B.의 목소리가 집요하게 들려왔다. 「어디에 있는지 말해줘. 제발 부탁이야.」

저 병실까지만 가면 간호사가 지나갈 동안 안에 숨을 수 있을 것이다.

"간호사!" 그 여성이 다시 소리쳤다. 그때 병원 방송이 크게 울렸다. "블랙 박사님, 간호사실로 와주세요." 다가오는 발걸음 소리가 걷는 속도에서 뛰는 속도로 빨라졌다. 브리디는 다음 병실의 문으로 비틀거리며 나아갔다.

그 방은 병실이 아니었다. 문에 '관계자 외 출입금지'라는 표지판이 붙어있었다. 이건 창고용 벽장이란 의미였다. 아니면 간호사 휴게실이거나. 하지만 브리디에게는 다른 데로 갈 여유가 없었다. 그녀가 문을 열었다.

거긴 아래로 내려가는 계단이었다. 브리디는 안으로 비집고 들어간 뒤 묵직한 문을 거의 닫은 채 완전히 닫히지 않도록 받치고 서 있었다. 문이 닫히는 소리가 다가오는 간호사의 주의를 끌까 봐 두려웠기 때문이었다.

간호사는 문을 빠르게 지나쳐 복도를 따라 사라졌다. 브리디는 잠시 그 자리에 서서 간호사에게 소리가 들리지 않을 때까지 기다렸다. 방송 소리가 반복되어 들렸다. "블랙 박사님, 호출입…." 그제야 문을 놔줬다.

방송이 나오는 중에 문이 닫혀서 말소리가 단어 중간에 뚝 끊어졌다. 기다린 건 잘한 일이었다. 문이 닫히면서 요란하게 철커덕 소리를 냈다. 「좋았어.」 브리디가 생각했다. 「이러면 누가 이 문으로 들어오는지도 소리로 알 수 있겠네. 그리고 난 이 계단으로 로비까지 내려가면 돼.」

브리디는 계단을 내려가기 시작했다. 계단통은 복도보다 추웠고, 맨발에 닿는 시멘트 층계는 얼음처럼 차가웠다. 그녀는 넘어지지 않기 위해 얼음보다 차가운 철제 난간을 붙잡고 내려가야 했다. 시간이 갈수록 점점 더 어지러워졌다. 도저히 로비까지는 갈 수 없을 것 같았다.

「하지만 로비까지 갈 필요는 없어.」 브리디가 생각했다. 병원 방송 소리가 문을 닫을 때 뚝 끊어졌던 것으로 볼 때 C.B.가 복도에 숨겨 놓은 스피커의 소리는 여기까지 닿지 않을 것이다. 브리디는 비틀거리며 몇 계단 아래에 있는 층계참까지 내려간 뒤 두 번째 계단에 앉아 쉬었다.

실수였다. 얇은 병원 가운은 시멘트의 냉기를 전혀 막아주지 못했다. 브리디는 앉자마자 몸이 떨려오기 시작했다. 「떨면 좀 나을 거야.」 브리디가 생각했다.

브리디는 입을 열고 C.B.를 부르려다가 곧 입을 꾹 닫고 눈을 감았다. 「C.B.?」 브리디가 C.B.를 머릿속으로 떠올렸다. 「내 말 들려?」

대답이 없었다.

「이럴 줄 알았어.」 브리디가 생각했다. 「넌 이 짓을 했던 걸 후회하게 될 거야. 트렌트에게 다 말할 거야. 그러면 그이가….」

「브리디?」 C.B.가 브리디의 귀에 말했다. 「천만다행이야! 어디 있어? 괜찮아?」

「아냐.」 브리디가 생각했다. 「안 괜찮아!」

「지금 병원으로 가는 중이야. 최대한 빨리 갈게.」 C.B.가 말했다.

5

"내가 잘못된 번호로 전화를 걸었다면,
당신은 왜 그 전화를 받은 거요?"
— 제임스 서버, '서버 카니발'

「어디야?」 C.B.가 물었다. 그의 목소리는 믿을 수 없을 정도로 깨끗하고, 믿을 수 없을 정도로 가깝게 들렸다.「아직도 복도에 있어?」

브리디는 그의 소리를 막으려고 손가락으로 귀를 세게 틀어막았다. 하지만 그렇게 해서는 막을 수 없다는 사실을 너무도 확실히 알고 있었다.

「말해줘.」 C.B.가 사정했다.「로비로 내려갔니?」

브리디는 손으로 머리를 감싸고 차가운 계단통에 앉아서 생각했다.「사실이었어. C.B.는 진짜로 내 머릿속에 있는 거야. 하지만 어떻게 그럴 수 있지? 세상에 그런 게 어디….」

「그건 나중에 걱정하자.」 C.B.가 말했다.「지금 당장은 어디에 있는지 말해줘. 그래야 내가 네 병실까지 데려다주지.」

브리디가 생각했다. 「못 가겠어.」

그러자 C.B.가 말했다. 「괜찮아. 울지 마. 거기에 그대로 있어. 내가 알아서 할게.」

"안 울어." 브리디가 분개해서 말했지만, 거짓말이었다. 눈물이 뺨을 타고 흘러내렸다. 그녀는 손등으로 눈물을 훔쳤다.

「다 괜찮아질 거야.」 C.B.가 말했다. 「내가 장담할게.」

「어떻게 이럴 수가 있지?」 브리디가 생각했다. 「C.B. 슈워츠와 연결되다니.」 그리고 다시 엉엉 울기 시작했다.

위쪽에서 문이 쾅 소리를 내며 열렸다. 그리고 잡역부가 소리쳤다. "여기 있어요!" 곧 의료진이 떼거리로 몰려와서 소리를 지르며 지시를 내렸다. "어떻게 환자가 여기까지 내려온 거야? 너희들 환자 관리를 도대체 어떻게 한 거야?" 그리고 "오, 맙소사, 베릭 박사가 이 사실을 알면 우린 끝장이야!"

「베릭 박사! 아, 안 돼. 박사가 트렌트에게 이 사실을 말하면….」

의료진이 그녀에게 질문을 퍼부었다. "넘어졌나요?", "괜찮으세요?", "머리를 부딪쳤나요?" 그리고 브리디 옆에 무릎을 짚고 앉아서 그녀의 뒤통수와 반창고를 점검했다.

"넘어지거나 머리를 부딪치지 않은 게 확실한가요?" 인턴이 물어보며 브리디의 뺨을 만졌다. 그의 손이 피로 얼룩졌다.

「눈물을 닦을 때 피가 묻었나 보네.」 브리디가 생각했다. 병원 가운을 내려다봤더니 가운도 피범벅이었다. "안 넘어졌어요." 그녀가 말했다. "그 피는 정맥주사 바늘을 뽑은 데에서 나온 거예요." 그녀가 의료진에게 손등을 보여줬다.

인턴이 브리디의 손을 붙잡고 물었다. "그런데 왜 이러셨어요?"

"모르겠어요. 저는…." 브리디는 뭔가 그럴듯한 이유를 생각해 내려고 머리를 굴리면서 말했다. 하지만 인턴은 그녀의 대답에는 관심이 없는 것 같았다. 그는 벌써 청진기로 브리디의 심장 소리를 듣고, 간호사에게 새로운 정맥주사를 준비해달라고 지시했다.

간호사가 브리디의 손등에 묻은 피를 닦아내지 더 처참한 모습이 드러났다. 손등이 심하게 멍들어 있었다. 간호사는 손을 살펴보더니 정맥주사를 다른 손에 놔야겠다고 결정하고 바로 바늘을 꽂았다. 브리디는 꽁꽁 얼어서 이가 덜덜 떨렸다.

"환자에게 담요를 가져다줘요." 인턴이 아주 어려 보이는 간호조무사에게 말했다. "그리고 발에 신길 것도 찾아주세요." 인턴이 브리디를 돌아봤다. "여기를 똑바로 보세요." 그는 자신의 이마 가운데를 가리켰다. 그리고 그녀의 눈에 교대로 불빛을 비췄다. "지금 여기가 어디인지 아시겠어요?"

"네." 브리디가 말했다. "병원 계단이에요."

"여기까지 어떻게 왔는지 기억나세요?"

「네.」 브리디가 생각했다. 「C.B.가 병실에 숨겨 놓은 도청장치에서 빠져나오려고 나왔죠.」 그리고 C.B.에게 항의하려고 기다리는 중이었다.

하지만 C.B.는 오지 않았다. 그리고 금방 올 거라던 말과 달리 그는 계단을 달려 내려오지 않았다. 브리디를 찾은 사람은 C.B.가 아니었다. 잡역부가 찾아냈다. 아마도 간호사가 정맥주사를 점검하러 병실에 들렀다가 그녀가 사라졌다는 사실을 알아채고 사람들과 찾으러 다녔을 것이다. 그런 추측이 맞는다면, 계단통에서 브리디가 C.B.와 대화했던 건 그때까지도 마취제가 깨지 않아서 생긴 망상일 것이다.

아니면 더 안 좋은 일일 수도 있다. 혹시 수술 도중에 베릭 박사가 건드리면 안 되는 신경을 잘랐거나, 과다출혈이나 손상된 뉴런 때문에 C.B.의 목소리가 들리는 건 아닐까? C.B.는 후유증에 대해 계속 경고를 하려 했지만 브리디는 듣지 않았다. 그러다 이제 두뇌 손상을 입고 여기에 이렇게 앉아 있는 것이다.

인턴이 브리디를 걱정스러운 눈으로 바라봤다.

"네. 여기까지 어떻게 왔는지 기억나요." 브리디가 말했다. 그리고 즉시 실수했다는 사실을 깨달았다. 그 말은 그녀가 고의로 정맥주사를 뽑고 여기까지 내려왔다는 뜻이 되어버리기 때문이다. 그러면 인턴의 다음 질문은 이렇게 될 것이다. "어디로 가려던 건가요?"

"그러니까, 그게, 침대에서 나온 건 기억이 나는데…." 인턴이 더 질문하기 전에 브리디가 입을 열었다. "그러고 나서…." 그녀는 기억을 떠올리려 애쓰는 듯 얼굴을 찡그렸다. "아마 화장실을 찾으려고 몸을 돌렸다가…. 이게 제 병실로 가는 문인 줄 알고…."

하지만 인턴은 브리디의 대답이 그다지 만족스럽지 않은 모양이었다. "로비에는 뭐가 있죠?" 그가 물었다. "남자친구가 병원에 전화를 했어요. 당신이 그분에게 전화를 해서 로비에 대해 뭔가 말했다면서, 환자가 로비로 내려갈지도 몰라서 걱정된다고 했더군요."

간호사가 고개를 끄덕였다. "그분이 환자가 계단으로 가려는 것 같아 걱정된다고 했어요."

「마취제도 아니고 두뇌 손상도 아니었어.」 브리디가 생각했다. 「진짜였어. 그렇다면 이건 텔레파시야.」

두뇌 손상이나 과다출혈이 아니라는 걸 알게 됐으니 안심을 해야 할 것 같지만, 이건 더 지독한 악몽이었다. 그리고 의료진에게 질문을 계속하게 놔두면, 간호사는 브리디에게는 휴대폰이 없으므로 누구에게도 전화할 수 없다는 사실을 기억해낼 것이다. 또 브리디의 남자친구는 이 병원에서 EED 수술에서 회복되고 있으며 역시 휴대폰을 갖고 있지 않다는 사실도 떠올릴 것이다. 그때는 진짜 악몽이 펼쳐지게 된다.

"그가 우리에게 계단을 점검해보라고 이야기해줘서 정말 다행이었어요." 간호사가 말했다. "여긴 거의 이용하는 사람이 없거든요. 그런데 왜 환자분은…?"

"모르겠어요." 브리디가 말했다. 그리고 비틀거리며 인턴의 팔을 붙잡았다. "아, 이런, 제가 좀 어지럽네요."

그 속임수가 먹혔다. 인턴은 질문을 그만두고 사람들에게 지시를 내리기 시작했다. 그들은 브리디를 데리고 계단을 올라가서 휠체어에 태워 그녀의 병실까지 신속하게 옮겼다. 그 층의 담당 간호사와 간호조무사가 브리디에게 새 환자복을 입히고 침대에 눕혔다.

브리디는 아직도 떨고 있었다. "너무 추워요." 간호사가 이불을 덮어줄 때 그녀가 웅얼거렸다.

"당연히 그럴 거예요." 간호사가 말했다. "그 계단통이 말 그대로 냉장고였으니까요." 간호사가 새 정맥주사 주머니를 스탠드에 걸었다. "여기 일이 끝나는 대로 담요를 더 가져다 드릴게요."

"남자친구분이 전화해줘서 정말 다행이었어요." 간호조무사가 말했다. "안 그랬다면 환자분은 아주 오랫동안 그렇게 계셔야 했을 거예요. 저희는 병실에서 나가신 줄도 몰랐거든요."

간호사가 조무사를 노려보며 매서운 목소리로 말했다. "가서 플래니건 씨에게 담요를 가져다 드려."

간호조무사가 종종걸음으로 나갔다. 그녀가 나가자마자 브리디가 말했다. "이 일을 베릭 박사에게 말하지 않을 거죠? 전 마취제에 취해 혼란스러워서…."

"남자친구분이 전화로 그렇게 이야기했어요." 조무사가 문간에 다시 나타나서 말했다. 담요는 들고 있지 않았다. "그분은 엄청 화가 난 것 같았어요. 저희더러 환자를 즉시 찾아내지 않으면, 병원을 산산조각 내버리겠다고 했죠."

"내가 담요를 가져오라고 하지 않았니?" 간호사가 말했다.

"어디 있는지 모르겠어요."

"담요는… 관두자. 이따가 어디 있는지 보여줄게." 간호사가 브리디의 진료기록부로 손을 뻗었다.

「간호사가 진료기록부를 보면 내가 EED 수술을 받았다는 사실을 알게 될 테니, 내 남자친구도 같은 수술을 받았으리라는 사실도 알아챌 거야.」 "지금 담요를 가져다주면 안 될까요?" 브리디가 애처롭게 말했다. "너무 추워서요."

"금방 가져다 드릴게요." 간호사가 말했다. "이제, 호출 버튼을 여기에 둘게요." 간호사가 호출 버튼을 브리디의 손 바로 옆의 침대보에 달았다. "뭐라도 필요한 게 있으면 언제든지 호출하세요. 그리고 제가 나가 있는 동안 또 도망가지 않을 거라고 약속하실 수 있죠?"

「갈 데도 없어.」 브리디가 자포자기의 심정으로 생각했다. 「내가 어디로 가든, C.B.는 거기에 있을 거야. 내 머릿속에.」 "그대로 있을게요. 약속해요."

"좋았어요." 간호사가 나갔다. 하지만 채 몇 초도 지나지 않아서 수습 간호사가 들어왔는데, 겉으로 보기엔 브리디의 주전자에 물을 채우는 것 같았지만, 실제로는 그녀의 상태를 확인하러 들어온 게 빤히 보였다. 그리고 잠시 후에는 다른 인턴이 들어와서 아까 인턴이 했던 질문들을 다시 했고, 그 뒤에는 잡역부가 대걸레를 들고 들어왔다.

하지만 담요를 가지러 간 조무사는 돌아오지 않았다. 브리디의 이가 다시 덜덜 떨리기 시작했다. "혹시 담요 좀 가져다주실래요?" 그녀가 잡역부에게 말했다.

"담당 간호사에게 하나 가져다 달라고 할게요." 잡역부가 밖으로 나가며 약속했다.

「병원 사람들이 계속 병실에 있는 모양이네.」 C.B.가 말했다. 「괜찮아?」

"응. 그래도 너한테 감사할 마음은 없어." 브리디가 말했다. 그리고 바로 걱정스러운 눈으로 문을 쳐다봤다. 누군가 들어왔다가 그녀가 혼잣말하는 모습을 봤으면, 틀림없이 베릭 박사에게 연락할 것이다. 「꺼져.」 브리디가 소리 없이 말했다. 「너 때문에 지금까지 일어난 일만으로도 충분해.」

「있잖아, 브리디, 정말 미안해. 나하고 이야기를 나눈 것 때문에 네가 그렇게 겁을 집어먹고 병실에서 허겁지겁 나가버릴 줄 알았다면, 나는 절대로….」

「EED를 안 했을 거라는 거지?」

「뭐라고?」 C.B.가 얼이 빠진 목소리로 물었다.

「그것 말고는 설명이 안 돼. 넌 언제 수술을 받았는데? 트렌트와 내가 수술을 받을 거라는 사실을 알자마자 너도 받은 거야?」

「뭐? 대체 내가 왜 EED를 해? 난 너한테 하지 말라고 말리던 사람이야, 기억하지?」

「그거야 날 속이려고 그랬을 수도 있지. 너도 EED를 할 계획이라는 사실을 내가 알아채지 못하게 하려고 그런 거야.」

「이런, 그래.」 C.B.가 비꼬는 투로 말했다. 「내 생각은 이랬어. '따스한 감정을 주고받을 수 있도록 머리에 구멍을 뚫다니, 정말 끝내주는 아이디어다! 나도 하나 뚫어야지.'」

"아냐." 화가 난 브리디가 고함을 쳤다. "나한테서…."

브리디의 주전자를 채워줬던 수습 간호사가 문을 열고 고개를 쑥 내밀고 물었다. "혹시 필요한 거 있으세요?"

「저 간호사는 내가 다시 도망치는 걸 막으려고 지금껏 병실 앞을 지키고 앉아 있었나 보네.」 브리디가 생각했다.

「그거 정말 멋진 생각이다.」 C.B.가 말했다. 「넌 스스로 자기 몸을 돌볼 거라는 신뢰가 전혀 안 가는 사람이잖아.」

그와 동시에, 이게 일종의 도청일 거라 믿었던 마지막 실낱같은 희망이 사라졌다. 수습 간호사는 C.B.의 목소리가 들린다는 어떤 기미도 보이지 않았기 때문이다. 그녀는 브리디를 걱정스러운 눈으로 쳐다보며 말했다. "괜찮으세요?"

「아뇨.」 브리디가 생각했다. "네, 괜찮아요." 브리디가 말했다. "호출 버튼을 찾으려던 중이었어요. 저한테 가져다주기로 했던 여분의 담요가 어떻게 됐는지 알아봐 주실래요?"

"아, 그럼요." 수습 간호사가 사라졌다.

「괜찮은 변명이었어.」 간호사가 나가자마자 C.B.가 말했다. 「하지만 지금부터는 나한테 입말로 이야기하지 않는 게 좋을 것 같아.」

「난 너랑 이야기하고 싶은 생각이 전혀 없어.」 브리디가 말했다. 「난 네가 EED 수술을 받을 줄은 상상도 못했어.」

「내가 확실히 말해줄게.」 C.B.가 말했다. 「넌 내가, 너랑 트렌트가 EED 수술을 받는다는 걸 알게 되자 트렌트를 새치기하기로 결심했다고 생각하고 있어. 그 머시기 박사의 대기 목록이 내 팔 길이 만큼이나 길다는데, 내가 대체 어떻게 새치기를 했을까? 그리고 언제? 난 오늘 아침에 컴스팬에서 너를 만났어.」

「네가 여기로 달려와서 어떤 환자에게 양보하라고 돈을 줬거나….」 그때 끔찍한 생각이 들이쳤다. 혹시 베릭 박사에게 자기가 트렌트라고 이야기했으면 어쩌지? 그러면 왜 트렌트의 목소리가 들리지 않는지 설명이 된다. 트렌트가 EED 수술을 못 받았기 때문이다. 그러면 C.B.는 컴스팬에서 그녀에게 이야기하고 있는 게 아니라, 바로 여기 병원에서….

「말도 안 돼.」 C.B.가 말했다. 「병원이란 데는, 정확한 사람은 말할 것도 없고 정확한 신체 부위에 수술을 하는지 확인하는 일을 아주 중요하게 여기는 곳이야. 아니면 내가 트렌트의 신분증도 훔쳤다고 생각하는 거야? 그리고 내가 너에게 끔찍한 생각이라고 욕했던 그 수술을 받기 위해 트렌트를 내 연구실에 묶어두기라도 했다는 거야? EED가 작동하기 위해서는 연인 간에 정서적 유대감이 있어야 하는 거 아냐?」

「혹시 네가 우리 사이에 정서적 유대감이 있다고 주장하려는 거라면….」

「내가 하려는 말은, 네가 EED에 대해 나한테 해줬던 말에 따르면, 내가 해봤자 아무런 소용이 없다는….」

「쉿.」 브리디가 말했다. 「간호조무사가 내 담요를 가지고 오나 봐.」

「조무사는 내 생각을 못 들어, 기억하지? 네 생각도 못 들어. 네가 잊어먹고 또 큰 소리로 떠들지만 않는다면.」

그 간호조무사가 아니었다. 이 층의 당직 간호사를 대동한 당직 레지던트였다. "밤에 산책을 살짝 즐기셨다면서요?" 레지던트가 진료기록부를 보면서 쾌활하게 말했다. "다른 부작용은 없나요?"

「있어요.」 C.B.가 말했다. 「엄청난 피해망상증이 생겼어요.」

「닥쳐.」 "없어요." 브리디가 레지던트에게 말했다.

"더 이상 어지럽지는 않나요?" 레지던트가 그 장황한 질문들을 주르르 읊었다. "둘로 보이진 않나요?", "두통은?"

「터무니없는 소리로 다른 사람을 비난해요.」 C.B.가 말했다.

「꺼져.」

레지던트와 간호사가 브리디를 이상한 눈으로 쳐다봤다. 「이런, 맙소사.」 브리디가 생각했다. 「내가 혹시 큰 소리로 말했나?」

「아니.」 C.B.가 말했다.

그렇다면 그들이 브리디에게 질문을 했는데, C.B.의 말소리 때문에 그녀가 질문을 못 들은 게 틀림없었다. "죄송하지만, 다시 말해주실래요?" 브리디가 레지던트에게 물었다.

"비정상적인 감각이 느껴지지 않았는지 물었습니다. 따끔거림은? 마비 증세는?"

"없었어요." 마비는 신경이 눌렸을까 봐 걱정되이 물어보는 게 틀림없다. 혹시 간호사가 말했던 부종이 뭔가를 눌러서 이런 문제를 일으킬 수도 있을까? 혹시 부종이 두 개의 신경 통로를 함께 누르고 있는 건 아닐까? 인접한 전기 회로는 종종 서로 엉켜서 신호의 간섭이 일어나기도 한다. 그래서 본래 설정했던 채널이나 라디오 방송국과 다른 방송이 나올 때도 있다. 만일 두뇌 회로도 비슷한 방식으로 작동된다면, C.B.의 목소리는 일종의 혼선으로 인해 나타난 결과일 수도 있다.

"눈앞이 흐리게 보이지는 않나요?" 레지던트가 물었다.

"네."

레지던트는 진료기록부를 주르륵 넘기더니 브리디 손의 반창고를 살펴보고 말했다. "좋습니다. 잠을 좀 자두세요. 달빛 아래 산책은 자제해주시고, 화장실을 이용하고 싶으실 때는 간호사를 호출하세요." 레지던트는 병실을 나갈 채비를 했다.

그때 조용히 서 있던 간호사가 물었다. "혹시 필요하신 거 있으세요?"

"네." 브리디가 말했다. "담요 좀 가져다주세요. 너무 추워요."

「흐음.」C.B.가 말했다. 「그렇게 말하면 안 될 것 같은데.」

C.B.의 말이 맞았다. 간호사와 레지던트가 걱정스러운 눈길을 주고받더니 레지던트가 침대로 다시 돌아왔다. “한기가 느껴지세요?” 그가 날카롭게 물었다.

“아뇨. 그게 아니라 아까 계단에서 너무 추워서….”

그들은 브리디의 말을 듣지 않았다. 레지던트는 청진기를 들고 브리디의 폐에서 나는 소리를 들어야겠다고 우겼고, 그가 하는 질문으로 볼 때 브리디가 폐렴 증세를 보이는 것으로 판단한 모양이었다. 브리디는 흉부 엑스레이 사진을 찍을 필요가 없으며, 호흡이 전혀 어렵지 않고, 다시는 침대 밖으로 나갈 생각이 없으며, 혼자서 맨발로 돌아다니지도 않을 것이고, 베릭 박사에게 이 일을 보고할 이유가 전혀 없다고 레지던트를 설득해야만 했다.

결국, 레지던트는 그녀의 폐 소리를 한 번 더 들어본 후에 나갔다. 간호사가 말했다. “담당 간호사에게 담요를 가져다주라고 할게요.” 간호사도 나갔다.

브리디는 C.B.가 즉시 또 이야기를 시작할 거라고 예상했지만, 그는 그러지 않았다. 간호사 역시 담요를 가져오지 않았다. 10분이 지난 후 브리디는 그들이 잊어버렸다고 결론 내렸다. 그리고 브리디가 침대 밖으로 나온 모습을 보면 난리를 피울 게 뻔했지만, 그래도 벽장에 있는 가운을 가지러 막 침대를 빠져나가려 할 때 간호사가 오는 소리가 들렸다. 정말 다행이었다. 조금만 더 오래 걸렸으면, 브리디는 진짜로 폐렴에 걸렸을지도 모른다.

간호사가 아니었다. C.B.였다. 브리디는 복도에서 비쳐 들어오는 불빛으로 C.B.의 헝클어진 머리카락의 윤곽을 알아봤다.

“여기서 뭘 하는 거야?” 그녀가 말했다. “꺼져.”

“그럴 수 없어.” C.B.가 병실문을 닫으며 속삭였다. “잡역부가 복도를 대걸레로 닦고 있거든. 하마터면 들킬 뻔했어. 저 아저씨가 트렌트에게 한밤중에 네 병실에서 낯선 남자가 나오는 모습을 봤다고 말하면 좋겠어?”

브리디가 침대에서 일어나 앉았다. “여긴 왜…?”

“쉿!” C.B.가 손가락을 입술에 대고 말했다. “바로 밖에 있어.” 그는 발끝으로 문으로 걸어가더니 잠시 동안 귀를 기울였다. “됐어. 이제 간호사실 쪽으로 갔다.” 그리고 문을 당겨서 닫고 침대 발치 쪽으로 왔다.

브리디가 전등을 켰다. C.B.는 컴스팬에서 봤을 때보다 더 지저분하고 대충 차려입은 모양새였고, 검은 머리는 완전히 새집이었다. 티셔츠와 운동복 바지는 연구실의 소파 위에 쌓여있던 옷더미에서 끄집어내서 입은 듯 심하게 구겨져 있었고, 상의에 달린 후드는 반쯤 접혀서 목덜미로 들어갔다. “여긴 왜 온 거야?” 브리디가 작게 말했다.

“네가 괜찮은지 확인하고 싶었어.” C.B.가 말했다. “너무 오래 걸려서 미안해. 내가 병원에 도착했더니, 벌써 너를 병실로 데려간 다음이더라고. 너무 많은 사람이 바글거려서 그 사람들이 떠날 때까지 기다려야 했어. 그리고 몰래 간호사실을 지나는 것도 쉽지 않았어. 넌 괜찮아?”

“괜찮아.” 브리디가 인상을 찌푸리며 속삭였다. C.B.가 그녀에게 말하고 있었다. 입으로 크게. 브리디에게 희망이 솟았다. 전부 꿈이었던 것이다.

「유감스럽지만, 아니야.」C.B.가 말했다. 「그리고 난 복화술사도 아니야.」C.B.가 주전자를 가리켰다. 「네가 증명을 원한다면, 물을 한 컵 입에 물고도 동시에 말할 수 있어. 아니다. 잠깐만, 복화술사는 그것도 할 수 있을 거야. 그래 봐야 증명이 안 되겠다, 그지?」

"안 돼." 브리디는 그렇게 말했지만, 이미 증명이 됐다. C.B.가 저기에 우두커니 서서 걱정스러운 눈으로 그녀를 쳐다보면서 한 마디도 하지 않았는데도, 브리디는 그의 목소리를 완벽하게 들을 수 있었기 때문이다.

「자, 이것 봐.」C.B.가 침대로 와서 브리디 옆에 앉았다.

브리디가 C.B.를 피해 몸을 움츠렸다. "뭘 하려는…."

「쉿! 잡역부, 기억하지?」C.B.가 고개를 반대편으로 돌리고 목 위의 머리카락을 들어 올렸다. 「면도한 자국도 없고, 꿰맨 자국도 없고, 흉터도 없어.」

"다른 쪽을 보여줘."

「다른 쪽에 있을 리가 없잖아. EED 수술을 하는 두뇌 부위는….」

"보여줘."

「알았어.」C.B.가 고개를 돌려 다른 쪽의 머리카락을 들어 올렸다. 그쪽에도 면도한 자국은 없었다.

C.B.가 일어섰다. 「이제 믿겠지? 나는 EED 응급수술을 받지 않았어. 네 병실에 도청장치를 설치하지도 않았고, 머시기 박사가 눈을 돌린 사이에 네 머릿속에 양방향 무전기를 떨어트리지도 않았어. 나는 그저 연구실에서 일을 하고 있었는데, 네가 나한테

말하기 시작한 거야.」

"너한테 말한 게 아니야. 난 트렌트에게 말하고 있었어."

「글쎄, 좀 더 정확하게 했어야지. 내가 들은 거라곤….」

"그러지 말아줘. 소름 끼쳐. 입으로 말해."

"알았어." C.B.가 복도 쪽을 힐끗거리더니 낮은 목소리로 말했다. "내가 들은 거라곤 네가 '내 말 들려?'라고 묻는 소리뿐이었어. 그래서 난 들리니까 너한테 대답했던 거야."

"하지만 너한테 들리면 안 되는 거였어. 그런데 지금 여긴 뭐하러 왔어? 병원을 싫어한다고 그러지 않았어?"

"응. 싫어." C.B.가 말했다. "그리고 너는 그 이유를 잘 보여주는 '증거물 제1호'야. 병원에서 환자를 잃어버리다니, 환자들을 얼려죽일 작정이야." C.B.가 병실을 둘러봤다. "젠장, 이 병실은 내 연구실보다 더 춥네."

"간호사가 곧 담요를 가져다줄 거야."

"내기할래? 그 간호사가 예쁘게 생기고 키가 작은 검은 머리 맞지?" 브리디는 대답을 해서 그 말을 인정해주고 싶지 않았다. "그 간호사는 15분 전에 퇴근했어. 다른 간호사들은 20분 전부터 간호사실에서 잡담으로 시간을 보내고 있어. 머시기 박사한테 연락을 할지 말지…."

"베릭 박사야."

"…네가 잠깐 도망쳤던 사건에 대해서 말이야."

"어떻게 결정했어?"

"모르지. 내가 이 병실에 올 때까지도 그러고 있었어. 아침까지 기다려보자는 측과 보고하지 말자는 측으로 나뉜 것 같더라."

「부디 보고하지 말아야 할 텐데.」 브리디가 생각했다. 하지만 간호사들이 모두 간호사실에 있다면 담요를 얻기는 글렀다. 그런데 얼결에 그 생각을 말로 한 모양이었다. C.B.가 그 즉시 자신의 재킷을 벗어서 브리디의 어깨에 걸쳤다. "이거 덮어." 그가 말했다. "좀 나아졌어?"

"응." 브리디가 재킷을 잘 두르려고 손을 뻗었다.

"맙소사, 왜 이런 거야?" C.B.가 그녀의 손을 노려보며 말했다. "온통 멍이 들었네." C.B.가 손을 붙잡았다. "나한테는 아무 일도 없었다고 했잖아."

"난 괜찮아." 브리디가 손을 잡아 뺐다. "아무 일도 아냐."

"네가 정맥주사를 뽑아서 이렇게 된 거지?"

"아냐." 브리디가 말했다. "간호사가 처음에 주사를 놓을 때 문제가 있었어. 여러 번 시도해야 됐거든."

"텔레파시를 하게 되면 거짓말은 아무 소용이 없어." C.B.가 말했다. "난 네 생각을 읽을 수 있어, 기억하지? 브리디, 정말 미안해. 널 겁주려는 의도는 전혀 없었어. 네가 이런 짓을 할 정도로 못되게 굴 생각도 없었고. 다른 사람과 마음에서 마음으로 대화할 수 있다는 사실을 갑자기 알게 되면 조금 놀라기는…."

"조금이라고?" 브리디가 목소리를 높였다. "조…!"

"쉿! 간호사들이 네 소리를 들을 거야."

"난 간호사가 들었으면 좋겠어. 그래서 베릭 박사에게 연락해서 뭔가 잘못됐다고 이야기하면 좋겠어. 그러면 박사가…."

"뭐? 네 머리에 구멍 하나를 더 뚫으라고?"

"아니, 이 문제를 해결해줄 거야. 엉킨 회로를 풀어서 혼선을 제거하고….”

“이건 혼선이 아냐.” C.B.가 말했다. “텔레파시는 그런 식으로 작동하지 않아. 그렇긴 하지만, 이 경우는….” C.B.가 곤란한 표정을 지었다.

“그러면 너도 이게 혼선일 수도 있다는 사실을 인정하는 거지?” 브리디가 말했다. “혹시 이게 혼선이라면, 베릭 박사가 엉킨 회로를 풀거나, 엉킨 시냅스를 풀어서 제대로 된 회로 같은 데에 연결해줄 거야.” 브리디가 호출 버튼을 잡으려 손을 뻗었다.

“아니, 그러지 마.” C.B.가 말했다.

“왜?”

“네가 지금껏 나한테 말했던 것처럼, 사람들은 텔레파시가 존재한다는 사실을 믿지 않아. 설령 텔레파시가 존재한다고 믿더라도, EED가 사람들을 텔레파시 능력자로 만들어준다고는 생각하지 않아. 그래서 네가 박사에게 내 목소리가 머릿속에서 들린다고 말하면, 너를 정신 병동으로 이송하거나, ‘그런 연결이 일어난 것으로 볼 때 서로 정서적 속박감이 있었던 게 틀림없다’고 할 거야.”

“유대감!”

“뭐가 됐든 상관없어. 박사는 이렇게 말할걸. ‘당신이 슈워츠 씨의 목소리를 듣는다면, 그건 틀림없이 두 분이….’”

“박사는 그렇게 말하지 않을 거야. 내가 어떻게 된 건지 설명할….”

“뭐라고 할 건데? 네가 남자친구를 불렀더니 다른 사람이 대답하더라고? 베릭 박사는 잊어버려. 그 설명이 트렌트에게 어떻게 전달될 것 같아?"

C.B.의 말이 맞았다. 트렌트에게 다른 사람과 연결되었다고 말하면…, 게다가 하필이면 그 많고 많은 사람 중에서 C.B.라고 하면….

"정말 고맙네." C.B.가 말했다.

「네가 들으라고 했던 생각은 아냐.」

"알아. 그래서 텔레파시가 끔찍하다는 거야."

"난 그저…."

"네가 무슨 생각을 했는지는 나도 정확히 알아. 난 네 생각을 읽을 수 있어, 기억하지? 괜찮아. 떠오르는 젊은 중역과 포르쉐에 비하면 내가 얼마나 형편없는 사람인지 나도 잘 알아. 하지만 더 나빠질 수도 있었어. 그 온갖 꼴 보기 싫은 인간들을 떠올려봐. 변태나 외계인에게 납치됐었다고 믿는 사람들도 있지. 그런 사람들하고 연결되었으면 어쩔 뻔했어. 아니면 네가 간호사에게 거짓말했던 칼을 휘두르는 연쇄살인마나 다음 주 화요일에 세상이 망할 거라고 믿는 종교적 미치광이와 연결될 수도 있었어."

「세상은 이미 망했어.」 브리디가 생각했다.

"아직 망하려면 멀었어." C.B.가 중얼거렸다.

"무슨 뜻으로 하는 말이야?"

"아무것도 아냐. 하던 이야기 계속해봐."

"네 말이 맞아. 트렌트에게 말하면 안 돼." 브리디가 말했다. "왜 이런 일이 일어났는지 알아내서 치료방법을 찾을 때까지는 말할 수 없어. 그러니까 너도 트렌트에게 말하지 마. 컴스팬에서 일하는 사람은 아무에게도 말하지 마."

"안 할 거야. 나도 이 일에 대해 사람들이 알게 되는 건 별로 원하지 않아. 컴스팬에 있는 사람 중 절반은 이미 나를 미친놈이라고 생각하잖아. 그 사람들에게 그렇게 생각할 명분을 더 주고 싶지는 않아." C.B.가 브리디를 내려다봤다. "다른 사람에게는 이 문제에 대해 말 안 했지? 간호사라든가? 병실로 데려다준 사람들이라든가?"

"안 했어…."

"잘했어. 하지 마. 그리고 다른 사람들이 보기 전에 난 이만 가는 게 좋을 것 같아." C.B.는 문을 향해 가다가 다시 침대로 돌아왔다. "내 재킷." C.B.가 브리디의 어깨에 걸쳤던 재킷을 가리키며 말했다. "트렌트가 네게 어디서 이 재킷을 구했는지 묻는 건 너도 싫잖아."

"그래." 브리디는 이제야 온기가 돌기 시작하는 것 같아서 아쉬웠다. "재킷 고마웠…." 하지만 C.B.는 이미 사라진 후였다.

「C.B.?」 브리디가 조용히 불렀지만 그는 대답이 없었다.

「적어도 C.B.가 트렌트에게 말할까 봐 걱정할 필요는 없겠네.」 브리디는 양팔로 몸을 감싸며 생각했다. C.B.는 브리디만큼이나 이 사실을 비밀로 감추고 싶어 했다. 브리디가 다른 사람들에겐 말하지 않았다고 하자, C.B.가 진심으로 안도하는 게 목소리에서 느껴졌다.

「왜지?」 브리디는 궁금했다. C.B.가 말은 그렇게 했지만, 브리디의 생각에 그는 다른 사람들이 미쳤다고 생각하든 말든 그다지 신경 쓸 사람으로 보이지 않았다. 그리고 C.B.에게 걱정할 여자친구가 있을 것 같지도 않았다….

복도에서 다가오는 발소리가 들렸다. 브리디는 허겁지겁 불을 끄고 드러누워 눈을 감고, 누군가 들어왔을 때 잠든 것처럼 보이려고 숨을 차분하게 가라앉혔다. 그리고 간호사든 인턴이든 들어와서 불을 켤 때까지 기다렸다.

하지만 불을 켜지 않았다. 병실로 들어오자마자 곧장 침대로 왔다. "이불 좀 치워봐." C.B.가 속삭이더니 자기 손으로 이불을 내리려고 손을 뻗었다.

"이게 뭐하는 짓이야?" 화가 난 브리디가 작은 소리로 씩씩거리며 말했다. 그리고 이불을 붙잡아 목까지 당겨서 몸을 감쌌다. "네가 무슨 생각을 하는지 모르겠지만, 만약에…."

"난 너한테 담요를 줄 생각을 하고 있었어." C.B.가 말했다. "이 담요는 전자레인지에 데웠으니까, 이 담요부터 덮고 그 위에 이불을 덮는 게 나을 거야."

"아." 브리디는 환자복의 끝자락을 아래로 당겨서 다리까지 덮고, 이불을 옆으로 치웠다. 그러자 C.B.가 담요를 펼쳐서 덮어줬다.

담요는 환상적으로 따뜻했다. 담요가 몸에 닿자마자 떨리던 게 멈췄다. "고마워." 브리디가 말했다.

"천만의 말씀입니다." C.B.는 이불도 당겨서 덮어줬다. "내가 성폭행할 거라고 네가 생각했다는 사실이 아쉽긴 하지만 말이야."

"난 그렇게 생각하지…."

"아니, 했어. 난 네 생각을 읽을 수 있어, 기억하지?"

"어떻게 내가 잊을 수 있겠어?" 브리디가 씁쓸하게 말했다.

"혹시 네 생각에 이걸 기회로…."

브리디가 말을 멎었다. C.B.가 문 쪽을 쳐다보더니 무슨 소리가 들리는 듯 머리를 한쪽으로 비스듬히 기울였다. "누가 와?" 브리디가 속삭였다.

"아니. 그래도 누군가 오기 전에 가는 게 좋겠어. 이 문제에 대해서는 아침에 이야기하고, 어떻게 할지 알아보자." C.B.가 속삭였다. 그리고 양쪽을 빠르게 살피더니 문밖으로 살그머니 나갔다. 「그때까지 잠 좀 자.」 C.B.가 말했다. 「그만 돌아다니고.」

「안 돌아다닐 거야.」 브리디는 따뜻한 담요를 끌어안으니 졸음이 쏟아졌다. 「이러고 영원히 있으면 좋겠다.」 그리고 「담요를 가져다주다니 정말 착하네. 그렇게 나쁜 사람은 아니었던 거야.」

「바로 그게 내가 너한테 하려던 말이야.」 어디선지 모르게 C.B.의 목소리가 들렸다. 「아까 말했듯이, 넌 더 나쁜 상황에 처할 수도 있었어. 담요가 어디 있는지 모르는 사람이랑 연결됐으면 어쩔 뻔했어.」

「아니면 전자레인지가 어디에 있는지 모르는 사람이라든가.」 브리디가 생각했다. 그리고 담요의 온기 속으로 더 파고들었다. 「이제 가. 나보고 잠을 자라고 했잖아. 그런데 네가 이렇게 구시렁대면 어떻게 잘 수 있겠니?」

「네 말이 맞다.」 C.B.가 말했다. 「잘 자. 아침에 보자, 아니, 듣자.」

「제발, 난 안 그러길 바라고 있어.」 브리디가 생각했다. 그리고 혹시 C.B.가 그 소리도 들었을지 걱정스러웠다. 하지만 그는 대꾸가 없었다. 브리디는 그 침묵이 그전의 침묵과 다르게 느껴졌다. 마치 C.B.가 사라져버린 것 같았다.

브리디는 C.B.를 영원히 사라져버리게 할 수 있다면 좋을 것 같았다. 하지만 그러지 못하면 어떻게 해야 하지? 트렌트에게 말하면, 그는 브리디가 C.B.를 사랑한다고 생각할 것이다. 그렇지만 브리디가 거짓말을 해서 아무 소리도 듣지 못했다고 하면, 트렌트는 EED가 제대로 작동되지 않는다고 생각할 것이다.

그러나 수술 후 24시간 동안은 트렌트가 연결을 기대하지 않을 테니까, 그나마 브리디에게는 알아볼 수 있는 시간이 약간 있었다. 그런데 언제부터 해서 24시간이지? 브리디의 수술 시간인가, 트렌트의 수술이 끝난 시간인가? 아니면 마취에서 깨어난 이후부터 24시간일까? 브리디의 수술은 오후 1시에 예정되어 있었고, 베릭 박사가 한 시간가량 걸린다고 했으므로, 내일 오후 2시가 예상 가능한 24시간 중 가장 빠른 시간대일 것이다.

「그렇다면 그 시간까지는 트렌트에게 어떻게 말할지 생각해볼 수 있어. 그리고 내일 아침 회진 때까지는 베릭 박사에게 말할지 말지 결정을 내려야 해.」 간호사들이 박사를 깨워서 보고하기로 결정을 하지는 않은 것 같으니 말이다. 만일 그랬다면 박사가 벌써 병실에 왔을 것이다.

「어쩌면 아침이 되기 전에 이 문제가 해결될지도 몰라.」 브리디가 생각했다. 「부종이 가라앉으면 C.B.의 목소리도 사라질 거야.」 설령 그렇게 되지 않더라도, 담요는 정말 환상적으로 따뜻했다. 아침에 정신이 맑을 때 차분하게 생각해보면 덜 절망적으로 보일 것이다. 「잠을 좀 잘 수 있고, C.B.가 다시 방해만 하지 않는다면.」 노곤하게 졸음이 쏟아졌다. 그때 발소리가 들렸다.

그들은 곧장 브리디의 병실로 왔다. 「꺼져, C. B.」 브리디가 말했다. 하지만 C. B.가 아니었다.

베릭 박사였다. "안녕하세요, 플래니건 씨." 그가 말했다. "자, 상태가 어떤지 말해주세요."

6

"진실을 말하는 게 항상 가장 좋은 방책이다. 물론 당신이 뛰어나게 훌륭한 거짓말쟁이라면 그렇지 않을 수도 있다."

— 제롬 K. 제롬, '게으름뱅이 클럽'

"베릭 박사님!" 브리디가 벌떡 일어나서 앉으려다가, 그러면 안 되고 침대를 올려야 한다는 생각이 떠올랐다. 그렇게 하니 어지럽지 않고 괜찮았다. 브리디가 무심코 불쑥 말했다. "여긴 어쩐 일이세요?" 침대 높이 조절기를 찾아서 적당한 높이를 맞추는 사이에 뱉은 말을 되돌릴 여유가 생겼다. "이렇게 늦게까지 병원에서 일하시는 줄은 몰랐어요."

베릭 박사가 날카로운 눈으로 브리디를 쳐다보더니 미소를 지었다. "늦게까지 일하지는 않지만 빨리 나오죠. 새벽 6시에 EED 수술 일정이 잡혀 있거든요. 외과 의사의 하루는 새벽이 열리자마자 시작한답니다."

「무슨 새벽이 열렸다는 거야. 지금은 한밤중이잖아.」 아닌가?

브리디는 시간을 알 수 있도록 휴대폰이 있으면 좋겠다는 생각이 들었다. 베릭 박사의 외모를 봐서는 시간을 추정하는 게 불가능했다. 그는 어제와 마찬가지로 지극히 깔끔했다.

"좀 어떠세요?" 베릭 박사가 물었다.

「어려운 질문인데.」 브리디가 생각했다. 박사가 어젯밤에 브리디가 밖으로 나갔던 사실을 모른다면 그저 "괜찮아요"라고 하면 되지만, 그가 알고 있다면 뭔가 설명을 해야 했다….

「안 돼. 하지 마.」 C.B.가 말했다. 「거짓말의 두 번째 원칙, '꼭 해야 할 말 이상은 절대로 하지 말라.'」

「닥쳐.」 "저는 아직도 조금 졸려요." 브리디가 박사에게 말했다. "그리고… 음…."

베릭 박사가 다음 말을 기대하며 앞으로 몸을 숙였다.

"약에 취한 것 같아요." 브리디가 조심스럽게 말했다. "방향감각을 조금 상실했던 것 같아요."

"그건 예상했던 증상입니다." 베릭 박사가 말했다. "마취의 일반적인 후유증입니다." 박사가 노트북을 집어 들고 브리디의 진료기록부를 봤다. 거기엔 아마도 브리디가 병실을 빠져나갔던 기록이 담겨있을 것이다.

"트렌트는 아직 안 만나셨나요?" 브리디가 박사의 관심을 돌리려고 물었다. "트렌트 상태는 어때요?"

베릭 박사가 그 전보다 더 날카롭게 브리디를 쳐다봐서, 그녀는 걱정이 일었다. 트렌트에게 무슨 일이 생겼으면 어쩌지? 그래서 브리디가 그를 불렀을 때 대답하지 않았을지도 모른다. 어쩌면 그래서 베릭 박사가 이 한밤중에 병원에 있는 게 아닐까. 두뇌 손상으로 인해 식물인간이 될 거라던 C.B.의 말까지 한꺼번에 브리디의 머릿속에 떠올랐다. "트렌트는 괜찮나요?" 브리디가 애타게 물었다.

"네. 당연하죠." 베릭 박사가 말했다. 의외의 질문이라는 듯 놀라는 박사의 말투 덕분에 안심이 됐다. "워스 씨는 회복실에서 나온 직후에 봤는데, 아주 상태가 좋았습니다. 자, 이제 프래니건 씨의 상태를 좀 봅시다." 그는 외투 주머니에서 청진기를 꺼내 브리디의 심장과 폐의 소리를 들어보고 맥박을 재더니 그녀에게 가까이 몸을 숙이고 물었다. "불편하지는 않나요?" 박사가 수술 부위 주변을 가볍게 눌렀다.

브리디가 고개를 저었다.

"좋습니다." 베릭 박사가 말했다. "괜찮은 것 같네요. 부종이 약간 있긴 하지만, 그 정도는 정상입니다. 현기증은 없나요?"

"네."

"구역질은?" 베릭 박사는 이제 브리디에게도 익숙해진 그 장황한 질문들을 늘어놨다. "마비 증세는? 따가움은?"

브리디는 모두 없다고 대답했다.

"조던 간호사의 보고에 따르면 플래니건 씨가 침대에서 나와 화장실에 가려다가 혼란을 겪으셨다고 하더군요."

「그럴 줄 알았어. 간호사들이 박사한테 보고한 거야.」

"간호사 말로는 복도를 돌아다니셨다고 하던데, 정확히 무슨 일이 있었던 건가요?" 베릭 박사가 물었다.

「그거야 조던 간호사가 뭐라고 이야기했느냐에 따라 다르지.」 간호사가 박사에게 브리디가 정맥주사를 빼고 계단에서 발견되었다고 했을까, 아니면 그냥 돌아다녔다고 했을까? 「생각을 읽는 게 끔찍하다던 C.B.의 말은 틀렸어. 당장 그럴 수만 있다면 정말로 도움이 될 텐데.」

"정확하게는 기억이 안 나요." 브리디는 기억을 다시 끌어 모으려는 듯 인상을 찌푸렸다. "침대에서 나갔던 건 기억나요…. 그리고 어떻게 된 건지 모르겠지만, 복도에 나가 있었어요…."

"어디 가시려고 했나요?" 베릭 박사가 물었다. "워스 씨에게 가려던 건가요?"

「아까는 왜 그 생각을 못 했을까?」 브리디가 생각했다. 그거야말로 완벽한 변명이 될 수 있었을 것이다. 브리디는 트렌트가 걱정이 되어 약에 취한 상태에서 그의 병실을 찾으러 나갔던 것이다. 브리디는 지금이라도 그 말로 위기를 넘길 수 있을지 궁금했다.

「아냐.」 C.B.가 브리디의 머릿속에서 말했다. 「그거 시도하지 마. 거짓말의 첫 번째 원칙은 한 가지 이야기를 고수하라는 거야.」

「꺼져.」 브리디가 말했다.

「난 그저 도와주려는 거야. 하나의 이야기를 계속 유지하지 않는 게 거짓말쟁이들이 항상 저지르는 실수야. 이 사람에겐 이 이야기를 하고, 다른 사람에겐 저 이야기를….」

「쉿.」 브리디가 말했다. 하지만 C.B.의 말이 맞았다. 그녀는 이미 간호사에게 화장실을 찾으려다 길을 잃었다고 말했다. 베릭 박사가 호기심이 어린 눈으로 그녀를 쳐다봤다. "아뇨." 브리디가 말했다. "제가 복도에 나와 있다는 사실을 깨닫고는 병실로 돌아가려고 했는데, 잘못된 방향으로 돌았던 거 같아요. 그리고 계속 잘못된 길로 갔죠."

"그러면 플래니건 씨가 계단으로 내려간 게, 병실로 돌아오는 길을 찾으려다 그랬다는 건가요?"

"네. 제 말이 논리적이지 않다는 건 저도 알아요. 마치 꿈을 꾸는 것 같았어요. 당시에는 그게 말이 되는 것 같았는데, 실제로는 아니었던 거죠." 이러면 브리디가 계단에 있었던 게 설명이 된다. 하지만 조던 간호사가 박사에게, 그녀가 계단에 있으며 로비로 내려가려 한다는 전화를 받았다고 이야기한 건 아닐까? 그녀는 그걸 어떻게 설명해야 할까?

「설명하지 마.」C.B.가 말했다. 「모르겠다고 주장해. 간호사들이 박사에게 그 이야기까지 하지는 않았을 거야. 그것까지 이야기하면 자기들이 너무 무능력한 간호사로 보일 테니까 말이야.」

「네 말이 맞기를 바라자.」

베릭 박사는 못마땅한 얼굴로 브리디를 다시 바라봤다. "그저 방향을 잘못 돌았다고 보기에는 플래니건 씨의 병실은 계단에서 상당히 멀어요. 혹시 뭔가로부터 도망치던 건 아닌가요?"

"도망이라뇨?" 브리디는 박사가 갑자기 그녀의 심장 소리를 들어보겠다고 하지 않기를 바라며 되물었다. 지금 그녀의 심장은 시속 백 킬로미터의 속도로 질주하는 중이었다.

"네." 베릭 박사가 브리디의 진료기록부를 보며 말했다. "플래니건 씨가 한 간호사에게 어떤 남자가 칼을 들고 병실에 숨어있는 것 같다는 이야기를 하셨더군요."

"아, 그거요." 브리디는 안심하는 기미를 보이지 않으려 애쓰며 말했다. "제가 꿈을 꿨어요. 그게 다예요. 지금까지도 오락가락하는 것 같아요."

베릭 박사는 그 말을 그다지 신뢰하지 않는 것 같았다. "환자들이 애인의 감정과 최초로 접촉을 경험했을 때 충격을 받는 경우들이 있습니다. 그래서 처음에는 종종 환자들이 도망치기도 하죠."

「아니면, 병실에 도청장치를 설치했다고 그 사람을 비난하기도 하죠.」 C.B.가 말했다. 「복화술사라고 비난하기도 하고.」

브리디는 C.B.의 말을 무시했다. "최초의 접촉이요?" 브리디가 베릭 박사에게 물었다. "최초의 접촉이 일어나려면 수술 후 적어도 24시간은 지나야 되는 거 아닌가요?"

"실은 그보다 오래 걸립니다. 수술이 아니라 마취에서 깨어난 뒤 24시간 후에야 시작되죠."

「아, 다행이다.」 브리디가 생각했다. 「그렇다면 적어도 내일 오후 3시까지는 트렌트와 연결되지 않겠네.」

"하지만 제대로 된 접촉이 일어나기 전에, 슬쩍 지나가는 단편적인 접촉이 있었을 수도 있습니다. 접촉 시기는 환자의 민감도와 정서적 애착의 강도에 따라 아주 다양하게 나타나는데, 수술 후 12시간 만에 순간적인 접촉을 경험하는 환자를 본 적도 있습니다. 플래니건 씨도 그런 경우가 아닐까 하는 생각이 듭니다." 베릭 박사가 진료기록부를 살펴봤다. "그러네요. 플래니건 씨가 칼을 든 남자에 대해 이야기했던 시각이 수술 후 딱 12시간이 지났을 때였습니다." 하지만 그건 브리디가 마취에서 깨어나자마자 C.B.의 목소리를 들었던 일을 설명해주지는 못한다.

「꼭 그런 건 아냐.」 C.B.가 말했다. 「너도 박사 이야길 들었잖아. 정서적 애착의 강도가 높았던 거지.」

「닥쳐.」

"최초의 우발적인 접촉은 둘 중 한쪽에서만 느껴질 수도 있습니다." 베릭 박사가 말했다. "그리고 접촉은 다양한 형태로 나타납니다. 순간적으로 애인의 존재가 느껴지거나, 누가 몸을 만지는 느낌이 들거나, 행복감이 들기도 합니다. 부정적인 감정이 느껴질 때도 있습니다. 공포나 오싹한 느낌, 혹은 침해를 받는 느낌이 나기도 합니다. 혹시 이와 비슷한 느낌을 받은 적이 있나요?"

「바로 그거예요.」 브리디가 생각했다.

베릭 박사의 이야기를 듣고 있으니 브리디는 결국 박사에게 말해야겠다는 생각이 들었다. 박사는 지금까지 EED 수술 후에 온갖 이상한 감각을 경험한 환자들을 만나왔던 게 확실했다. 그러니 목소리가 들리는 정도는 그리 특별한 일이 아닐 수도 있다. 그리고 그녀가 박사에게 말하면, 그가 혼선의 원인에 대해 말해주며 고쳐줄지도 모른다.

「그리고 트렌트에게 말하겠지.」 C.B.가 말했다.

「아냐. 그러지 않을 거야.」 브리디가 말했다. 「박사는 그럴 수 없어. 의사잖아. 의사의 비밀누설금지의무 때문에 우리가 나눈 대화를 다른 사람에게 이야기하면 안 돼.」

「하지만 그렇더라도 박사가 트렌트에 엄청난 질문을 쏟아 붓는 걸 막지는 못해. 그러면 트렌트는 의구심을 갖겠지. 설령 그렇게 되지 않는다고 해도, 네가 받을 두 번째 수술을 트렌트에게 뭐라고 설명할래?」

C.B.의 말이 맞았다. 트렌트는 뭐가 어떻게 되어가는 건지 알려고 할 것이다.

"어떤 경험을 하셨는지 제게 정확하게 얘기해주세요." 베릭 박사가 말했다. “그 남자가 어떻게 생겼던가요?”

“그 사람은 키가 크고 덩치가 우람했어요.” 브리디가 말했다. “수염이 덥수룩하고 팔에는 방울뱀 문신을 했어요.”

「잘했어.」 C.B.가 말했다.

“머리도 지저분했어요.”

박사는 브리디의 말을 듣고 더 긴장하는 것 같았다. “혹시 아는 사람이었나요?”

「자, 네가 무슨 짓을 했는지 봐. 박사가 의심하잖아.」 브리디가 말했다.

「그게 누구 잘못인데?」

「네 잘못이지. 닥쳐. 안 그러면 내가 다른 사람이랑 이야기하는 걸 박사가 알아챌 거야.」

「네 마음대로 하세요.」 C.B.가 말했다. 「안녕.」

박사가 뭔가 기대하는 눈으로 브리디를 바라봤다. “그 사람이 누군지 알아봤죠, 그렇죠?”

“알아봐요? 아뇨….” 브리디는 입술을 깨물며 눈살을 찌푸렸다. “잠깐만요. 지금 뭔가 생각났어요. 지난주에 봤던 영화에 머리가 지저분한 사람이 나왔어요. 그 사람은 스토커였는데….” 브리디가 헉 소리를 내더니 말했다. “아, 이런, 그 꿈이 어디에서 왔는지 알겠어요. 그 영화였어요. 심지어 칼까지 똑같아요.”

“그 이야기를 들으니 접촉이라기보다는 수술 후유증으로 발생한 꿈같네요.” 베릭 박사가 말했다.

「아, 다행이다.」

“제가 설명했던 다른 감각은 느껴지지 않았나요? 어떤 존재나

이질적인 감정, 침해받는 느낌 같은 거?"

"아뇨. 그런 느낌은 없었어요."

브리디의 말투가 설득력이 있었던 모양인지 박사가 고개를 끄덕였다. "다른 건 다 괜찮아 보이네요. 확실히 하기 위해 몇 가지 검사를 했으면 좋겠어요. 그래도 오늘 내로 댁에 돌아가실 수 있을 겁니다. 그리고 그때까지는 약혼자와 연결을 구축하기 위해 노력해주시면 좋겠습니다."

「제발 그랬으면 좋겠어요.」"그러려면 제가 어떻게 해야 하나요?"

"그를 상상하면서 정서적으로 그에게 다가가 보세요. EED는 두 분 사이를 정서적으로 연결해주는 신경 통로를 가능하게 해주지만, 그걸 실현시키는 건 여러분입니다. 워스 씨에게 말을 걸어보세요. 예를 들자면 이렇게요. '내 말 들려? 사랑해!' 그리고 이름을 불러서 플래니건 씨의 감정을 그분에게 보내세요."

「왜 그 전에는 이 이야기를 안 해줬어요? 트렌트의 이름을 불러야 한다는 사실을 알았더라면, 이런 일은 일어나지 않았을 거 아니에요.」"통로라고 하셨잖아요. 그게 숲 속의 오솔길과 비슷한 의미인가요?" 브리디는 오가는 횟수가 늘어날수록 점점 더 뚜렷해지고 쉽게 다닐 수 있게 되는 희미한 숲 속 오솔길을 상상하며 물었다.

"아뇨." 베릭 박사가 말했다. "되먹임 순환과 더 비슷합니다. 플래니건 씨가 보내는 신호는 트렌트 씨의 답변을 받으면 더 강화됩니다. 한 번 주고받을 때마다 연결은 기하급수적으로 강화되죠. 그렇게 해서 영구적이고 배타적인 연결이 됩니다."

「그 말은 지금처럼 C.B.와 대화를 해서는 안 된다는 거네.」브리디가 생각했다.

"계속 신호를 보내세요. 답변을 받든 못 받든 상관없이." 베릭 박사가 당부했다. "처음에는 종종 너무 약해서 느끼지 못하기도 합니다." 박사가 노트북을 닫았다. "다른 질문 있으신가요?"

「네.」브리디가 생각했다.「그런데 하나도 물어볼 수가 없어요.」

"뭔가 생각이 떠오르거나 접촉의 징조일 것 같은 경험을 하게 되면, 확실하지 않더라도 언제든지 저한테 전화해주세요. 여기 제 전화번호입니다." 베릭 박사가 브리디에게 명함을 건넸다. "말씀드렸던 검사를 서둘러 진행하겠습니다. 그래야 댁에 보내드릴 수 있을 테니까요."

베릭 박사가 병실을 나갔다. 브리디는 기진맥진한 상태로 베개에 기대고 누웠다.「아, 끝나서 정말 다행이다.」브리디가 그렇게 생각하고 있을 때 박사가 다시 돌아왔다.

브리디의 심장이 쿵쾅거리기 시작했다. 하지만 박사는 브리디에게 검사 일정이 잡혔다는 사실과 침대에서 나와야 할 때는 호출 버튼을 누르라는 이야기를 하러 돌아왔을 뿐이었다. "그리고 플래니건 씨가 쉬셨으면 좋겠어요." 박사가 말했다. "몸이 회복되려면 시간과 지원이 필요해요. 플래니건 씨가 할 수 있는 최선은 잠을 많이 자는 겁니다."

「아뇨, 제가 할 수 있는 최선은 저와 트렌트 사이에 되먹임 순환을 구축하는 거예요.」브리디가 생각했다.「그리고 C.B.와 연결을 강화하던 짓을 그만둬야죠.」브리디는 트렌트와 연결하고 신경 통로를 따라 신호를 보내서 C.B.와 연결되는 수준보다 강하게 만들고, C.B.와의 연결 통로는 쪼그라들도록 해야 한다.

「이건 그런 식으로 작동하지 않아.」 C.B.가 말했다.

「네가 어떻게 알아?」 브리디가 따졌다. 그때 C.B.와의 연결을 강화시켜서는 안 된다는 사실이 떠올라서 입으로 다시 말했다.

「베릭 박사가 말했던 '신경 통로가 구축되는 시간'과 '최초의 접촉은 단편적이고 우발적'이라던 이야기가 다 틀렸잖아.」 C.B.가 말했다. 「너와 난 연결이 이뤄지자마자 완벽하게 대화를 나눌 수 있었어. 그리고 수술 후 24시간도 지나지 않았을 때였잖아. 그런데 박사가 이 문제에 대해서는 맞을 거라는 근거가 뭐야?」

"베릭 박사는 전문가니까. 박사는 수백 명에게 EED 수술을 했고, 너보다는 뇌의 기능에 대해 많이 알아."

「그래, 뭐, 견해 차이가 있을 수도 있지. 먼저 신경 활동은….」

"난 네 말에 관심 없어. 이제 너랑은 말 안 할 거야." C.B.를 끊을 방법이 있으면 좋겠다는 생각을 하며 브리디가 말했다.

「봤지? 내가 말했잖아, 텔레파시는 정말 끔찍해.」

"꺼져." 브리디가 단호하게 옆으로 돌아 누었다. 「트렌트, 사랑해.」 그녀는 베개에 얼굴을 파묻고 말했다. 「내 말 들려? 이리 와, 트렌트.」

「그런 식으로 작동하는 것도 아냐. 넌 전투기 조종사가 아냐. 붉은 남작*을 호출하는 야간 전투기 조종사. 이리 와, 붉은 남작.」 C.B.가 브리디의 말투를 흉내 냈다. 「12시 방향 저고도. 오

* 1차 대전에서 독일의 전설적인 전투기 조종사였던 만프레드 폰 리히트호펜의 별칭.

버. 그리고….」

"사라져." 브리디가 말했다. "진심이야."

「그냥 농담이었어. 들어봐. 브리디….」

"싫어. 꺼져. 다시는 나한테 말하지 마."

「알았어. 하지만 내가 꺼지기 전에 네가 알아야 할 게 있어….」

"싫어. 네가 나한테 말해줄 건 아무것도 없어. 난 네 이야기에 조금도 관심이 없어."

브리디가 베개를 집어 들었다. 그리고 C.B.에게 이걸 던질 수 있다면 좋겠다고 생각하며 베개로 양쪽 귀를 틀어막았다. 「트렌트!」 브리디가 이름을 불렀다. 「당신과 연결되어야 해. 지금 당장! 어디에 있는 거야?」 그리고 C.B.가 그녀를 놀리긴 했지만, 「트렌트 호출. 트렌트, 이리 와. 오버.」

아무 대답도 없었다. 심지어 스치는 느낌조차 없었다. 행복감이나 설명하기 힘든 감각은 느껴지지 않았다.

「아직 24시간이 되지 않아서 그럴 거야.」 브리디가 혼잣말을 했다. 그리고 자리에 앉아서 시계가 있으면 좋겠다는 생각을 하며 침대 뒤에 있는 계기판을 쳐다봤다. 거기도 시계는 없었다. 베릭 박사에게 휴대폰을 돌려달라고 부탁하지 않았던 게 아쉬웠다. 그랬더라면 시간도 알 수 있고, 또 트렌트에게 문자를 보내서 느껴지는 게 없었는지 물어볼 수도 있었을 텐데 말이다.

브리디는 간호사에게 휴대폰을 달라고 부탁할지 말지 망설였다. 베릭 박사는 새벽 수술 때문에 출근했다고 말했지만, 복도는 여전히 한밤중의 느낌이었다. 그리고 아까 일으켰던 사건 때문에 더 이상 사람들의 이목을 끌고 싶지 않았다. 「C.B.한테 시간을 물어볼 수도 있잖아.」 브리디가 생각했다. 「C.B.에게는 손목 시계가 있어.」

「하지만 C.B.와 이야기하면 안 되잖아. 간호사가 병실로 들어올 때까지 기다리는 수밖에 없겠네.」 브리디가 생각했다. 그리고 그때까지 신경 통로를 만드는 일이 집중하기로 마음먹었다. 「트렌트, 내 말 들려? 사랑해.」 브리디는 부르고 또 부르며, 혹시나 접촉의 기미가 없는지 온 신경을 집중하고 귀를 기울였다.

아무 소리도 들리지 않았다. 트렌트의 목소리도 들리지 않았고, 다른 누구의 목소리도 들리지 않았다. 심지어 병원 방송 소리조차 들리지 않았다. 그렇게 몇 시간이 지난 것 같았다. 그리고 브리디가 잠깐 잠들었던 모양인지, 갑자기 복도에 소음이 가득 찼다. 사람들의 목소리, 휠체어 소리, 병원 장비와 쟁반이 덜거덕거리는 소리, 그리고 상쾌한 커피의 향기가 흘러들어왔다. 그렇다면 아침식사 시간이라는 뜻일 테니, 누군가 곧 병실로 들어올 것이다.

하지만 아무도 나타나지 않았다. 심지어 C.B.조차도. 「C.B.의 목소리는 아마 부종의 부작용이었을 거야.」 브리디는 부어오른 게 가라앉았는지 확인해보려고 목 뒤의 반창고를 아주 조심스럽게 만지며 생각했다. 아니면 트렌트를 계속 불렀던 게 문제를 해결했을지도 모른다. 그런 경우라면 브리디는 누군가 아침식사를 가져올 때까지 트렌트를 더 불러보는 게 좋을 것이다.

아무도 오지 않았다. 몇 시간이 흐른 후에야 누군가 들어왔다. 간호사가 아니라, 채혈을 하러 온 실험실 기사였다. "베릭 박사가 지시한 검사인가요?" 브리디가 기사에게 물었다.

"네." 기사가 브리디의 이름이 새겨진 팔찌와 작업 지시서를 대조하며 대답했다.

"제가 이외에 어떤 검사들을 받는지 혹시 아세요?"

"아뇨. 간호사에게 물어보세요."

"아, 지금 몇 시인가요?"

기사가 라텍스 장갑을 낀 손목을 돌려서 시계를 봤다. "7시 8분입니다."

다행이다. 트렌트가 뭔가 잘못됐다고 의심을 품기 전까지 그와 연결될 수 있는 시간이 아직 8시간 남아 있었다. 그 전에 트렌트와 연결되기만 하면….

"살짝 따가울 겁니다." 기사가 브리디의 손가락을 콕 찔렀다.

아니면 트렌트가 브리디에게 연결해올 수도 있다. 베릭 박사는 최초의 접촉은 일방향일 경우도 있다고 했다.

「어쩌면 트렌트는 이미 내게 연결되었을지도 몰라.」 브리디가 생각했다. 그랬다면 트렌트가 그녀에게 문자를 보냈을 것이다. 브리디에겐 휴대폰이 필요했다. "혹시 저한테 휴대폰 가져다주실 수 있나요?" 브리디가 기사에게 물었다.

"확인해보겠습니다." 그가 말했다.

"그리고 제가 아침을 먹어도 되는지 알아봐 주실래요? 어제 수술한 이후로 아무것도 못 먹었거든요."

"그것도 확인해보겠습니다." 기사가 장갑을 벗어서 쓰레기통에 넣었다. 그리고 카트를 밀고 나가다가 멈추더니 말했다. "제가 나가 있는 동안 병실에서 도망치진 않으실 거죠?"

이건 병원도 컴스팬만큼이나 효율적인 소문 체계가 구축되어 있으며, 이 층에 있는 모든 사람이 이미 어젯밤의 일을 알고 있다는 의미였다. 「그게 트렌트까지 알 거라는 의미는 아니길 바라자.」

“네. 당연히 안 나가죠.” 브리디가 말했다.

“금방 돌아오겠습니다.” 기사가 말했다.

기사는 돌아오지 않았다. 하지만 당직 간호사에게는 이야기를 전한 모양인지, 간호사가 병실로 와서 말했다. “휴대폰을 가져다드릴게요. 그 외에 더 필요하신 거 있으세요?”

“네. 질문이 있어요. EED 연결이 지속되지 않을 때도 있다는데….”

“플래니건 씨에겐 그런 일이 일어나지 않을 거예요.” 간호사가 브리디를 안심시켰다. “플래니건 씨는 아직….”

“알아요. 하지만 혹시라도 EED 효과가 사라진다면, 얼마 만에 사라질까요?”

“저는 딱 한 번 그런 일이 일어났다는 이야길 들었는데, 수술 4개월 뒤였어요.”

그렇게 오래 걸려서는 별로 도움이 되지 않는다.

“그리고 그 사람은 베릭 박사의 환자가 아니었어요. 걱정하지 마세요. 플래니건 씨에겐 그런 일이 안 일어날 거예요. 그리고 아침식사를 하실 수는 있지만, 그 전에 먼저 검사를 받으셔야 합니다.” 간호사가 말했다.

「그렇다면 검사를 빨리 진행해주기를 바라야겠네. 배고파.」

하지만 그 뒤로 아무도 오지 않은 채로 한 시간가량이 지났다. 그리고 잡역부만 한 명 들어와서 화장실을 대걸레로 닦았다.

「내가 병원을 싫어하는 또 다른 이유야.」 C.B.가 말했다. 「필요할 때는 절대로 안 와. 하지만 혼자 있고 싶을 때는 온통 둘러싸서 바늘로 찌르고, 피를 뽑고, 자는 사람 깨워서 수면제를 주고….」

"꺼져." 브리디가 말했다. "난 트렌트와 연결하려고 노력 중이야."

「그 말은 아직도 연결되지 못했다는 뜻이네? '붉은 남작을 호출하는 야간 전투기 조종사' 무한 반복이 잘 안 먹혀?」

"아직은." 브리디가 거북살스런 목소리로 말했다. "하지만 될 거야. 네가 나한테 말만 안 붙이면."

「텔레파시라는 것에 대해 내가 알아낸 사실들도 듣고 싶지 않아? 내가 이 자료들 찾느라고 꼴딱 밤을 새웠는데.」

"뭘 알아냈는데?"

「네 말이 맞았어. 텔레파시라는 건 없어. 적어도 위키피디아에 따르면 말이야. 우리가 잘 알다시피 위키피디아는 항상 정확하잖아. 마음과 마음이 직접 소통한다는 과학적인 증거는 없대.」

「난 대체 언제쯤이나 되어야 바보짓을 그만둘까?」 브리디가 생각했다. "꺼져."

「그래도 목소리가 들리는 건 존재해.」 C.B.가 말했다. 「목소리가 들리는 건 측두엽 손상이나 뇌종양, 수면 부족, 환각 유발 약물, 이명, 정신이상에 의해서 발생할 수 있대. 그리고 정신이상 이야기가 나와서 말인데, 전혀 정신 병력이 없는 사람들이 정신과 의사에게 다른 증상은 없지만 목소리가 들린다고 말하는 실험을 했던 적이 있는데, 그들 모두 즉시 조현병 환자로 진단을 받고 병원에 수용됐어. 놀랄 일도 아냐. 환청의, 그걸 환청이라고 한 건 위키피디아지 내가 아니야, 주요한 원인이 조현병이거든.」

「하지만 이건 환청이 아니야.」

「조현병 환자는 다들 그렇게 이야기해. 잔 다르크도 그렇게 말했어. 사후에 몇몇 현대 정신과 의사들이 잔 다르크를 조현병으로 진단했어.」

"하지만 조현병 환자는 자기 자신을 해치라든가 다른 사람을 죽이라든가, 뭐 그런 끔찍한 목소리를 듣는 거 아냐?"

「잔 다르크는 그렇지 않았지만, 보통은 그렇지. 잔 다르크가 들은 목소리는 그녀에게 프랑스를 구하라고 했어. 잔 다르크는 목소리를 아주 친근하게 받아들였던 것 같아.」

"하지만 그건 다르지. 잔 다르크는 자기가 신하고 대화한다고 생각했잖아." 브리디가 말했다.

「아냐, 천사였어.」C.B.가 말했다. 「신이 아니라.」

"내 말의 요점은 아무튼 잔 다르크의 목소리가 실제로 존재하지 않았다는 사실이야."

「잔 다르크는 천사가 존재한다고 생각했어. 그녀는 천사에 대해 아주 사실적으로 묘사했어. 그리고 잔 다르크를 지키던 경비원들은 그녀가 감방 안에서 완전히 멀쩡한 소리로 대화하는 소리를 들었다고 증언했어. 마치 누군가 거기에 있는 것처럼 말하고 대답했다는 거야. 그래도 정신과 의사들은 잔 다르크를 미치광이로 선언하는 데 주저하지 않았지. 그래서 네가 어젯밤에 베릭 박사에게 아무 말도 하지 않은 건 잘한 일이야. 나도 트렌트에게 말하지 않을게. 정신병원에 갇힌 애인을 두는 건 트렌트가 회사에서 승진하는 데에 도움이 안 될 거야.」

"꺼져." 브리디가 말했다. "그리고 다시는 나한테 말 걸지 마."

「난 그저 도와주려는 거야. 나라면 싫어할….」

다행스럽게도, 바로 그때 잡역부가 휠체어를 가지고 들어와 엑스레이를 찍기 위해 아래층으로 브리디를 데려갔다. 안 그랬으면 그녀는 화를 참지 못하고 이성을 잃어버렸을지도 모른다. 그 뒤 한 시간은 폐와 두개골 엑스레이를 찍느라 보냈다. 병원 사람들은 계단에서 브리디가 머리를 부딪치지 않았다는 말을 믿지 않고 그녀의 정신 상태를 걱정하는 게 분명했다. 그렇다면 베릭 박사에게 C.B.의 목소리가 들린다고 말하지 않은 건 잘한 일이었다. C.B.가 옳았다는 걸 인정하긴 무척이나 싫었지만 말이다. 설령 C.B.가 옳았다는 사실을 인정하더라도, 그가 실제로 도움을 주려 했다거나 소위 그 조사라는 걸 조작하지 않았다고 인정한다는 의미는 아니었다.

「여기서 나가야 해, 그러면 내 힘으로 조사해볼 수 있을 거야.」 브리디가 퇴원을 초조하게 기다리며 생각했다. 하지만 엑스레이가 판독될 때까지 기다려야 했다. 그러고 나자 기사가 심전도 검사를 했는데, 또 누군가 그걸 판독할 때까지 기다려야 했다. "베릭 박사님이 CT 촬영을 하면 좋겠다고 그러셨어요." 담당 간호사가 말했다.

"제 머리요?" 브리디는 당황스러운 느낌을 감추지 못하고 말했다.

"그냥 일상적인 절차예요." 간호사가 설명을 시작했지만 브리디는 그 소리가 들리지 않았다. 「텔레파시에 대해 알아낼지도 몰

라. 난 여기서 빠져나가야 돼!」

"C.B.!" 간호사가 나가자, 브리디가 속삭였다. "병원에서 CT 촬영을 할 거래."

「알아.」 C.B.의 말투는 괘씸할 정도로 차분했다. 「걱정하지 마. CT로는 네가 무슨 생각을 하는지 알 수 없어. 그저 혈종이나 종양처럼 비정상적인 부분을 보여줄….」

"넌 텔레파시는 비정상이 아니라고 생각하는 거야?"

「CT로 볼 수 있는 종류의 비정상은 아니지. 뇌의 기능을 살펴보려면 fCAT나 대뇌 피질 MRI를 찍어야 해. 하지만 그것도 뇌 그 자체밖에 안 보여줘. 두개골 안의 출혈이나 혈전 같은 거 말이야. 텔레파시에 대해 알아낼 방법은 없어.」

"넌 CT가 우리의 신경 통로를 보여주지 않을 거라고 확신해?" 브리디가 물었다. 그러자 트렌트의 목소리가 깨끗하게 들렸다. "우리의 신경 통로가 어떻다고?"

「오, 하늘이시여 감사합니다.」 브리디가 생각했다. 「우리가 연결됐어!」

「아냐, 또 틀렸어.」 C.B.가 말했다. 브리디가 병실 문을 쳐다봤더니, 트렌트가 약간 놀란 얼굴을 하고 서 있었다. 그는 전혀 방금 수술을 한 사람 같지 않았다. 카키색 바지에 잘 다려진 셔츠를 입고, 금발도 깔끔하게 손질되어 있었다. 심지어 목덜미에 붙은 반창고까지 깔끔했다. "트렌트!" 브리디가 잠자리에 헝클어진 머릿결을 매만지려고 손을 들어 올리며 말했다.

"내가 방해한 건 아니지?" 트렌트가 병실로 들어오며 물었다. 그는 비어있는 옆 침대와 텅 빈 화장실을 이상한 듯 쳐다봤다.

"누구랑 이야기하고 있었어?"

"아무도 아냐." 브리디는 구겨진 병원 가운을 똑바로 펴려고 애쓰며 말했다. "난 그냥…." 트렌트는 저기에 얼마나 오래 서 있었던 걸까? 트렌트가 '넌 CT가 우리의 신경 통로를 보여주지 않을 거라고 확신해?'라는 브리디의 말을 들었다면, 그걸 어떻게 설명해야 하지?

「아무 설명도 하지 마.」 C.B.가 말했다. 「내가 말했잖아, 설명은….」

「꺼져.」 브리디가 속으로 씩씩거렸다. "그냥 속으로 생각하던 게 입으로 나온 거야." 브리디가 트렌트에게 말했다. "우리의…."

"잠깐만 있다가 말해줘." 트렌트가 휴대폰을 귀에 대며 말했다. "여보세요…? 누구신가요?" 트렌트가 휴대폰을 귀에서 떼서 화면을 쳐다봤다. "여보세요?"

"누구야?" 브리디가 물었다.

"모르겠어." 트렌트가 휴대폰을 셔츠 주머니에 집어넣었다. "당신은 그래서…." 그의 휴대폰이 다시 울렸다. "미안해. 네, 에덜. 무슨 일로요? 언제 만나고 싶으시대요?" 트렌트가 잠시 듣고만 있었다. "네. 10시면 좋습니다. 그때까지 회사로 돌아갈게요. 고마워요."

트렌트가 휴대폰을 끊었다. "해밀튼 씨가 나를 만나고 싶다고 했대." 트렌트가 침대로 다시 다가왔다. "말을 끊어서 미안해. 당신이 텅 빈 병실에서 왜 혼잣말을 하고 있었는지 나한테 말해주려던 참이었지."

"난 혼잣말을 하고 있던 게 아니야. 난…."

「뭘 하려는 거야?」 C.B.가 브리디의 머릿속에서 소리쳤다. 「하지….」

「꺼져.」 브리디는 C.B.에게 그렇게 말하고, 트렌트에게 이렇게 말했다. "당신한테 말하고 있었어. 베릭 박사가 이름을 크게 부르는 게 우리의 신경 통로를 구축하는 데에 도움이 된다고 했거든."

"그래서?" 트렌트가 기대하는 얼굴로 물었다. "도움이 돼? 느낌이 있었어?"

"아니."

트렌트의 어깨가 실망으로 내려앉았다. "확실해?" 그가 물었다. "지금쯤이면 둘 중 한 명은 뭔가 느끼기를 바랐는데."

"베릭 박사는 적어도 24시간은 지나야 한다고…."

"나도 알아." 트렌트가 조급하게 말을 잘랐다. "그래도 나는 필요…." 그가 말을 멈췄다. 뭔가 분하게 생각하는 표정이었다. "미안해. 이 연결이 내게는 너무도 중요하기 때문에 그랬어."

"나한테도 그래." 브리디가 말했다. 「나한테 그게 얼마나 중요한지 당신은 상상도 못 할 거야.」

"베릭 박사의 간호사 말로는 우리가 종합 심리 검사에서 워낙 높은 점수를 받았기 때문에 평균적인 연인들보다 일찍 연결될 수도 있대. 베릭 박사는 지금까지 만났던 대부분의 연인보다 우리가 훨씬 더 깊고 친밀한 소통의 수위를 보여줄 거라 기대하고 있다고 간호사가 말해줬어." 트렌트가 말을 하다가 인상을 찌푸렸다. 브리디가 아직도 병원 가운을 입고 있는 사실을 이제야 알아챈 모양이었다. "왜 아직도 옷을 안 갈아입었어? 설마 병원에서 아직도 퇴원을 안 시킨 건 아니지? 내가 가서 왜 퇴원이 지체되고 있는지 알아볼게."

"아냐." 브리디가 손을 뻗어서 트렌트를 붙잡았다. 트렌트가 간호사들에게 어젯밤에 무슨 일이 있었는지 듣게 되는 상황은 브리디가 가장 원하지 않는 일이었다. "나를 퇴원시키기 전에 몇 가지 검사하고 싶은 게 있대."

"왜?" 트렌트가 그 이야기를 듣자마자 깜짝 놀라며 말했다. "당신의 EED에 무슨 문제라도 있대? 부작용 같은 거라도 생긴 거야?"

「딱 맞는 말이네.」 C.B.가 말했다.

「꺼져.」 "아니야." 브리디가 트렌트에게 말했다. "아무 이상 없어. 당신이 보내준 장미 너무 좋더라. 완벽하게 아름다웠어."

하지만 트렌트는 장미 이야기에 현혹되지 않았다. "아무 이상도 없다면 왜 검사가 필요하다는 거지? 무슨 검사야?"

브리디가 CT 촬영이라고 말해주면 트렌트는 정말로 뭔가 잘못되었다고 생각할 것이다. 하지만 그녀는 트렌트를 안심시킬 만한 검사 이름을 생각해내지 못했다. "나도 모르겠어." 브리디가 말했다.

「안 좋은 대답이야.」 C.B.가 말했다.

"당신도 모른다고?" 트렌트가 휴대폰을 꺼내며 말했다. "베릭 박사에게 전화해봐야겠어."

「내가 안 좋은 대답이랬잖아.」 C.B.가 말했다.

"안 돼. 박사에게 전화하지 마." 브리디가 말했다. 하지만 아무리 애를 써도 전화를 하면 안 되는 이유가 떠오르지 않았다.

「박사에게 오전 내내 수술 일정이 잡혀 있다고 해.」 C.B.가 재빨리 끼어들었다.

"박사가 오전 내내 수술 일정이 잡혀 있다고 했어." 브리디가 그 말을 따라 했다.

「그리고 박사가 그냥 일상적인 검사라고 했어.」

"그리고 박사가 EED 수술을 한 사람들에 대한 일상적인 검사랬어."

「아냐, 안 돼, 그러지 마. 내가 꼭 해야 하는 말 이상은 하면 안 된다고 했잖아.」

"나한테는 아무 검사도 안 했어." 트렌트가 말했다. 그리고 날카로운 눈으로 브리디를 쳐다봤다. "혹시 나한테 말하지 않은 문제가 있는 거야?"

「그래.」 브리디가 생각했다. 아마도 그녀의 얼굴에 그런 기미가 비쳤는지 트렌트가 물었다. "무슨 문제야? 나한테는 말해도 돼."

「나라면 그러지 않을 거야.」 C.B.가 말했다. 「자기 부인을 총으로 쏴버렸던 남자를 잊지 마. 그저 연결이 안 됐다고 말이야. 다른 사람이랑 연결된 것도 아니고. 물론 트렌트가 너를 미쳤다고 생각하면 그러지 않겠지만 말이야. 정신과 의사에게 목소리가 들린다고 말했던 실험을 떠올려봐.」

"당신한테 말하지 않은 건 없어." 브리디가 말했다. "아무 이상 없어. 베릭 박사가 병실에 왔을 때 그렇게 말해줬어."

"그러면 박사가 왜 검사하는 거야?"

「박사는 그저 더 조심스럽게 진행하려고 그러는 거야.」

"박사는 그저 더 조심스럽게 진행하려고 그러는 거야." 브리디가 말했다. "그게 박사가 외과 의사로서 인기 있는 이유잖아. 아주 세심하게 일을 처리하니까."

"그렇겠지." 트렌트가 인정했다. "그렇더라도 난 당신이 검사를 받을 동안 병원에서 기다리는 게 더 낫겠다."

「안 돼!」 브리디가 생각했다. "안 돼, 그… 그게 검사가 오전 내내 걸릴 수도 있어." 브리디가 말을 더듬었다. "병원이란 데가 어떤 곳인지 잘 알잖아. 뭘 해도 시간이 하염없이 걸려. 당신 회의는 어떡하고?"

트렌트는 벌써 휴대폰을 꺼내서 화면을 넘겨보고 있었다. "나한테는 어떤 회의보다 당신이 중요해." 트렌트가 고개를 들지 않고 말했다. "그리고 뭔가가 잘못된다면, 회의 같은 걸 할 이유가…." 트렌트가 말을 멈추더니 훨씬 차분해진 말투로 말을 이었다. "내 말은, 그러니까, 당신이 괜찮은지 너무 걱정돼서 회의에서 발표를 제대로 못 할 거라는 이야기야."

"난 괜찮아. 아무 문제없어." 브리디는 트렌트를 안심시켜서 보낼 핑계를 찾기 위해 머리를 쥐어짰다. "당신이 여기에 있을 필요는 전혀 없어. 당신이 회의를 취소시키면 해밀튼 씨는…."

"뭔가 잘못됐다고 생각하겠지." 트렌트가 생각에 잠겨 말했다. 그러더니 다시 정신을 차린 모양이었다. "내 말은, 프로젝트 말이야. 당신 말이 맞아. 해밀튼 씨가 그렇게 생각하게 해서는 안 되지. 회의에 가는 게 낫겠다. 병원에 혼자 있어도 정말 괜찮겠어?"

「난 혼자 있지 않아. 그래서 더 유감이야.」 "응. 괜찮아. 가." 브리디가 말했다.

"알았어. 회의가 끝나자마자 돌아와서 집으로 데려다줄게." 트렌트가 움직이기 시작했다. "그 전에라도 떠날 준비가 되면 문자 보내줘."

"그럴게. 아, 잠깐만, 문자를 할 수가 없어. 휴대폰이 없거든. 휴대폰을 돌려달라고 했는데도…."

"나가는 길에 확인해볼게." 트렌트가 말했다. "병원이 무슨 검사를 하려고 하는지 알게 되면 문자 보내줘. 그리고 연결되는 기미가 조금이라도 나타나면 즉시 전화해줘. 내가 회의 중일 때라도 상관없어."

"그럴게." 브리디가 약속했다. "하지만 간호사 말로는 그 전에 먼저 수술로 부은 게 가라앉고 마취제도…."

"알아, 알아. 그리고 적어도 24시간은 지나야 하지. 그래도 난 우리가 훨씬 빨리 연결될 수 있을 거라는 느낌이 들어." 트렌트가 문 앞에 섰다. "내가 가도 정말 괜찮겠어?"

"응. 이제 가. 회의에 늦겠다." 곧 기사가 브리디를 CT 촬영실로 데려가기 위해 올 것이다. 그런데 브리디가 CT 촬영한다는 사실을 트렌트가 알게 되면….

"약속해줘. 바로 나한테 문자를…." 트렌트가 말을 마치기 전에 휴대폰이 다시 울렸다. "이 전화 받아야겠다." 트렌트가 복도로 걸어가면서 말했다. "트렌트입니다. 뭘 알아내셨어요?"

"내 휴대폰 잊지 마." 브리디가 트렌트의 등에 대고 소리쳤지만, 그는 이미 가버린 뒤였다.

「트렌트는 네 말을 못 들었을 거야.」 C.B.가 말했다.

「꺼져주겠니?」

「수신했음. 야간 전투기. 오버. 아웃.」 C.B.가 떠났다. 아니면 잠깐이나마 입을 다물었거나. 그래도 브리디는 C.B.가 그대로 있을까 봐, 그리고 트렌트가 브리디의 말을 듣지 못했을 거라는 C.B.의 이야기가 맞을까 봐 걱정됐다.

하지만 몇 분 후 간호조무사가 브리디의 휴대폰과 함께 제비꽃 다발을 안고 들어왔다. 카드에는 두 사람이 샴페인 잔을 건배하는 그림이 담겨 있었다. "우리의 연결을 위하여, 우리의 사랑이 진짜라는 증명을 위하여!"

「어휴, 그렇게 말하지 마.」 브리디가 움찔했다. 그리고 잠긴 휴대폰에 비번을 입력했다.

벌써 트렌트에게서 문자가 두 통이나 와 있었다. "아직 검사 안 했어?"와 "연결은 아직?" 그리고 가족들에게서 쉰한 통의 문자가 왔다.

브리디는 트렌트에게 문자를 보냈다. "아름다운 제비꽃 고마워!" 그리고 캐슬린이 보낸 문자들을 읽기 시작했다. 그중 절반은 "채드에 관해 이야기할 게 있어! 긴급!" 나머지 절반은 EED 수술이 잘못되었을 때에 관한 기사들이었다. 그중에는 연예잡지에 실린 폭로 기사도 있었는데, 덴버 브롱코스 미식 축구팀 선수와 결혼하며 '하늘이 맺어준 부부'로 소개됐던 영화배우는 EED의 실패에 대해 이렇게 말했다. "우리가 연결되지 않았을 때 그 사람이 바람을 피우고 있다는 사실을 알아챘어야 했어요. EED는 거짓말을 하지 않아요."

「트렌트에게 아무 이야기도 하지 않은 건 잘한 일이야.」 브리디가 생각했다. 그리고 CT 촬영에 대해 검색했다.

C.B.의 말이 사실이었다. CT 촬영은 두뇌의 연조직만 찍을 뿐 두뇌의 활동을 보여주지는 않았다. CT실로 내려가자 몇 분 만에 촬영이 끝났다. CT 촬영 기사도 크게 다르지 않은 이야기를 했다. "모든 게 정상으로 보이네요."

「천만다행이다. 이제 퇴원할 수 있겠네.」 브리디가 생각했다.

하지만 브리디가 병실로 돌아왔을 때, 간호사는 베릭 박사가 검사 결과를 검토한 후에 퇴원할 수 있다고 했다. "그러면 제가 아침을 먹어도 될까요?" 브리디가 물었다.

"확인해볼게요." 간호사가 말했다. 그래서 브리디는 침대를 올려서 앉은 자세로 고정시키고, 마음속으로 트렌트를 계속 불렀다. 트렌트가 보낸 감정과 존재하는 느낌에 온 신경을 집중했지만, 브리디는 아무 소리도 들을 수 없었다.

C.B.의 목소리도 들리지 않았다. 그렇다면 브리디의 노력의 성과로 C.B.와의 되먹임 순환을 약화시킨 게 틀림없었다. 혹시 운이 좋다면, 완전히 사라지게 했을 수도 있다.

「이제 내가 해야 할 일은 트렌트와 새로운 신경 통로를 구축하는 거야.」 브리디가 생각했다. 그리고 노력을 두 배로 끌어올렸지만, 아무런 성과가 없었다. 배만 더 고파졌다. 아침식사는 대체 어떻게 된 걸까?

브리디는 정맥주사를 점검하러 온 간호사와 침대를 정리해주러 온 간호조무사에게 아침식사에 대해 물어봤다. 하지만 어젯밤에 담요에 일어났던 상황이 아침식사에도 그대로 반복되고 있는 게 확실했다. 브리디는 트렌트를 몇 번 더 불러봤지만 아무런 보람이 없었다. 그래서 휴대폰을 켜고 가족들의 나머지 문자들을 주르륵 읽었다. 실수였다. 메리 언니는 메이브가 테러리스트 온라인에 접속하고 있다고 확실하게 결론 내렸다. "그러면 모든 게 설명돼. 메이브는 온종일 자기 방 안에 틀어박혀 있어. 그리고 자기 휴대폰의 비번을 바꿨어. 내가 뭘 하고 있냐고 물었더니 대답하길 거부했어."

「메이브가 그러는 건 무리도 아니야. 메이브가 그럴 때마다 언니는 길길이 날뛰잖아. 불쌍한 메이브.」 브리디가 생각했다. 이 중요한 이틀 동안 메리 언니가 테러리스트에 대해 생각하느라 자신에게서 관심이 떠나있어서 다행이긴 했지만, 조카에게 가해진 시련에 죄책감이 느껴졌다. 비번을 변경했다는 사실은, 메이브가 자신을 지킬 줄 안다는 확실한 표시였다.

그래도, 메이브에게는 부당한 상황이었다. 「병원에서 나가고 트렌트와 성공적으로 연결되자마자 메리 언니하고 이 문제에 관해 이야길 나눠야겠다.」

하지만 그런 일은 절대로 일어나지 않을 것 같은 느낌이 들기 시작했다. 10시가 지나고, 10시 30분이 지났지만, 아침식사도 안 오고, 베릭 박사의 퇴원 승인도 없었다. 11시가 거의 되었을 때 처음 보는 간호사가 나타나서 말했다. "댁에 돌아가셔도 됩니다. 지금 저희는 서류 절차를 진행하고 있어요. 약혼자가 데리러 오시나요?"

브리디는 "아, 아직 약혼은 안 했어요"라고 말하려다가, 별로 중요한 문제는 아니라는 생각이 들었다. 중요한 건 여기서 나가고 트렌트와 연결되는 것이었다.

"네." 브리디가 말했다. "지금 전화를 걸까요?"

간호사가 고개를 끄덕였다. "앞으로 30분 정도면 퇴원 준비가 될 거라고 말해두세요."

브리디가 트렌트에게 전화했다. 하지만 음성 메시지로 넘어갔다. 아직 회의 중인 모양이었다. 브리디가 문자를 보냈다. "전화해줘." 그리고는 정신적으로 트렌트를 부르며 말했다. 「병원에서 퇴원 준비 중이야. 데리러 올 수 있어?」

대답도 없고 문자도 없었다. 차라리 다행이었다. 서류 절차가 끝난다던 30분은 45분이 되더니, 한 시간을 넘겼다. 점심이 제공됐지만 브리디는 먹지 않았다. 그리고 12시 15분이 되었을 때 수습 간호사가 병실로 고개를 빼죽 들이밀더니 물었다. "혹시 담요 달라고 하셨어요?"

「그랬지. 어젯밤에.」 브리디가 생각했다. "아뇨. 저는 퇴원할 거예요. 지금 어떻게 진행되는지 알아봐 주실 수 있나요?"

"확인해볼게요." 수습 간호사가 말했다. "곧 돌아오겠습니다."

수습 간호사는 돌아오지 않았다. 10분이 지난 후 브리디가 트렌트에게 다시 전화했다. 여전히 받지 않았다. 브리디가 문자를 했다. "전화해줘." 계속 연락이 없어서, 그의 사무실로 전화했다.

트렌트의 비서가 전화를 받았다. "안녕하세요, 에덜. 저는 브리디 플래니건이에요." 브리디가 말했다. "트렌트가 아직 회의 중인가요?" 에덜이 그렇다고 대답했다. "트렌트에게 메시지를 전해주세요. 아마 트렌트의 휴대폰이 어쩌다 꺼져버린 모양이에요."

"트렌트 씨는 휴대폰을 가져가지 않았습니다." 에덜이 말했다.

"무슨 이야기죠? 트렌트는 항상 휴대폰을 가지고 다니잖아요."

"비밀회의라서 노트북과 휴대폰 사용이 금지되어 있거든요."

"그렇다면 혹시 메시지를 전해줄 수 있나요?" 브리디가 물었다.

"유감이지만 안 됩니다. 그것도 금지되어 있습니다."

경영진에서는 새로운 휴대폰에 대한 논의가 새어나가는 걸 정말로 걱정하고 있는 모양이었다.

"혹시 더 필요한 일 있으신가요?" 에덜이 물었다.

「저를 데리고 갈 사람을 보내주세요.」 브리디가 생각했다. 하지만 에덜이 그렇게 하면, 컴스팬에 있는 모든 직원이 알게 될 것이다. 브리디는 에덜에게 직접 데리러 와달라고 이야기할지 말지 망설였다. 에덜은 소문을 퍼트리는 사람이 아니다. 사실, 그녀는 컴스팬에서 유일하게 소문을 퍼트리지 않는 사람이었다. 그리고 그녀는 트렌트를 돕기 위해서라면 뭐라도 했다. 하지만 에덜이 회사에서 나가는 모습을 누군가 목격한다면, 특히 트렌트의 회의가 비밀로 유지되는 상황이기 때문에, 사람들은 그녀가 어디로 가는지 궁금해 할 것이다. 이는 그 소식이 곧바로 수키에게 전해질 것이라는 의미였다.

"아뇨, 괜찮아요. 회의에서 나오는 대로 연락 달라고 해주세요." 브리디는 그렇게 말하고 휴대폰을 끊었다.

간호사가 브리디의 옷가지와 서명을 받을 종이 뭉치를 들고 병실로 들어왔다. "약혼자에게 연락하셨나요?" 간호사가 물었다.

"네, 그런데 꼼짝도 못 하는 상황이에요. 괜찮아요. 제가 직접 운전하면 되니까요."

간호사가 고개를 저었다. "24시간 내로는 운전하시면 안 돼요. 베릭 박사의 지시사항입니다."

「하지만 트렌트는 운전했잖아.」 브리디가 생각했다. "그러면 택시를 부를게요."

"약혼자 외에는 차로 데리러 올 수 있는 사람이 없나요?"

「내가 없다고 대답하면 퇴원을 안 시켜주려나?」 브리디는 궁금했다. "동생에게 연락하면 돼요." 브리디가 대답했다. 나가는 길에 캐슬린에게 전화해서 아래층에서 만난 뒤 로비에서 택시를 부르면 된다.

"그분에게 정문에 차를 대고 안내창구로 전화하라고 하세요." 간호사가 말했다. "그러면 저희가 플래니건 씨를 그분께 모셔다 드릴 겁니다."

"전 정말로 그럴 필요가…."

"병원 방침이에요. 저희는 플래니건 씨를 로비까지 휠체어로 모셔드려야 합니다."

그렇다면 그 계획은 날아갔다. 누가 그녀를 데리러 올 수 있을까? 컴스팬 직원은 절대로 안 된다. 캐슬린도 안 되고, 메리 언니나 우나 고모도 안 된다. 아일랜드의 딸 회원들도 안 된다. 「메이브가 운전할 나이가 안 되어서 참 아쉽네.」 브리디가 생각했다. 그리고 전화할 사람을 생각해내느라 머리를 쥐어짰다. 「트렌트, 지금이 회의에서 나와서 내가 보낸 문자를 보기에 아주 적절한 시간이야.」

휴대폰이 울렸다. 「하늘이시여, 감사합니다.」 브리디가 재빨리 전화를 받았다.

"왜 계속 전화를 안 받았어?" 캐슬린이 따졌다. "어제부터 계속 전화했단 말이야."

"회의 중이었어."

"밤새?" 캐슬린이 말했다. 그러고는 감사하게도 브리디의 대답을 기다리지 않고 자기 말을 계속했다. "언니한테 할 말이 있어. 언니의 충고대로 채드하고 갈라섰어. 그랬더니 이제 우나 고모가 나를 션 오라일리에게 소개해주려고 해. 난 어떻게 해야 되지? 이런 일이 일어날 줄은 꿈에도 생각 못…."

"캐슬린, 내 말 들어봐." 브리디가 캐슬린의 말을 잘랐다. "너한테 부탁할 게 있어. 내가…."

"자, 왔습니다." 간호사가 휠체어를 가지고 나타나서 말했다. "퇴원할 준비 되셨나요?"

"잠깐만, 캐슬린." 브리디가 말했다. 그리고 캐슬린이 듣지 못하도록 휴대폰을 가슴에 댔다. "저를 집에 데려다줄 사람을 아직 찾는 중이에요."

간호사가 당황한 얼굴로 쳐다봤다. "약혼자분이 연락 안 하셨나요? 여기 도착하셨어요."

「아, 다행이다.」 브리디가 생각했다.

"그분께는 차를 가지고 정문에서 만나자고 이야기 드렸어요. 준비되셨나요?"

"네." 브리디가 휴대폰을 귀에 댔다. "캐슬린. 난 가봐야 해. 회의가 있어."

"잠깐만," 캐슬린이 말했다. "나한테 부탁할 게 있다며, 뭔데?"

"나중에 말할게. 안녕." 브리디는 캐슬린이 더 질문을 쏟아내기 전에 휴대폰을 끊고, 가방과 외투를 집어 들었다.

간호사는 브리디를 휠체어에 태우고 쇠로 된 발판을 낮추더니, 수술 후 주의사항을 적은 종이와 구토용 통과 클리넥스 통과 제비 꽃다발을 브리디의 무릎 위에 올리고, 잡역부에게 트렌트가 보낸 장미와 주전자를 들고 따라오라고 했다. 그리고 브리디의 휠체어를 밀어 엘리베이터에 태운 후 내려가는 내내 수술 후 주의사항을 읽었다. "오늘 오후와 밤에는 쉬세요. 48시간 동안에는 격렬한 활동을 하시면 안 됩니다. 몸을 구부리거나 물건을 들어서도 안 되고…." 엘리베이터가 삥 소리를 내면서 문이 열리자 로비가 보였다. "스트레스를 받지 마세요. 약혼자와 연결에 대해서도 걱정하지 마세요. 연결될 때까지의 시간은 천차만별입니다. 특히 환자가 스트레스를 받거나 피로한 경우에는 약혼자와 연결이 지체될 수도 있습니다."

「그렇지 않을 수도 있어.」 브리디는 트렌트가 딱 좋은 시간에 도착한 걸 떠올리며 생각했다. 트렌트의 전화가 왔었다고 간호사가 말했을 때, 브리디는 그가 회의에서 나와 비서에게서 그녀가 전화했다는 이야기를 들었을 거라 짐작했지만, 그게 아니라 실은 브리디가 생각으로 보낸 소리를 들었을 수도 있지 않을까?

로비로 나온 후 간호사가 브리디의 휠체어를 밀어서 유리문을 지나 바깥으로 나갔다. "자, 다 왔습니다." 간호사가 말했다.

트렌트의 차는 아직 보이지 않았다. "트렌트는 아직…." 브리디가 입을 열다가 멈췄다. 진입로에 주차되어 있는 낡은 혼다 차량이 눈에 들어왔기 때문이었다. 「저 차는 꼭….」

C.B.가 차에서 내렸다. 「마님.」 그가 브리디에게 말하며 몸짓을 했다. 「마차 대령했습니다.」

7

"당신이 부르면 그 사람이 언제나 오나요?"
그녀가 속삭이듯이 물었다.
"그럼요, 언제나 오지요."
— 프랜시스 호지슨 버넷, '비밀의 화원'

「C.B., 여기서 무슨 짓이야?」 브리디가 휠체어의 팔걸이를 움켜잡으며 따졌다.

C.B.는 어젯밤보다는 약간 덜 흉하게 보였지만, 그다지 큰 차이는 없었다. 면도는 했지만 색이 바랜 갈색 티셔츠와 그 위에 겹쳐 입은 줄무늬 셔츠는 밖으로 삐져나온 채였다. 그리고 작업화의 끈은 풀려서 질질 끌려 다녔다.

「난 너를 구하러 온 거라고.」 C.B.가 느긋하게 걸어오며 말했다. "퇴원 준비는 다 됐나요?" 그가 간호사에게 물었다.

「아냐.」 브리디가 말했다. 간호사가 바로 옆에 서 있지 않았다면 휠체어에 앉은 채로 C.B.를 노려봤을 것이다. 「넌 병원을 싫어한다고 했잖아.」

「응. 싫어. 그러니까 여기서 빠져나가자.」“차를 가까이 가져다 댈까요?” C.B.가 간호사에게 물었다.

“아니!” 브리디가 말했다. 간호사는 브리디의 격렬한 거부 표현을 차까지 걸어가겠다는 뜻으로 오해해서 받아들인 게 틀림없었다. 간호사는 브리디가 일어설 수 있도록 휠체어의 브레이크를 걸더니 발판을 위로 올렸다.

간호사가 휠체어를 만지는 동안 브리디는 C.B.를 노려봤다. 「난 갈 준비가 안 됐어.」 브리디가 말했다. 「그리고 네가 여긴 뭐 하러 왔는지 아직 나한테 이야기 안 했어.」

「네가 차를 태워줄 사람이 필요하다고 불렀잖아.」

「너를 부른 게 아니야. 난 트렌트를 불렀어.」

「그래, 뭐, 당연히 그러셨겠지. 이번에도 트렌트는 네 목소리를 못 들었어. 그래서 트렌트가 언제쯤이나 되어야 회의에서 나와서 네 문자를 보게 될지는 아무도 몰라.」 C.B.가 손을 뻗어서 브리디의 무릎에 있는 여행 가방을 들었다. 「아무도 오지 않는 것보다는 나라도 오는 게 낫겠다 싶었어. 네 동생이나 수키한테 전화할 게 아니라면 말이야. 물론 수키는 아주 기쁜 마음으로 너를 데리러 올 거야. 그리고 그 즉시 이 소식을 블로그에 올리고, 트위터도 몇 개 날리겠지.」

C.B.의 말이 맞았다.

「게다가, 여기 있는 이 간호사는 나를 네 약혼자로 알고 있어.」 C.B.가 턱짓으로 간호사를 가리켰다. 간호사는 휠체어 발판 정리를 마치고 막 고개를 드는 참이었다.

「간호사한테 내 약혼자라고 했어?」 브리디가 말했다.

「아니. 간호사가 그냥 그렇게 추측한 거야. 그러니 나와 함께 집에 가고 싶지 않다는 사실을 간호사에게 어떻게 설명할래? 특히 어젯밤에 네가 이상한 행동을 한 상황에서 말이야. 병원에서는 너를 잡아두고 지켜보는 게 좋겠다고 판단할 수도 있어.」

간호사가 둘을 이상한 눈으로 쳐다봤다. "플래니건 씨 괜찮으세요?" 간호사가 브리디에게 물었다.

"네. 괜찮아요." 브리디가 밝게 말했다. "무릎에 있는 이 물건들 때문에 일어설 수 없어서 그런 것뿐이에요."

"자기야, 미안해." C.B.가 여행 가방과 제비꽃을 받아간 뒤에 구토용 통과 트렌트가 보낸 장미 다발을 가져가서 자동차 뒷좌석에 실었다. C.B.가 돌아와 브리디를 팔로 감싸고 휠체어에서 일어서는 걸 도와줬다. "우리 애인, 이제 가도 될까?"

「난 네 애인이 아니야.」 브리디는 C.B.의 팔을 떨쳐내고 싶다는 생각이 간절했지만, 간호사가 바로 옆에서 지켜보고 있었다.

「이건 납치나 마찬가지야. 간절하게 도움을 요청하고 싶지만, 옆구리에 총이 있어서 도움을 요청할 수 없는 상황인 거야.」 브리디가 생각했다.

「거기에다가 총을 갖다 댄 사람은 너 자신이잖아.」 C.B.가 브리디를 부축해서 차로 데려가면서 말했다. 「EED 수술을 하고 싶어 했던 사람은 너야. 자, 이제 나와 함께 집에 가고 싶어서 못 견디겠다는 얼굴을 보여줘. 그러면 간호사가 널 보내줄 거야. 집에 가고 싶은 건 맞지?」

「그래.」 브리디가 컴스팬으로 가야 트렌트와 연결될 수 있을 것이다.

「뭐, 그렇다면, 이제 행복한 척해.」

"집으로 가게 돼서 너무 기쁘네요." 브리디가 간호사를 쳐다보며 활짝 웃었다. "여러모로 고마웠어요."

「옳지, 잘한다.」 C.B.가 혼다의 문을 열며 말했다.

C.B.의 차는 그의 머리카락만큼이나 엉망진창이었다. 종이와 패스트푸드 봉지가 좌석과 바닥에 어지럽게 널려 있었다. "미안해, 청소할 시간이 없었어." C.B.가 허겁지겁 쓰레기들을 긁어모아서 뒷좌석으로 던졌다.

C.B.는 브리디를 앞좌석에 대충 쑤셔 넣은 뒤에 문을 닫고, 자신도 차에 올라탔다. 그는 차에 시동을 걸고 진입로를 빠져나와 병원 출구로 향했다. 「그래도 납치범이라는 소리를 들으니까 화나네.」 C.B.가 차량들 사이로 끼어들 틈을 보면서 말했다. 「난 너를 도와주러 여기까지 온 거라고.」

"좋아." 브리디가 가방에서 차 열쇠를 꺼내며 말했다. "그럼, 메리어트 호텔에 내려줘. 내 차가 거기에 있어. 여기서 몇 블록만 가면 돼. 왼쪽으로 돌아."

「미안하지만,」 C.B.가 말했다. 「그렇게 못 하겠어. 간호사가 너한테 24시간 동안은 운전하지 말라고 했잖아.」

"아냐, 그러지 않았어." 브리디가 거짓말을 했다. 그때 C.B.가 자기 생각을 읽을 수 있다는 사실이 떠올랐다. "아무튼, 의사들이 환자를 얼마나 과잉보호하는지는 너도 잘 알잖아. 네가 보기에도 내 상태가 완벽하게 건강…."

「내가 보기엔, 혹은 듣기엔, 이미 수술 때문에 발생한 의도하지 않은 결과가 하나 나타났어. 너한테 의도하지 않은 결과가 더 나타날지 누가 알겠어? 기억 상실? 발작? 네가 유니온 대로를 가다가 도로 한복판에서 갑자기 졸도할 수도 있잖아. 나는 그런 일까지는 책임 못 져.」

"알았어." 브리디가 말하고, 생각했다.「C.B.에게 컴스팬까지 태워달라고 한 후에 택시를 불러서 내 차를 가지러 가자.」C.B.가 그 생각까지 들었을지 걱정됐다.

하지만 C.B.는 못 들었다.「좋았어. 가자.」하고 말한 걸 보면 말이다. 그리고 C.B.는 앞으로 몸을 기울이며 도로로 나갈 기회를 노렸다.

"아냐, 잠깐만. 그 전에 먼저, 나한테 입말로 이야기하겠다고 약속해줘."

「왜? 우리가 이런 식으로 대화를 하면 우리 사이의 신경 통로를 강화할 거라고 네가 믿으니까? 이건 그런 식으로 작동하지 않아.」

"네가 어떻게 알아?"

「인터넷에 들어가서 더 찾아봤어.」

「어떤 걸…?.」브리디가 간절하게 말하기 시작했다. 그러다 정신을 차리고 입말로 물었다. "어떤 걸 찾았어?"

「가면서 말해줄게.」

"아니. 우리는 아무 데도 안 갈 거야." 브리디는 안전띠를 풀고 여행 가방을 꺼내려고 뒷좌석으로 손을 뻗으며 말했다. "차 세워. 입말로 대화하지 않으면 난 바로 여기서 내려서 택시를 부를 거야."

「네 생각에는 병원 팔찌를 차고 구토용 통을 들고 인도 위에 서 있는 사람을 택시가 태워줄 것 같니?」

"그러면 걸어가면 되지."

"알았어. 알았어. 이제 입말로 이야기하자. 자, 이제 가도 되지?"

"응." 브리디가 다시 좌석에 자리를 잡고 앉았다.

C.B.는 요란한 소리를 내며 도로로 들어간 뒤 왼쪽 차선으로 옮기더니 깜빡이를 켰다. "어디로 가는 거야?" 브리디가 따졌다. "이쪽은 컴스팬 방향이 아니잖아."

"컴스팬으로 안 갈 거야."

「이런, 맙소사. 진짜 나를 납치하려나 봐.」 브리디가 생각했다.

"아, 젠…, 난 너를 납치하려는 게 아니야. 네 집에 데려다주려는 거야. 의사의 지침이잖아. 내가 너를 태우러 왔다고 했더니, 간호사가 나한테 너를 곧장 집으로 데려가서 쉬게 해야 한다고 했어. 넌 이제 막 뇌수술을 했잖아, 기억하지?"

"비서한테 점심시간까지는 회사로 돌아가겠다고 했단 말이야."

"그러면 회의가 더 길어진다고 해." C.B.가 말했다.

컴스팬에서 나와 있는 시간이 길어질수록 의문을 갖는 사람이 더 많아질 것이다. 그러면….

"그러면 비서한테는 네가 회사로 돌아왔는데, 곧장 내 연구실로 내려왔다고 해. 내가 너한테 새로운 앱을 보여줘야 해서 말이야. 어쩌면 온종일 거기에 있어야 할지도 모른다고 해."

"하지만 누군가 확인해보려고 나한테 전화하면?"

"그럴 수 없어. 내 연구실은 휴대폰이 수신되지 않아, 기억하지?"

"넌 그렇게 지내는 거야?" 브리디가 물었다. "사람들에겐 연구실에 있다고 말하고서 놀러 다녀?"

"누군가를 병원에서 집까지 비밀리에 차에 태워다줘야 할 때만 그러지." C.B.가 브리디를 쳐다보며 씩 웃었다.

「하지만 트렌트하고 연결해야 돼.」 브리디가 생각했다.

"그러니까 집에 가야 되는 거야." C.B.가 말했다. "회사로 가면 너 혼자 보낼 수 있는 시간이 전혀 없어. 이것 봐, 넌 어제 오전 10시에 사무실에서 나왔잖아. 그러면, 음, 답장을 보내야 할 메일이 1만9천 통 정도는 와 있을 걸? 메모는 말할 것도 없고. 전화 메시지도 있지. 게다가 우리가 함께 회사로 돌아오는 모습을 누군가 보고 수키에게 이야기하면 어쩔래?"

"수키는 회사에 없어. 지금 배심원으로 참가하고 있거든."

"아냐. 돌아왔어. 피고가 보석 중에 달아나버렸대."

"난 사우스 셔먼 로에 살아. 유니언 대로로 가다가 린덴 가로 가면 돼. 여기서 좌회전이야."

"알아. 난 네 생각을 읽을 수 있어, 기억하지?" C.B.가 말했다. 그리고 재빨리 우회전했다.

"좌회전이라고 했잖아!"

"알아. 너를 맥도날드로 데려가려는 거야. 병원에서 아침을 가져다줬니?"

"아니." 브리디는 그제야 자신이 얼마나 배가 고픈지 깨달았다. "넌 정말로 내 생각을 읽을 수 있구나. 고마워."

"천만의 말씀입니다." C.B.는 차를 탄 상태로 구입할 수 있는 매장으로 들어갔다. 그리고 차를 세우더니 자신의 의자를 뒤로 눕

혀서 브리디가 운전석 너머로 주문할 수 있게 해주었다. 그래서 브리디는 빅맥과 감자튀김을 주문했다.

"넌 나랑 엮인 게 얼마나 큰 행운인지 아직 모르는 것 같아." C.B.가 주문한 음식을 받는 창구에 차를 대며 말했다. "넌…."

"진짜 납치범과 연결될 수도 있었지." 브리디가 말했다. "그래, 나도 알아."

"맞아. 아니면 인상을 찌푸리면서 '빅맥 안에 뭐가 들어가는지 알아?'라고 묻는 부류의 사람이나, 차가 없는 사람과 연결될 수도 있었어. 그러면 집에 어떻게 가겠어? 그 말이 나와서 말인데, 넌 트렌트에게 문자를 보내서 병원으로 데리러 오지 말라고 해야 해. 트렌트가 병원으로 가면 안 되잖아."

그러면 트렌트는 브리디가 자칭 약혼자라는 다른 남자와 함께 떠났다는 사실을 알게 될 것이다. 브리디가 허겁지겁 휴대폰을 꺼내서 트렌트의 번호를 누르다가 멈췄다. 누가 와서 데려갔다고 말하지? 누군가의 이름을 대야 했다.

"아니, 그러지 마." C.B.가 말했다. "거짓말의 두 번째 원칙을 벌써 잊었구나. 꼭 해야 할 말 이상은 하지 말라. 그냥 이렇게 말해. '나를 데리러 올 필요 없어.'"

"그래도 트렌트가 물어보면…?"

"안 물어볼 거야." C.B.가 브리디를 안심시켰다. "트렌트는 네가 직접 운전해서 집에 갔다고 짐작할 거야. 트렌트는 간호사가 네게 운전하지 말라고 했다는 사실을 모르니까."

"주문하신 거 나왔습니다." 창문에서 소년이 말했다.

C.B.가 돈을 지불하자 소년이 봉투를 건넸다. 브리디가 봉투

를 받으려고 손을 뻗었다.

"문자를 보내기 전엔 안 돼." C.B.가 말했다. "트렌트가 지금이라도 곧 회의에서 나올지 몰라."

C.B.의 말이 맞았다. 브리디는 무슨 말을 보내야 할지 생각하며 화면을 응시했다. "집에 데려다줄 사람을 찾았다고 할까?" 아냐, 그러면 트렌트가 그 사람이 누구냐고 물을 것이다.

"아, 제발… 내가 보낼게." C.B.가 브리디의 휴대폰을 낚아채고 그녀에게 맥도날드 봉투를 건넸다. "먹어."

"뭐라고 보내게?"

"'병원으로 올 필요 없어. 교통상황이 그다지 좋지 않네.' 차를라의 번호는 어떻게 돼?"

브리디가 C.B.에게 말해줬다.

"'난 돌아왔어.'" C.B.가 문자로 입력하는 내용을 말로 했다. "'새로운 앱에 대해 C.B.와 회의 중. 오후 약속은 모두 내일 아침으로 옮겨줘.'" C.B.는 전송을 누르고 휴대폰을 끄더니 브리디에게 줬다. "자, 이제 먹어."

C.B.가 맥도날드를 빠져나와서 브리디의 아파트로 가는 동안 그녀는 봉투에 코를 처박고 게걸스럽게 먹었다. "아까 이야기하려던, 네가 인터넷에서 찾아냈다는 게 뭐야?"

"음, 첫째로, 인터넷에는 쓰레기가 엄청 많다는 사실을 알게 됐어."

"난 심각해."

"나도 그래. 인터넷에 얼마나 미친 이야기들이 많은지 믿기지 않을 거야. 나폴레옹과 존 레논의 목소리가 들린다고 주장하는 사람들도 있어."

"그리고 히틀러의 목소리가 들린다는 사람도 있겠지." 브리디가 말했다.

C.B.가 브리디를 쳐다보고 싱글거리며 말했다. "맞아. 자기 애완동물의 목소리가 들린다고 주장하는 사람들도 있어. 자기가 키우는 식물의 목소리를 듣는다는 사람들도 있고. 모든 사람이 동시에 '평화에 기회를'이라는 문구를 머릿속에 떠올려서 세계 평화를 달성하자는 사람도 있지. 화성인이나 람타의 영혼과 소통한다고 믿는 미치광이들도 있어. 그러니 사람들이 텔레파시를 좋게 생각할 리가 없지."

"그러면 넌 실제로 텔레파시를 체험한 사람들에 대한 증거를 전혀 못 찾은 거야?"

"그런 말은 아니야. 믿을 만한 경우도 어느 정도 있는 것 같아…."

"그런데?" 브리디가 재촉했다.

"그런데 안타깝게도, 거의 모든 경우가 베릭 박사의 정서적 유대감 이론을 뒷받침해. 입증 가능한 사건 대부분은 확실히 정서적으로 연결된 사람들과 관련되어 있어. 부모, 배우자, 자녀, 애인…."

C.B.는 운전을 하면서 사례들을 자세히 말했다. 1862년 4월 6일 한밤중에 페이션스 러브레이스는 약혼자가 자신의 이름을 부르는 소리를 들었다. 그리고 한 달 후 약혼자의 부대 지휘관이 보낸 편지를 받았는데, 편지에는 약혼자가 샤일로 전투에서 바로 그 시각에 총을 맞고 몇 분 후 사망했다는 이야기가 담겨 있었다.

1897년 터바이어스 마샬은 기차 여행을 하다가 부인의 목소리를 또렷하게 들었다. "여보, 당신이 필요해요." 그리고 이틀 후 부인이 예정보다 여섯 주 일찍 출산했다는 전보를 받았다.

"대체로 그런 이야기들이야." 운전을 하던 C.B.가 브리디를 힐끗 쳐다보며 말했다. "어떤 어머니는 아들이 어둡고 축축하다고 소리치는 걸 들었는데, 나중에 우물에 빠진 아들이 발견됐어. 어떤 남자는 사랑하던 소녀가 '아아, 우리는 다시 못 만나겠구나'라고 말하는 소리를 들었는데, 그녀가 갑자기 사망했다는 사실을 알게 됐지. 한 남자는 어머니가 자신의 이름을 부르는 소리를 들었는데, 바로 그 시간에 대륙 건너에 있는 어머니가 돌아가신 경우도 있어."

브리디도 예전에 그와 비슷한 이야기를 수십 개는 들었다. 고조할머니는 알고 지내던 총각이 '아, 난 이제 끝이구나'라고 외치는 비명을 들으셨는데, 그 남자가 그 시각에 발리나인치 전투에서 돌아가셨다는 이야기를 우나 고모에게서 들은 적이 있다.

"그들 사이에는 정서적 유대감이 있었어. 그렇지?"

"그러네." 브리디가 마지못해 인정했다. "하지만 네가 '거의' 모든 경우라고 했잖아. 그 말은 정서적으로 유대감을 갖지 않는 사람들 사이의 사례도 찾았다는 뜻이겠지."

"그렇지, 하지만 그건…." C.B.가 질문을 하려고 말을 중단했다. "어느 쪽으로 가야 돼?"

"잭슨 가." 브리디가 말했다. "그건 뭐? 낯선 사람들 사이에서 일어난 사례도 찾았어?"

"응. 타이타닉 호가 침몰할 때 동시에 여러 사람들이 누군가 도움을 요청하는 소리를 들었다고 주장했어. 루시타니아 호*와 아일랜드의 여제 호** 사건 때도 그랬지."

"음, 정답 나왔네." 브리디가 말했다. "우리가 연결된 것도 그런 일일 거야."

"난 그렇게 생각 안 해. 대부분의 사람들은 그 사건이 신문에 실리기 전까지는 도움을 요청하는 소리를 들었다는 이야기를 하지 않았어. 그리고 그중 몇몇은 직업적인 심령술사로 밝혀졌지. 속셈이 따로 있었다고 할 만해. 이야기가 나와서 말인데, 타이타닉에도 심령술사가 타고 있었다는 거 알아? 물론 그다지 훌륭한 심령술사는 아니었겠지만 말이야. 훌륭한 심령술사라면 아예 처음부터 그 배를 타지 않았을 테니까."

"하지만 그 침몰 사건 사례들 가운데에서도 믿을 만한 이야기가 있었지?" 브리디가 우겼다.

C.B.가 앞유리를 통해 거리를 바라보며 물었다. "어디서 돌아야 돼? 이번 신호등 맞아?"

「난 네가 내 생각을 읽을 수 있는 줄 알았는데?」 브리디가 생각했다. "아냐. 그다음 신호등이야. 좌회전하면 돼."

브리디는 C.B.가 계속 말하기를 기다렸지만, 그는 하지 않았다. 한 블록을 지난 후에 브리디가 물었다. "그러면, 침몰 사건에서 믿을 만한 사례는 어떤 게 있었어?"

C.B.는 여전히 대답하지 않았다.

* 1915년 독일 잠수함에 격침된 영국 여객선.

** 1914년 침몰했던 캐나다의 여객선, '캐나다의 타이타닉'으로 불린다.

"C.B.?"

"어? 뭐? 미안해. 너를 데려다준 다음에 할 일을 생각하고 있었어. 뭐라고 했어?"

"타이타닉 침몰에서 믿을 만한 사례는 어떤 게 있었는지 물었어."

"믿을 만한 사례는 많았어. 하지만 그건… 여기서 돌면 되지?"

"응." 브리디가 말했다. C.B.가 그 즉시 오른쪽으로 돌았다. "아니, 우회전이 아니라 좌회전이야." 브리디가 지적했다. "내 아파트는 저쪽이야."

"미안해." C.B.가 말했다. "다음 도로에서 돌아올게."

브리디가 고개를 저었다. "거긴 일방통행이야. 주택의 진입로로 들어갔다가 돌아서 나와야 해."

"그럴 수 없어." C.B.가 백미러를 힐끗거리며 말했다. "다른 차가 오고 있거든."

C.B.는 두 블록을 더 간 다음에 돌아와서 브리디의 아파트가 있는 도로로 들어갔다. "네 아파트까지는 얼마나 가면 돼?" C.B.가 물었다.

"저기 다음에… 아, 안 돼!"

"왜 그래?"

"내 동생 캐슬린. 그 애가 지금 내 아파트로 가고 있어. 빨리 지나가!" 브리디가 좌석 깊숙이 몸을 숙이며 말했다. "가! 캐슬린이 널 알아볼 거야. 빨리!"

"알았어. 알았어." C.B.는 린덴 가로 다시 돌아간 다음 차를 돌렸다. 브리디는 다시 좌석에 앉아서 뒤를 돌아봤다.

"이게 무슨 스파이 영화는 아니니까," C.B.가 말했다. "네 동생이 너를 쫓아오지는 않을 거야. 게다가 동생은 너를 보지도 못했어. 나도 못 봤고. 심지어 우리가 지나갈 때 고개를 돌리지도 않았어. 그건 그렇고, 이제 어디로 갈까?"

"모르겠어. 동생이 포기하고 집으로 돌아갈 때까지 기다릴 수 있는 장소로 가야 해."

"내 아파트는 어때?"

"네 아파트로는 안 갈 거야. 그냥 몇 블록 더 간 다음에 주차하자."

"주차라, 그거 좋지." C.B.는 다음 골목길로 들어가서 공터 옆에 차를 세웠다. "이제 어떡할까?"

"혹시 주머니칼 있어?" 브리디가 여행 가방에 손을 뻗으면서 물었다.

"아니, 어디에다 쓰게? 내가 말했잖아. 너희 동생은 안 따라와. 그리고 설령 따라온다고 해도 네 몸을 지키기 위해 칼까지는 필요 없잖아."

"병원 팔찌를 자르려면 칼이 필요해." 브리디가 여행 가방을 뒤지며 말했다.

"왜? 동생이 떠날 때까지 여기서 기다릴 거면…."

"하지만 내가 아파트로 가는 사이에 다른 누군가 또 올 수도 있잖아." 브리디가 가방을 계속 뒤지며 말했다. "팔찌는 내가 병원에 있었다는 피할 수 없는 증거야."

"네가 정맥주사를 뽑아서 생긴 손등의 멍도 그렇지." C.B.가 말했다. "그건 어떻게 할래? 장갑을 낄 거야?"

"그럴 수도 있고." 브리디는 말하면서 가위를 계속 찾았다.

C.B.는 브리디가 별다른 성과 없이 가방을 뒤지는 모습을 지켜보다가 말했다. "그건 그렇고, 여기에 얼마나 오랫동안 앉아 있어야 할까? 내가 귀찮아서 이런 이야길 하는 건 아냐. 우리에겐 이 장관이 펼쳐져 있잖아." C.B.가 풀이 빼곡하게 자란 공터를 가리켰다. "뭔가 낭만적인 음악이…." C.B.가 손을 앞으로 내밀어 라디오를 켜고 구식 주파수 다이얼을 돌렸다. 주파수를 나타내는 바늘이 움직이며 잡음과 컨트리 음악, 보수 우파의 토크쇼, 랩을 지나쳤다. "나는 여기에 온종일 있어도 상관없긴 한데, 동생이 아파트의 문을 두드려서 네가 집에 없다는 사실을 알아내려면 얼마나 시간이 걸릴까?"

"넌 우리 가족을 몰라서 그런 소리를 하는 거야." 브리디가 말했다. "가족은 다들 열쇠를 가지고 있어. 그리고 사생활을 존중하는 법이 없어. 너하고 똑같아. 캐슬린은 집 안으로 들어가서 내가 집에 없다는 사실을 확인하기 위해 방마다 다 점검할 거야. 그러고 나면 나한테 전화하겠지. 그래서 내가 전화를 안 받으면 차를라에게 전화해서 내가 어디 있는지 아느냐고 물어볼 거야. 동생은 집에서 적어도 30분은 안 나올 거야. 아예 자리를 잡고 앉아서 내가 올 때까지 기다릴 수도 있어."

브리디는 똑딱거리며 시간이 흘러가는 동안, 24시간 이전에 트렌트와 연결될 수 있는지 알아보기 위해, 신경 통로를 구축하는 용도로 그 시간을 이용했다. 브리디는 C.B.의 목소리가 들리듯이 캐슬린의 목소리도 들을 수 있으면 좋겠다는 생각을 했다. 그러면 캐슬린이 무엇을 하고 있는지 알 수 있을 테니 집에 안전하게 들어갈 수 있을 것이다.

"농담하는 거지?" C.B.가 믿기지 않는다는 투로 말했다. "정말로 동생의 생각을 듣고 싶어?" C.B.가 고개를 절레절레 흔들었다. "사람들은 항상 텔레파시가 되면 사랑스런 로맨틱 코미디 영화처럼 비밀을 알아내고, 그걸 이용해서 자신이 원하는 대로 할 수 있다고 생각해. 아니면 적들이 뭘 하려는지 알 수 있을 거라 생각하지. 하지만 텔레파시라는 게 실제로는 어떤지 알아?"

"뭐?" 브리디가 말했다. 브리디가 뭐라고 하든 C.B.는 계속 말할 테니까, 그녀로서는 C.B.의 말을 멈출 방법이 없었다.

"바로 그거야." C.B.가 의기양양하게 말했다. "사람들은 마치 수도꼭지처럼 자기가 내킬 때 텔레파시를 켜거나 끌 수 있을 거라고 추측해. 그래서 자기들이 원하는 이야기만 들을 수 있을 거라고 생각하지. 하지만 텔레파시는…."

"그런 식으로 작동하지 않아."

"그렇지. 자기가 듣고 싶은 것만 골라서 들을 수가 없어. 너는 네 동생의 소리가 아니라, 오히려…."

"알아. 납치범이나 맥도날드를 싫어하는 사람의 소리를 들을 수 있지."

"아니면 조현병 환자처럼 사람들을 죽이라는 소리를 들을 수도 있어. 그리고 넌 어떤 소리를 들을지 고를 수도 없을 거야. 사람들에 대해 네가 알고 싶지 않은 이야기를 알게 될 수도 있어. 혹은 사람들이 너를 정말로 어떻게 생각하는지 알게 될 수도 있어. 중학교 때 학교 화장실에 있다가 가장 친한 친구가 너에 관해 비열한 소리를 하는 소리를 우연히 들었던 일 기억나? 텔레파시가 바로 그런 거야. 듣고 싶지 않은 사람들의 이야기를 들을 수밖에 없는…."

「내가 여기서 너와 함께 있을 수밖에 없는 것처럼 말이지.」 브리디가 생각했다. 하지만 어쩔 수 없었다. 캐슬린에게 들키면 왜 C.B.가 집까지 태워다줬는지 설명하느라 더 많은 시간을 허비하게 될 터였다. 브리디로서는 그저 여기에 앉아 캐슬린이 떠날 때까지 그의 이야기를 듣고 있을 수밖에 없었다.

"그렇지." C.B.가 라디오 주파수를 잡음이 나오는 곳으로 돌리더니 껐다. "너한테 할 이야기가 있어."

"타이타닉 때 생긴 일 말이야?"

"아니. 타이타닉에 대한 이야기가 아니야. 2차 세계대전 구축함 이야기야. 하지만 그것도 내가 하려던 이야기는 아니야."

"정서적으로 유대감을 갖지 않는 사람도 연결될 수 있다는 사실을 증명해주니까, 나한테 그 사건들에 대해 말하기 싫은 거겠지."

"아냐…."

"그러면 말해봐."

"그러지, 뭐." C.B.가 말했다. "1942년 네브래스카 주의 맥쿡에 살던 열일곱 살 소녀가 결혼한 언니 베티와 언니의 친구 라우즈와 함께 앉아서 라디오를 듣고 있었어. 그런데 그 소녀가 갑자기 벌떡 일어나더니 소리를 지른 거야. '배가 가라앉는다! 누가 저 사람을 도와줘요!' 라우즈는 그 소녀가 깜빡 잠이 들었다가 꿈을 꿨다고 생각하고 이렇게 말했어. '여긴 배 같은 거 없어! 넌 지금 네브래스카 맥쿡에 있다고.' 그러자 소녀가 말했어. '나도 알

아. 하지만 그 사람의 목소리를 들을 수 있어. 지금 물속에 있어! 그 사람을 도와줘야 해. 베티 언니! 라우즈 언니! 아, 꽉 잡아요! 포기하지 말아요!' 언니와 친구가 소녀를 진정시키자, 소녀는 수병이 자기한테 소리친 이야기를 들려줬어. '도와줘요! U보트가 쏜 어뢰를 맞았어요!'라며 울부짖었대. 그들은 소녀에게 그 남자가 누군지 물었지만, 소녀는 모르겠다고 했어. 소녀가 처음 듣는 목소리였던 거야. 소녀는 그 남자가 누구인지 생각나지 않았어. 해군에는 아는 사람이 한 명도 없었거든. 소녀는 그 이야기를 일기장에 썼어. 그리고 언니는 군대에 있는 남편에게 그 이야기를 담은 편지를 보냈지. 그래서 둘 다 그 시각을 기록으로 남겼어."

"바로 그 시각에 그 수병의 배가 침몰했겠구나."

"응. 북대서양에서. 하지만 그들이 그 사실을 알 가능성은 없었어. 해군의 패배 소식은 검열되었기 때문에, 그 배의 침몰 소식은 신문에 실리지 않았거든."

"그러니까, 수병이 익사하면서 소리를 질렀고, 소녀는 우연히 수병의 소리를 들었다는 거네. 네가 내 목소리를 우연히 들었듯이."

"아주 똑같지는 않아." C.B.가 말했다. "그리고 수병은 익사하지 않았어. 그 사람은 치명적인 화상을 입은 상태로 14시간 동안이나 난파선 잔해에 매달린 끝에 순양함에 구조됐어. 그리고 그 함선의 의사에게 자기가 악착같이 매달렸던 게 낯선 소녀가 꼭 붙잡으라고 하는 목소리를 들었기 때문이라고 했대. 베티와 라우즈에게 말했던 맥쿡의 소녀였던 거지."

"그리고 그 수병은 맥쿡에 아는 사람이 하나도 없었을 테고."

"그 수병은 맥쿡에 아는 사람이 없었어. 네브래스카 주에도. 그는 2차 대전이 터지기 전까지 오리건 주를 한 번도 벗어난 적이 없었어."

"정서적 유대감이 전혀 없는 사람들 사이에도 소통이 될 수 있다는 뜻이네." 브리디가 즐겁게 말했다. 「트렌트에게 그 이야기를 해주면 되겠다.」

"이야기를 마저 할게." C.B.가 말했다. "수병이 해군 병원을 퇴원한 후 그 소녀에게 감사 인사를 하려고 찾아갔어. 그리고 수병은 소녀를 보자마자 서로 만났던 적이 있다는 사실을 깨달았지. 수병이 배치받은 곳으로 가기 위해 기차를 타고 가다가 노스플랫의 매점에서 만났던 거야. 당시 그 소녀는 군인들에게 사탕과 담배를 나눠주고 있었는데, 거기에서 둘이 몇 분간 이야기를 나눈 적이 있었어."

"그렇다고 해서 둘이…."

"그래, 음, 수병이 소녀를 찾고 나서 3일 후에 둘은 결혼했어. 그래서 난 둘 사이에도 일종의 정서적 유대감이 있었다고 추측해."

「그리고 넌 우리 둘 사이에도 유대감이 있을 수밖에 없다고 넌지시 암시하고 있지. 날 믿어. 그런 건 없어. 난 트렌트와 사랑하는….」

"난 아무것도 암시하지 않아. 내가 하려는 말은, 네가 트렌트에게 말하면 그는 인터넷을 뒤져보겠지. 그러면 이런 이야기들을 발견하게 되리라는 거야. 우리가 연결된 게 뉴런이 엉키거나 혼선이 되어 일어난 일이라고는 생각하지 않을 거라는 이야기지."

"그러면 넌 내가 어떻게 해야 한다고 생각해?"

"시간을 끌어. 나한테 시간을 좀 주면…."

"시간을 주면 뭘 할 건데? 수병과 심령술사와 우물에 빠진 사람들 이야기나 더 찾아보게?"

"아니. 이게 어떻게 된 건지, 그리고 원인이 뭔지 알아내야지."

"원인이라니? 원인이 뭔지는 알잖아. EED가…."

"정말 그럴까? 내가 너한테 말해줬던 사람들, 페이션스 러브레이스, 터바이어스 마샬, 네브라스카 주의 맥쿡에 살던 소녀와 수병은 아무도 EED 안 했어. 심지어 머리에 상처를 입었던 사람도 없어. 나도 EED 안 했잖아. 그리고 EED 수술을 받았던 사람들 중에서 너 말고는 목소리가 들리기 시작한 사람도 없잖아."

"그건 모르지. 다른 사람들도 들리는데 아무 이야기도 안 하는 건지도 몰라."

"제이 지와 비욘세가 그런 이야기를 비밀로 감출 거라고 생각해? 킴 카다시안은 어떻고? 그 여자라면 온 동네 떠들고 다니는 수준이 아니었을 거야, 아마 텔레파시에 관한 리얼리티 쇼라도 하나 차렸을 걸."

"네가 지난번에는 사람들이 그런 걸 감출 거라고 하지 않았어?"

"그건 연예인들에게는 해당 안 돼. 사람들은 이미 연예인들이 미쳤다고 생각하고 있거든. 그리고 이런 일이 일어난 EED 환자가 너 하나뿐이라면, EED가 원인이 아닐 수도 있다는 뜻이야. 그러니까 우리가 원인을 찾을 때까지는…."

"'우리'라고 하지 마."

"그럼, 뭐, 네 남자친구한테 이야기해보시든가." C.B.가 말했다. "이것 봐, 내가 부탁하는 건, 우리가 이것의 원인을 알아내거나 다른 일이 일어날 때까지만 트렌트나 베릭 박사에게 말하지 말아달라는 것뿐이야."

"다른 일이라니, 그게 무슨 소리야?"

하지만 C.B.는 브리디의 말을 듣고 있지 않았다. 그는 차도를 응시하고 있었다.

"왜 그래?" 브리디는 C.B.가 캐슬린을 본 게 아닌지 걱정이 되어 물었다. "내 동생이야?"

C.B.는 대답하지 않았다.

"C.B.?"

"아냐." C.B.가 불쑥 대답하더니 차를 출발시켰다.

"뭐 하는 거야?"

"너를 집에 데려다주려는 거야." C.B.의 차는 갓길에서 벗어나서 브리디의 아파트로 돌아가기 시작했다. "걱정하지 마. 네 동생이 갔는지 먼저 확인할 거야." C.B.는 브리디의 아파트가 있는 도로로 빠르게 이동해서 한 귀퉁이에 차를 세웠다. "네 동생이 타고 다니는 차가 어떤 거야?"

"흰색 기아차야."

C.B.가 차에서 내렸다. "여기에 있어." 그는 모퉁이를 돌아서 뛰어갔다.

그는 곧바로 돌아왔다. "동생은 갔어." 그리고 다시 차에 올라타고 출발시켰다.

"확실해?"

"응." C.B.는 브리디의 아파트 입구로 가서 차를 주차하고 운전석의 문을 열었다.

"넌 내릴 필요 없어." 브리디가 말했다.

"너 혼자 이 짐들을 다 들고 가긴 힘들 거야." C.B.는 제비꽃과 구토용 통을 브리디에게 건네고, 뒷좌석에 있던 트렌트가 보낸 장미 다발까지 전부 챙겼다. 그리고 물건들을 들고 계단으로 뛰어가더니 다시 돌아와서 브리디의 짐을 나눠 들었다.

일단 브리디의 아파트로 들어가자, C.B.는 장미 다발을 커피 테이블 위에 올려놓고 나머지는 전부 침실로 가지고 갔다. "이게 침대 위에 있었어." C.B.가 메모지를 가지고 돌아와서 브리디에게 내밀었다.

캐슬린이 남긴 메모였다. "미안해, 언니를 만나려고 왔었어. 언니가 부탁하려던 게 뭐야? 전화해."

"내가 너라면 전화 안 할 거야." C.B.가 말했다. "간호사가 너한테 쉬라고 했잖아. 내가 가기 전에 필요한 거 있어? 차나 한 잔 타줄까?"

"아니, 괜찮아." 브리디가 대답하자마자 C.B.가 현관문으로 향했다. 어딘가로 서둘러 가는 게 틀림없었다. 왜지? 어딜 가는 거지?

"더 조사해볼 게 있어." C.B.가 문을 열며 말했다. "트렌트에게 연결되거나, 베릭 박사가 말했던 스치는 느낌이 들기 시작하거나, 머리가 어지러우면 나한테 알려줘." 그리고 쿵쾅거리며 계단을 내려갔다.

브리디는 문을 닫고 시계를 봤다. 1시 15분이었다. 트렌트와 연결되려면 아직 45분이 남아 있었다. 그 후에는 왜 연결되지 않는지 그가 궁금하게 생각하기 시작할 것이다. 브리디는 휴대폰을 켜서 트렌트에게서 온 문자가 있는지 확인한 뒤 캐슬린이 전화할지 몰라서 다시 껐다. 그리고 부엌으로 갔다.

브리디는 식탁 의자를 꺼내 앉아서 손을 마주 잡고 눈을 꼭 감았다. 「트렌트.」 브리디가 그의 이름을 불렀다. 「이리 와, 트렌트….」

「너한테 해줄 말이 있었는데 깜빡했어. 우리가 논의했던 앱에 대한 거야….」 C.B.가 말했다.

「무슨 앱?」

「오늘 오후에 다른 사람이 너를 찾지 못하는 동안 내 연구실에서 너한테 보여주려던 앱 말이야. 누군가 물어볼 경우를 대비한 거야. 거짓말의 세 번째 원칙. 사람들이 물어볼 경우를 대비해 변명거리를 만들어 두어라.」

「네가 나한테 그럴 필요가 없다고 했잖….」

C.B.는 그 말을 무시하고 계속 말했다. 「이건 트위터와 함께 사용하는 앱이야. 네가 올리면 안 되는 내용을 트윗했을 때 쓰는 앱이지. 이 앱은 자동으로 트윗을 10분 동안 잡아둬. 그래서 '젠장, 내가 대체 뭔 생각을 한 거지? 이건 올리면 안 돼!'라고 결정할 시간을 주지. 그래서 그 트윗이 모든 사람에게 날아가서 네 경력을 망가트리기 전에 지울 수 있어. 난 이 앱을 '두 번째 생각'이라고 해. 아직도 트렌트나 베릭 박사에게 이야기할 생각이라면 너도 이 앱을 설치하는 게 좋을….」

「내 기억엔 네가 조사할 게 있다고 했던 것 같은데.」 브리디가 말했다. 그리고 혹시 C.B.가 돌아올 경우에 대비해 현관문으로 가서 걸쇠를 잠갔다. 브리디는 C.B.의 목소리를 막을 게 있으면 좋겠다는 생각이 들었다.

「아냐. 그러면 안 돼.」 C.B.가 말했다. 「다시 차가 필요한 상황이 생기면 어떡하게?」

「그럴 일 없어.」

「그럴 일이 있을 거야. 넌 몰라. 차가 필요할 때 나한테 어떻게 연락하는지 알지?」

「웃기시네.」 브리디는 부엌으로 돌아와 다시 앉았다. 「내 소리 들려, 트렌트? 어디에 있…?」

누군가 현관문을 두드렸다. 「C.B., 이게 너라면,」 브리디가 생각했다. 「꺼져.」

"브리디?" 메리 언니가 다시 문을 두드리며 소리쳤다. "문 열어. 너한테 할 말이 있어! 비상사태야!"

8

"스페인 종교재판을 예상한 사람은 아무도 없었어."

—'몬티 파이튼의 곡예 비행'

"브리디, 내 소리 들리니?" 메리 언니가 문밖에서 소리쳤다. "메이브에 대해 너랑 할 이야기가 있어. 안에 없는 척하지 마. 안에 있는 거 다 알아. 네가 안에서 걸쇠를 채웠잖아."

「그래, 안 그랬으면 벌써 안으로 들어왔겠지.」 브리디가 생각했다. 그리고 언니를 들어오게 하려고 거실을 가로질러 갔다.

「나라면 안 그럴 거야.」 C.B.가 경고했다. 「네 병원 팔찌, 기억하지?」

"언니, 잠깐만. 금방 갈게." 브리디가 소리치고 부엌으로 재빨리 가서 칼을 찾았다.

「그리고 정맥주사 때문에 생긴 멍도 조치하는 게 좋을 거야.」

브리디는 스테이크용 칼을 움켜쥐고 플라스틱 팔찌를 톱질하듯 자른 뒤 쓰레기통 밑바닥까지 쑤셔 넣었다. 그리고 화장실로 뛰어들어가서 손에 붙일 반창고를 찾았다.

멍을 가릴 수 있을 정도로 큰 반창고는 없었다. 「압박 붕대를 써.」 C.B.가 말했다. 「그러면 가벼운 손목 터널 증후군이라고 핑계를 댈 수 있잖아.」 하지만 압박 붕대도 없었다. 브리디는 거즈를 손에 감는 것으로 만족할 수밖에 없었는데, 오히려 눈길만 더 끌 것 같아서 가슴이 철렁 내려앉는 기분이었다.

결국 그랬다. 브리디가 문을 열자 메리 언니가 말했다. "대체 뭘 하느라고 그렇게 오래…. 아, 이런, 손이 왜 그래?"

"아무것도 아냐." 브리디가 말했다. "베였어…." 하지만 머리를 아무리 쥐어짜도 손등을 벨 일이 하나도 떠오르지 않았다.

「생각해낼 필요 없어.」 C.B.가 말했다. 「거짓말의 두 번째 원칙 기억하지? 설명하지 마. 설명하면 오히려 문제만 더 키울 거야.」

「꺼져.」 브리디가 C.B.를 쫓아냈다. "회의에서 돌아오는 길에 타이어가 주저앉았어. 그래서…." 브리디가 말했다.

"도대체 어떻게 했길래 타이어에 손을 벨 수가 있어?"

"타이어에 벤 건 아냐. 잭에 베였어."

"잭이라고? 도대체 왜 네가 타이어를 교체한 거야? 왜 자동차 서비스센터를 불러서 교체해달라고 하지 않았어? 아니면 트렌트라든가?"

"휴대폰 수신이 안 돼서…."

"말도 안 돼! 어디에 있었는데?"

「내가 말했잖아.」 C.B.가 말했다.

「으, 닥쳐.」 브리디가 매섭게 말했다. "메이브에 관해 나한테 할 이야기가 있다며, 무슨 일이야? 메이브가 또 자기 방에 들어가서 문을 잠갔어?"

"응. 얼마나 심하게 벤 거야? 좀 보자." 메리 언니가 브리디의 손을 잡으려 했다.

「메이브가 방문을 잠그고 틀어박혀 있는 게 놀랍지도 않아.」 브리디가 손을 뒤로 잡아 뺐다. "난 확실히 괜찮으니까, 메이브 이야기나 해." 브리디가 말했다.

"메이브가 나를 자기 방에 못 들어가게 해. 그래서 무슨 일이 있는 건지 알아보려고 걔의 페이스북에 들어갔더니 나를 차단해 버렸더라고. 메이브한테 페이스북을 하게 놔두는 게 아니었어! 넌 메이브랑 페이스북 친구지?"

"으응…."

"다행이다. 그러면 메이브의 페이스북 페이지를 보여줄 수 있겠네." 메리 언니가 브리디의 컴퓨터로 갔다. "네 비번이 뭐야?"

브리디가 시계를 힐끗 쳐다봤다. 2시가 지났다. 거의 시간이 다 됐다. 언니한테 비번을 주지 않으면 여기서 영원히 떠나지 않을 것이다.

「장난하니?」 C.B.가 말했다. 「어린아이의 사생활을 그런 식으로 침범하게 해선 안 돼!」

「네가 내 사생활을 침범하듯이?」 브리디가 쏘아붙였다. 하지만 C.B.의 말이 맞았다. 메이브는 절대로 브리디를 용서하지 않을 것이다. "언니, 난 언니가 내 계정을 이용해서 메이브를 훔쳐보도록 하지 않을 거야. 그리고 메이브가 언니를 차단했다면, 나도 차단했을 거야.」

"그렇겠네. 넌 열쇠 따는 방법은 모르지?"

"몰라. 언니가 감시카메라를 설치할 거라고 하지 않았어?」

"했지. 메이브가 카메라에 무슨 짓을 했는지 유튜브만 나와." 메리 언니가 말했다. 브리디는 웃음이 삐져나오는 걸 참기 위해 입술을 깨물어야 했다.

"아무래도 열쇠수리공을 불러야겠다." 메리 언니가 계속 말했다. "혹시 아는 데 있니?"

"없어. 설령 내가 안다고 해도, 언니가 메이브의 방에 쳐들어가는 일을 도와줄 생각은 없어." 브리디가 말했다.

"우리가 지난번에 얘기했듯이, 메이브가 테러리스트를 만날 준비를 하고 있으면 어떡하니?"

"메이브는 테러리스트를 만나지 않아…."

"그건 모르는 거야. 겉으로 다 괜찮아 보인다고 해서 실제로 괜찮은 건 아냐."

「그렇긴 하지.」 브리디가 생각했다.

"우리가 전혀 알아채지 못하는 사이에 온갖 일들이 일어날 수 있어. 부모들은 전혀 모르는 상태에서 아이들이 문제를 일으키는 사건들이 뉴스에 끊임없이 나와. 열여덟 살짜리 아이가 자기 침실에 있는 컴퓨터로 국제적인 돈세탁 작전에 참여했는데, 그 애의 부모들은 전혀 몰랐던 사건을 막 읽었어."

"메이브는 돈세탁에 참여하지 않아. 걔는 이제 아홉 살밖에 안 됐잖아."

"그러면 메이브는 대체 뭘 하고 있는 걸까? 왜 나를 방에 들여보내 주지 않지? 그리고 왜 갑자기 강박적으로 책을 읽어대는 걸까?"

"내가 말했잖아. 3학년 여자애들은 다들 '어둠의 목소리 연대기'를 읽는다니까."

"아니, 그게 아냐. 메이브가 그 책은 다 읽었어. 지금은 '비밀의 화원'이라는 책을 읽고 있어. 그게 무슨 책인지 혹시 아니? 어떤 내용이야?"

「아주 자유로운 아홉 살 소녀가 나오지. 엄마도 없고.」

"혹시 좀비가 나오는 건 아니지?" 메리 언니가 물었다.

"아냐. 그 책은 빅토리아 시대에 나온 고전 아동도서야. 전혀 억눌리지 않은 여주인공이 나와. 있잖아, 언니, 메이브가 읽는 게 그렇게 걱정되면 언니가 그 책들을 읽어보면 되잖아?" 브리디가 물었다. 메리 언니가 책을 읽느라 바빠지면 불쌍한 메이브를 괴롭힐 시간이 줄어들 것이다.

"좋은 생각이야." 메리 언니가 생각에 잠겨 말했다. "그래도 왜 메이브가 나를 차단했는지, 그리고 왜 방에 들여보내주지 않는지 여전히 이해가 안 돼."

「언니를 쫓아내야 해.」 브리디가 생각했다. 「시간이 별로 없어.」 "언니, 내가 메이브에게 전화해서 이야기를 나눠보면 어떨까?"

"그냥 전화보다는 스카이프로 통화하는 게 더 좋을 거 같아." 메리 언니가 간절한 얼굴로 말했다. "그러면 메이브가 방안에 뭘 숨기고 있는지 볼 수 있잖아."

「뭐? 세탁할 돈이라도 쌓아뒀을까 봐?」 "언니가 여기에 있는 동안은 못해." 브리디가 말했다. "언니가 나한테 시켜서 연락한 걸 메이브가 알아챌 거야."

"내가 화면 밖에 있으면 나를 못 볼 거야."

"아냐. 언니는 집에 가. 그러면 내가 조금 후에 연락해볼게." 「트렌트와 안전하게 연결이 된 후에.」 "대신 언니는 정신 나간 암탉처럼 메이브를 쪼아대지 않겠다고 나한테 약속해줘."

"난 안 그래…. 그런데 있잖아, 네 손 정말 봐야겠다. 꿰매야 할지도 몰라."

"나를 쪼아대는 짓도 그만해." 브리디가 말했다. 그리고 메리 언니를 현관문 밖으로 밀어낸 뒤 문에 기대서서 생각했다. 「드디어. 트렌트, 제발 다른 일이 일어나기 전에 접촉….」

현관문을 두드리는 소리가 들렸다.

「내 아파트로 오는 게 나을 거라고 했잖아.」 C.B.가 말했다. 「여긴 오가는 사람이 훨씬 적어.」

「꺼져.」 브리디가 말했다. 그리고 문을 열었다.

메리 언니였다. "네 휴대폰이 고장 났나 봐. 너한테 전화를 걸려고 했는데 통화가 안 돼." 메리 언니가 말했다.

"무슨 이야기를 하려고?" 브리디가 물었다.

"메이브하고 통화할 때 걔가 뭘 하는지 알아내기 힘들면 카니발 피자에 가자고 해. 영화도 보고."

「물론 공주가 나오는 영화는 안 되겠지.」 브리디가 생각했다. 그리고 문을 닫으려 했다.

"잭이 녹슬었으면 파상풍에 걸릴 수도 있어. 넌 파상풍 주사를 맞아야…."

"언니, 잘 가." 브리디는 문을 닫았다.

"네 휴대폰 점검하는 거 잊지 마." 메리 언니가 소리쳤다.

"그럴게." 브리디도 소리쳤다. 그리고 휴대폰 통화가 안 되면 메리 언니가 다시 돌아올 것 같아서 휴대폰을 켰다.

그 즉시 휴대폰이 울렸다.

"너한테 말할 게 있었는데 깜빡했어." 메리 언니가 말했다. "설마 아직도 EED를 하려는 건 아니지? EED 때문에 끔찍한 부작용이 생긴다는 기사를 읽었거든."

「C.B.에게 전화를 자동차 관리부로 돌려주는 앱을 깔아달라고 할 걸 그랬어.」 브리디가 생각했다. "언니, 안녕." 브리디는 전화를 끊고 소파에 앉았다.

「트렌트, 이리 와줘.」 브리디가 트렌트를 불렀다. 「제발, 메리 언니가 또 전화하기 전에.」

브리디의 휴대폰이 울렸다.

메이브였다. "엄마가 그러는데, 이모가 나한테 할 이야기가 있대서요."

"그래. 다음 주에 시간 날 때 나랑 점심 먹을래?"

"엄마가 이모한테 시켰죠?" 메이브가 물었다. 브리디는 메이브가 실눈을 뜨고 노려보는 게 느껴졌다.

"아냐." 브리디가 말했다. 「이걸로 완전히 공식화됐네. 난 이제 모든 사람에게 거짓말을 하는 사람이 됐어.」

"역시 엄마가 시켰네." 메이브가 말했다. "엄마는 무슨 일이 일어나고 있다고 생각하는데, 내가 엄마한테는 말하지 않아도 이모한테는 말할 거라고 생각하는 거죠."

"무슨 일이 일어나고는 있는 거니?"

메이브가 넌더리가 난다는 투로 말했다. "이모도 엄마만큼 나빠요! 이모도 내가 테러리스트랑 만나고 있다고 생각하죠? 테러리스트들은 사람들의 목을 자르잖아요! 어떻게 엄마는 내가 그런 사람하고 만난다고 생각할 수가 있지?"

"엄마는 그렇게 생각 안 해." 브리디가 메이브를 달랬다. "엄마는, 테러리스트들이 아이들에게 자기가 테러리스트라고 밝히지 않으니까 걱정하는 거야. 겉으로 보기엔 멀쩡한 사람도 실제로는 안 그런 경우가 있거든."

"알아요." 메이브가 말했다. "그런 사람을 알…."

메이브가 말을 멈췄다. 브리디는 문득 스카이프를 사용했으면 좋았을 거라는 생각이 들었다. 그랬다면 메이브의 얼굴을 볼 수 있었을 것이다. "그런 사람이라니, 누구?" 브리디가 물었다.

"음…. 엄마한테 말하지 않겠다고 약속해줄래요?"

「어쩌나!」 브리디가 생각했다. 「메이브가 인터넷으로 테러리스트를 만나고 있나 보네.」 "약속할게. 그런 사람이 누구야?"

"데이비드슨 서장이요." 메이브가 말했다. "그 사람은 '좀비 데스 포스'에 나오는 경찰인데, 좋은 사람처럼 보이지만, 곧 그렇지 않다는 사실을 알게 돼요. 그 사람이 제일 먼저 좀비 부대를 만들어요." 그리고 마치 브리디의 질문을 예상이라도 한 것처럼 말했다. "엄마는 나한테 좀비 영화를 못 보게 해요. 그 영화들 때문에 악몽을 꿀 거라고."

"그러니?"

"우리 반 애들은 다 좀비 영화를 봐요."

그건 원하던 대답이 아니었다. 브리디는 "너희 반 아이들이 다리에서 뛰어내린다고, 너도 그럴래?"라고 묻고 싶은 마음을 억눌렀다. 대신 이렇게 물었다. "넌 어디서 '좀비 데스 포스'를 봤어?"

"대니커 집에서 봤어요. 걔네 부모님은 넷플릭스를 이용하거든요. 엄마한테는 말하지 마세요. 길길이 날뛸 거예요."

메리 언니는 메이브가 IS에 가입하거나 온라인 돈세탁 활동에 참여하지 않고 있다는 사실을 알게 되어 안심할지도 모른다. 하지만 브리디는 이렇게 말했다. "너희 엄마한테는 말하지 않을게. 그래도 너한테 문제가 일어나거나 걱정거리가 생기면 우리한테 말해주겠다고 약속해. 그래야 우리가 도와줄 수 있잖아."

"하지만 이모가 도울 수 없는 일이면 어떡해요?" 메이브가 물었다. 브리디는 다시 한 번 메이브의 얼굴을 보면 좋았을 거라는 생각이 들었다.

"도울 수 없는 일이라니?" 브리디가 조심스럽게 물었다.

"도울 수 없는 일요. 그러니까, 예를 들어 좀비한테 물리면 이모한테 말해봐야 아무 소용이 없잖아요. 할 수 있는 일이 전혀 없으니까요. 어떻게 하든 좀비가 될 수밖에 없어요. 그럴 때는 차라리 아무한테도 이야기하지 않는 게 나아요. 괜히 도와주러 왔다가 물릴 수도 있으니까요."

"혹시 그런 일이 있었니, 메이브? 네 생각에 우리가 도와줄 수 없는 일이 생겼어?"

"네? 이런, 내가 무슨 말만 하면 이모랑 엄마가 미쳐버리니까 말을 못 하겠어요. 영화 이야기잖아요! 난 아무 일도 없어요!"

그래도 브리디는 전화를 끊고 나서, 혹시 모를 경우에 대비해서 메이브의 페이스북 페이지를 확인했다. 이 글 외에는 별것 없었다. "우리 엄마는 나를 완전히 미치게 만든다. 맨날 문제없냐고 물어보고는 내가 아무 문제없다고 해도 내 말을 믿지 않는다. 가끔 나는 신데렐라처럼 고아가 되고 싶다."

메리 언니가 이 글을 보면 틀림없이 메이브에게 모친 살해 성향이 잠재되어 있다고 해석할 것이다. 「하지만 이 경우에는 완벽하게 정당하다고 할 수 있지.」

브리디는 메리 모녀와 이야기를 하느라고 30분을 허비했다. 이제 곧 24시간이 된다. 트렌트와 연결될 시간이 10분밖에 남지 않았다. 신경 통로를 구축하는 데에 시간이 충분할지는 의심스러웠지만, 아무튼 브리디는 노력했다.

아무 일도 없었다. 3시가 지나고, 4시가 넘어도 브리디의 머릿속에는 트렌트로부터 아무런 기척이 없었다. 트렌트에게선 문자도 없었다. 지금까지 회의를 하고 있지는 않을 텐데….

브리디의 휴대폰이 울렸다.

다시 메리 언니였다. "어때? 메이브하고 이야기해봤니? 알아낸 거 있어?"

"메이브에게는 아무런 문제가 없다는 사실은 알아냈어. 지금은 언니하고 통화할 시간이…."

"메이브가 너한테는 왜 방문을 잠그고 틀어박혀 있는지 말했어?"

"응. 해야 할 숙제가 산더미래. 그래서 방해받지 않으려고 방문을 잠갔대." 브리디는 메리 언니가 눈치껏 분위기를 파악하기 바라며 말했다.

언니는 그렇지 않았다. “아, 이런, 그럴 줄 알았어! 메이브가 숙제를 따라가지 못하고 있는 거야. 며칠 전에 봤던 기사에서 학교가 아이들에게 숙제를 너무 많이 내서 불안발작과 우울증의 원인이 된….”

“언니, 끊을….”

“안 돼. 잠깐만. 메이브랑 언제 점심 먹기로 했어?”

“날짜는 안 잡았어.”

“토요일에 데리고 가라.”

“안 돼. 그런 식으로….” 브리디가 말을 시작했지만, 메리 언니는 듣지 않았다.

“메이브의 아일랜드 전통춤 교습이 11시에 끝나. 그러니까 11시 30분에 태우러 가면 될 거야. 캐슬린이 여기에 있는데, 너랑 통화하고 싶대.” 그리고 브리디가 휴대폰을 끊기 전에 캐슬린에게 바꿔줬다.

“오후 내내 언니한테 연락하려고 했었어.” 캐슬린이 말했다. “언니 휴대폰 고장 난 것 같아. 나한테 부탁할 게 있다고 했잖아.”

브리디는 까맣게 잊어먹고 있었다. “아냐. 아까는 부탁할 게 있었는데, 지금은 괜찮아.”

“아.” 캐슬린이 말했다. “아까 언니 목소리가 굉장히 절박해서, 난 언니가 정신을 차리고 EED를 안 하기로 결심하는 바람에, 트렌트가 화를 내면서 채드가 나를 버렸듯이 트렌트가 언니를 길거리에 버려서, 차가 필요한 게 아닐까 걱정이 됐어.”

“아냐.” 브리디가 말했다.

“아, 뭘 부탁하려고 했었어?”

"아무것도 아냐. 신경 쓰지 마. 션 오라일리와 사귀라는 건 어떻게 막을지 결정했니?"

"아니. 그래서 언니가 트렌트와 깨지기를 바랐던 거야. 그러면 언니가 나 대신 션 오라일리와 사귀면 될 테니까."

"트렌트하고 안 깨졌어."「우리가 연결되지 않거나 트렌트가 C.B.에 대해 알게 되면, 나한테 헤어지자고 할지는 모르겠지만.」

"우나 고모는 내가 거절해도 무시할 거야." 캐슬린이 말했다. "고모가 어떤지는 언니도 알잖아. 난 빨리 남자친구를 사귀어야 해. 그래서 온라인 데이트 사이트들을 살펴보고 있어. '짝짓기닷컴'이나 'OK큐피드' 같은 사이트들 있잖아. '불꽃'이란 서비스도 있던데, 언니는 어떻게 생각해?"

"잔 다르크에게는 아주 잘 어울리는 사이트네."

"아니면 '주사위를 굴려'라는 서비스도 있어. 그 사이트 운영자의 철학은, 프로필이나 친화성 알고리즘 같은 건 제대로 작동하지 않기 때문에, 모자에서 아무 이름이나 골라서 만나도 사랑에 빠질 확률은 비슷하다는 거야. 그 말은 사실이야. 켄 기억나지? 내가 'e하모니'에서 만났던 남자 말이야. 우리는 닮은 점이 엄청나게 많았는데도 결국 헤어졌잖아."

"그래서, 사람들이 자기 프로필을 올리지 않으면 어떻게 짝을 맺어줘?"

"그 사이트는 그런 식으로 하지 않아. 그냥 무작위로 남자를 할당해줘. 언니는 어떻게 생각해?"

「내가 지금껏 들어봤던 것 중에 최악이야.」브리디가 생각했다. 그래서 그렇게 말했다.

"정말? 왜? 내 생각엔 재미있을 것 같은데."

「그렇지 않아. 날 믿어.」 브리디가 생각했다. "아주 골치 아픈 남자를 만나게 되면 어떡할래?" 「너한테 더 나쁜 사람과 연결될 수도 있었을 거라고 끊임없이 말하는 사람처럼 말이야.」 "아니면 션 오라일리가 그 사이트에 등록하면 어떡할래?"

"아, 젠장. 그건 생각 못 해봤네. 그냥 '틴더'를 이용하는 게 낫겠다. 아니면 '무작정' 서비스나."

브리디는 그게 뭐지 물어볼 엄두조차 나지 않았지만 상관없었다. 아무튼 캐슬린은 그 사이트를 자세하게 설명하기 시작했다. "들어봐. 난 가봐야 해." 브리디가 말했다. "트렌트가…."

"안 돼. 잠깐만. 우나 고모가 언니랑 통화하고 싶대."

「당연히 그러시겠지.」 브리디가 생각했다. "안녕, 고모."

"얘야, 괜찮니? 온종일 걱정했단다. 너한테 뭔가 끔찍한 일이 일어난 예감이 느껴져서 말이야."

「끔찍한 일이 있었죠.」 브리디가 생각했다. 「그래도 고모가 생각하는 종류의 일은 아니에요.」 "아무 일도 없어요, 고모. 전 괜찮아요."

"아직도 그 VED라는 걸 하려는 건 아니지? 페기 보일런 기억하지? 아일랜드의 딸 회원이잖아. 아무튼, 페기의 이웃집 딸이 그걸 하고 나서 청력을 완전히 잃었단다. 지금도 아무 소리도 못 듣고 귀머거리로 산다더라."

「그녀에게 행운이 있기를.」 브리디가 생각했다. "고모, 전 가봐야 해요. 남자친구가 왔어요." 그리고 전화를 끊었다. 브리디가 시간을 확인했다. 아, 맙소사, 벌써 4시 45분이었다. 브리디는 휴대폰을 끄고 주방에 가서 앉았다. 그리고 눈을 감고 식탁 위로 양손을 마주 잡고 부르기 시작했다. 「트렌트? 내 소리 들려? 브리디야. 이리 와, 트렌트.」

브리디는 한 시간 동안 계속했다. 보내고, 듣고, 다시 보냈지만, 아무 일도 일어나지 않았다. 이제 둘이 수술을 마치고 나와서 마취에서 깨어난 지 24시간이 훌쩍 지났는데도 말이다. 브리디는 트렌트가 전화해서 그 말을 하지 않는 게 놀라웠다.

「내가 휴대폰을 꺼놨잖아.」 브리디는 그 사실을 떠올렸다. 그리고 휴대폰을 켜서 문자를 확인해봤더니, 메이브에게서 온 문자 한 통밖에 없었다. 메이브는 울부짖고 있었다. "엄마한테 뭐라고 한 거예요? 엄마가 나한테 '가정교사'를 붙이겠대요!" 이건 브리디가 전송한 메시지를 트렌트가 전혀 받지 못했다는 의미였다. 아니면 아직도 회의 중이라서 브리디에게 문자를 보낼 방법이 없거나. 하지만 트렌트가 뭐라도 느꼈다면 어떻게든 브리디에게 연락할 방법을 찾았을 것이다. 비밀회의든 뭐든 간에 말이다.

트렌트의 비서가 6시에 전화해서, 그가 아직 회의 중이라 전화통화가 안 된다고 이야기해줬다.

"혹시 언제쯤 회의가 끝날지 아세요?" 브리디가 물었다.

"아뇨. 하지만 방금 저녁을 배달해서 먹었으니까, 적어도 8시는 넘어야 끝날 것 같네요."

「다행이다.」 브리디가 생각했다. 「아직 시간 여유가 있네.」 다시 돌아가서 메시지를 보냈다. 하지만 어떤 소리도 들리지 않고, 트렌트도 느껴지지 않았다. 브리디가 손이 하얗게 될 정도로 꽉 움켜쥐고 거기에 두 시간이나 앉아서 연결을 시도했는데도 말이다.

C.B.의 목소리도 들리지 않았다. 그 생각이 나자, 자기 아파트는 사람들이 훨씬 적게 오간다는 이야기를 한 이후로 한 번도 그의 목소리를 못 들었다는 사실이 떠올랐다. 그게 그러니까, 음, 여섯 시간 전이었던가? C.B.가 그 시간 내내 조사를 하고 있었을 거라는 생각은 들지 않았다. 그렇다면 그녀가 신경 통로를 없애 버렸거나, 부종 때문에 발생했던 혼선이 마침내 사라졌거나, 어쩌면 둘 다일 수도 있었다.

용기가 솟은 브리디는 다시 트렌트에게 메시지를 보내기 시작했다. 하지만 아무 일도 일어나지 않았다. 「어쩌면 내 방법이 틀린 건지도 몰라.」 한 시간 후 브리디는 그런 생각이 들었다. 그래서 물어볼 사람이 있으면 좋겠다는 생각이 들었다. 베릭 박사는 아니다. EED를 한 사람 중에 브리디가 아는 사람이라고는 라훌데쉬네프 씨의 비서밖에 없었다. 하지만 브리디가 그녀에게 물어보면 내일 컴스팬에 있는 모든 사람이 알게 될 것이다. 브리디로서는 인터넷을 뒤져보는 수밖에 없었다.

브리디가 자판을 입력했다. 'EED 연결 실패.' 하지만 나오는 자료는 온통 '하늘이 맺어준 부부'의 이혼 이야기였고, 그 외에는 연결 실패에 따른 두 건의 살인 사건이 있었다.

「아주 도움이 되는군.」 브리디가 생각했다. 이번에는 'EED 연결'을 검색해봤다. 그것으로도 별것이 없자 'EED 연결 블로그'를 입력했다.

블로그가 많이 떴지만, 그 블로거들은 한 명도 연결에 문제가 없었고, 자신이 어떻게 연결되었는지 제대로 아는 사람도 없었다. "그냥 연결이 됐다." 한 명은 그렇게 썼고, 다른 블로거는 이렇게 썼다. "난 초조하게 걱정을 했었는데, 쉬웠다. 어느 순간 갑자기 나를 감싸는 책의 사랑이 느껴지더니, 마치 책이 팔로 나를 감싸 안는 것 같았다. 그러자 안도감이 몰려왔다."

블로거들은 다들 '예상보다 빠르게' 일어났다고 했지만, 어느 블로거도 대화에 대해서는 언급하지 않았다. 브리디는 'EED 텔레파시'라고 입력했다.

"'OED 텔레파시'를 입력하려고 했나요?" 컴퓨터가 그렇게 묻더니, 옥스퍼드 영어사전(OED)에 나오는 텔레파시의 뜻을 띄웠다. "기존에 알려진 감각의 경로와 무관하게, 마음에서 다른 마음으로 전달되는 생각의 소통."

「무관한 감각인 건 맞네.」 브리디가 생각했다. "아냐, 난 옥스퍼드 영어사전을 찾으려던 게 아냐." 브리디가 말했다. 그리고 'EED 텔레파시'라고 고쳐서 입력했다가, 다시 '텔레파시'만 입력했다.

C.B.의 말이 맞았다. 인터넷에는 쓰레기가 가득했다. 브리디는 캐슬린이 보냈던 '세도나의 리잔드라' 광고를 발견했다. 광고는 리잔드라의 '영적 재능'을 묘사하며, 그녀가 사람들의 차크라를 열어서 소통의 본질에 대한 이해를 바꾸고 우주와 연결해줄 거라고 장담했다.

브리디는 비슷한 광고들과 C.B.가 이야기했던 '목소리가 들린다'는 실험도 찾아냈다. C.B.는 모든 참가자가 조현병으로 진단을 받았다고 했는데, 그건 사실이 아니었다. 조현병 진단을 받지 않은 사람이 두 명 있었는데, 그들은 극심한 조울증으로 진단받았다.

하지만 C.B.는 '정서적 유대감'이라는 부분에 대해서는 과장하지 않았다. 브리디는 낯선 사람과 연결된 텔레파시 소통의 사례를 하나도 찾을 수 없었다. 싫어하는 사람과 텔레파시가 일어난 사례는 말할 것도 없었다. 가족이나 친구, 애인, 약혼자가 관련되지 않은 사례는 하나도 없었다.

「그러면 나는 왜 트렌트와 연결되지 않을까?」 브리디는 궁금했다. 그래서 다시 블로그들을 뒤지며 실마리를 찾아보려 했다. 그리고 관계가 더 낭만적으로 변했다던가, 성생활이 좋아졌다며 기뻐하는 글들을 몇 개 읽은 뒤 마침내 도움이 될 만한 글을 찾았다. "내 친구 어대너와 걔 남자친구는 즉시 연결됐지만, 우리는 그렇지 않았다. 그래서 나는 폴이 나를 사랑하지 않는 게 아닐까 싶어서 겁이 났다. 하지만 의사는 내가 충분히 집중하지 않았기 때문에 일어난 문제라고 했다. 의사는 내게 오로지 폴에게만 집중하고 다른 건 아무것도 생각하지 말아야 한다고 했다. 그래서 내가 그렇게 하자 우리는 즉시 연결됐다."

"다른 건 아무것도 생각하지 말라." 브리디가 중얼거렸다. 그리고 오늘 정신을 산만하게 만들었던 온갖 일들이 떠올랐다. C.B.와 CT 촬영, 캐슬린의 온라인 데이트, 돈세탁, 심령술사, U보트, 좀비까지. 그녀가 트렌트와 연결되지 않은 것도 무리가 아니었다.

브리디는 다시 시도해봤다. 이번에는 트렌트에게 온 정신을 집중했다. 오직 트렌트에게만 집중하고, 다른 모든 생각을 단호하게 차단했다. 하지만 여전히 아무것도 느껴지지 않았다. 저녁 시간이 이렇게 흘러가 버리자 두려움만 점점 더 깊어졌다. 지금쯤이면 트렌트의 회의는 이미 오래전에 끝났을 것이다. 트렌트가 전화를 하지 않는 이유가, 연결에 실패하자 브리디가 자신을 사랑하지 않는다고 결론 내렸기 때문이면 어쩌지?

마침내 트렌트가 11시에 전화를 하자, 브리디는 너무도 안심이 되어서 입조차 쉽게 떼어지지 않았다. "정말 미안해." 트렌트가 말했다. "회의가 방금 끝났어. 연락할 방법이 없었어. 경영진이 허락하지 않아서…."

"알아." 브리디가 말했다. "회의가 늦게까지 진행될 것 같다며 당신 비서가 전화를 줬었어."

"그랬어? 다행이네. 그러면 왜 연락을 안 하는지 궁금해하면서 저녁 시간을 온통 허비하지는 않았겠네. 당신을 병원에 내버려 둔 게 걱정이 돼서 완전히 미치는 줄 알았어." 트렌트가 말했다.

「아, 안 돼. 이제 나보고 어떻게 집에 왔는지 묻겠구나.」

하지만 트렌트는 묻지 않았다. "검사는 어떻게 나왔어?"

"아무 이상 없었어. 모든 결과가 정상이야. 그러니까 우리가 아직 연결되지 않았다고 해도, 그게…."

"그러면 당신도 아직 아무것도 못 느낀 거야?"

"응."

"젠장. 나는 기대했는데…. 베릭 박사가 처음엔 수신이 한쪽 방향으로만 일어날 수도 있다고 했거든. 그래서 난 그렇게 된 모양이라고 짐작했지. 당신은 수신을 했지만 난 아직 못한 모양이라고. 그런데 당신도 아직 느낌이 없었다면…. 우리는 여덟 시간 전에 연결이 되었어야 해. 베릭 박사에게 연락해봐야겠다."

「안 돼!」 "24시간이 최종 기한은 아냐." 브리디가 말했다. "그보다 빨리 연결될 수도 있지만, 더 오래 걸릴 수도 있어. 당신은 마취에서 언제 깨어났어?"

"잘 모르겠어. 어제 오후 중반쯤?"

"그러면 우리가 아직 연결되지 않은 것도 그리 놀라운 일은 아니네. 평균 연결 시간은 48시간이야. 내 담당 간호사 말로는 그보다 훨씬 오래 걸릴 수도 있대."

"얼마나 오래?"

브리디는 얼마나 오래 끌어야 좋을지 고민했다. "72시간."

"72시간? 그건 3일이나 걸린다는 거잖아! 난 못 기다려…." 트렌트는 그 말이 너무 조급하게 들렸을 거라고 생각했는지 이렇게 말을 이었다. "미안해. 난 그저 당신과 너무 연결되고 싶어서 그래. 그리고 베릭 박사는 우리 검사 점수가 엄청나게 높다고 했잖아. 그러면 평균보다 빨리 연결되었어야 하는 거잖아."

"꼭 그렇진 않아. 간호사는 변수가 아주 많댔어. 수술한 부위가 얼마나 빨리 회복되는지, 두뇌의 신경 통로가 얼마나 빨리 발달하는지, 두 사람이 얼마나 집중하는지…."

"집중이라." 트렌트가 브리디의 말을 가로채며 말했다. "그게 문제였네. 난 회의와 당신에 대한 걱정 때문에 집중할 수가 없었어. 내가 그쪽으로 갈게…."

「안 돼.」 브리디가 생각했다. 트렌트가 의심을 품지 않도록 속이는 건 전화상으로도 쉽지 않았다. 그가 이리로 오면 브리디가 속임수를 유지하는 건 불가능했다. 트렌트는 굳이 연결되지 않더라도 브리디의 불안과 걱정을 알아챌 것이다. "그건 좋은 생각이 아닌 것 같아." 브리디가 말했다. "간호사의 말에 따르면, 베릭 박사가 둘 다 수술 후 이틀은 많이 쉬어야 한다고 했대. 그래야 상처가 빠르게 아무는 데에 도움이 된다고."

"난 당신을 봐야 더 빨리 회복될 것 같아. 당신을 안고 싶어. 우리 함께…."

「안 돼!」 만일 C.B.가 아직 완전히 사라진 상태가 아니라면 그건 재앙이었다. "안 돼. 베릭 박사가 연결될 때까지는 성관계를 갖지 말랬어."

"말도 안 돼! 우리가 육체적으로 연결되면 정신적으로도 더 빨리 연결될 거야."

"EED는 그런 식으로 작동하지 않아. 베릭 박사가 나한테 연인이 함께 있으면 정신이 산만해지기 때문에 떨어져 있어야 빨리 연결된댔어. 박사는 애인이 한 방에 있으면, 말과 물리적인 접촉으로 소통을 하는 상황으로 되돌아가기 때문에 신경 통로가 발달하지 않는대. 반면에 둘이 떨어져 있으면 소통을 하고 싶을 때 연결에 집중하게 되니까 훨씬 빨리 연결된다는 거야." 「제발, 트렌트, 이 말을 믿어.」 브리디가 마음속으로 덧붙였다.

"박사의 말이 일리가 있네." 트렌트가 말했다. "그리고 연결이 최우선이잖아. 떨어져 있는 게 빨리 연결되게 해준다면…. 알았어. 오늘 밤에는 안 갈게."

「정말 다행이다.」

"아침에 갈게. 그러면 아침을 같이 먹고 출근할 수 있을 거야. 회사 이야기가 나와서 말인데, 어제 차를라에게 우리가 EED 수술할 거라는 이야기를 했어?"

"아니. 난 회의에 간다고 했어."

"우리가 병원에 간다는 이야기를 안 했다는 거지?"

"응."

"다른 사람한테는 말했어?"

"아니." 브리디는 대답을 하면서 트렌트가 "그러면 당신을 집에 데려다준 사람은 누구야? 대체 누가 데려다준 거야?"라고 물을까 봐 두려웠다.

하지만 트렌트는 그저 이렇게만 말했다. "잘했어." 그리고는 이렇게 덧붙였다. "들어봐. 당분간은 이걸 우리 둘만의 비밀로 해야 해. 그러니까 회사에서는 아무한테도 말하지 마, 알겠지?"

"알았어." 브리디는 벌써 컴스팬에 온통 그 이야기가 퍼지고 페이스북에 올라가서 가족들이 볼 수 있게 된 상태가 아니라는 사실에 안심이 되었다.

하지만 트렌트는 브리디에게 더 설명을 해줘야 한다고 생각한 모양이었다. "경영진이 아이폰 신제품 출시 때문에 엄청 초조해하고 있어. 그런데 우리가 EED 수술을 한 걸 알게 되면 내가 프로젝트에 전혀 전념하지 않는다는 신호로 받아들일 거야. 무슨 말인지 알지?"

"응. 알았어." 브리디가 말했다. "하지만 우리가 이걸 비밀로 감출 수 있을까? 회사 사람들이 당신 목 뒤의 반창고를 보지 않았을까?"

"회의에 참여한 사람들 외에는 아무도 못 봤어. 그리고 팀 사람들에게는 회사로 오는 길에 머리를 자르다가 이발사가 상처를 냈다고 했어. 그리고 어제는 시내에서 회의가 있었다고 했고. 내가 병원에 갔었던 사실을 아는 사람은 내 비서뿐인데, 내가 아무에게도 말하지 말라고 했어."

「비서는 굳이 이야기할 필요도 없어.」 브리디가 생각했다. 수키는 사건을 추론해내는 데에 천재적인 재능이 있었다. 수키가 브리디의 손에 감은 붕대를 본다면….

"사람들에겐 나중에 이야기해주면 돼." 트렌트가 말했다. "우리가 연결된 다음에. 내일 아침에 보자. 7시 30분. 그 전에 연결되면 축하를 하고, 연결되지 못하면 베릭 박사에게 전화해서 지체되는 원인을 알아보자."

「그렇다면, 나로서는 오늘 밤에 무조건 연결되는 게 좋겠네.」 브리디가 생각했다. 트렌트가 전화를 끊자마자, 브리디는 휴대폰의 전원을 끄고 트렌트도 집중하고 있길 바라며 최대한 강하게 신호를 보내기 시작했다. 그녀는 부디 뭔가가 느껴지길 바랐다.

아무런 일도 일어나지 않았다. 브리디는 너무 지쳐서 집중은 말할 것도 없고 눈을 뜨고 있기도 힘들었다. 「이게 문제인지도 몰라.」 브리디가 생각했다. 간호사는 그녀에게 휴식이 필요하다며, 피곤하면 연결이 늦어질 수 있다고 했었다. 브리디가 몇 시간만이라도 잠을 잘 수 있다면….

하지만 잠도 불가능했다. 브리디의 머릿속에 너무 많은 생각이 들어차 있었다. 이런 생각들이었다. 내일 아침까지 연결되지 않으면 어떻게 말해야 트렌트가 베릭 박사에게 전화하는 걸 막을 수 있을까? 연결이 될 경우, 브리디가 이미 C.B.와 연결되어 있다는 사실을 트렌트가 알아채면 어떡하지? 이게 정서적 유대감과는 무관하다는 사실을 트렌트에게 어떻게 설득하지?

끝도 없이 이리저리 뒤척이고 자세를 바꾸던 끝에 브리디는 침대에서 나왔다. 그리고 코코아 한 잔을 타서 트렌트와 정신적으로 접촉하려 다시 시도했다. 여전히 아무 일도 일어나지 않았다. 브리디는 다시 침대로 돌아갔다. 그리고 다시 걱정하기 시작했다. 내일 트렌트는 브리디에게 물어볼 것이다. "아무한테도 말하지 않았다면, 누가 집에 데려다줬어?"

「아냐, 안 물어볼 거야.」 브리디가 단호하게 혼잣말을 했다. 「C.B.의 말이 맞았어. 트렌트는 내가 차를 몰고 집에 온 거라고 짐작할….」

「악! 안 돼! 내 차!」 브리디가 침대에서 벌떡 일어나 앉았다. 「아직도 메리어트 호텔에 있잖아!」

브리디는 까맣게 잊고 있었다. 그녀는 내일 아침에 차를 가지러 가야 할 것 같았다. 아니, 그러면 안 된다. 트렌트가 아침을 먹자고 올 텐데, 브리디의 차가 없는 걸 알게 되면 어디에 있냐고 물을 것이다.

브리디는 당장 차를 가지러 가야 했다. 시계를 쳐다봤다. 오전 3시 46분이었다. 이렇게 늦은 밤에 택시를 잡을 수 있을까? 택시를 잡더라도 호텔 주차장이 이 시간까지 열려 있을까?

「옙.」 C.B.가 말했다. 「내가 찾아봤어. 밤새 열려 있대.」

9

"야간 전투기가 새벽 정찰대에게,
야간 전투기가 새벽 정찰대에게."
— 영화 '백만 달러의 사랑'

「차가 다시 필요할 거라고 내가 말했잖아.」 C.B.가 말했다.

C.B.의 목소리가 어둠 속에서 불쑥 튀어나와서, 브리디는 병원에서 처음 그의 목소리를 들었을 때처럼 깜짝 놀랐다. 그래서 브리디는 불을 켜고 주위를 둘러보고 싶은 충동을 억눌러야 했다. 「넌 대체 여기서 뭘 하는 거야?」 브리디가 따졌다.

「내가 뭐 하고 있냐고…? 네가 날 불렀잖아.」 C.B.가 화난 목소리로 말했다. 「트렌트를 부르고 있었다는 말은 하지 마. 네가 트렌트가 알아차리기 전에 차를 가져와야 한다고 말하는 소리를 들었으니까.」

「나는 너도 안 불렀고, 트렌트도 안 불렀어.」 브리디는 앉아서 침대 옆에 있는 전등을 켰다. 「난 혼잣말을 하고 있었단 말이야.」

「그래, 글쎄, 이제 혼잣말이 선택 가능한 옵션인지 잘 모르겠네. 그래도 네 말이 맞아. 트렌트가 차도 없이 병원에서 어떻게 집으로 돌아왔는지 궁금해하기 전에 네 차를 가져와야 해. 하지만 지금 당장 내가 너를 태우러 갔다가 우연히 컴스팬 직원이 우리를 보게 되면, 왜 우리가 새벽 3시 반에 호텔에 함께 간 건지 궁금해할 거야.」

「그러면 네 생각엔 어떻게 했으면 좋겠어?」 브리디가 물었다. 그리고는 매번 이렇게 C.B.에게 말하면 둘 사이의 신경 통로를 강화하게 될 거라는 생각이 떠올라서 그 질문을 입말로 다시 반복했다.

「내 생각엔 6시까지 기다리는 게 좋을 것 같아. 한밤중 이 시간에 움직이는 건 우리에게 좋을 게 없어. 6시에는 아침 일찍 회의에 가던 길이라고 하면 되잖아. 그러니까 넌 다시 잠자리에 들어가. 5시 반에 태우러 갈까?」

"그렇지만…."

「늦어도 6시 45분까지는 네가 집으로 돌아갈 수 있을 거야.」

그리고 트렌트는 7시 30분까지는 오지 않을 것이다. "하지만 그때가 되기 전에 내가 트렌트랑 연결되면 어떡해?" 브리디가 물었다.

「그 말은 아직까지는 운이 따르지 않았다는 뜻이네?」

"응."

「스치는 느낌도 없었어?」

"없었어. 그래도 앞으로는 언제 연결될지 아무도 몰라."

「음, 그렇게 되면, 트렌트는 너무 기뻐서 네 차가 없어졌다는 사실은 알아채지도 못할 거야. 아니면, 네 걱정거리 중에서 차는 가장 사소한 문제가 될 거야.」

"그게 무슨 소리야?"

「무슨 말이냐면, 트렌트가 네 생각을 들을 수 있게 되면 네가 나랑 연결된 것도 알게 될 거야. 그리고 트렌트가 생각을 들을 수 없으면, 즉 EED가 본래 전달하기로 되어 있는 감정만 느끼게 되면, 너에겐 더 큰 문제가 닥칠 거야. 내 느낌에는, 트렌트가 2등급으로 연결된 걸 그다지 기뻐할 것 같지는 않거든.」

「하지만 트렌트가 내 감정만 느낄 수 있다면, 내가 너랑 대화할 수 있다는 사실을 트렌트에게 굳이 이야기하지 않아도 되잖아.」 브리디가 생각했다.

「농담하는 거지? 트렌트가 네 감정을 알게 되면, 왜 네가 뛸 듯이 기뻐하는 대신 걱정과 죄책감에 사로잡혀 있는지 그 이유를 알고 싶어 할 거야. 그리고 솔직히 말해서, 넌 그다지 능숙한 거짓말쟁이는 아냐.」

"꺼져." 브리디가 말했다.

「수신 완료.」 C.B.가 말했다. 「5시 30분에 태워서 메리어트 호텔로 데려다줄게. 그리고 가는 길에 내가 찾아낸 것들을 말해줄게. 내가 조사를 더 해봤거든.」

"원인이 뭔지 찾아냈어?"

「그럴 수도 있어. 내가 가서 설명해줄게. 그때까지 잠 좀 자. 간호사가 너한테 쉬라고 했잖아, 기억하지?」

「그래.」 브리디가 생각했다. 그리고 침대에 드러누웠다. 하지만 잠드는 건 불가능했다. 그녀에게는 생각할 게 너무도 많았다.

혹시 트렌트와 정서적으로만 연결되면 어쩌지? 트렌트가 알아챌 게 틀림없는 그녀의 걱정과 뭔가 숨기고 있다는 느낌에 대해서 어떻게 설명해야 할까?

「하지만 트렌트는 자기를 향한 내 사랑도 알게 될 거야. 그리고 내가 C.B.를 좋아하지 않는다는 사실도.」

하지만 그것도 둘이 연결되었을 때의 이야기였다. 브리디가 수술에서 깨어난 지 38시간이나 지났지만, 아직도 트렌트에게서 아무것도 받지 못했다. C.B.가 찾아냈다는 게 뭘까? 이게 혼선이라는 걸 알아낸 걸까? 아니면 더 나쁜 걸 찾았나? 한 번 신경 통로가 구축되면 없애버릴 수 없다는 이야기를 찾았으면 어쩌지? 베릭 박사는 이게 되먹임 순환이라고 했다. 이게 일단 동작하고 나면 계속 되먹이며 세어져서 멈추지 못할 정도로 강해지는 거면 어쩌지?

브리디는 계속 돌고 도는 생각을 더 이상 참기 힘들어지자 옆으로 돌아누워 시계를 봤다. 4시 18분이었다. "C.B.?" 브리디가 이름을 불렀다. "네가 찾아낸 게 어떤 거야? 네가 조사해서 찾아냈다는 거 말이야."

「내 기억에 넌 쉬기로 했던 것 같은데.」 C.B.가 꾸짖듯이 말했다.

"난 네가 뭘 찾아낸 건지 먼저 알아야겠어."

「아, 알았어. 네가 잠이 안 오니까, 나도 못 자게 하려는 거구나.」

자다니? 브리디는 C.B.가 연구실에 있는 줄 알았다.

「아냐. 나도 너처럼 침대에 누웠어.」

브리디는 갑자기 C.B.가 헝클어진 검은 머리를 베개에 베고 침대에 누워있는 모습이 떠올랐다. 그래서 자리에서 벌떡 일어나 앉아서 담요를 움켜쥐고 가슴까지 올렸다.

「아, 이런….」 C.B.가 짜증나는 투로 말했다. 「그럴 필요 없어.」

브리디는 담요를 거머쥔 채로 침대맡에 있는 가운으로 뛰어들었다.

「이건 투시가 아니라 텔레파시야.」

"상관없어." 브리디가 가운을 입으며 말했다.

「있잖아, 넌 꼭 미친 사람처럼 행동하고 있어.」 브리디가 맨발로 거실에 나가 터벅터벅 걸어가자 C.B.가 말했다. 「그럴 필요 없다니까…. 어디 가는 거야? 또다시 계단통으로 널 구하러 가지 않아도 된다고 말해줘. 이러면….」

"부엌에 가는 중이야." 브리디가 차분하게 말했다. "차 한잔 마시려고." 브리디는 머그잔을 찬장에서 꺼내 물을 채웠다. 그리고 전자레인지에 집어넣고 물이 데워지기를 기다렸다. 그녀는 제발 빨리 데워지기만 바랐다. 맨발로 타일 바닥에 서 있으니 동상이라도 걸릴 것 같았다.

「그래서 그건 누구 잘못이지? 네가 따뜻한 침대에 누워있지 않고…. 넌 내가 무슨 짓을 할 거라고 생각한 거야? 내가 거기까지 가려면 시내의 절반은 넘어가야 돼, 젠장.」

"네가 찾아낸 게 뭐야?" 브리디가 따졌다. "네가 조사했다는 거 말이야."

「미친 사람처럼 행동하는 건 좋은 생각이 아니란 사실이야. 감금당하거나 화형당할 수 있어.」

"난 지금 심각해."

「나도 그래. 나는 잔 다르크가 목소리를 들었던 일에 대해 생각하다가 혹시 다른 성인들도 그런 경우가 있는지 찾아봤어. 역시 있었어. 성 안토니우스, 성 아우구스티누스, 그리고 네 이름의 어원인 성 브리지드와 성 패트릭.」

"하지만 그 성인들은…."

「자신들이 신이나 천사 혹은 성모 마리아와 대화를 한다고 생각했지. 그게 아니라면 어떻게 되지? 그들이 그저 평범한 사람과 대화를 하고 있었다면? 그들이 체험한 게 종교적인 환시가 아니라 텔레파시라면? 그들이 그저 그 체험을 성스러운 목소리라고 해석한 것이라면? 그렇게 해야 자신의 체험을 납득할 수 있었을 테니까 말이야. 아니, 그렇게 말해야만 마녀로 몰려 화형당하는 걸 막을 수 있었다면?」

"하지만 내 생각에 잔 다르크는…."

「그래, 뭐, 그 계획이 항상 먹히는 건 아니었지.」

전자레인지에서 땡 소리가 났다. 브리디는 머그잔을 꺼내서 티백을 잔에 넣은 뒤 손에 들고 거실로 갔다. "설령 그게 텔레파시였다고 해도," 브리디가 소파 구석에 앉으며 말했다. "그런 지식이 우리한테 무슨 도움이 돼?"

「글쎄, 우선 한 가지를 꼽자면, 텔레파시가 실제로 존재한다는 사실을 알 수 있지. 우리가 어떤 망상 같은 걸 공유하는 병에 걸린 게 아니란 거야. 그리고 또 하나는, 텔레파시가 오래전부터 존재했다는 사실을 알 수 있어. 성 패트릭은 5세기에 살았어. 목소리는 그에게 아일랜드로 돌아가서 나무를 심으라고 했지. 그런데 성 패트릭은 그 말을 교회를 세우라는 명령으로 해석했어. 하지만 실은 성 패트릭이 그저 어느 정원사하고 텔레파시로 이야기를 나눈 건지도 몰라. 그리고 잔 다르크는 영국을 무찌르고 싶어 환장한 누군가와 이야기를 나눴던 걸 수도 있어.」

“중세보다 좀 더 최근의 텔레파시 사례는 못 찾았어?” 브리디가 물었다.

「찾았지. 페이션스 러브레이스와 터바이어스 마샬, 네브래스카 주의 맥쿡에 사는 소녀와 수병.」

“내 말은, 최신 사례 말이야.”

「없어. 지금 진짜로 텔레파시를 하는 사람이 있다면, 사람들의 관심을 최대한 피해서 살고 있을 거야. 당연하잖아. 텔레파시가 진짜로 존재한다는 사실을 사람들이 알게 되면 아마 미쳐버릴걸. 정부와 월스트리트, 언론까지…. 생각해봐. 그렇게 되면 휴대폰을 해킹할 필요도 없고, 망원렌즈를 들고 유명인들을 따라다닐 필요도 없어지는 거야. 사람들은 그들의 마음을 읽어서 어디로 가는 건지 알 수 있게 돼. 그리고 정치적 반대자들의 생각도 읽을 수 있게 되지. 검사나 배심원의 생각도 읽을 수 있게 돼. 국가안보국과 군대에서 텔레파시로 뭘 할 수 있을지는 말할 필요도 없겠지. 모든 사람이 텔레파시 능력자를 원하게 될 거야. 그래서 텔레파시 능력자들이 아무에게도 그 사실을 말하지 않고 있는 거야.」

“하지만 심령술사는 어때?” 브리디는 캐슬린이 보내줬던 ‘세도나의 리잔드라’ 메일이 떠올라서 물었다. “그 사람들은 텔레파시를 할 수 있다고 주장하잖아. 그렇지 않아?”

「거기서 가장 중요한 단어는 ‘주장’이야. 그 사람들은 사기꾼이거나 사람들 몰래 ‘콜드 리딩’을 해.」

브리디는 C.B.가 ‘콜드’라는 말을 꺼내지 않았으면 좋았을 거라는 생각이 들었다. 그 말 때문에 차갑게 얼어붙은 발바닥이 생각났다. "콜드 리딩이라니?" 브리디가 발을 들어서 허벅지 밑으로 끌어넣으면서 물었다.

「얼굴 표정과 몸짓을 읽어서 추측하는 기술이야. 그리고 유도 심문을 하지. '친척에게서 전언을 받고 있습니다…. 여자분인가…? 그 이름이 B로 시작…? M… 아니면 C로 시작하는군요.' 그러면서 상대의 반응을 계속 살펴보는 거야. 자신이 맞추거나 상대방이 소리를 지를 때까지. '제 동생 캐슬린이에요!' 상대방의 마음을 읽는 놀라운 일은 그런 식으로 일어나는 거야.」

브리디가 차를 홀짝거리고 시리얼을 한 그릇 먹을 동안 C.B.는 다른 독심술사들이 마음을 읽을 때 사용하는 전문적인 속임수들을 즐겁게 떠들어댔다. 비밀 암호와 미리 표시해둔 카드, 참가자들에게서 정보를 모으는 들러리들, 마이크와 이어폰을 숨기고 무대 위에 올라가 있는 독심술사에게 알려주는 방법까지. 「네가 어젯밤에 나한테 혐의를 씌웠던 것과 비슷한 방법이지.」

"하지만 전부 다 사기꾼일 리는 없잖아. 경찰을 돕는 독심술사들은?"

「그 사람들도 가짜야. 하지만 가짜가 아니라고 해도, 텔레파시 능력자는 아니야. 그들은 살인 피해자를 찾을 수 있다고 주장하지만, 시체가 텔레파시를 할 리는 없잖아. 운세를 보는 사람들도 텔레파시 능력과는 무관하고, 미래에 무슨 일이 일어날지 예언할 수 있다고 주장하는 사람들도 마찬가지야.」

「우나 고모의 예감처럼 말이지. 고모는 전화벨이 울리기 전에 누가 전화할지 알 수 있다고 주장하거든.」 브리디가 생각했다.

「신통력이 있다고 주장하는 사람들도 염력이나 유체이탈, 전생 체험 같은 초자연적인 능력들과 마찬가지로 가짜야. 텔레파시만 빼고. 그 말이 나와서 말인데, 네가 베릭 박사에게 말하면 안 되는 이유를 또 찾았어.」 C.B.가 말했다. 「네 성명이 문제야.」

"내 성명? 플래니건 말이야?"

「아니. 네 이름 말이야. 혹시 브리디 머피라는 이름 들어봤어?」

"아니. 누군데?"

「네가 옷을 입는 동안 이야기해줄게.」

"옷을? 왜?"

「내가 너를 데리러 갈 테니까, 기억하지? 그러면 우리는 메리어트 호텔로 갈 거야.」

"하지만 5시 반에 가는 거 아냐?"

「그렇지. 그런데 지금 5시 15분이야. 그리고 나는 열 블록 정도만 가면 네 아파트에 도착할 거야.」

"아." 브리디는 급하게 시리얼 그릇을 내려놓고 소파에서 벌떡 일어섰다. 그녀는 시간이 그렇게 흘렀는지 생각도 못 하고 있었다. 허둥지둥 침실로 들어가면서 가운을 풀다가 갑자기 뚝 멈췄다.

「아, 이런….」 C.B.가 말했다. 「안 볼게. 그럼 되겠니? 나한테는 아무것도 안 보인다고 말했잖아. 텔레파시는 투시가 아냐. 너도 내가 안 보이잖아, 보이니?」

"아니." 하지만 C.B.는 브리디가 침대에 누워있는지 알았고, 병원의 계단에 있는지도 알았다. 게다가 지금은 그녀가 옷을 벗기 시작하다가 멈췄다는 사실도 알았다. 어떻게 그러지?

「네 생각을 들을 수 있으니까 그렇지.」

그래도 어떻게 그러지? 브리디가 들을 수 있는 건 C.B.가 자신에게 말해주는 것뿐이다. 하지만 그는 브리디의 모든 생각을 들을 수 있는 것처럼 보인다.

「네가 옷을 벗거나 샤워하는 걸 나한테 알리기 싫으면, 생각하지 마.」

"알았어. 안 할게." 브리디는 C.B.와 연결이 끊어질 때 얼마나 기뻐할지 생각하면서 가운을 벗고, 잠옷을 머리 위로 당겨서 벗었다. 그리고 브라를 집어 들었다.

「그래도 너한테 말해야 할 것 같은데,」 C.B.가 가볍게 이야기를 꺼냈다. 「난 텔레파시가 없어도 네가 벗는 모습을 상상할 수 있어.」

브리디는 옷가지를 낚아채고 욕실까지 쿵쿵거리며 걸어가서 문을 쾅 닫았다. 그런다고 별로 효과는 없겠지만 말이다. C.B.에게 매스껍고 역겨운 인간이라고 이야기해봤자 역시 소용없는 일일 것이다.

「난 거기가 시궁창이라는 사실을 너한테 알려주려고 노력했어.」

"꺼져버려!" 브리디는 아무 소용이 없다는 걸 알면서도 그렇게 말했다. "당장!"

「먼저 너한테 브리디 머피에 대해 이야기해줘야 할 것 같아. 그 여자는 1950년대 미국에 살던 주부였어. 이름은 버지니아 타이였지.」

"아까는 그 여자 이름이 브리디 머피라며." 브리디는 브라를 입으며 그에 대해 생각하지 않으려 애썼다. 하지만 말처럼 그렇게 쉽지 않았다.

「그 여자가, 예전의 자기 이름이 브리디 머피라고 말했대. 최면 상태에서 한 말이었어. 버지니아는 치료사에게 자기가 1800년대 아일랜드 더블린에 살았다고 했어.」

"1800년대?" 브리디는 스웨터를 입고 청바지를 집어 들었다.

「응. 그리고 온갖 증거를 제시했어. 버지니아 타이로서는 도저히 알 수 없을 것 같은 그 시대의 아일랜드 생활을 자세히 말했지. 그리고 아주 투박한 아일랜드 억양으로 말했대….」

「그건 전혀 증거가 못 돼.」 브리디가 생각했다. 「우나 고모를 봐.」

「그리고 버지니아는 온갖 종류의 아일랜드 전래동화와 민요를 알았어. 치료사에게는 '대니 보이'를 불러주고, 코크 시에서 살던 집과 다니던 교회에 대해서도 자세히 말했대. 심지어 자신의 장례식에 대해서도 말했어.」

브리디는 C.B.가 이야기하는 동안 청바지를 입고 신발을 신었다. 그리고 머리를 뒤로 해서 밴드로 묶었다. "자기 장례식까지?"

「응. 치료사는 버지니아가 전생을 살았고, 브리디 머피의 환생이라고 믿었어.」 C.B.가 말했다. 그러더니 조용해졌다.

"흠?" 브리디가 잠시 후 말했다. "무슨 일이야? 난 그 여자가 사기꾼 같아."

대답이 없었다.

"C.B.?" 브리디가 이름을 불렀다.

여전히 아무 대답이 없었다.

「C.B.? 내 말 들려?」
「응.」 C.B.가 대답했다. 「갈 준비 됐어?」
“응.” 브리디가 외투와 가방을 거머쥐며 말했다. “어디 있어?”
「도착했어.」
브리디가 현관문을 열었다. C.B.는 후드 잠바와 헐렁한 바지를 입고 문기둥에 기대어 서 있었다. 그의 모습은 평소보다 더 엉망이었다. 면도도 하지 않고 머리도 엉망으로 헝클어진 상태였다.
「고마워.」 C.B.가 말했다. 「너도 예뻐.」 C.B.가 납작한 종이봉투를 내밀었다. 「이거 받아.」
“이게 뭐야?”
“대형 반창고야. 정맥주사 멍 자국에 붙여.”
“네가 나한테 압박 붕대를 감으라고 했잖아?”
“그거야 네가 언니한테 손을 베였다고 말하기 전의 상황이었지.”
“하지만 언니는 메리어트 호텔이나 컴스팬에 오지 않을 거야….”
C.B.가 인상을 찌푸렸다. “페이스북, 기억하지? 거기에 인스타그램과 바인과 스냅챗과 아이챗과 유챗과 위올챗과 페이스타임과 텀블러와 위스퍼까지. 네 언니가 이미 올리지 않았더라도, 곧 다른 사람이 올릴 거야. 네가 그들에게 손목 터널 증후군이라고 말한다면….” C.B.가 어깨를 으쓱했다. “거짓말의 네 번째 원칙. 이야기를 그대로 유지하라.”
“알았어.” 브리디는 반창고를 떼어내기 시작했다.

C.B.가 고개를 저었다. "우린 지금 가야 해. 차 안에서 할 수 있을 거야. 호텔 주차장 표는 챙겼지?"

"응."

"그럼 가자."

"쉿." 브리디가 속삭였다. "이웃 사람들 다 깨우겠어."

「입으로 말하라고 우긴 사람은 너야.」 브리디의 뒤를 따라 층계를 내려와 바깥으로 나가며 C.B.가 말했다.

밖은 아직 어두웠다. 거리에는 아무도 없었다. 그래도 브리디는 C.B.의 혼다에 올라탈 때 차문을 최대한 조용히 닫았다. C.B.가 열쇠를 꽂고 시동을 켰다. 그러자 라디오가 켜지며 노랫소리가 우렁차게 나왔다.

브리디는 깜짝 놀라서 라디오를 끄려고 몸을 날렸다. 하지만 실수로 라디오 다이얼을 잘못 돌리는 바람에 큰 소리로 잡음이 나오더니 기자가 소리를 질러댔다. "이번 주말에는 비가…." 그리고 "…의회는 이번 주에 휴회합니다." 그제야 간신히 라디오를 끌 수 있었다.

"걱정하지 마. 아무도 못 들었어." C.B.가 차를 움직이기 시작하며 말했다. "다들 자고 있어. 남자친구에게 거짓말을 한 사람들만 빼고. 이야기가 나와서 말인데, 넌 거짓말 다섯 번째 원칙에 공을 들여야 할 거야. '죄지은 사람처럼 보이지 말라.' 거짓말 분야에서 출세하려면, 천연덕스러운 얼굴을 연습해놔야 해. 치료사를 완벽하게 속였던 브리디 머피처럼 말이야."

"그 여자가 그랬어?"

"응. 치료사는 그 여자가 진실을 말하고 있다고 완벽하게 확신하고, 그녀의 전생에 대한 책을 쓰고, 잡지에 인터뷰하고, 버지니아와 함께 TV에도 나갔어. 치료사는 사람들에게 들려주려고 그녀가 최면 상태에 있을 때의 테이프도 틀었어. 그들은 선풍적인 인기를 누렸어. 그러자 기자들이 사실을 파헤치기 시작했지. 그 시대에 코크 시에는 브리디 머피라는 사람이 태어난 기록이 없으며, 그런 교회도 없었고, '대니 보이'의 가사가 1910년에 와서야 쓰였다는 사실이 밝혀졌어. 그리고 기자들이 버지니아 타이의 배경을 조사하자, 그녀가 어렸을 때 아일랜드계 고모와 아일랜드계 이웃들이 그녀에게 전래동화를 들려주고 민요를 가르쳤다는 사실이 밝혀졌어. 아일랜드 억양도 마찬가지였겠지. 버지니아는 사기꾼으로 낙인 찍혔고, 치료사의 명성도 같이 추락했어. 초자연적인 현상에 관여했던 의사나 과학자들이 다들 그랬듯이 말이야. 조지프 라인도 마찬가지였어."

"조지프 라인? 그게 누구야?"

"1930년대에 일련의 텔레파시 실험을 진행하기 전까지는 듀크 대학에서 존경받던 과학자였어. 라인 박사는 방에서 실험 참가자에게 제너 카드를 보여줬어. 별, 정사각형, 물결 모양 같은 게 그려진 카드, 알지? 그리고 그 카드에 그려진 모양을 다른 방에 있는 두 번째 실험 참가자에게 '생각'으로 보내라고 지시했어. 실험 조건 등은 매우 과학적이었지만, 라인 박사는 브리디 머피의 치료사만큼도 대접을 못 받았어. 그의 연구는 믿을 수 없는 것으로 간주되었고 미치광이 취급을 받았지. 그 이후로 존경을 받는 학자들은 누구도 텔레파시에 관여하지 않게 됐어."

"그러면 네 생각에는 내가 베릭 박사에게 텔레파시가 진짜로 존재한다고 설득하더라도, 박사는 이 일에 관여하지 않을 거라는 거지?"

"그럴 거야. 베릭 박사는 지금 안락한 일자리에 수많은 유명인을 환자로 두고 있잖아. 그렇게 위험 부담이 큰 일을 하려고 하지 않을 거야. 차라리 네가 가짜라고 비난하고 말겠지."

「아니면 정신이상이라고 하거나.」 브리디가 절망적으로 생각했다. C.B.가 말한 모든 이야기는 사실이었다. 브리디가 사람들에게 텔레파시를 한다고 말하면 아무도 그녀를 믿지 않을 것이다. 하지만 브리디로서는 그들을 비난할 수 없었다. 차를라가 그녀에게 목소리가 들린다고 말하면, 그녀는 차를라가 농담을 하거나 망상이 있다고 추측할 것이다. 아니면 심각한 정신병이 있다고 생각하거나. 「그렇다면 나는 베릭 박사에게 말할 수 없어. 트렌트에게도 말할 수 없어. 그이는 내가 C.B.와 정서적으로 유대감을 갖고 있다고 생각할 테니까. 그러면 어떻게 해야 하지?」

"시간을 끌어." C.B.가 말했다. "오늘 오후 3시가 되면 48시간이야. 지금부터 그때까지 많은 일이 일어날 수 있어. 그사이 나는 혼선 문제를 살펴보고, 네가 트렌트에게 말할 수 있도록 정서적으로 유대감을 갖지 않은 사람들 사이에 일어난 텔레파시 사례를 찾아볼게. 히틀러도 초자연적인 일들에 관심이 있었어. 히틀러가 텔레파시를 할 수 있었다면, 우리에겐 대박이야. 모든 사람이 히틀러를 증오했잖아." C.B.가 쾌활하게 말했다.

메리어트 호텔에 거의 도착했을 때 해가 떠오르기 시작했다. 하지만 거리는 여전히 거의 텅 빈 상태였다. 아침 6시는 차를 가지러 가기에 너무 이른 시간이 아닐까, 브리디는 의구심이 들었다.

"아냐. 호텔에서는 아침에 일찍 출발하는 비행기를 타려고 나가는 사람이 많을 거야. 그러니까 괜찮아." C.B.가 말했다. 브리디는 다시 궁금증이 들었다. C.B.는 브리디의 생각을 마음대로 열어 보는 것 같은데, 왜 그녀는 C.B.가 생각하는 소리를 들을 수 없는 걸까? C.B.가 자주 그러듯이, 말을 하다 멈췄을 때도 그녀는 C.B.가 무슨 말을 하려던 건지 그 뒷말조차 들을 수 없었다. 왜 안 들리지? 그런데 C.B.는 그녀의 이 생각을 들었을까?

C.B.가 들었는지는 모르겠지만, 겉으로는 그런 기미를 전혀 보이지 않았다. C.B.는 차에 탄 채 주문할 수 있는 스타벅스로 들어가느라 바빴다. "뭐 먹을래?" C.B.가 물었다.

"안 먹어. 트렌트가 아침을 먹으러 올 거야, 기억하지?"

"그러니까 네가 골라." C.B.가 다시 말했다. "뭐 먹을래?" 그리고 브리디의 머릿속으로 소리가 들렸다. 「난 아침식사 이야기를 하는 게 아니야. 그랬다면 너를 멋진 훈제 연어와 베이글이 있는 델리 샌드위치 가게로 데려갔겠지. 이건 보호색을 위해서야. 저기 보여?」

C.B.가 길 건너에서 스타벅스 컵을 들고 사무실 건물로 가고 있는 남자를 가리켰다. 「네가 호텔로 걸어 들어가는 모습을 누군가 보더라도, 커피를 손에 들고 회의를 하러 가는 것처럼 보일 거야. 그래서 뭐 먹을래?」

"라테 큰 잔." 브리디가 말했다.

C.B.가 라테를 주문하고 조용히 말했다. 「너를 정문에서 떨어진 모퉁이에 내려줄 거야. 그러면 네가 나랑 있는 모습을 보이지 않아도 돼. 좋지?」

「아니.」 브리디가 혼자 생각했다. 「그러면 안 돼. 우리가 몰래 숨어 다니면서 바람을 피우는 것 같잖아.」

「아냐, 그렇지 않아. 몇 가지 중요한 차이가 있어. 그것들을 하나씩 읊을까?」

바리스타의 말 덕분에 브리디는 거기에 대답하지 않아도 되었다. "라테 큰 잔 나왔습니다."

C.B.가 컵을 받아서 브리디에게 넘겨줬다. 그리고 도로로 나와서 호텔로 향했다. "네가 차를 주차할 때 주의 깊게 못 봤을 수도 있을 것 같아서, 내가 인터넷으로 호텔 로비의 배치도를 살펴봤어. 안내창구를 지나서 왼쪽으로 돌면 엘리베이터가 바로 앞에 있을 거야. 네가 차를 찾아서 나오기 시작할 때 나한테 알려줘. 그리고 네가 트렌트와 연결이 되거나, 뭐라도 이상한 걸 느끼면 나한테 알려줘."

"왜?" 브리디가 의심스러운 투로 물었다.

"텔레파시의 원인이 뭔지 실마리를 제공해줄 수도 있으니까. 우리가 더 많은 정보를 모을수록 알아낼 가능성은 더 커져."

메리어트 호텔에 거의 다 왔을 때 C.B.가 차를 오른쪽으로 틀었다. "그러니까 네가 뭘 느끼든 나한테 이야기해줘야 해. 감정이든, 소리든, 아니면 베릭 박사가 말했던 스치는 느낌이든 상관없이. 심지어 아무것도 아닌 것 같은 느낌일지라도."

"알았어." 브리디가 동의했다. "하지만 왜 내가 너한테 말해줘야 해? 넌 내 생각을 읽을 수 있잖아."

"그렇긴 하지만, 내가 온종일 네 생각을 듣고 있을 수는 없잖아. 나도 할 일이 있어. 휴대폰도 설계해야 하고, 운전사 노릇도

해야 하고." C.B.는 인도로 차를 붙여서 세웠다. 브리디는 라테 잔을 내려놓고, 가방을 잡고 차문을 열려고 손을 뻗었다.

「잠깐만.」 C.B.가 말했다.

브리디는 차문 손잡이를 잡은 채로 멈췄다. C.B.가 백미러를 유심히 살폈다. "회사 사람을 본 거야?" 브리디가 초조하게 물었다.

C.B.가 잠시 후에 대답했다. "아냐. 괜찮아. 이거 잊지 마." C.B.가 브리디에게 라테를 건넸다. 「그리고 트렌트가 나타나지 않거나, 아침식사나 바람을 피우는 일에 관해 생각이 바뀌면 연락해.」

"그럴 일 없어." 브리디는 차문을 쾅 닫고 걸어갔다. 그녀는 걸음을 서두르다가 모퉁이에서 망설였다. 스타벅스 컵이 있든 없든, 브리디는 지금 새벽 6시에 호텔로 걸어 들어가서 차를 몰고 나와야 하는 상황이었다. 혹시 컴스팬 직원 중에 누군가 브리디를 본다면….

「못 볼 거야.」 C.B.가 말했다.

「네가 어떻게 알아? 그 사람들 생각까지 읽을 수 있다고 말하려는 건 아니지?」

「너를 아무도 신경 쓰지 않을 거라는 사실을 알기 위해서 다른 사람의 마음까지 읽을 필요는 없어.」 C.B.가 말했다. 「난 컴스팬에서 일해, 기억하지?」

「그게 무슨 소리야?」

「그 모퉁이를 돌아가면 너도 알게 될 거야.」

브리디가 모퉁이를 돌았다. 메리어트 호텔의 입구에는 수화물을 들고 택시를 기다리는 사람들이 줄지어 서 있었다. 그들은 전부 스마트폰을 들여다보고 있었다. 브리디가 그들 사이를 뚫고 지나갈 때도 고개를 들어 그녀를 쳐다보는 사람은 한 명도 없었다.

「내가 말했잖아.」 C.B.가 말했다.

브리디는 호텔 로비로 들어갔다. 거기에도 체크아웃하는 사람이 가득했는데, 역시 다들 스마트폰을 들여다보느라 바빴다. 브리디는 데스크를 지나서 주차장으로 이어진 엘리베이터로 갔다. 그리고 엘리베이터를 타고 차를 둔 곳까지 내려갔지만 아무도 신경 쓰지 않았다. 주차장 안내원도 신경 안 쓰긴 마찬가지였다. 그는 브리디의 주차표와 돈을 받는 동안 스마트폰 게임을 하느라 고개 한 번 들지 않았다.

브리디는 주차장에서 차를 끌고 나와 린덴 가로 향하며 안도의 한숨을 뱉었다. 아무도 그녀를 보지 않았다. 그리고 이제 겨우 6시 15분이었다. 브리디가 집에 도착한 뒤 45분은 지나야 트렌트가 올 것이다. 그사이에 연결에 집중하면 된다.

하지만 브리디는 교통체증을 고려하지 못했다. 린덴 가로 들어선 후 두 블록을 지났을 때 꼬리를 물고 늘어선 출근길 교통체증에 딱 걸렸다. 「당황하지 마.」 브리디가 혼잣말을 했다. 「운전하는 동안 트렌트와 연결에 집중하면 돼.」

그렇게 운이 좋을 리가 없었다. 브리디는 모든 신경을 교통상황에 쏟아 부어야 했다. 모든 운전자가 휴대폰으로 통화 중이거나, 속도를 늦추고 문자를 보내다가 너무 늦게 고개를 드는 바람에 신호등이 바뀐 걸 놓쳐서 마지막 순간이 되어서야 차를 급정거해댔기 때문이었다. 「C.B.의 말이 맞았어.」 브리디가 생각했다.

「전반적으로 소통이 너무 많아.」

하지만 브리디와 트렌트 사이의 소통은 그렇지 못했다. 집까지 먼 길을 꾸물꾸물 기어오는 동안 브리디는 아무 소리도 듣지 못했다. 트렌트는 평소에 일어나자마자 문자를 보내더니 오늘은 문자조차 없었다. 브리디는 계기판에 있는 시계를 힐끗 쳐다봤다.

「7시 30분이 거의 다 됐네. 트렌트도 일어나야 할…. 이런, 안 돼! 7시 30분에 집에 오기로 했잖아! 내가 도착하기 전에 그이가 먼저 우리 집에 도착하면….」

「아침거리를 사러 나갔었다고 해.」 C.B.가 말했다.

아주 좋은 아이디어였다. 하지만 그러면 집에는 더 늦게 돌아가게 될 것이다. 브리디는 식료품점으로 급하게 차를 몰고 가서 계란과 주스를 집어 들다가 집에 컴퓨터를 켜놓은 채 나왔다는 사실이 떠올랐다. 혹시 그녀가 텔레파시에 관한 글들을 그대로 띄워놓은 상태라면, 트렌트가 그걸 보고….

브리디는 집으로 서둘러 가면서 트렌트의 차가 바깥에 주차되어 있지 않기만 바랐다. 이미 7시 40분이었지만 말이다. 트렌트의 포르쉐가 보이지 않았다. 다행이다. 브리디는 식료품을 들고 계단을 뛰어 올라가서, 식료품을 냉장고에 쑤셔 넣고, 컴퓨터에 뉴스 창을 띄우고, 외투를 벗어서 침실로 던지고, 오믈렛을 만들기 위해 부엌으로 갔다.

계란들을 깨다가 문득 트렌트가 늦을 때는 항상 문자를 보낸다는 사실이 떠올랐다. 「도저히 못 보낼 사정이 있을 때가 아니라면. 내가 휴대폰을 안 켠 모양이네.」

아니나 다를까, 브리디가 휴대폰을 켜자마자 트렌트의 문자

두 통이 들어왔다. "아직도 연결되지 않아. 떨어져 있는 건 소용이 없나 봐." 그리고 "해밀튼 씨와 조간 회의 때문에 못 가겠어."

"천만다행이다." 브리디가 중얼거렸다. 하지만 그녀가 그 말을 채 끝내기도 전에 트렌트가 다시 문자를 보냈다. 출근해서 연락을 주면 그가 브리디의 사무실로 오겠다는 내용이었다.

"우리의 EED를 비밀로 유지하려면 별로 좋은 생각이 아니야." 브리디가 트렌트에게 답장을 보냈다. "우리가 함께 있는 모습을 사람들이 보지 못할수록 더 안전해. 우리가 함께 있는 모습을 보면 우리가 EED를 하려 한다는 생각이 떠오를 텐데, 당신의 반창고까지 보면 누구든지 쉽게 추측할 수 있게 돼."

브리디가 문자를 보내자마자 휴대폰 벨이 울렸다. 메리 언니였다. "너하고 메이브가 토요일에 갖기로 했던 점심 약속을 옮겨야 해."

토요일 메이브와 점심 약속. 브리디는 까맣게 잊고 있었다.

"우리 모녀독서모임이 11시부터 1시까지 진행되거든." 메리 언니가 말했다. "네 조언을 따르기로 했어."

"내 조언이라니…?"

"메이브가 읽는 책들을 읽어보라던 이야기 말이야. 내 생각에는 메이브가 머릿속으로 무슨 생각을 하는 건지 알아보기 위해서는 독서모임이 가장 완벽한 방법일 것 같아. 우리는 왜 메이브가 그 책들을 좋아하는지, 그 책들이 우리 자신의 문제와는 어떻게 연관되어 있는지 토론할 거야. 우리는 '어둠의 목소리 연대기'로 시작해서, 다음 주에는 '비밀의 화원'을 읽기로 했어."

「아, 불쌍한 메이브.」 메리 언니가 그 모임에 누구를 초대했는지 재잘재잘 떠드는 동안 브리디가 생각했다.

"아무튼, 1시 15분에 메이브를 데리러 와." 메리 언니는 그렇게 말하더니, 브리디가 바쁠지도 모르겠다는 말을 꺼내기도 전에 전화를 끊어버렸다. 그리고 거의 그 즉시 트렌트의 문자가 날아왔다. "당신 말이 맞아. 서로 떨어져 있는 게 나을 것 같아."

「다행이다.」 브리디가 생각했다. 그리고 이런 생각을 하고 있다는 사실이 믿기지 않았다. EED를 하면서 기대했던 건 트렌트와 더 가까워지게 만들어 주리라는 것이었다. 하지만 지금 브리디는 트렌트를 멀리 떼어놓기 위해 할 수 있는 모든 일을 하고 있었다. 의도하지 않은 결과가 이런 거였나.

C.B.가 말했다. 「내가 그랬잖아. IED는….」

「끔찍한 생각이었어. 나도 알아. 원하는 게 뭐야?」

「조사를 더 해봤어.」

「두뇌 회로가 혼선을 만들 수 있는지 알아냈어?」

「아니. 환청에 대한 자료를 더 찾았어. 환청은 대개 목소리로 시작되지 않아. 처음에는 두드리는 소리나 빗방울 소리, 속삭이는 소리로 시작되고, 목소리는 나중에 들려.」

「그래서 그게 무슨 도움이 되는데?」

「네가 그런 소리를 들었는데, 그게 연결이 시작되는 징후라는 걸 알아채지 못한 게 아닐까 하는 생각이 들었어. 그런 소리 들었어?」

「아니. 이제 가봐. 나는 트렌트와 연결하려고 노력 중이야.」

「아니, 그건 아니지. 조금 전까지 언니랑 통화하던 중이었잖아. 난 네 생각을 읽을 수 있어, 기억하지?」

「그 소리 좀 그만해줄래?」 브리디가 날카롭게 말했다.

「그러면 언니랑 통화하던 게 아니었단 말이야?」

「통화했어.」 브리디가 인정했다. 「하지만 막 트렌트와 연결을 시도하려던 참이었어. 그러니까 꺼져.」

C.B.가 물러났다. 하지만 5분도 채 되지 않아서 다시 돌아와 말했다. 「환청은 독특한 향기로 시작될 수도 있대. 꽃향기라든가, 막 구워진 신선한 빵 냄새라든가. 이상한 냄새 맡은 적 있어?」

「아니.」 브리디가 말했다. 「가.」 이번에는 C.B.가 정말로 갔다. 덕분에 브리디는 샤워를 하고, 출근 준비를 하고, 컴스팬까지 운전하는 내내 (휴대폰을 끈 뒤에) 트렌트에게 집중할 수 있었다. 하지만 눈에 띄는 효과는 없었다. 출근길에 트렌트에게선 어떤 느낌도 받지 못했다. 그리고 이상한 냄새나 빗방울 떨어지는 소리나 장미 향기도 느껴지지 않았다.

이제 브리디는 질 퀸시와 필립과 차를라와 얼굴을 마주 보고 더 많은 거짓말을 해야 할 상황이었다. 그래도 트렌트의 생각이 맞길 바랐다. 그리고 아무도 둘이 EED를 했다는 사실을 알아채지 않길 바랐다. 호기심 많은 수키에게 비밀로 감추는 건 거의 불가능한 데다, C.B.와 주차장에서 이야기를 나누는 걸 차를라가 이미 봤지만 말이다. 게다가 이제 그녀는 손에 커다란 붕대를 감고 있는데, 그 설명이라는 것도 타이어를 갈다가 베였다는 우스꽝스러운 이야기뿐이었다. SNS 덕분에 그 이야기는 이미 온 동네를 한 바퀴 돌았을 것이다. 트렌트가 EED를 제안한 다음 날 아침에 사무실에 가는 길도 힘들었는데, 이제 날이 갈수록 점점 더 힘들어질 것이다. 그래서 브리디는 C.B.의 말에 신경 쓰지 않았다. 그녀는 사람들이 어디에 있는지, 그리고 그들이 무슨 생각을 하는지 알 수 있다면 무슨 대가라도 치를 각오가 되어 있었다.

브리디는 차를 주차한 뒤, 맹공격에 맞서기 위해 전의를 가다듬고 회사 건물로 들어갔다. 복도에는 아무도 없었다. 하지만 그녀가 미처 열 걸음도 떼기 전에 복사실에서 비서 두 명이 이야기를 나누며 튀어나왔다. 그리고 한 명이 말하는 소리가 들렸다. "그 이야기 들었니…?"

「트렌트의 이발소 이야기를 수키가 믿지 않을 줄 알았어.」 브리디가 생각했다. 그리고 뒤로 빠지려고 몸을 돌렸는데, 반대 방향에서 샘슨 씨가 그녀 쪽으로 다가오고 있었다. "아, 돌아왔군요. 잘됐네요. 어제는 어디 가셨어요?"

"외부에서 일이 있었어요." 브리디는 필요 이상으로 설명하지 말라고 했던 C.B.의 말을 떠올리며 대답했다.

"아, 그러면 플래니건 씨도 아직 그 이야기를 못 들으셨겠네요. 뭔가 진행되고 있는 것 같은데, 저로서는 그게 뭔지 모르겠더라고요."

「아, 드디어 시작하려나 보네.」

"혹시 정리해고에 대한 이야기 들은 거 없어요?"

"정리해고요?" 브리디가 멍하게 그 소리를 반복했다. "못 들었어요."

"아, 다행이네요. 경영진에서 아이폰 신제품이 우리에게 타격을 줄 거라고 결론 내리고 정리해고를 계획하고 있는 게 아닐까 걱정했거든요."

「아니, 내 생각에 뒷담화란 건 그런 문제보다는 좀 더 개인적인 문제를 다루는 건 줄 알았는데.」브리디가 생각했다. 하지만 그때 로레인이 그들 사이에 끼어들더니 말했다. "경영진에서는 회사 내에 헤르메스 프로젝트의 진행 상황을 훔쳐가려는 기업 스파이가 있다고 생각한다는 이야길 들었어."

"헤르메스 프로젝트?" 브리디가 말했다. "그게 뭔데?"

"해밀튼 씨의 새 프로젝트래. 라훌 데쉬네프 씨는 그 프로젝트가 우리 새 휴대폰과 관련이 있고, 경영진이 그 내용이 새어나가지 않도록 엄청나게 조심하는 걸 보면 틀림없이 뭔가 진짜로 좋은 계획일 거라고 생각해."

"아니면 기업 스파이를 제거하기 위해 속임수일 수도 있어." 필립이 그들에게 다가오며 말했다.

"아니면 경영진에게 애플과 경쟁할 만한 신제품이 없다는 사실을 우리가 알아채지 못하게 하려는 미끼일지도 몰라요." 샘슨 씨가 우울한 표정을 지으며 말했다. "그러면 우리는 모두 일자리를 잃게 될 거예요."

그 후 브리디는 꼬박 30분이 걸려서야 사무실에 도착했다. 그 사이 그녀가 들은 이야기는 다음과 같다. 1) 컴스팬에 스파이가 있는 게 틀림없지만, 경영진은 아직 그 스파이를 잡지 못했다. 2) 컴스팬에서 아이폰 신제품의 사양을 구했는데(아마도 컴스팬에서 애플에 기업 스파이를 심은 것 같다), 애플의 새 아이폰이 컴스팬에 타격을 줄 게 틀림없다. 3) 컴스팬이 애플이나 모토로라에 팔릴 예정이다. 4) 컴스팬이 모토로라나 블루(Blu)*를 인수했

* 미국의 저가 휴대폰 제작회사.

다. 5) 헤르메스 프로젝트가 만들어낼 새 휴대폰은 애플에 타격을 줄 것이다.

하지만 지금 당장 브리디는 그 어떤 소문에도 관심이 가지 않았다. 브리디는 모든 사람이 새로운 소문에 몰두하느라 그녀와 트렌트에 관심을 두지 않아 기쁠 따름이었다. 단 한 사람도 브리디의 손에 두른 붕대를 알아채지 못했다. 그러니 붕대에 관해 묻는 사람도 당연히 없었다. 차를라도 마찬가지였다. 차를라는 브리디가 문을 열고 채 들어가기도 전에 이런 말로 인사했다. "혹시 헤르메스 프로젝트가 뭔지 아세요?"

"아니." 브리디는 대답하고, 메시지들을 주르륵 살폈다.

"아, 전 아실 줄 알았어요. 워스 씨가 그 회의에 들어가시니."

"혹시 트렌트가 오늘 아침에 전화했어?"

"아뇨."

「다행이다.」 브리디가 생각했다.

"어제 그 대단한 회의를 온종일 진행하더니 저녁 10시가 넘어서야 끝났어요." 차를라가 말했다. "그런데 아무도 그 회의 내용을 몰라요. 그게 뭐였든 일급비밀인 거죠. 회의가 진행될 때도 엄청나게 보안을 유지하더니, 회의에 참여했던 사람들이 한마디도 안 해요. 심지어 수키 씨조차도 회의 내용을 알아내지 못했대요."

「그런 일이 일어난 건 처음이네.」 브리디가 생각했다.

"수키 씨는 경영진이 지금의 스마트폰을 구식으로 만들어버릴, 통신의 패러다임을 완전히 바꿀 뭔가를 만들어내고 있을 거라고 생각해요. 스마트 반지 같은 걸요."

"아니면 머리핀 장식이라든가," 브리디가 빈정대듯이 말했다.

"문신이라든가."

"문신이요? 정말요?"

"아냐. 농담이었어. 샘슨 씨에게 연락해서 우리 회의를 내일로 연기하자고 해줘."

"내일은 토요일인데요."

"그러면 월요일로. 나한테 다른 메시지는 온 거 없어?"

"있어요." 차를라가 태블릿을 뒤지며 말했다. "언니 메리 클레어 씨가 전화해서 독서모임에 포도주를 제공하는 게 좋을지 의견을 나누고 싶다고 하셨어요. 독서모임에서는 포도주를 제공하는 게 관례인데, 초등학생의 알코올 중독이 중요한 문제가 되어가고 있다는 글을 읽으셨대요."

브리디는 어처구니가 없다는 표정을 지었다. 하지만 그런 언니의 전화는 아직 가족들이 EED에 대해 알아채지 못했다는 의미였다.

"동생 캐슬린 씨도 통화하고 싶다고 전화하셨어요." 차를라가 계속 말했다. "온라인 데이트에 관해 이야기할 게 있답니다. 그리고 조카 메이브도 전화했어요. 메이브는 이모에게 엄청 화가 났다고 전해 달래요. 무슨 뜻인지는 모르겠지만, 이제는 책조차 편안하게 읽을 수 없게 되었답니다."

"뭐?" 브리디가 놀란 척을 하며 말했다. "우나 고모한테서 온 메시지는 없어?"

"없어요." 차를라가 말했다. "지금 플래니건 씨 개인 사무실에서 기다리고 계세요."

10

"지금 여기가 프라이팬 안이라면, 저기 밖은 불구덩이야."

— Syfy 채널 '앨리스'

"고모가 내 사무실에 계시다고?" 브리디가 말했다. "왜 오셨대?"

"모르겠어요." 차를라가 말했다. "플래니건 씨에게 할 이야기가 있다고만 하셨어요. 그리고 아직 출근하지 않았다고 말씀드렸더니 기다리겠다고 하시더라고요." 이게 의미하는 건 한 가지밖에 없었다. 그녀가 EED 수술을 받았다는 사실을 우나 고모가 어떻게든 알아낸 것이다.

"고모님께 메시지를 남기시라고 해봤지만," 차를라가 설명했다. "개인적인 일이라고 하셨어요."

"괜찮아." 브리디가 말했다. 그리고 사무실로 들어가니 우나 고모가 무릎 위에 손가방을 올리고 엄숙한 얼굴로 앉아 있었다. "여긴 어쩐 일이세요?" 브리디가 밝은 목소리로 물었다.

"메이브 때문이야." 우나 고모가 슬픈 얼굴로 고개를 저었다. "불쌍한 애기. 최근 보름 동안 그 애에 대한 걱정이 떨어지질 않아."

"아, 제발, 고모. 메리 언니가 고모에게 뭐라고 말했든, 그건 사실이 아니에요. 메이브는 아무 문제없어요. 메이브는 자기 스스로 돌볼 수 있는 애예요."

"그려. 그 애는 어떤 일이 있어도 잘할 아이지. 난 메이브가 해결할 수 없는 문제에 봉착했을 때, 그 애가 엄마에게 의지할 수 없다는 게 두려운 거야. 왜냐하면 메리 클레어가 하는 짓이…."

"메이브가 이야기하는 것들에 대해 과잉 반응을 하는 거요?"

"그려. 곤경에 빠졌을 때 가장 가깝고 가장 사랑하는 사람에게조차 말할 수 없는 일만큼 끔찍한 건 없단다."

「맞아요.」 브리디가 생각했다. 「그렇죠.」

"그래서 너를 보러 왔단다." 우나 고모가 계속 말했다. "메리 말로는 네가 토요일에 메이브를 데리고 점심을 먹기로 했다더구나. 그 불쌍한 양과 대화를 하기에 딱 좋은 때 같다는 생각이 드는구나. 너한테 고민거리를 털어놓아도 아무에게도 말하지 않겠다고 이야기하렴."

"저도 그렇게 할 생각이지만…."

"그려. 메이브한테 네가 먼저 비밀을 하나 말해줘. 그래야 메이브가 네 말을 믿을 거야. 캐슬린에게도 마찬가지야." 우나 고모가 고개를 절레절레 흔들었다. "캐슬린한테 인터넷으로 바보짓을 해봤자 좋은 남자를 찾을 수는 없을 거라고 말해줬다. 답란을 채우고 사진을 보는 거로 좋은 사람을 어떻게 찾아! 내가 캐슬린한테 이렇게 말해줬어. '괜찮은 외양과 잘생긴 얼굴도 좋긴 하지. 하지만 착한 아일랜드 총각이야말로 네가 찾는 남자란다.'"

「아직도 엄마하고 사는 대머리 션 오라일리 같은 남자 말인가요?」 브리디가 생각했다.

"그런데 캐슬린은 마음이 착한 총각으로는 충분하지 않다는구나. 자기랑 잘 어울리는 사람이어야 한대. 어울리다니!" 우나 고모가 비웃었다. "그래서 내가 그랬다. 상대방 남자와 맞춰나가기 위해 쓸 시간이 없다면, 그건 사랑이 아니야, 낭만적인 망상이지. 너희 처자들은 잘 맞는 남자를 찾을 게 아니라, 네가 필요할 때 거기에 있어 줄 사람을 찾아야 해."

「'내가 필요할 때 거기에 있어 줄 건가요.' 같은 게 데이트 사이트의 질문으로 나올 것 같진 않네요.」 브리디가 생각했다.

"그 남자의 마음이 넓은가? 그게 바로 너희들이 따져봐야 할 문제야. 그 사람은 나를 위해 목숨을 걸 수 있을까? 그리고 나도 그를 위해 그렇게 할 수 있을까?" 고모가 브리디에게 다시 손가락을 흔들었다. "목숨을 건다는 이야기가 나와서 말인데, 아직도 그 바보 같은 수술을 하려고 마음먹고 있는 건 아니지? 괜찮아. 난 네가 아직도 그런다는 거 다 알아. 그리고 내가 그 수술에 대해 해줄 말은 이게 다야…."

「이제 시작이구나.」

"레프러콘이 너한테 금항아리를 줬을 때는 어딘가에 속임수가 있는 법이야." 고모가 자리에서 일어섰다. "난 이만 가봐야겠다."

브리디는 깜짝 놀라서 무심코 내뱉었다. "정말요?" 브리디는 자기 뒤통수를 한 대 때려주고 싶었다.

"그려." 우나 고모는 브리디의 책상 위에 손가방을 올려놓고 뒤지기 시작했다. "메이브의 숙제를 도와줬다는 착한 총각한테 그 애의 과학 숙제를 가져다주러 가야 해." 고모가 밝은 녹색 폴더를 꺼냈다. "CD가 그 남자 이름이래."

「네?」"C.B. 말씀하시는 건가요?"

"그려. 그거네. 그런데 그 사람 사무실이 어디야?"

브리디는 아직도 이 상황이 잘 이해가 되지 않았다. "메이브가 C.B.를 안다고요?"

우나 고모가 고개를 끄덕였다. "그 총각이 메이브가 학교에 제출해야 되는 숙제를 도와줬대. 스마트폰에 대한 숙제였단다. 그 숙제가 A를 받았어. 그래서 그걸 그 총각한테 보여주고 싶대."

우나 고모가 C.B.와 이야기를 나누게 해서는 안 된다. 브리디가 가족들에게 EED에 대해 알리고 싶어 하지 않는다는 사실은 C.B.도 안다. 하지만 C.B.가 고모에게 그 사실을 이야기하지 않더라도, 병원이나 집에 데려다준 일만 언급해도 고모는 나머지를 추리해낼 것이다. 그리고 혹시 C.B.가 성 패트릭이 목소리를 들었던 일이나 잔 다르크에 관해 이야기를 꺼내기 시작하면….

"제가 그 사람에게 메이브의 숙제를 전해줄게요." 브리디가 폴더로 손을 뻗으며 말했다.

"아냐. 너한테 이런 일로 귀찮게 할 생각은 없다. 넌 바쁘잖니. 그 CT라는 사람이 어디 있는지만 말해줘."

"C.B.예요. 고모." 브리디가 말했다. 그리고 C.B.가 참한 아일랜드 총각일지도 모른다는 희망을 고모가 품을지 몰라서 덧붙였다. "C.B. 슈워츠예요. 지금은 회의에 들어갔어요. C.B.가 회의를 마치면 제가 메이브의 숙제를 전해줄게요."

우나 고모가 혀를 차며 데이트하는 방법에 대한 캐슬린의 취향이 애석하다는 이야기와 브리디에게 "그 GED라는 거 하고 나서 후회하기 전에 오도넬 신부와 이야기를 나눠보라"는 이야기까지 한 후에야, 브리디는 메이브의 숙제를 받아낼 수 있었다. 그리고 고모가 떠났다.

브리디가 이메일을 확인한 뒤, 그 숙제 폴더를 차를라에게 건넸다. "이걸 슈워츠 씨에게 전해줘. 우리 고모가 가져온 메이브의 숙제라고 말해줘."

차를라가 주저하며 받았다.

"C.B.가 물어뜯지는 않을 거야."

"그걸 걱정하는 건 아니에요." 차를라가 말했다. "저는 왜 고모님께서 직접 가지고 내려가시지 않았을까 의아해서 그런 거예요."

"고모가 C.B.를 만나러 내려가셨어?"

"네. 적어도 제게 어디로 가야 C.B.를 찾을 수 있는지 물어보시긴 했어요. 그래서 제가 아래층에 있는 연구실에 있다고 말씀드렸어요. 그랬더니 제게 확실한 이야기냐며, 회의에 들어간 건 아니냐고 물으셨어요. 그래서 제가 슈워츠 씨는 절대로 회의에 안 간다고 말씀드렸죠. 그랬더니 그 연구실로 어떻게 가야 하느냐고 물으셔서 말씀드렸어요. 가르쳐드리면 안 되는 거였나요?"

「응.」

"고모님께 제가 슈워츠 씨에 대해 경고했어요…. 음, 있잖아요." 차를라가 손가락을 올려서 머리 옆에 대고 빙빙 돌렸다. "고모님이 가시지 못하게 막았어야 했나요?"

「그래.」 브리디가 생각했다. "아냐, 물론 아니지. 누구라도 전화를 하면 메시지를 받아둬." 브리디는 차를라에게서 폴더를 받아 쥐고 C.B.의 연구실로 향하며 소리쳤다. 「C.B., 우리 고모랑 연구실에 같이 있어?」

대답이 없었다.

「고모랑 아무 말도 하지 마.」 브리디가 엘리베이터로 향하는 모퉁이를 돌며 말했다. 「고모한테 회의하러 가야 한다고 말해.」 물류창고에서 나오던 필립과 정면으로 맞닥뜨렸다.

"마침 내가 찾던 사람이네." 필립이 말했다. "컴스팬에서 만들 거라는 '스마트 문신'이란 게 뭐야?"

「소문 분야의 신기록이겠네.」 브리디가 생각했다. 「우나 고모가 알게 되면 내 EED 소식도 이렇게 빠르게 퍼지겠지….」

"제발 우리가 문신을 만들지 않을 거라고 말해줘." 필립이 계속 말했다. "난 휴대폰 디자이너지, 문신 디자이너가 아니라고."

"컴스팬에서 스마트 문신을 만들지 않을 거라고 확신해." 브리디가 필립에게 말했다. "있잖아, 내가 회의에 늦어서…."

"뭐, 안 하기를 바랄게. 안 그러면 난 일자리를 잃게 될 테니까." 필립이 브리디의 손등에 감은 붕대를 뚫어지게 쳐다보더니 말했다. "스마트 문신에 대해 아무것도 모른다는 말이 사실이야?"

"그럼, 물론이지." 브리디는 그 손을 등 뒤로 숨기고 싶은 충동을 억눌렀다. "수키한테 물어보지그래?" 브리디는 재빨리 빠져나가며 소리쳤다. 「C.B., 대답해. 우리 고모가 너랑 함께 연구실에 있어?」

「당연히 여기 계시지. 그리고 우리는 아름다운 대화를 나누는 중이야.」

「C.B.….」그때 샘슨 씨의 목소리가 브리디에게 들려왔다. "난 이제 쉰아홉이야. 내가 정리해고를 당하면 다른 일자리는 못 구할 거야."

「다른 사람에게 또 붙잡힐 여유는 없어.」 브리디는 샘슨 씨가 지나가는 동안 기다리기 위해 복사실로 뛰어들었다.

뛰어들기 전에 안을 먼저 살펴봤어야 했다. 질 퀸시가 복사기 앞에 서 있었다. "네가 보고 싶던 참이었어. 헤르메스 프로젝트에 대한 이 소문들은 다 뭐야? 뭘 만들고 있는 거래?"

"나도 몰라." 브리디는 샘슨 씨가 지나가면 알 수 있도록 문에서 눈을 떼지 않고 말했다.

"하지만 트렌트가 프로젝트에 참여하고 있잖아, 그렇지?"

"응. 근데 다 비밀이래."

"알아. 그래도 연인끼리는 서로에게 다 말하는 거잖아, 비밀이든 아니든."

「항상 그렇진 않아.」 브리디가 생각했다.

"수키는 프로젝트팀이 통신에 대한 개념을 완전히 바꿔놓을 뭔가를 만들고 있을 거래. 그게 완전히 패러다임을 바꿔놓을 거랬어."

아직도 샘슨 씨의 기척은 없었다. 아마도 다른 방향으로 간 모양이다. 그리고 브리디로서는 더 기다릴 여유가 없었다. 브리디는 벨이 울리지도 않은 휴대폰을 귀에 대고 말했다. "필립, 아냐, 안 잊어먹었어. 금방 갈게."

"미안해." 브리디는 질에게 말하고 서둘러서 엘리베이터로 달려갔다. 「C.B., 대답해.」 브리디는 엘리베이터에 도착하며 불렀다. 「난 네가 우리 고모랑 이야기하지 않았으면 좋겠어.」

대답이 없었다.

브리디가 엘리베이터 버튼을 눌렀다. 「C.B., 진심이야.」

엘리베이터 문이 열리기 시작할 때 브리디의 뒤쪽에서 샘슨 씨의 목소리가 들렸다. "…퇴직 연금을 받으려면 아직 6년이나 있어야 한단 말이야." 브리디는 샘슨 씨가 얼마나 가까이 있는지 보려고 고개를 돌렸다.

"브리디!" 트렌트가 엘리베이터에서 나왔다. "당신을 찾아다녔어. 드디어 만났네. 정말 다행이야! 당신한테 할 이야기가 있어."

「프라이팬에서 뛰쳐나와 불 속으로 뛰어드는구나.」 브리디가 간절한 눈으로 닫히는 엘리베이터 문을 바라보며 생각했다. "트렌트! 여긴 무슨 일이야? 우리가 함께 있는 모습이 다른 사람들의 눈에 띄면 좋지 않을 거라고 했잖아. 그리고 방금 샘슨 씨의 목소리를…."

"샘슨보다 우리 문제가 더 커. 난 아직 아무것도 못 느꼈어. 당신은 뭘 좀 느꼈어?"

「응.」 브리디가 생각했다. 「불안감과 좌절, 절망, 그리고 지금 당장은 공포감.」 "아니." 브리디가 말했다.

"내가 걱정하던 일이야. 우리는 지금쯤이면 연결이 되었어야 해. 베릭 박사에게 전화해야겠어."

"하지만 아직 48시간도 안 됐잖아." 브리디가 말했다. 「그리고 난 C.B.가 우나 고모한테 무심코 비밀을 털어놓기 전에 아래층에 내려가야 해.」

"인터넷에서 EED 연결 시간을 찾아봤어." 트렌트가 말했다. "평균 28시간이었어. 뭔가 잘못된 거야." 그리고 휴대폰을 빼 들었다.

"여기서 박사한테 전화하면 안 돼." 브리디가 불안한 눈으로 복도를 쳐다보며 말했다. "다른 사람이 당신 이야기를 들을지도 몰라."

"당신 말이 맞아." 트렌트가 엘리베이터 버튼을 눌렀다. "내 사무실로 가서 박사에게 전화하자."

"하지만 당신 비서는 어떡하고?"

"비서는 아무 말도 하지 않을 거야. 아주 입이 무거워."

"하지만 난 참석해야 할 회의가 있…."

"연기해. 이게 더 중요해."

"그리고 난 이 보고서를 영업부에 있는 로레인에게 전해줘야 해." 브리디가 메이브의 과학 숙제를 트렌트 눈앞에 흔들며 말했다. "시간 여유가 없어. 난…."

트렌트가 메이브의 숙제를 브리디의 손에서 재빨리 빼앗았다. "비서에게 갖다 주라고 할게. 그리고 네 회의도 연기하라고 시킬게."

이제는 프라이팬에서 뛰쳐나와 불 속으로 뛰어든 상황 정도가 아니었다. 프라이팬에도 불이 붙었다. "비서가 하면 안 돼." 브리디가 필사적으로 말했다. "당신 비서가 내 회의를 취소시키면 온갖 종류의 소문이 돌 거야."

"그러면 내 비서더러 당신 비서에게 전화해서 회의를 취소시키게 하면 돼." 트렌트가 말하며 엘리베이터 버튼을 다시 눌렀다.

"아냐. 그건 더 안 좋은 생각이야. 차를라는 수키의 단짝이란 말이야. 차를라가 수키한테 말할 거야. 게다가 우리가 당신 사무실로 함께 들어가는 모습을 다른 사람이 보게 되면…. 당신은 가. 난 이 보고서를 로레인에게 전해주고 올라갈게."

엘리베이터 문이 열렸다. 브리디가 숙제를 다시 낚아채서 엘리베이터 안으로 재빨리 들어갔다. "내가 갈 때까지 베릭 박사한테 전화하지 마. 그래야 둘이 함께 박사한테 이야기할 수 있잖아." 브리디가 '닫힘' 버튼을 누르며 말했다.

트렌트가 손을 집어넣어 엘리베이터 문이 닫히는 걸 막았다. "시간이 얼마나 걸릴 것 같아?"

「C.B.에게서 우나 고모를 떼어놓기에 적당한 시간만큼 걸릴 거야.」 브리디가 생각했다. "5분, 길어도 10분이면 돼. 이제 갈게. 다른 사람이 우릴 보기 전에 가야지."

"알았어." 트렌트가 문에서 손을 뺐다. "그런데…." 자비롭게도 엘리베이터 문이 닫혔다.

브리디는 즉시 지하로 가는 버튼을 누르고 엘리베이터가 내려가는 동안 초조하게 기다렸다. 그리고 문이 얼어붙은 지하 2층에서 열리자마자 총알같이 튀어나가서 C.B.의 연구실로 달려갔다.

연구실은 전보다 더 추웠다. C.B.는 구석에 무릎을 꿇고 앉아서 난로를 분해하고 있었다. 「어서 와.」 C.B.가 고개도 들지 않고 말했다.

"우리 고모는 어디 계셔?" 브리디가 물었다.

「저쪽에.」 C.B.가 철제 캐비닛을 가리켰다. 「내가 잘게 썰어서 서랍에 넣어놨어. 왜냐하면 내가….」 C.B.가 차들라처럼 손가락을 머리 옆에 대고 빙빙 돌렸다. 「…너도 알잖아.」

"난 심각하단 말이야! 그리고 나한테 생각 보내지 마. 말로 해."

"아, 알았어. 잊고 있었네. 우리 사이의 신경 통로를 강화하는 걸 하느님께서 금하셨지. 너희 고모가 어디에 계실 것 같아? 가셨어. 상담회의 같은 데에 참석하셔야 한다며 메이브 학교로 가셨어." C.B.가 난로 부품을 손에 들고 일어섰다. "애석하지만 어쩔 수 없지, 뭐. 정말 즐거운 대화였는데 말이야."

「이런, 맙소사.」 "뭐라고 했어? 고모한테 우리에 관해서 이야기한 건 아니지?"

"내가?" C.B.가 말했다. "사람들에게 이야기하고 싶어서 환장한 사람은 너지. 나는 너한테 그러지 말라고 계속 말리는 사람이고."

"그러면 그 '즐거운 대화'는 무슨 일에 대한 거야?"

"대부분은 메이브에 대한 이야기였어. 내가 메이브를 도와줘서 고모님이 아주 고마워하신다는 이야기."

"메이브의 과학 숙제를 도와주고 있다는 이야기는 왜 나한테 안 했어?"

"난 메이브가 너한테 한 줄 알았어. 그리고 네가 기억을 떠올릴 수 있게 말해주자면, 우리 둘은 그것 말고도 할 이야기가 많았잖아. 네가 EED를 하면 안 되는 이유 같은 것들 말이야."

브리디는 그 말을 무시했다. "그러면 너랑 우나 고모랑 메이브

이야기만 했다는 거야?"

"아니지, 네 이야기도 했어. 고모님은 네가 트렌트를 차버리고 참한 아일랜드 총각을 찾아야 한다고 생각하신대."

「멋지군.」"그래서 넌 뭐랬어?"

"나도 동의했어. 고모님이 캐슬린의 인터넷 데이트 계획에 관한 이야기도 해줬어. 그리고 내게도 데이트에 대한 조언을 좀 주셨지."

"고모가 뭐라고 했는데?" 브리디가 불안한 표정으로 물었다.

"그건 나랑 고모님 사이의 비밀이야."

"메리어트 호텔까지 태워다줬다거나 병원에서 집까지 데려다줬다는 이야긴 전혀 안 했다는 거지?"

"안 했어. 데이트 이야기와 네 가족 이야기만 했어. 아무튼, 정말 좋은 분들이야. 약간 과잉보호를 하는 것 같기도 하지만, 마음속으로는 너한테 가장 도움이 되는 방법을 찾으려고 애쓰는 분들이야. 그런 가족이 있다는 건 행운이야."

「행운이라고?!」

"그래. 너도 알다시피, 모든 사람에게 걱정해주는 가족이 있는 건 아냐. 예를 들면, 나 말이야."

"뭐, 그럼 네가 우리 가족이랑 살든가. 정말로 다른 이야긴 안 했다는 거지? 내가 EED를 했다는 이야기나…."

"안 했어." C.B.는 그렇게 말하고 작업대로 걸어가서 드라이버를 집어 들었다. "션 오라일리에 대해서는 잠깐 이야기했어. 그리고 아일랜드의 딸에 대해서도." C.B.는 난로로 다시 돌아가서 쭈그려 앉아 난로 옆판의 나사를 풀기 시작했다. "아, 그리고 예감에 관해서도 이야기를 나눴어."

"네가 고모한테 예감에 관해 물어봤어?"

C.B.는 옆판의 나사를 다 풀고 나서야 대답했다. "아니. 고모님이 이야기를 꺼내셨어. 내가 메이브를 도와줬던 일을 이야기하시다가, 메이브에게 도움이 필요하리라는 '예감'을 느꼈었는데 그게 사실로 밝혀졌다고 하셨어. 그래서 내가 예감이란 게 어떤 건지 물었지. 고모님은 예감에 대해 자세히 설명해주고, '천리안'에 대해서도 말씀하셨는데 그게 일종의 투시 같은 거라고 하셨어. 하지만 내 생각엔 콜드 리딩과 추측이 결합된 것 같아." C.B.가 고개를 들어 브리디를 바라봤다. "걱정하지 마. 고모님은 네 일에 관해 짐작도 못 하고 계셔."

C.B.가 드라이버를 집어 들었다. "지금까지 EED를 비밀로 하는 걸 보니, 아직 트렌트와 연결이 안 된 모양이지?"

「연결되지 않았다는 건 너도 아주 잘 알잖아.」

"살랑거리는 소리도 없어? 아니면 향기라든가, 빗방울 떨어지는 소리도? 성 도크는 목소리가 들리기 전에 항상 하늘로부터 내려와 살랑거리며 떠다니는 갖가지 감미로운 노랫소리를 들었대. 혹시 천사의 노래는 들리지 않았어? '천사들의 노래가'라든가, '십 대의 천사' 같은 노래는?"

"안 들렸어." 브리디가 말했다. "하지만 우리는 아직 48시간 안 지났어. 그전에 확실히 연결될 거야."

"그렇겠지."

"그게 무슨 의미야? 넌 우리가 연결되지 않을 거라고 생각하는 거지, 그렇지?" 브리디가 따지듯이 물었다. "왜 안 될 거라고 생각해? 혹시 우리가 연결되지 않도록 네가 무슨 짓을 하고 있는 거 아냐?"

"예를 들자면 어떤 거?"

"나를 차단한다든가," 브리디가 분해된 난로를 보며 말했다. "전선으로 간섭했을지도 모르지."

"내가 말했잖아. 두뇌에는 전선이 없어. 그리고 지난번에 넌 간섭이 우리를 연결시킨 원인이라고 했잖아. 너와 트렌트를 막는 게 아니라."

"다른 방식의 간섭 방법이 있을 거야. 예를 들어, 넌 마음에서 마음으로 이야기하는 걸 고집하거나, 내가 트렌트에 닿지 못하게 하려고 내가 연결을 시도할 때마다 끼어들잖아."

「텔레파시는 그런 식으로 작동하지 않아.」 C.B.가 중얼거렸다.

"봤지? 지금도 그러고 있잖아. 넌 우리의 되먹임 순환을 강화해서 내가 없애버리기 힘들 정도로 강하게 만들고 있다고!"

"이런, 젠…. 난 네 애인을 차단하지 않아. 나한테는 그것보다 훨씬 알차게 시간을 보낼 일들이 많아." C.B.는 다시 난로로 돌아갔다. "예를 들자면, 얼어 죽기 전에 이 난로를 고쳐야 해. 그건 그렇고, 네 애인이랑 만나러 가야 하는 거 아냐?"

브리디는 트렌트를 까맣게 잊고 있었다. 그녀는 허겁지겁 위층으로 올라가며 트렌트가 이미 베릭 박사와 통화하지 않았기를 바랐다. 가망 없는 희망이었지만 포기할 수는 없었다.

트렌트는 벌써 전화를 했다. 하지만 박사와 통화가 되지 않았다. "안내 직원한테 긴급한 사항이라고 말했어." 트렌트가 브리디에게 말했다. "그랬더니 안내 직원이 박사는 오늘 사무실로 들어오지 않을 테니까 메시지를 남기래. 메시지라니! 내 비서에게 병원의 박사 사무실 번호를 찾아달라고 했어."

"비서에게 그런 일을 시켜도 될까?" 브리디가 불안한 얼굴로 물었다.

"내가 말했잖아. 내 비서는 아주 입이 무거운 사람이야."

"그래도 혹시 수키가…."

트렌트의 비서 에덜 고드윈이 노크를 하더니 문을 열었다. "워스 씨, 전화번호를 찾았습니다." 그녀가 말했다.

"고마워요." 트렌트가 병원에 전화했다. "아뇨, 다음 주는 안 됩니다. 오늘 박사를 만나야 해요…. 그럼, 언제 돌아오시나요? 박사님에게 걸 수 있는 휴대폰 번호는 있나요? 네. 긴급한 상황이라고요!"

트렌트가 전화를 끊었다. "베릭 박사가 없대. EED 수술을 하러 어딘가로 갔다는데, 그게 어딘지는 말을 안 해줘. 그리고 다음 주까지는 돌아오지 않을지도 모른대."

「정말 다행이다.」 브리디는 안도하는 표정이 얼굴에 비치지 않게 하려고 조심했다.

"병원에선 박사의 휴대폰 번호를 주지 않을 거야." 트렌트가 말했다. "혹시 박사가 당신한테 번호를 주지 않았어?"

「줬어.」 브리디는 왜 박사가 트렌트에게는 명함을 주지 않았는지 의아했다. 하지만 안 줘서 다행이었다. "안 줬어."

"제기랄. 에덜에게 박사와 연락할 방법을 찾아보라고 해야겠어. LA에 있는 사무실이나 간호사를 통해…."

트렌트의 휴대폰에서 삥 소리가 났다. "미안해. 해밀튼 씨 문자야. 지금 당장 나를 봐야겠대. 박사하고 연락이 닿으면 당신한테 문자로 알려줄게." 트렌트가 약속을 하고 사무실에서 나갔다.

브리디는 자기 사무실로 돌아갔다. 우나 고모가 늘 말하던 '아일랜드인의 행운'이 실제로 그녀에게 있는 느낌이 들었다. 베릭 박사는 맨해튼인지 팜스핑스인지 모르겠지만, 아무튼 어딘가에 안전하게 있었다. 트렌트는 급하게 나가느라 비서에게 박사의 간호사 전화번호를 찾으라는 지시를 하지 않았다. 그리고 우나 고모가 전혀 의심하지 않더라는 C.B.의 말은 틀림없는 사실일 것이다. 지금껏 분노에 휩싸인 고모의 문자가 오지 않은 걸 보면 말이다. 브리디는 엘리베이터를 기다리며 온 문자들을 읽었다. 캐슬린과 메리 언니에게서 온 문자들이 있었다. 캐슬린은 스파크스, 훅업닷컴, 커넥트 중 어디에 가입하는 게 좋을지, 아니면 셋 다 가입하는 게 좋을지 물었다. 메리 언니는 메이브의 컴퓨터에 어떤 인터넷 검열 프로그램을 설치하면 좋을지 물었다.

엘리베이터가 딱 맞춰서 도착한 덕분에 브리디는 아트 샘슨 씨와 대화를 피할 수 있었다. 샘슨 씨의 목소리가 막 들려오기 시작했을 때 엘리베이터의 문이 닫혔다. "나이 차별은 법률 위반일 거야. 하지만 두고 보라지, 날 제일 먼저 해고할걸."

브리디의 행운이 계속 이어졌다. 트렌트가 2시에 브리디에게 문자를 보냈는데, 이제 비밀회의에 들어간다며 아마도 온종일 계속될 것 같다고 했다. 회의가 끝났을 때는 업무시간이 지난 후일테니 트렌트가 베릭 박사와 통화할 수 없을 것이며, 오후 3시에 둘이 연결되지 않은 상태로 48시간이 지났다며 공황상태에 빠져서 브리디에게 전화하지도 못할 것이라는 의미였다. 정말로 전화가 없었다.

무엇보다 좋았던 것은 3시 30분에 도착한 메일이었다. "헤르메스 프로젝트의 진행 상황 때문에 모든 직원은 토요일인 내일 출근해서 오전 10시부터 오후 4시까지 업무를 수행해주시기 바랍니다."

메일에서는 진행되고 있는 일이 무엇인지에 대한 자세한 설명이 없었다. 그런 생략은 컴스팬을 지극히 위험한 광란의 상태로 몰아넣어서, 온종일 모두 다 그 생각만 하는 상태로 만들었다. (샘슨 씨만 빼고. 그는 즉시 회의를 토요일 아침으로 옮겼다. 그리고 브리디가 차를 타러 주차장에 갈 때 정리해고를 한탄하는 그의 목소리를 들었다.) 덕분에 브리디는 붕대에 관해 아무도 알아채지 못하고 EED에 대한 질문도 전혀 받지 않은 채 회사를 빠져나갈 수 있었다.

토요일에 일을 해야 한다는 사실은 메이브와 점심을 먹지 않아도 되며, 메이브를 태우러 가고 다시 데려다줄 때 가족들의 심문을 받을 필요도 없다는 의미이기도 했다. 「집에 가자마자 메리 언니에게 전화해야겠다.」 그러다 브리디는 생각을 바꿨다. 메리 언니는 브리디에게 오늘 밤에 와서 메이브와 이야기를 나눠보라고 할지도 몰랐다. 하지만 브리디는 저녁 시간을 트렌트와의 연결에 몰두해야 했다.

C.B.가 브리디를 혼자 있게 내버려둔다면 말이다. 하지만 저녁 내내 C.B.가 끼어들지 않는 걸 보면, 그는 브리디가 간섭에 대해 비난한 것 때문에 마음을 상했거나, 난로를 고치느라 바쁜 건지도 모른다.

「아니면 난로를 고치지 못해서,」 브리디가 잠자리를 준비하며 생각했다. 「얼어 죽은 건지도 몰라.」

「참고로 말해주자면,」 C.B.가 말했다. 「몇 가지 조사를 더 진행하고 있었어.」

「브리디 머피에 대해서? 아니면 잔 다르크?」

「잔 다르크. 그녀는 한 가지 목소리만 들은 게 아니었어. 처음에는 성 캐서린의 목소리를 들었는데, 그러다가 나중에는 성 미카엘과 성 마거릿의 목소리를 듣게 됐어.」

「아니면 잔 다르크가 자기 이야기를 하나로 계속 유지하지 못했는지도 모르지.」 브리디가 말했다. 「잔 다르크가 거짓말을 했을 수….」

「잔 다르크가 목소리를 듣지 않았다고 인정하기보다 화형당하는 걸 선택했다는 사실을 빼면 말이지. 듀크대학의 라인 박사에 대해서도 좀 더 알아봤어. 네가 중세 시대에 살지 않은 텔레파시 능력자의 이야기를 원한다면, 내가 하나 찾아낸 것 같아.」

「정말?」 브리디가 말했다. 그런데 그때 이런 생각이 들었다. 「C.B.는 내가 트렌트와 연결하는 걸 막으려고 이 짓을 하고 있는 거야.」 "난 안 들을래. 꺼져."

C.B.는 그 말을 무시했다. 「라인 박사가 했던 제너 카드 검사 보고서를 읽었어. 박사의 연구가 의심받을 만한 이유가 있더라고. 박사는 거의 아무거나 올바른 대답으로 계산했어. 그리고 제너 카드가 너무 얇아서 뒷면만 봐도 앞면을 읽을 수 있었대….」

「C.B.도 우리 가족들이랑 똑같아.」 브리디는 C.B.가 계속 재잘대는 동안 생각했다. 「아무 때나 불쑥 끼어들고, 내 일에 참견

하고, 내 사생활은 존중하지도 않고. 그러니 우리 가족들을 좋아하지.」

덕분에 어떻게 하면 C.B.의 입을 닫게 할 수 있을지 좋은 생각이 떠올랐다. 브리디는 캐슬린에게 전화해서 인터넷 데이트가 어떻게 되어 가는지 물었다. "그래서 커넥트하고 OK큐피드하고 스파크스에 가입하기로 했어." 캐슬린이 말했다. "스파크스에서는 누군가를 선택하려면 사진만 클릭하면 돼. 그래서 한 남자를 클릭해서 그 남자랑 술을 마셨는데, 만난 지 5분도 안 돼서 그 남자가 다른 여자를 클릭하기 시작하더라고! 그래서 나는 좀 더 진지하게 만나는 모임에 나가기로 했어. '저녁식사만' 같은 모임 말이야. 아니면 '라테와 사랑'이나."

「라테와 사랑?」 C.B.가 말했다. 「네 동생 농담하는 거지?」

「닥쳐.」 브리디가 말을 잘라버렸다. "라테와 사랑이라니?"

"식사가 너무 부담된다고 생각하는 사람들을 위한 모임이야." 캐슬린이 말했다. "하지만 식사조차 부담되어서 같이 하기 싫다면, 그런 사람이 정말로 좋은 남자친구가 될 수 있을까? 그렇긴 하지만, 난 션 오라일리는 거기에 오지 않을 거라고 장담할 수 있어. 난 그 남자가 라테라는 게 뭔지는 알까 의심스러워. 아니면 차라리 '브런치만'에 참가하는 게 나으려나. 이건 '저녁식사만'과 같은데, 칵테일이 나와."

「술이 꼭 필요할 거야.」 C.B.가 말했다.

「꺼져.」 브리디가 말했다.

"그래도 커피만 마시는 관계는 별로 오래가지 않겠지." 캐슬린이 생각에 잠겨서 말했다. 그리고 브런치와 커피 데이트의 장점을 비교하느라 한 시간을 보냈다. 그런 상황의 유일한 장점은 그러는 사이 C.B.가 포기하고 사라져버렸다는 사실이었다.

「나도 그럴 수 있으면 좋겠다.」 브리디가 하품을 했다.

캐슬린은 11시가 되어서야 전화를 끊었다. 브리디는 트렌트에게서 온 문자가 있는지 보려고 휴대폰을 쳐다봤다. 트렌트에게서 온 문자는 딱 한 통으로, 아직 베릭 박사와 통화를 하지 못했다며, 베릭 박사는 이슬람 지도자와 부인 한 명에게 EED 수술을 해주기 위해 모로코로 간 게 확실한 것 같다는 이야기였다.

「한결 낫네.」 브리디는 잠자리로 들어갔다. 하지만 브리디는 자신이 얼마나 피곤한 상태였는지 모르고 있었다. 베개 위에 머리를 올려놓자마자 잠이 들었다가, 휴대폰 벨소리에 곧 잠에서 깼다.

트렌트였다. "옷 입어." 그가 말했다. "드디어 베릭 박사와 연락이 닿았어. 오늘 자정에 박사와 예약했어."

11

"넌 내가 하는 말을 정말 한 마디도 이해를 못 하는구나."

— 영화 '프렌치 키스'

"자정에?" 브리디는 잘못 들었을 거라고 확신하며 되물었다. "하지만 박사가 모로코에 있다며."

"그렇지." 트렌트가 말했다.

"아, 그러면 전화 상담을 하려는 거구나." 브리디가 마침내 이해했다.

"응. 그런데 박사가 몇 가지 검사를 해보고 싶대. 그래서 박사의 사무실로 가야 해."

「몇 가지 검사라니? 다른 촬영인가?」

"주소 줄게." 트렌트가 말했다. "자정까지 거기에 도착하려면 지금 바로 출발해야 해." 그리고는 브리디가 만날 수 없는 변명거리를 생각해내기도 전에 전화를 끊어버렸다. 하지만 트렌트가 베릭 박사와 이야기를 나눌 거라면, 브리디는 거기로 가서 '서로 떨어져 있어야 하고 성관계도 하지 말라는 소리는 하지 않았다'고 박사가 트렌트에게 말하는 상황을 막아야 했다. 하지만 베릭 박사가 fCAT을 하자고 하면 어떡하지? C.B.는 그게 두뇌 활동을 보여준다고 했었다. fCAT이 C.B.와 브리디가 연결되어 있다는 사실을 보여줄 수도 있을까?

「C.B.!」 브리디가 침대에서 나와 옷가지를 집어 들며 소리쳤다. 「C.B., 내 소리 들려?」

「무슨 일이야?」 C.B.가 즉시 대답했다. 「무슨 일 있어? 다른 사람의 목소리를 들은 거야?」

「그게 트렌트와 연결되었는지 묻는 거라면, 아니야.」 브리디가 일어난 일을 설명했다.

「뭐? 대체 어떤 의사가 한밤중에 예약을 받는단 말이야?」

「아마 모로코에서는 낮일 거야.」 브리디가 신발을 신으며 말했다. 「내가 알고 싶은 게….」

「라인 박사에 대해서 알고 싶은 거야? 조금 전에 그 사람에 대해서 조사를 몇 가지 했어.」

「아니. 라인 박사에 대한 게 아니라, 트렌트 말로는 베릭 박사가 몇 가지 검사를 하고 싶어 한대. 혹시 그 검사 중에 fCAT이 있으면, 그게 나랑 너랑 연결된 걸 보여줄 수도 있을까?」

「아니.」 C.B.가 바로 대답했다.

「네가 fCAT은 두뇌 활동을 보여준다고 했잖아.」

「두뇌 활동을 보여주긴 하지만, 아주 개괄적인 형태로 보여줘. 여긴 기억 부분이고, 저긴 언어고 하는 식이야. 네가 무슨 생각을 하는지는 보여주지 않아.」

「네가 이야기했던 다른 건 어떤데?」

「imCAT 말이지? 그건 시냅스의 활동 지도를 더욱 세밀하게 보여주긴 하지만, 그게 전부일 거야.」

「네가 자료를 찾아서 확인해줄래?」 브리디가 외투를 집어 들며 물었다. 「내가 찾아봐야겠지만, 약속 시간까지 도착하려면 지금 나가야 해서….」

「그리고 운전하면서 스마트폰으로 그걸 찾아보려 했다간 딱 죽기 좋지.」 C.B.가 말했다. 「알았어. 내가 찾아볼게.」 그리고 사라졌다. 그러다 브리디가 차를 타러 나가기 직전에 다시 돌아와서 질문을 던졌다. 「약속 장소가 어디인데? 병원?」

「왜?」 브리디가 걱정스러운 목소리로 물었다. 「실제로 그런 장치가 있는데, 그 병원에도 하나 설치되어 있다는 뜻이야?」

「아니, 너와 트렌트가 '안녕하세요, 혹시 며칠 전 한밤중에 정맥주사를 뽑아놓고 계단에 앉아 있던 그 환자 아니신가요?'라고 이야기할 간호사와 만나게 될까 봐 걱정되어서 그러지.」

브리디는 그 생각은 못 했었다. 「아냐. 베릭 박사의 개인 사무실로 갈 거야.」

「이 한밤중에? 그 박사가 널 혼수상태로 빠트린 뒤에 장기를 훔쳐가지 않을 거라고 확신해?」

「그래. 확신해.」 브리디는 차라리 그러는 게 낫겠다는 생각을 하면서 대답했다. 적어도 더 이상 거짓말을 하지 않아도 될 테니.

브리디는 차를 몰고 시내로 출발했다. 자정까지 거기에 갈 수 있을지 확실하지 않았지만, 도로는 거의 텅 빈 상태였다. 브리디가 베릭 박사의 사무실에 도착하기 직전에 C.B.가 다시 끼어들었다. 「새벽 정찰대가 야간 전투기에게, 나오라, 야간 전투기.」

「그 촬영에 대해서 뭘 알아냈어?」 브리디가 물었다.

「네가 걱정할 필요가 없다는 사실을 알아냈지. 베릭 박사는 사무실에 CT조차 없어. fCAT이나 imCAT은 말할 필요도 없고.」

「하지만 박사가 병원으로 나를 보내면 병원에는 있을 거 아냐.」

「설령 그렇게 하더라도 네가 텔레파시 능력자인지는 알 수 없어. imCAT은 fCAT보다 훨씬 정확하게 시냅스 활동을 촬영할 수 있지만, 여전히 아주 원시적이야. 1제곱센티미터까지 지도로 만든 구글 어스랑은 달라. 환자가 주어진 수학 문제를 풀면, 전두엽의 특정한 영역에 불이 들어오는 수준이야. 환자에게 노래를 부르게 하면 청각 피질에 불이 들어오지. 하지만 그 정도가 다야. 아직은 네가 무슨 생각을 하는지 알 수 없어.」

「그런데 최근에 뉴스에서 사람의 생각을 찍을 수 있는 촬영에 관한 기사가 나오지 않았어? 사람에게 독수리에 대한 생각을 하게 하자, 그 이미지가 촬영되는….」

「네가 이야기하는 건 fMRI인데, 그 이미지는 사진이라기보다는 잉크 얼룩에 더 가까워. 그 얼룩은 보는 사람에 따라 다르게 보일 거야. 하지만 설령 네 생각을 완벽한 사진으로 찍어내는 촬영 방법이 있다고 해도, 네가 무슨 생각을 하고 있는지는 알 수 없어.」

「그게 무슨 말이야? 만약에….」

「독수리를 떠올려봐. 넌 동물원에서 본 독수리나 필라델피아이글스, 보이스카우트 마크, 혹은 영화 '독수리 요새'를 생각할 수도 있어. 하지만 아무리 촬영해도 내가 텔레파시로 너한테 독수리에 대해 이야기한 사실은 절대로 알 수 없어.」

「하지만 동일한 이미지가 우리의 두뇌에 동시에 나타난다면 알 수 있지.」 브리디가 말했다. 「그리고 imCAT만으로도 누군가 내게 말하고 있다는 사실을 알 수도 있어. 언어와 청각 중추에 나타날 테니….」

「촬영하는 동안 내가 너한테 말하지만 않으면 돼.」 C.B.가 말했다. 「하지만 내가 말한다고 해도, 그들은 네가 예전에 나눴던 대화를 머릿속에 떠올리고 있거나 혼잣말을 하고 있다고 추측할 거야. 그러니까 베릭 박사가 일부러 텔레파시의 증거를 찾고 있는 게 아니라면, 당연히 박사는 그러지 않을 테고, 이상하다는 생각도 절대 하지 않을 거야. 네가 박사에게 말하지만 않으면, 너랑 나랑 대화하고 있다는 사실을 알아낼 방법은 없어. 그러니까 넌 걱정할 거 하나도 없어. 박사가 너한테 야밤에 이상한 주소로 만나러 오라고 한 사실만 제외하면 말이야.」

「이상한 주소 아냐. 그리고 트렌트가 있을 거야.」 브리디는 주차장에 차를 세웠다.

그런데 주차장에 차가 한 대도 없었다. 트렌트는 아직 도착하지 않은 모양이었다. 그리고 건물에도 불빛이 전혀 없었다. 「내가 계속 말했잖아. 장기 이식 암시장.」 C.B.가 말했다. 「내가 너라면, 잡역부들이 클로로포름을 들고 나타나기 전에 꽁지 빠지게 도망칠 거야.」

브리디도 몹시 그러고 싶었다. 그래서 트렌트에게 "당신 말대로 왔는데, 아무도 없어"라고 문자를 보내려 했다. 하지만 그녀가 휴대폰을 채 꺼내기 전에 로비에 불이 켜지더니, 간호사가 문을 열고 브리디에게 손짓을 했다. "플래니건 씨죠? 들어오세요. 박사님이 기다리고 계세요."

"워스 씨도 올 거예요." 브리디가 말했다.

간호사가 고개를 끄덕이고, 브리디를 어두운 로비를 지나 방으로 안내했다. 방에는 책상과 종이가 덮인 진료대, 그리고 한쪽 벽에 커다란 고해상도 모니터가 있었다. 간호사가 브리디의 체온을 재고 꿰맨 곳을 살펴봤다. "절개 부위는 잘 회복되고 있네요." 간호사는 브리디의 뒷목에 있는 붕대를 떼어내고 나비형 반창고로 바꿨다. "감염의 기미나 부종도 없네요." 그러더니 병원에서 물어봤던 질문들을 줄줄이 늘어놨다. "통증은 없나요? 현기증은? 방향감각 상실은?"

"없어요. 다 좋아요." 브리디가 대답했다.

"아직 연결되지 않았다는 점만 빼면, 그렇죠? 언제 EED 수술을 하셨죠?"

"수요일요."

간호사가 그 대답을 적었다. "곧 베릭 박사의 의료기사가 와서 환자분의 연결을 봐줄 거예요." 간호사가 방에서 나갔다. 그리고 곧 수술복을 입은 젊은 남자가 들어왔다.

"안녕하세요. 저는 베릭 박사의 컴퓨터 의료기사입니다. 진료대 위로 올라가시면 제가 전부 맞춰드리겠습니다."

"전부 맞춰드리겠습니다"라는 말은, 베릭 박사가 브리디의 얼굴과 뒤통수를 동시에 볼 수 있도록 카메라를 조정하고, 손목과

위팔과 가슴에 감지기를 붙이고, 노트북 모니터에 다른 곳에 있는 진료실을 띄운다는 의미였다. “이쪽에서 우리가 준비되는 대로 베릭 박사님을 부르겠습니다.” 기사가 마지막 전선을 연결하며 설명했다.

“워스 씨를 기다려야 하지 않나요?” 브리디가 물었다.

“확인해보겠습니다.” 기사가 밖으로 나갔다. 혹시 여기도 병원처럼 진행된다면, 기사는 몇 시간 내로는 돌아오지 않을 것이다.

「잘됐네.」 C.B.가 말했다. 「그 기회를 이용해서 네게 라인 박사에 관해 이야기해줄게.」

「넌 라인 박사의 연구가 믿을 수 없다고 했잖아.」 브리디가 말했다.

「그랬지. 그럴 만했어. 라인 박사는 자료를 자기 입맛에 맞춰서 선별했어. 그는 실험 참가자들의 텔레파시 능력이 발동 걸리려면 시간이 걸리고 피곤해지면 사라진다고 주장했는데, 이건 박사가 참가자의 대답이 정확한 때만 자료로 이용했다는 의미야.」

「그렇다면 박사의 실험 참가자들은 진짜로는 마음을 읽지 못했던 거야?」

「그런 거 같아. 한 참가자는 예외야. 그 사람은 제너 카드 검사에서 놀라울 정도로 높은 점수를 기록했어.」

「그러면 넌 그 참가자가 실제로 텔레파시를 했다고 생각해?」

「확실하게 말하긴 힘들어. 그 사람은 몇 주 동안 놀랄 만한 점수를 내다가 갑자기 우연의 수준 이하로 떨어지더니 계속 그 상태에 머물렀어. 아까 얘기했던 것처럼, 라인 박사가 자료를 건드렸을 테니 그 사람에게 실제로는 텔레파시 능력이 없을 수도 있지만….」

「있지만?」

「그 사람이 다른 사람들에게 텔레파시 능력자라는 걸 들키기 싫어서 협조를 중단했을 수도 있어. 내 추측에는, 자기가 텔레파시 능력자라는 사실을 라인 박사가 알게 되었을 때 어떤 일이 일어날지 그 사람이 알아챘던 것 같아. 그는 서커스에 강제로 들어가 운세를 맞추거나, 온갖 실험을 당하고 조사받을 생각이 없었던 거지….」

「화형을 당할 생각도 없었고.」 브리디가 비꼬는 투로 말했다.

「바로 그거야. 그래서 그 사람이 생각을 고쳐먹은 거지. 사실을….」

「쉿.」 브리디가 말했다. 「기사가 오고 있어.」

「그 사람은 내 소리 못 들어.」 C.B.가 말했다. 그래도 어쨌든 기사가 방으로 들어오자 그는 입을 다물었다.

"베릭 박사님이 환자분부터 검진해보고 싶다고 하시네요." 기사가 자판을 몇 개 입력하자 베릭 박사가 모니터에 나타났다. 박사는 책상에 앉아 있었는데, 앞에는 노트북이 있었다.

"제 말이 들리시나요?" 기사가 베릭 박사에게 물었다. 박사가 그렇다고 하자 기사는 오디오와 화면해상도를 약간 조정했다. "이제 진행하시면 됩니다, 박사님." 기사는 그렇게 말하고 방에서 나갔다.

"플래니건 씨." 베릭 박사는 항상 그렇듯, 그녀를 보게 되어 아주 기쁘다는 표정으로 바라봤다. "몸 상태는 어떠세요?"

"좋아요." 브리디가 조심스럽게 말했다.

"플래니건 씨와 워스 씨가 아직 연결되지 않았다는 이야길 들었습니다. 비정상적인 건 아니에요. 대부분의 연인들은 이틀에서 닷새 사이에 연결되지만, 더 오래 걸리는 경우도 있습니다."

「트렌트가 이 말을 들었어야 하는데.」 브리디가 생각했다.

"다 괜찮은 것 같네요." 베릭 박사가 책상 위의 노트북을 응시하며 말했다. "수술 부위는 아주 잘 아물고 있습니다…. 감염 기미도 없고… 부종도 없고."

베릭 박사가 노트북에서 고개를 들었다. "아식 연결되지 않았다는 게 확실한가요? 제가 병원에서 말씀드렸듯이, 최초의 접촉은 간헐적이고 어렴풋하고 희미한 느낌이 겨우 1, 2초 정도 지속되거든요. 그런 느낌을 받은 적이 없나요?"

"네. 없었어요."

"다른 형태의 느낌은 없었나요? 갑자기 따스함이나 차가움이 느껴진다거나, 따끔거린다든가? 아니면 냄새는?"

「꼭 C.B.처럼 말하시네.」 브리디가 생각했다. "없었어요."

"음악 소리는 어떤가요? 아니면 목소리라든가?"

"목소리요?" 브리디의 몸이 갑자기 팽팽하게 긴장했다.

"네. 제 환자 중에 감정의 연결이 너무 강해서 애인이 이름을 부르는 소리를 들은 것 같다고 말씀하는 분들이 계시거든요." 박사가 브리디를 유심히 관찰했다. "그런 소리를 들은 적이 있나요?" 브리디는 생각했다. 「다른 환자들도 목소리를 들었다면, 내가 말하더라도 나를 조현병 환자라고 생각하지 않을 거야.」

「박사한테 말한다고?」 C.B.가 말했다. 「그러면 안 돼….」

「그 전에도 베릭 박사의 환자들이 목소리를 들은 적이 있다면,

박사는 그 원인과 고치는 방법을 알지도 몰라.」 브리디가 말했다.

「박사는 사람들이 자기 애인의 목소리를 들었다고 했어. 다른 사람의 목소리가 아니라. 넌 박사가 트렌트에게 그 이야기를 하면 좋겠….」

「박사는 트렌트에게 말할 수 없어. 의사의 비밀누설금지의무, 기억하지?」

「브리디 머피도 그렇게 생각했지. 그러다 '라이프' 잡지의 표지를 장식했어.」

「브리디 머피 이야기는 그만 닥쳐주겠니?」 브리디가 톡 쏘듯 말했다. 그리고 소리 내어 말했다. "베릭 박사님, 제가…."

"박사님?" 문밖에서 간호사가 부르는 소리가 들렸다. 간호사가 문을 열고 고개를 삐죽 내밀었다.

"무슨 일인가?" 베릭 박사는 마치 이 방에 있는 사람처럼 반응했다.

「정말로 박사한테 얘기할 생각은 아니지? 잔 다르크에게 무슨 일이 일어났었는지 생각해봐….」 C.B.가 말했다.

「쉿.」 브리디는 C.B.의 말을 막고 간호사가 하는 이야기에 신경을 곤두세웠다.

"브래드가 지금 워스 씨를 들여보내도 좋은지 물어보네요. 브래드는 1시까지 병원으로 돌아가야 한답니다."

베릭 박사가 짜증난 표정을 지었다. "알았어. 그렇게 해."

「왜 간호사가 그냥 트렌트를 안내하면 안 되는 거지?」 브리디가 막 그런 의문을 가졌을 때 기사가 작은 모니터와 노트북을 실은 철제 카트를 밀며 들어왔다. 기사는 카트를 진료대 옆에 붙이더니, 전선을 연결하고 자판을 두드렸다.

「말도 안 돼.」 C.B.가 말했다. 「너는 침대에서 끄집어내서 여기까지 차를 몰고 오게 하더니, 자기는 전화로 한다고?」

「트렌트는 아주 바쁜 사람이야.」 브리디가 방어적으로 말했다. 「헤르메스 프로젝트는 정말 중요하단 말이야.」

「뭐, 그러시겠지요!」 C.B.가 말했다.

「그게 무슨 소리야?」 브리디가 따졌다.

C.B.는 그 말을 못 들은 체했다. 「이게 얼마나 웃기는 일인지 너도 알잖아. 그렇지 않아? 저 사람들은 심지어 여기 있지도 않아.」 C.B.가 말했다.

「너도 여기에 없긴 마찬가지야.」 브리디가 날카롭게 말했다. 「그래도 스카이프는 끌 수나 있지.」

「사실이야.」 C.B.가 말했다. 「좋은 지적이야.」 그러더니 놀랍게도, 브리디의 말이 무슨 뜻인지 알아차린 듯, 사라졌다.

"다 준비됐습니다." 기사가 베릭 박사의 화면을 보고 말했다. "워스 씨 쪽도 준비됐습니다. 알트와 컨트롤을 동시에 누르고 '비디오2'가 화면에 뜨면 엔터 키를 누르세요. 그러면 박사님이 워스 씨와 연결될 겁니다."

「나도 트렌트와 그렇게 쉽게 연결될 수 있으면 좋을 텐데.」 브리디가 생각했다.

"고마워, 브래드." 베릭 박사가 말했다. 그러자 기사가 나갔다. 하지만 박사는 트렌트의 영상을 띄우지 않고 일어서서 앞으로 다가오더니 책상 모퉁이에 앉아 은밀한 이야기를 하듯이 브리디 쪽을 향해 몸을 기울였다. 박사는 마치 그 방에 함께 있는 것처럼 행동했다. "중간에 끊겨서 죄송합니다. 아까 저는 플래니건 씨에게 워스 씨가 이름을 부르거나 말하는 소리를 들은 적이 있는지 물었습니다. 그런 적이 있나요?"

「자루에서 고양이를 한 번 꺼내고 나면 도로 집어넣을 방법은 없어. 알지?」 C.B.가 말했다.

「쉿.」

"공감능력이 더 좋은 환자는," 베릭 박사가 말했다. "감정적으로 받아들이는 형태와 연결이 더 복잡하게 나타나기도 합니다. 촉각이나 소리, 말…."

「C.B., 봤어?」

「뭘 봐?」 C.B.가 말했다. 「박사는 허튼소리를 늘어놓고 있는 거야. 너도 들었잖아. '최초의 접촉은 간헐적이고 어렴풋하고 희미하다.' 퍽이나 그렇겠다. 너랑 나는 시작하자마자 완벽하게 연결됐어. 그리고 박사는 적어도 12시간 내로는 연결이 불가능하다고 했지만, 그것도 확실히 틀렸지. 저 사람은 이게 어떻게 작동하는지 조금도 몰라.」

「뭐, 그래도 너보다는 많이 알 거야.」 브리디가 말했다. 그리고 소리를 내서 말했다. "베릭 박사님, 정서적으로 민감한 사…." 모니터가 파랗게 됐다.

「네가 그런 거야?」 브리디가 따졌다.

「내가 뭘 해?」

「무슨 일인지는 너도 잘 알잖아.」 브리디가 말했다. 그때 문이 열리며 기사가 들어왔다.

"죄송합니다." 기사가 노트북으로 허겁지겁 달려갔다. "영상에 문제가 있는 모양입니다." 기사가 자판을 두드리기 시작했다. "즉시 복구하겠습니다."

잠시 후 베릭 박사의 영상이 모니터에 다시 나타났다. 기사가 다른 화면에 트렌트의 영상을 띄운 걸 보면, 그는 트렌트가 대화에 참여하고 있었다고 추측한 게 틀림없었다. "워스 씨 지체되어서 죄송합니다. 기술적인 결함이 있었어요. 제 목소리 들리시죠?"

"네." 트렌트의 영상이 말했다. 그는 자기 아파트의 소파에 앉아 있었다. 트렌트가 브리디를 쳐다봤다. "박사님에게 연결이 지체되는 원인을 알아보기 위해 두뇌 촬영을 했으면 좋겠다고 이야기 했어?"

「안 돼!」

트렌트가 베릭 박사의 영상을 돌아봤다. "브리디의 EED에 문제가 있나요? 그래서 저희가 연결되지 않는 건가요?"

"아뇨." 베릭 박사는 브리디에게 말했던 걸 반복해서 말했다. 그녀에게 신체적으로 문제가 있다는 징후는 전혀 없다고.

"확실한가요?" 트렌트가 주장을 굽히지 않았다. "박사님이 브리디를 붙잡고 검사를 했던 이유는…."

「베릭 박사는 트렌트에게 네가 병원에서 도망쳤던 사건 때문이라고 말할 거야.」 C.B.가 말했다. 「박사한테 혹시 스트레스가 원인일 수 있냐고 물어봐. 빨리!」

"저희는 둘 다 직장일 때문에 스트레스를 많이 받고 있어요." 브리디가 급하게 말했다. "그게 문제가 될 수 있을까요, 베릭 박사님?"

"그럼요. 연결을 방해하는 요소는 아주 많습니다. 스트레스와 부족한 수면, 그리고 부족한….”

“혹시 박사님이 부족한 정서적 유대감을 말씀하시려는 거라면, 그럴 가능성은 없습니다.” 트렌트가 끼어들었다. “저도 그게 연인들이 연결에 실패하는 주요한 원인이라는 사실은 알고 있습니다만, 저는 브리디에게 정서적으로 백 퍼센트 헌신하고 있습니다. 그리고 브리디 역시 저와 마찬가지라는 사실을 잘 알아요. 우리에게는 다른 사람이 있을 수 없습니다. 그렇지, 내 사랑?” 트렌트와 베릭 박사가 둘 다 고개를 돌려 브리디를 쳐다봤다.

휴대폰 벨소리가 들렸다. 그러자 트렌트가 주머니에서 휴대폰을 꺼냈다. “죄송합니다, 베릭 박사님. 하지만 이 전화를 받아야 해서….”

“편하게 받으세요.” 베릭 박사가 말했다. 그리고 손을 뻗어서 노트북의 자판을 쳤다. 그러자 트렌트의 화면이 까맣게 변했다.

“큰 프로젝트가 진행 중이라서요.” 브리디가 설명했다. “게다가….”

베릭 박사가 손을 흔들어 브리디의 사과를 중단시켰다. “사실, 이게 더 낫습니다. 플래니건 씨에게 묻고 싶은 질문이 몇 가지 있는데, 워스 씨가 없을 때 더 자유롭게 대답하실 수 있으실 테니까요. 워스 씨의 말은 맞습니다. 연결에 실패하는 연인들의 95퍼센트에서 정서적 유대감의 부족이 장애물로 작용했습니다. 혹시 이런 문제가 있으신가요?”

“아뇨. 당연히 없어요.” 브리디가 말했다. 그러다 ‘당연히, 물론’으로 시작하는 모든 문장은 무조건 거짓이라던 C.B.의 말이 떠올랐다. 그리고 C.B.가 비꼬는 말을 던지며 끼어들지 않았다는 사실에도 놀랐다.

"완전히 정리되지 않은 과거의 연애 관계는 없나요?" 베릭 박사가 물었다. "아니면 연애 감정을 느끼는 다른 사람이 있다든가?"

"절대로 없어요."

"확실한가요? 자신의 EED 파트너를 사랑한다고 믿었던 사람들이 실은 마음속 깊은 곳에서는 다른 사람에게 감정이 있었던 경우가 드물진 않거든요. 어떤 때는 환자가 그런 감정을 인식조차 못 하는 경우도 있었어요."

그렇다면 브리디가 C.B.를 사랑하지 않는다고 주장해봤자 도움이 안 될 것 같았다. 베릭 박사는 브리디가 '인식'하지 못한 거라고 생각할 것이다. C.B.의 말이 맞았다. 브리디는 박사에게 말하면 안 된다.

"저는 트렌트 외에는 어떤 사람에게도 감정이 없어요." 브리디가 단호하게 말했다. "그리고 그런 사실을 전혀 의심하지 않아요. 저도 트렌트와 마찬가지로 우리 관계에 전념하고 있어요."

"그런 경우라면, 연결의 지연은 대체로 말 그대로 '지연'일 뿐입니다." 베릭 박사가 브리디를 찬찬히 살폈다. "영상이 끊기기 전에 저한테 물어보실 게 있지 않았나요?"

「더 이상은 없어요.」 브리디가 생각했다. "박사님이 이미 대답해주셨어요." 그녀가 답했다.

"그렇다면 제가 묘사했던 형태의 감정이나 느낌을 전혀 받지 않으셨다는 게 확실한가요?"

"네. 확실합니다."

베릭 박사가 고개를 끄덕이더니 노트북의 자판을 두드렸다. 그러자 트렌트의 영상이 모니터에 다시 나타났는데, 짜증이 난 얼굴이었다. "죄송합니다." 베릭 박사가 말했다. "연결에 문제가 있었습니다."

"브리디, 박사님께 정서적 유대감은 문제없다고 말씀드렸어?" 트렌트가 물었다.

"응."

"음, 그렇다면, 박사님 뭐가 문제인가요? 사흘이나 지났잖아요."

"플래니건 씨에게도 방금 말씀드렸습니다만, 이 정도의 시간 경과는 특이한 사례가 아닙니다." 베릭 박사가 말했다. "나흘이나 닷새, 혹은 그보다 더 오래 걸리기도 합니다."

"더 오래요?" 트렌트가 충격을 받은 목소리로 말했다. "얼마나 더 오래 걸리나요?"

"그건 말씀드리기 힘듭니다. 워낙 사례가 다양해서요." 베릭 박사가 뭔가를 가늠해보려는 듯한 눈길로 트렌트를 쳐다봤다. "하지만 억지로 하려고 하면 절대로 되지 않을 겁니다. 긴장과 걱정은 두뇌의 화학적 성질을 변화시켜서 필요한 뉴런의 연결이 형성되지 않게 됩니다. 그러면 스트레스를 더 높이는 결과를 낳죠. 똑같은 일이 아이를 가지려는 사람들에게도 일어나곤 합니다. 사람들이 심하게 노력하면 할수록 수정이 더 안 일어나곤 하죠. 그런 되먹임 순환을 끊는 게 중요합니다."

"어떻게요?" 트렌트가 열성적으로 물었다.

"몸과 마음을 이완시키고 자연스럽게 일어나도록 놔두셔야 합니다. 신경안정제를 처방해 드리겠습니다. 연결에 대한 생각을 그만두고, 다른 일에 초점을 맞춰보라고 권하고 싶습니다. 책을 읽거나 텔레비전을 보거나 게임 같은 걸 해보세요. 저녁식사를 하러 외출하거나 야구 경기나 영화를 보세요. 연결에서 마음을 돌려놓을 수 있는 거라면 뭐든 해보세요."

"성관계는 어떤가요?" 브리디는 막을 새도 없이 트렌트가 질문해버렸다. "브리디 말로는 박사님이 처음 며칠간은 성관계를 피하라고 하셨다던데…."

"병원에서 간호사가 나한테 그렇게 말했다고 했지."

"아냐. 당신은 그렇게 말하지 않았어." 트렌트가 말했다. "난 똑똑히 기억해. 당신은 베릭 박사님이…."

"나는 간호사가 수술에서 확실히 회복된 후에야 관계를…."

"그건 좋은 충고입니다." 베릭 박사가 말했다. "하지만 이런 경우에는 성관계가 좋지 않을 이유가 없습니다. 다만, 자연스럽게 진행되고 서로에게 추가적인 스트레스를 주지 않는 범위 내에서요."

「그게 어떻게 가능하겠어?」 브리디가 절망적으로 생각했다. 「우리가 관계를 가지면, C.B.가 들을 텐데….」

「그런 걱정은 할 필요 없어.」 C.B.가 말했다. 「내가 그 정도로 완벽한 마조키스트는 아니야.」

「아.」 브리디는 놀랍고 묘한 기분이 느껴졌다. 그리고 이상하게 즐거워졌다. 브리디는 자신의 얼굴이 달아오르는 게 느껴졌다.

「제발 C.B.가 이런 소리를 듣지 말아야 할 텐데.」 브리디가 생각했다. 「그러면 C.B.는….」

"플래니건 씨?" 베릭 박사가 호기심 어린 눈으로 브리디를 쳐다봤다.

브리디의 얼굴이 붉어졌던가? 「그러면 안 될 텐데.」 "네?" 브리디가 목소리를 차분하게 가라앉히려고 애쓰며 말했다. "죄송해요. 뭐라고 하셨나요?"

"박사님이 더 질문 없냐고 물으셨어." 트렌트가 짜증스럽게 말했다.

"아, 없어요. 우리가 뭘 해야 할지 이해가 된 것 같아요." 브리디가 말했다.

"워스 씨는 다른 질문 없으신가요?"

"네."

"잘됐네요. 제가 두 분에게 신경안정제를 처방했습니다. 두 분이 느긋하게 지내셨으면 좋겠어요. 스트레스는 받지 말고, 불안해하지도 말고, 연결에 대해서도 생각하지 마세요. 그냥 자연스럽게 진행되도록 놔두세요. 그러면 연결될 겁니다." 베릭 박사가 말했다. 그러자 트렌트의 화면이 꺼졌다.

"고맙습니다. 베릭 박사님." 브리디가 인사했다. 그리고 진료대에서 내려와서 외투를 집어 들었다. 하지만 박사는 아직 그녀에게 할 말이 남아 있었다.

"어떤 형태의 접촉이든지 경험하시면 저한테 즉시 전화해주세요. 아무리 사소하고 순식간에 지나가는 것이라도 상관없습니다." 베릭 박사가 브리디에게 다시 휴대폰 번호를 알려줬다. "플래니건 씨의 생각에 접촉의 형태든 아니든 상관없이 모든 종류의 이미지나 소리, 감정이 느껴지면 연락해주세요. 제 환자 중 한 명은 추위가 강하게 느껴지더니 곧 말이 들렸다고 합니다. 약혼자가 이렇게 말하는 소리를 들었답니다. '문 닫아. 얼어 죽겠어.' 이런 경험은 없었나요?"

"네. 없었어요."

"몇 분 전에 제게 다시 말해달라고 했었는데, 혹시 그때 어떤 접촉 같은 걸 느꼈었나요?"

「내 얼굴이 달아올랐었구나.」 브리디가 생각했다. "아뇨." 그녀가 단호하게 말했다.

베릭 박사가 인상을 찌푸렸다. "확실한가요? 플래니건 씨는 놀란 얼굴이었어요. 그리고…." 박사는 적절한 단어를 찾는 양 멈칫했다. "…그리고 표정이 누그러졌어요. 마치 뭔가를 들은 것처…."

모니터가 까맣게 변했다.

「정말 다행이다.」 브리디가 생각했다. "베릭 박사님?" 브리디가 주저하며 말했다. "제 말 들리세요? 저는 박사님이 보이지도 않고 들리지도 않아요. 연결이 끊긴 모양이에요."

대답이 없었다. 「잘 됐다. 여기서 빠져나갈 기회야.」 브리디가 생각했다. 그리고 외투와 가방을 움켜쥐고 그 방을 살그머니 빠져나가 로비로 갔다. 로비는 휑했다. 브리디는 기다렸다가 신경안정제 처방전을 받아가는 게 나을지 아니면 그냥 가는 게 나을지 몰라 망설였다. 그렇지만 브리디는 간호사가 베릭 박사와 연락해서 영상이 도중에 끊어졌다는 걸 알게 되어 기사를 다시 부르는 상황을 원하지 않았다.

브리디가 어둡고 텅 빈 도로를 따라 집으로 돌아오며 생각했다.「불안은 아무 상관도 없는 문제야. 최근 며칠간 내내 불안한 상태였어도 C.B.와 연결하는 데에는 아무런 영향도 미치지 않았잖아.」

「베릭 박사는 그냥 생각나는 대로 떠든 거야.」브리디가 생각했다. 그래도 박사가 연결이 며칠 걸릴 거라는 말을 한 덕분에 그녀로서는 트렌트와 연결할 시간을 벌었다. 브리디는 그 시간을 최대한 알차게 활용하기로 마음먹었다. 집에 가는 길에, 그리고 밤 늦은 시간까지 끊임없이 트렌트를 불렀다. 그리고 토요일 이른 아침에도 다시 불렀다. 하지만 그 전과 마찬가지로 여전히 운이 따르지 않았다. 트렌트와 이루어진 접촉은 브리디가 출근길에 받은 문자들밖에 없었다. "'통화 중단' 연극 표를 구하려는 중." 그리고 "운이 없네. 매진이래." 그리고 "루미네스에서 저녁 어때?" 그리고 "점심때 카페에서 봐."

그 문자 덕분에 브리디는 컴스팬에 도착하자마자 메리 언니에게 전화해야 한다는 생각이 떠올랐다. 일 때문에 점심때 메이브를 데리러 갈 수 없다고 말해야 한다. 그런데 브리디가 주차장에 채 도착하기도 전에 메리 언니의 전화가 왔다. "일정을 바꿔야겠어." 메리 언니가 말했다. "메이브가 아프대."

"무슨 일이야?" 브리디가 물었다. "메이브가 독감이라도 걸렸어?"

"아니, 열은 없어. 메이브에게는 아무런 증상이 없어. 난 진짜 걔가 걱정돼."

「언니만 없으면 걔는 괜찮을 거야.」"아무 증상도 없다면서 메이브가 아픈 건 어떻게 알았어?"

"걔가 자기 입으로 그렇게 말했으니까. 아침에 일어날 때까진 말짱했어. 아침을 먹으면서 모녀독서모임에 관해 이야기하고 있었는데, 갑자기 메이브가 숟가락을 놓으면서 '몸이 안 좋아요. 누워있는 게 나을 것 같아요'라고 하더니, 자기 방으로 가서 문을 닫아버렸어. 메이브에게 배가 아픈지, 아니면 어디 아픈 데가 있는지 물었어. 하지만 메이브는 아니래. 내 생각엔 맹장염 같아."

「모녀독서모임에 가야 한다는 생각 때문에 그런 거야.」"맹장염은 아냐." 브리디가 말했다. "맹장염이라면 열이 있어야 되고, 오른쪽 배가 아파야 해."

"맹장이 파열되면 그렇지 않아. 인터넷으로 찾아봤어. 앞으로 두 시간 내로 메이브가 나아지지 않으면 구급차를 부를 거야."

「아, 불쌍한 메이브.」 브리디가 주차장으로 들어가며 생각했다.

C.B.의 차가 벌써 주차되어 있었다. 트렌트의 차도 있었다. 수키의 차도. 브리디는 지금 당장은 너무 지쳐서 그들 중 누구하고도 마주하기 싫었다. 아트 샘슨도 마찬가지였다. 브리디가 건물로 들어서자마자 그의 목소리가 들렸다. "내가 정리해고를 당하면, 모아놓은 돈으로는 65살까지 살지 못할 거야."

브리디는 샘슨 씨가 어디에 있는지 살펴보려고 머뭇거리지 않았다. 전력질주로 계단으로 뛰어가서 사무실까지 올라갔다. "아트 샘슨 씨 사무실로 전화해서 11시 회의를 취소시켜줘." 브리디가 차를라에게 말했다. "그리고 다음 주로 연기시켜."

"샘슨 씨의 비서가 이미 전화해서 다음 주 월요일 아침으로 회의 일정을 변경했어요." 차를라가 말했다.

"아, 잘됐네. 메시지 온 건 없어?"

"있어요. 동생 캐슬린 씨에게서 여러 통이 왔고, 워스 씨의 비서가 전화해서 오늘 밤 8시에 루미네스 레스토랑에 예약해놨으며 워스 씨가 7시에 데리러 올 거라고 전해 달래요."

"고마워." 브리디는 이번엔 제발 가족이 없길 바라며 자기 사무실로 들어갔다. 브리디의 뒤쪽에서 목소리가 들렸다. "디카페인 라테."

브리디가 반사적으로 고개를 돌리며 생각했다. 「차를라가 커피를 사러 가는 거면 내 커피도 부탁해야지.」 하지만 차를라는 컴퓨터의 자판을 두드리고 있었다.

「복도에서 들린 목소리였나.」 브리디가 문으로 다시 돌아가 복도를 내다봤지만 아무도 없었다.

「내 머릿속에서 들린 소리였어.」 브리디가 들떠서 생각했다. 「드디어 연결된 거야. 트렌트하고 연결됐어! 감정적으로만 연결된 게 아니라 말이 들린다고!」 2등급으로 연결될 수밖에 없을 거라던 C.B.의 말은 틀렸다. 그들은 서로 대화를 나눌 수 있을 것이다. 그녀가 C.B.과 그러듯이.

「트렌트, 내 말 들려? 난 당신 말이 들려.」 브리디가 불렀지만 트렌트는 대답이 없었다.

「내 쪽에서만 들리는 모양이네.」 브리디는 트렌트에게 문자를 보내기 시작하다가 마지막 순간에 멈칫했다. 그 목소리가 트렌트라면 왜 '디카페인 라테'라고 했을까? 트렌트는 라테를 싫어한다. 그리고 카페인을 뺀 커피는 마시는 법이 없었다. 게다가 그 소리는 트렌트의 목소리처럼 들리지도 않았다.

「C.B., 그 소리를 한 사람이 너야?」 그 목소리는 C.B.와도 달랐지만, 브리디가 물었다.

"무슨 문제가 있나요?" 차를라가 물었다. 브리디는 "조금 전에 누군가 말하는 소리 들었어?"라고 물어보려던 찰나 호기심으로 반짝거리는 차를라의 눈이 보였다. 그리고 차를라가 휴대폰으로 손을 뻗는 모습도 보였다. 틀림없이 수키에게 "플래니건 씨가 이상하게 행동해요"라든가 "플래니건 씨가 소리가 들린대요"라고 문자를 보낼 것이다.

"아냐. 아무 문제도 없어. 내가 잊었던 일이 방금 떠올랐어. 내 전화 대신 받아줘." 브리디는 개인 사무실로 걸어 들어가서 문을 닫았다.

「그란데 사이즈.」 목소리가 말했다. 아직은 아주 희미했다. 「아니, 스티로폼 컵 말고….」 갑자기 말소리가 뚝 끊겼다. 그리고 이번엔 브리디의 머릿속에서 나는 소리라는 데에 의문의 여지가 없었다. 다른 목소리고 의심스러운 단어들이지만, 그래도 트렌트의 목소리라고 생각할 수밖에 없었다. 어쩌면 트렌트가 에덜 고드윈에게 회의에 참석한 다른 사람의 커피를 주문하고 있는 건지도 모른다. 그런데 트렌트의 정신적인 소리는 입말 소리와 달랐다.

「C.B.의 목소리는 다르지 않은데.」 브리디가 생각했다. 그리고 C.B.의 목소리는 처음부터 흐릿하게 들리지 않았다. 아주 깨끗하게 들렸었고, 말하는 도중에 끊어지지도 않았다….

「그건 트렌트의 목소리였어. C.B.가 중간에 방해를 한 탓에 갑자기 끊겼을 거야.」 브리디가 생각했다.

「C.B.!」 브리디가 소리 질렀다. 「대답해! 네가 거기 있는 거다 알아.」

「소리를 지를 필요는 없어.」 C.B.가 말했다. 「네 소리 들려. 무슨 일이야?」

「무슨 일이냐고?」 브리디가 분노에 휩싸여 생각했다. 「네가 트렌트를 막았잖아! 아니라고 하지 마. 내가 트렌트를 들었단 말이야!」

「트렌트를 들었다고?」 C.B.가 깜짝 놀란 듯 말했다. 「트렌트를 들었다는 게 무슨 뜻이야? 트렌트의 감정을 느꼈다는 거야?」

「아냐. 트렌트의 목소리를 들었다고!」 브리디가 분노를 실어 생각했다. 「네가 나를 아무리 막으려고 해도….」

「그게 언제였어?」 C.B.가 물었다. 「아니, 그건 신경 쓰지 마. 너한테 할 말이 있어. 지금 당장. 내 연구실로 와줘.」

「나를 막았던 이유를 설명하려고?」

「어디야? 네 사무실?」 아마도 브리디가 「응」이라는 생각을 했던 모양이다. C.B.가 이렇게 말했다. 「거기에 그대로 있어. 내가 금방 올라갈게.」

이 사무실이든, 다른 어디에서든 브리디는 C.B.의 거짓말을 더 이상 듣고 싶지 않았다. 브리디는 휴대폰을 거머쥐고 차를라에게 카페에 내려가 있겠다고 말했다. 그리고 트렌트의 사무실로 향했다. 브리디는 C.B.를 피하려 계단을 이용했다. 「이제 연결이 되었으니까 트렌트에게 텔레파시에 대해 말해야 해.」 브리디는 계단을 뛰어 올라가서 트렌트의 사무실을 향해 복도를 서둘러 걸어갔다. 「C.B.의 말을 계속 듣는 게 아니었….」

브리디가 회의실을 지나가는 데 갑자기 문에서 손이 튀어나와 브리디의 손목을 낚아챘다. "대체 무슨 짓…." 브리디는 소리치다가, C.B.가 눈에 들어왔다.

"쉿." C.B.가 속삭였다. "처음엔 병원에서, 지금은 여기서. '거기 그대로 있어'라는 말에서 대체 어느 부분이 이해가 안 되는 거야?"

"이거 놔." 브리디가 날카롭게 말을 뱉으며 손을 비틀어서 빼내려고 했다.

"내 말을 듣기 전에는 안 돼." C.B.가 브리디를 회의실로 당기기 시작했다.

"이건 납치야!" 브리디가 말했다. 그리고 고개를 마구 돌리며 주위를 바라봤지만, 그녀를 도와줄 사람은 아무도 없었다.

"또 납치라네." C.B.가 말했다. "대체 왜 그래?"

"지금 나한테 왜 그러냐고 묻는 거야?" 브리디가 C.B.의 손에서 손목을 빼내려고 비틀며 화난 목소리로 말했다. 그녀가 C.B.의 정강이를 발로 찼다. "'오페라의 유령' 같은 짓을 하고 있는 사람은 바로 너야!"

"'노트르담의 꼽추'겠지." C.B.가 그녀의 말을 정정하며 당기던 걸 멈췄다. "좋아." C.B.가 큰 소리로 말했다. "그럼 여기서 말하지, 뭐. 모든 사람이 다 볼 수 있도록. 이게 네가 원하는 거지? 조금 전에 수키가 이쪽으로 오는 걸 봤어…."

"쉿." 브리디가 말했다. 그리고 C.B.가 이끄는 대로 회의실 안으로 들어갔다. 안에 들어가자마자 C.B.가 브리디의 팔목을 놨다. 그리고 '회의 중, 방해하지 마시오' 팻말을 안쪽의 문손잡이에서 벗겨내더니 살짝 문을 열고 밖에 달았다. 그리고 C.B.는 좋이와 스카치테이프를 가지러 회의 테이블로 갔다. 브리디는 문을 쳐다보면서 C.B.가 막기 전에 빠져나가서 트렌트의 사무실로 갈 수 있을지 가늠해봤….

「안 돼.」 C.B.가 브리디와 문 사이를 빠르게 오가며 말했다. 「난 네 생각을 읽을 수 있어, 기억하지?」 C.B.는 종이를 회의실 문의 유리창 위에 테이프로 붙이고, 회의용 의자를 당기며 말했다. "앉아."

"난 서 있을래. 고마워." 브리디가 팔짱을 꼈다.

"알았어. 정확히 언제 트렌트의 목소리를 들었어?"

"몇 분 전에."

"트렌트의 목소리를 들은 건 그게 처음이야?"

"응."

"그 목소리가 트렌트인 게 확실해? 트렌트가 뭐라고 했는데?"

"그건 네가 상관할 일이…."

"뭐라고 했냐고?" C.B.가 소리를 질렀다. "브리디, 난 알아야 해."

"그래야 네가 트렌트를 막을 수…."

"난 트렌트를 안 막아!"

"그러면 트렌트의 목소리가 왜 그렇게 갑자기 끊겼는데? 네가 트렌트 목소리를 방해한 거야. 그게 이유지. 그래도 트렌트의 목소리는 어떻게든 뚫고 들어왔어. 하지만 바로 그렇기 때문에 트렌트의 목소리가 너무 희미하게 들렸던 거야. 그래서 그이의 목소리랑 달랐던 거고…."

C.B.가 즉시 그 부분을 물고 늘어졌다. "무슨 뜻이야? 트렌트

의 목소리랑 달랐다니? 처음에 들었을 때는 트렌트의 목소리라고 생각하지 않았다는 거지?"

"그래. 뭘 어떻게 했는지 몰라도, 네가 소리를 왜곡한 덕분이지."

C.B.가 그 말을 무시했다. "트렌트가 뭐라고 했었는지 말해."

"왜?" 브리디가 싸움이라도 벌일 듯 따졌다. "내 생각을 읽으시는 줄 알았는데?"

C.B.는 그 말도 무시했다. "말해. 뭐라고 했는지, 정확하게." C.B.의 태도 안에 있는 뭔가가 브리디를 결국 대답하게 만들었다.

"처음에 트렌트는 이렇게 말했어. '디카페인 라테.' 그래서 난 복도에서 누군가 말하는 소리라고 생각했어." 브리디가 말했다.

"그런데 아니었다는 거지?"

"그래. 그리고 몇 분 후에 사무실에서 문을 닫고 있었는데, 트렌트의 말소리가 들렸어. '그란데 사이즈', 그리고 '아니, 스티로폼 컵 말고.'"

"스타벅스에서 주문하는 소리처럼 들리네." C.B.가 말했다. 브리디가 고개를 끄덕였다. "그 사람이 너한테 말하는 것처럼 들렸어?"

"아니." 브리디가 인정했다. 「설마 트렌트가 스타벅스 바리스타에게 정서적으로 유대감을 갖고 있다고 말하려는 건 아니겠지.」

"그게 다야? 다른 소리는 못 들었어?"

"응. 네 목소리 말고는 없었어." 브리디가 말했다. 그러자 C.B.가 눈에 띄게 안도하는 게 보였다. 「자기가 트렌트의 전송을 방해했기 때문일 거야.」

"아냐, 난 안 했어! 아까 그 목소리가 '왜곡'되었다고 했는데, 그건 무슨 뜻이야? 트렌트의 목소리와는 어떻게 달랐어? 목소리가 훨씬 깊어? 콧소리가 들어갔어? 억양이 달랐어?"

"아니야." 브리디는 인상을 쓰며 기억해내려고 애썼다. 하지만 그 목소리는 개성이 없었다. 다른 목소리와 구별할 만한 특색이 전혀 없었다.

「젠장.」 C.B.가 말했다. 「이게 내가 걱정하던 일이야.」 "내가 진작…." C.B.가 말을 시작하다 갑자기 중단하고, 자기가 가져온 의자를 가리켰다. "앉아봐. 너한테 꼭 해줘야 할 이야기가 있어." C.B.가 너무 진지하게 말해서 브리디는 시키는 대로 했다.

"무슨 말이야?" 브리디가 물었다. "뭐가 잘못된 거야?"

C.B.가 다른 의자를 가져와서 브리디와 마주 보고 앉았다. 그리고 무릎을 벌리며 앞으로 몸을 기울이고 팔꿈치를 무릎에 올리더니 양손을 꽉 움켜쥐었다. "내가 진작 너한테 이 말을 해줬어야 해. 하지만 내 생각에는… 그게, 너에겐 내 목소리만 들리는 것 같았어. 그래서 난 그 상태로 멈출 거라고 생각했어. 특히 시간이 많이 지나도 아무 일도 안 일어났으니까. 난…."

「이게 왜 이렇게 오래 걸리지?」 목소리가 치고 들어왔다. 짜증 난 목소리였다. 그래서 브리디는 반사적으로 종이가 덮인 문의 유리창을 쳐다보며, 밖에서 누군가 안으로 들어오려 한다고 생각했다. 그때 C.B.가 문 쪽을 바라보고 있지 않다는 사실을 깨달았다. 그는 그 소리를 못 들었는지 아무런 기척이 없었다.

「트렌트다.」 여전히 트렌트의 목소리 같지는 않았지만 브리디는 그렇게 생각했다. 하지만 적어도 이번에는 평소의 트렌트가 할 만한 말이었다.

「난 여기 있어.」 브리디가 말했다. 「난 당신 목소리가 들려.」

"다른 사람의 목소리가 들려?" C.B.가 브리디의 손을 잡으려고 손을 뻗으며 말했다. "브리디, 지금 다른 사람의 말이 들렸어?"

"응. 트렌트야. 우리의 연결이 왜 이리 오래 걸리느냐고 했어."

"그랬어? 트렌트가 '연결'이라는 단어를 사용했어?"

"아니." 브리디가 인정했다. "하지만 트렌트가 그 말을…."

"뭐라고 했는지 자세히 말해줘. 중요한 일이야."

"트렌트가 이렇게 말했어. '이게 왜 이렇게 오래 걸리지?'"

"그 목소리가 아까 들었던 목소리랑 같아?"

둘은 달랐다. 브리디로서는 두 목소리가 어떻게 다른지 딱 꼬집어서 말할 수 없었지만, 그냥 다르다는 느낌이 들었다. "아니. 그거야 네가 방해를 해서…."

브리디가 말을 멈췄다. C.B.가 브리디를 쳐다보고 있었지만, 그의 얼굴에는 방어적인 기색이 전혀 없었다. 가여워하는 눈빛이었다. 곧 그녀에게 뭔가 나쁜 소식을 전해야만 하는 사람의 얼굴이었다. "무슨 일이야?" 브리디가 물었다.

"그건 트렌트가 아냐."

"그게 무슨 소리야? 트렌트가 아니라니? 내가 상상을 하고 있다는 말이야?"

"안타깝지만, 아니야."

"그게 무슨 말이야? 이건 트렌트일 수밖에 없어. 그이가 아니라면 대체 누구란 말이야?"

C.B.는 더욱 가엽다는 듯 말했다. "아무나 가능해."

"아무나? 그게 무슨 소리야. '아무나'라니?"

"그러니까 내 말은, 여기 컴스팬에서 컴퓨터가 부팅되기를 기다리는 누구일 수도 있고, 자기 부인의 출산이 왜 이렇게 오래 걸리는지 궁금한 남편일 수도 있고, 신호등이 바뀌길 기다리는 남자일 수도 있다는 뜻이야."

"그러니까 넌, 왜 아직도 연결이 안 되는지 궁금해하는 트렌트가 아니라고 확신한다는 거지?" 브리디가 화난 목소리로 말했다. "왜 트렌트가 아닌데?"

"네가 그 목소리를 알아보지 못했잖아. 그건 곧 낯선 사람의 목소리라는 뜻이야. 네가 들었다던 라테를 주문한 사람도 마찬가지고."

"넌 내가 낯선 두 사람의 목소리를 들었다는 거야?"

"그래. 그리고 그들은 시작일 뿐이야. 이틀이나 사흘이 지나면, 넌 더 많은 목소리를 듣게 될…."

"그럼, 넌 어떻게 이런 것들을 그렇게 확실하게 알아?" 브리디가 물었다. 하지만 이미 그녀는 그 답을 알고 있었다. "너도 그 목소리들이 들리는 거지, 그렇지? 다른 목소리들 말이야."

"그래. 그리고 기분 좋은 소리는 아니야. 너한테 가르쳐줘야 할 게 있…."

"넌 다른 사람들의 목소리들을 듣는단 말이지." 브리디는 그 말을 이해하려 했다. "넌 완전히 낯선 사람들의 목소리를 듣는다는 거지. 그러면 넌 그 목소리들을 듣자마자, 우리가 서로의 목소리를 듣는 게 정서적 유대감과는 무관하다는 사실을 깨달았겠네. 넌 다른 무언가가 텔레파시의 원인이라는 사실도 알았겠지. 아직 나한테는 한마디도 하지 않았지만."

"그래. 내가 곧 너한테 말해줘야겠지만…."

"곧? 지금 당장 말하는 게 좋을 거야. 너한테 언제 그런 일이 처음 일어났는지도. 그게 언제였어?"

"브리디…."

"넌 틀림없이 이에 대해 온갖 사실들을 알아낼 정도로 오랫동안 다른 사람들의 목소리를 들어왔을 거야. 그렇다는 건, 네가 꽤 오래전부터 그런 목소리를 들었다는 뜻이지. 언제부터 다른 사람들의 목소리를 들었어?"

「나를 병원에서 집으로 데려다준 날부터였겠지.」 브리디가 자문자답하며 생각했다. 「그래서 캐슬린이 내 아파트에 없다는 사실을 알았던 거야. 그런 방법으로 아파트로 돌아가도 안전하다는 사실을 알았던 거야. 캐슬린이 내 아파트에서 떠나려는 생각을 들었을 테니까.」

"아니면, 넌 그 전부터 들었을지도 모르지. 내가 병원에 있을 때부터야?" 브리디가 물었다. "당연히 그랬겠지. 그래서 넌 간호사의 근무시간이 끝났다는 걸 알았던 거야. 그리고 간호사들이 베릭 박사에게 내가 도망갔던 일에 대해 이야기할지 논의하는 것도 그렇게 알아냈겠지." C.B.는 당시 간호사실의 말소리를 엿들었다고 했지만, 그게 아니었다. C.B.는 간호사들의 생각을 읽었다. 그래서 잔 다르크가 하나 이상의 목소리를 들었다는 이야기를 꺼냈던 것이다. 브리디에게도 그런 일이 일어났는지 알아보기 위해서 말이다. "넌 그 첫날 밤부터 다른 목소리를 듣기 시작했던 거야. 내 목소리를 들은 직후부터, 그렇지 않아?"

C.B.가 다시 가엽다는 듯 브리디를 쳐다보며 말했다. "아냐."

아, 맙소사, C.B.는 브리디가 EED를 하기 전부터 그들의 생각을 듣고 있었다. 그리고 브리디의 생각도. 그래서 C.B.가 병원으로 떠나려는 브리디를 붙잡을 수 있었고, 그래서 브리디가 EED를 할 거라는 사실도 알았던 것이다. "언제부터 목소리를 들었던 거야?" 브리디가 따져 물었다.

"브리디…."

"대답해. 언제부터였어?"

C.B.가 한숨을 내쉬었다. "열세 살 때부터."

12

"하느님의 목소리를 처음 들은 건 열세 살 때였습니다….
처음에는 몹시 두려웠습니다."
— 잔 다르크

"열세 살이라고?" 브리디가 되물으며 그 사실을 받아들이려 애썼다.

C.B.가 고개를 끄덕였다. "내 생일 3주 뒤였어. 그리고 내게 사춘기가 온 지 두어 달 지났을 때야. 너도 짐작하겠지만, 나는 그게 원인이라고 생각했어. 학교에서 '난 너에게 장미정원을 약속하지 않았어'를 읽던 때이기도 했지. 그 소설은 조현병에 걸린 십대가 주인공이잖아. 그래서 난 그것도 원인일 수 있겠다고 생각했어. 당시는 잔 다르크에 대해서 몰랐어. 그리고 바로 그 나이 때 목소리를 듣기 시작한 다른 성인들에 대해서도 몰랐어."

"넌 십대 때부터 목소리를 들어왔단 말이지." 브리디가 말했다. 그래, 당연히 그랬을 것이다. 모든 게 이해됐다. C.B.는 완전히 외톨박이였다. 차를라는 그가 혼잣말하는 소리를 들었다고 했었다. 그리고 그의 이어폰은 아무 데도 꽂혀있지 않았다. 게다가 그가 병원의 첫날 밤 전혀 놀라지 않았던 이유도 설명된다. 게다가 둘이 텔레파시로 소통하고 있다는 개념을 왜 즉시 받아들였는지도. C.B.는 열세 살 때부터 그런 대화를 해왔기 때문이었다.

"아니야. 열세 살 때부터 목소리들을 듣기는 했지만, 그들과 대화를 하지는 않았어." C.B.가 브리디의 틀린 부분을 고쳐줬다. "그건 훨씬 최근에 일어난 일이야."

"얼마나 최근에?"

"아주 최근에."

"그 말은 네가 처음으로 대화를 나눌 수 있었던 사람이 나란 말이야? 그리고 '목소리들'이라는 건 무슨 의미야? 얼마나 많은 목소리가 들리는데? 컴스팬에 있는 모든 사람의 생각을 들을 수 있어?" 물론 C.B.는 그럴 수 있었을 것이다. 그는 아마 헤르메스 프로젝트 회의도 엿들으며, 새로운 휴대폰에 대해 애플이 알아내지 못하게 하려는 보안 예방조치를 비웃었을 것이….

"텔레파시는 그런 식으로 작동하지 않아." C.B.가 브리디의 생각을 잘랐다. "누구의 생각을 들을지, 어떤 생각을 들을지 전혀 통제할 수 없어. 조금 전 네가 '이게 왜 이렇게 오래 걸리지?'라는 남자의 목소리를 들었을 때처럼 그냥 일어나는 거야. 목소리가 그냥 들어와. 그리고 계속 끊임없이 들어올 거야. 그래서 내가 너한테 어떻게 막는지 가르쳐주려는…."

"그럴 줄 알았어." 브리디가 말했다. "네가 트렌트를 막았지!"

"아, 이거 참." C.B.가 헝클어진 머리를 손으로 긁었다. "마지막으로 말하는데, 난 그 멍청한 네 남자친구를 안 막았어! 난 네가 목소리들을 막을 수 있도록 도와주려는 거야. 목소리를 막으려면 방어벽을 세워야 해. 다른 목소리가 더 들리기 시작하기 전에 지금 당장 해야 돼. 오늘은 처음으로 하나의 목소리가 들렸을 뿐이지만, 하루가 지나고 이틀이 지나는 사이 더 나빠질 거야. 방어벽을 세우려면 시간이 걸려. 그러니까 너한테 가르쳐줘야….”

“설령 나와 트렌트의 연결을 막지 않았다는 네 이야기를 믿더라도, 난 싫어.” 브리디가 차갑게 말했다. “넌 트렌트의 목소리를 들을 수 있었을 거야. 즉, 너는 그이가 나를 얼마나 사랑하는지, 그리고 그가 연결되려고 얼마나 노력하는지 알 수 있었을 거야. 하지만 넌 나한테 한 마디도 안 해줬어. 그리고 내가 네 목소리를 듣는 이유에 대해서도 한 마디도 해주지 않았어. 너는 이미 다 알고 있었는데도. 너는 나한테 우리가 정서적 유대감을 갖기 때문에 연결….”

“아니, 난 그렇게 말하지 않았어. 트렌트가 그렇게 생각할 거라고 했지. 그리고 네 생각이랑은 달라. 너한테 첫날 밤에 말해주지 않았던 건, 네가 완전히 이성을 잃어버릴까 봐 걱정됐기 때문이야. 넌 내 목소리만 듣고도 정맥주사를 뽑고 도망친 상황이었잖아. 너한테 모든 사실을 말해주면 엘리베이터 통로로 뛰어내리기라도 할까 봐 겁이 났어.”

“그 뒤에는 왜 안 해줬는데?”

“너를 병원에서 집에 데려다줄 때 말해주려고 했었어….”

“그건 이틀 전이야.”

“알아. 어쩌면 너한테 빨리 말해줬어야….”

"어쩌면?"

"알았어. 그래. 너한테 이야기했어야 돼. 하지만 난 그럴 필요가 없길 바랐어. 넌 내 목소리 외에는 못 들었잖아. 그래서 난 EED가 텔레파시를 부분적으로만 가능하게 했을지도 모르겠다고 생각했어. 그래서 네가 다른 사람의 목소리를 못 들으면…."

"넌 우리 사이에 정서적 유대감이 있다고 나를 확신시킬 수 있었겠지. 그러면 내가 네 품에 안길 테니까."

"아니야, 당연히 아니지…."

"아니면, 적어도 넌 그 정서적 유대감이라는 걸 이용해서 내가 트렌트에게 말하는 걸 막을 수 있었을 거야. 당연하지. 그래서 넌 나한테 죽어가는 연인들, 어뢰를 맞은 수병과 네브라스카 주 맥쿡의 소녀에 대해 이야기했던 거야. 그리고 나한테 해줬던 브리디 머피 이야기와 '목소리가 들린다'고 했던 실험 이야기는 죄다 베릭 박사가 나를 미쳤다고 생각할 거라고 설득하기 위한 말이었어. 넌 내가 트렌트와 박사에게 말하는 걸 막으려고 할 수 있는 모든 짓을 했어."

"네 말이 맞아. 그랬어. 왜냐하면…."

"왜냐하면, 네가 텔레파시 능력자라는 사실을 그 사람들이 알지 못하게 하려는 거지." 브리디가 말했다. "따뜻한 담요를 가져다주고, 집까지 태워다 주고, 내 차까지 데려다줬던 일은 전부 내 입을 확실하게 막기 위한 행동이었어. 넌 텔레파시 때문에 내게 어떤 일이 일어날지, 그리고 트렌트와 내 관계에 대해서는 전혀 관심이 없었어. 우리가 연결되지 않으면 트렌트는 내가 자기를 사랑하지 않는다고 생각하고 나를 차버릴지도 모르지만, 그런 건 너한테 하나도 중요하지 않아. 네가 관심을 기울이는 건 오로지 네 소중한 비밀을 지키는 일뿐이었어."

"'소중한' 비밀이라." C.B.가 중얼거렸다. "난 거의 사용해본 적이 없는 표현이네. 브리디, 내 말을 들어봐…." C.B.가 브리디를 향해 한 발 앞으로 다가왔다.

브리디가 손을 들어서 C.B.가 더 다가오지 못하게 막았다. "아니, 듣고 싶지 않아." 브리디는 하마터면 그의 거짓말을 믿을 뻔했다. 실제로 그녀는 C.B.를 좋게 생각하기 시작하던 참이었다. "네가 나한테 그런 짓을 했다는 사실을 믿을 수가 없어. 널 죽여버리고 싶어!" 브리디는 소리를 지르고 문을 향해 뛰어갔다.

"브리디…." C.B.가 손을 뻗어서 브리디를 막았다.

"나한테 손대지 마. 이 거짓말쟁이, 쪼다 자식아…. 너, 너…." 브리디는 C.B.에게 퍼부어줄 만한 심한 욕이 떠오르지 않아 말을 더듬거렸다. "이 꼽추야!" 브리디는 문을 활짝 열었다. "따라오지 마!"

브리디는 회의실을 박차고 나가서 복도를 걸으며 휴대폰을 찾아서 주머니를 더듬거렸다. 그녀는 트렌트를 찾아서 말해줘야 했다….

C.B.가 말했다. 「브리디, 그러면 안 돼….」 브리디는 C.B.의 얼굴을 노려보려고 화난 얼굴을 획 돌렸다.

브리디 뒤의 복도는 텅 비어 있었다. 「꺼져.」 브리디가 거칠게 말했다.

「브리디, 그냥 가버리면 안 돼.」 C.B.가 말했다. 「너 자신을 보호할 수 있는 방법을 가르쳐줘야 한단 말이야. 네게 정말로 목소리들이 들리기 시작하면, 방어벽을 세우는 게 훨씬 힘들어져.」

「뭐가 됐든 너한테 배울 생각은 전혀 없어.」 브리디가 말했다. 하지만 그녀는 C.B.를 막을 방법이 없다는 사실을 잘 알았다. 「텔레파시는 지긋지긋해.」 브리디가 생각했다.

「그래. 며칠 내로 훨씬 더 많은 목소리가 지긋지긋하게 들리기 시작할 거야. 나한테….」

「너한테, 뭐? 거짓말을 더 해주시게?」

「내 말은 거짓말이 아니었어….」

「그럼 뭐였는데? 텔레파시의 원인을 알아낸다며 했던 조사라는 것들이 죄다….」

「난 진짜로 조사를 했어. 그때가 아니라… 그전에. 그래도 목소리에 대해 너한테 했던 모든 이야기는 진실이야….」

「내가 왜 네 말을 믿어야 하는데?」 브리디가 화난 목소리로 말했다. 「네가 나한테 했던 말은 죄다 거짓말이었어. 넌 지금도 거짓말을 하고 있을 거야. 방어벽이니 뭐니 하는 그 이야기도 실은 내가 트렌트하고 연결되는 걸 방해하려는 혼선일 뿐일 거야.」

「텔레파시는 그런 식으로….」

「작동하지 않는다고?」 브리디가 매섭게 말했다. 「넌 나한테 계속 그렇게 말했어. 그런데 그 말도 거짓말이 아니라는 걸 내가 어떻게 알아?」

「왜냐면….」

「난 듣고 싶지 않아. 이제 꺼져.」 브리디는 그렇게 말하고 휴대폰을 꺼냈다. 「안 그러면 경찰을 불러서 네가 나를 스토킹한다고 신고할 거야! 접근금지 명령을 받을 거야!」

「이런 상황에서 그게 과연 얼마나 소용이 있을지 모르겠네.」

「난 진심이야.」 브리디가 휴대폰의 주소록을 주르륵 넘기며 말했다. 「경찰한테 전화하는 중이야.」

「에이, 아니잖아. 난 네 생각을 읽을 수 있어, 기억하지? 넌 트렌트에게 전화하는 중이야. 그거야말로 진짜 안 좋은 생각이야.」

「아니. 처음부터 트렌트에게 말하지 않았던 게 안 좋은 생각이었어.」 브리디가 트렌트의 번호로 전화를 걸었다.

트렌트의 전화는 곧장 메시지로 넘어갔다. 브리디는 그의 사무실로 전화했다. 트렌트의 비서인 에덜이 전화를 받았다. "아, 플래니건 씨. 죄송하지만 워스 씨는 비밀회의에 들어가셨어요."

「그거야 당신 생각이지. 텔레파시가 되면 비밀 같은 건 존재하지도 않아. 트렌트에게 그 사실을 말해줘야 해.」 브리디가 생각했다.

"제가 도와드릴 일이 있을까요?" 에덜이 물었다.

「아뇨.」 "회의에서 나오자마자 저한테 전화 부탁한다고 전해 주실래요?"

"그렇게 하겠습니다. 7시에 워스 씨가 저녁식사에 데리러 갈 거라는 메시지 받으셨나요?"

"네."

「저녁식사를 하러 간다고?」 C.B.가 겁에 질린 목소리로 말했다. 「레스토랑에? 그러지 마. 넌 그런 장소에서 멀리 떨어져 있어야 해.」

「네 말은 트렌트에게서 떨어지라는 소리겠지. 우리가 함께 있으면 서로 연결될지도 모르고, 그러면 우리를 찢어놓으려던 네 유치한 계획이 망가질 테니까 말이야.」

「아냐. 네가 사람이 많은 장소는 어디든 가면 안 되기 때문이야.」 C.B.가 말했다. 「레스토랑이나 영화관, 교회, 미식축구 경기장, 파티. 군중들이 있으면…. 목소리들이 한꺼번에 다가오기 전에 방어벽을 세워야 해. 나한테 방어벽 세우는 방법을 배워야 한다고.」

「나한테 바리케이드가 필요하긴 해. 맞아. 너를 막아야 하니까! 이제 꺼져. 트렌트의 비서와 이야기하는 중이야.」 그때 그 소리를 입으로 낸 것 같아서 브리디는 겁이 났다.

하지만 에덜이 차분한 목소리로 말했다. "워스 씨가 회의에서 나오자마자 플래니건 씨에게 전화해달라고 전하겠습니다."

"고마워요." 브리디가 말했다. "회의가 언제까지 진행될지는 모르죠?"

"모릅니다." 에덜이 말했다. 그녀는 브리디의 목소리에 담긴 불안감을 알아챈 게 틀림없었다. "무슨 일 있으신 건 아니죠?"

"네. 그럼요." 브리디가 쾌활하게 말했다. "그냥 궁금했을 뿐이에요."

브리디는 전화를 끊고 그 자리에 서서 휴대폰을 멍하니 바라보면서, 에덜에게 다시 전화해서 트렌트의 회의 장소를 묻고 회의실 문을 박차고 들어가 그에게 할 이야기가 있다고 하면 어떨지 고민했다. 하지만 그런 짓을 했다간 둘 다 해고당하기 딱 좋을 것 같았다. 「그리고 난 그럴 필요가 없어.」 브리디가 생각했다. 「트렌트와 접촉할 수 있는 다른 방법이 있어. 그리고 내가 트렌트와 접촉하는 걸 C.B.가 막게 두지 않을 거야.」

「트렌트.」 브리디가 그를 불렀다. 「내 목소리 들려? 당신한테 할 말이 있어.」

「그것도 안 좋은 생각이야.」 C.B.가 말했다. 「어떤 종류의 접촉이 됐든, 지금 너 자신을 개방하는 건 가장 안 좋은 짓이야. 목소리들은….」

「난 목소리들이 듣고 싶어. 네 목소리를 듣는 것보다 그게 나아!」

「그건 네 진심이 아니야. 넌 지금까지 겨우 두 사람의 목소리를 들었을 뿐이잖아. 하지만 점점 더 많은 목소리를 듣기 시작할 거야. 그리고 점점 더 자주 들리다가, 이삼일 내로 그 모든 사람의 생각이 한꺼번에 온종일 들려올 거야.」

「네가 내 목소리를 들어왔듯이?」 C.B.가 사라졌다고 브리디가 생각했을 때마다, 사실 그는 그녀의 마음 한구석에 숨어서 관음증 환자처럼 훔쳐보고 있었을 것이다. 「넌 내가 샤워할 때도 들었을 거야.」 브리디가 비난하듯 말했다. 「이 변태 자식아!」

「좋아. 네가 하고 싶은 대로 욕해. 그래도 내 이야기를 들어야 해….」

「아니, 싫어. 네가 나한테 뭘 경고하려고 하든, 너보다는 그 녀석이 훨씬 나을 거야! 꺼져, 그리고 다시는 내 근처에 나타나지 마!」

「브리디, 사람 많은 곳에는 절대로 가면 안 돼. 그리고 절대로 신경안정제를 먹지 마. 술이나 진정제도 안 돼. 베릭 박사가 너에게 처방해준 재낵스나 발륨 같은 거 말이야….」

「내가 먹든 말든 너랑 무슨 상관이야.」 브리디가 말했다. 그런데 그녀는 언제쯤이 되어야 C.B.가 자신의 생각을 읽을 수 있다는 사실에 익숙해질까?

「잘했어.」 C.B.가 말했다. 「어제 처방전을 받지 않고 빠져나온 건 영리한 행동이었어. 혹시 박사가 너한테 처방전을 보내주더라도 약을 사지 마.」

「안 들려.」 브리디가 노래를 부르기 시작했다. 「랄랄라랄….」

「그런 거로는 목소리를 못 막아. 귀를 손가락으로 틀어막아도 소용없어. 목소리를 막을 수 있는 건 오로지…. 젠장!」

「왜?」 브리디가 의심스럽다는 투로 물었다. 「트렌트가 다시 나한테 연결을 시도하고 있나?」

「아냐.」 C.B.가 말했다. 하지만 그는 브리디의 말을 듣고 있는 것 같지 않았다. 「제기랄, 안 좋은 일은 꼭 한꺼번에 터져.」 C.B.가 투덜거렸다. 「내 말 들어봐, 우리가 이 문제에 대해 이야기하기 전까지는 아무것도 안 하겠다고 약속해줘. 중요한 문제야.」 그리고 사라졌다.

「잘됐네.」 C.B.가 아직 듣고 있을지 몰라서 브리디가 말했다. C.B.는 그러고도 남을 사람이었다. 그녀는 자기 사무실로 돌아가기 시작했다. C.B.가 복사실이나 직원 휴게실에 숨어서 기다리고 있을지 몰라서 브리디는 복도 한가운데로 걸어갔다.

C.B.는 없었다. 그리고 다행히 다른 사람과도 맞닥뜨리지 않았다. 그러다 브리디가 사무실에 막 도착하기 직전에 샘슨 씨의 목소리가 들렸다. "…내가 저축해놓은 거로는 살 수가 없어."

가련한 사람. 샘슨 씨는 복도를 끊임없이 돌아다니면서 다른 사람들에게 정리해고에 대해 말하고 있는 모양이었다. 「내가 걸리지는 말아야 할 텐데.」 브리디가 재빨리 사무실로 들어가며 생각했다. 브리디로서는 이미 걱정거리가 차고 넘쳤다.

차를라도 그중 하나였다. 차를라는 브리디를 보자 깜짝 놀라 일어서며 말했다. "괜찮으세요?"

"응. 당연하지." 브리디가 차를라 옆을 지나가며 말했다.

"얼굴이 너무…. 혹시 누구랑 말다툼하셨어요?"

브리디의 분통 터지는 감정이 그대로 얼굴에 드러난 모양이었다. 차를라가 수키에게 전화해서 브리디가 트렌트와 헤어진 모양이라고 말하지 않게 하려면 뭔가 다른 이야기를 해주는 편이 나을 것이다. "응. 그랬어." 브리디가 말했다. "샘슨 씨랑. 토요일에 출근하게 했다고 화를 내더라고."

차를라가 인상을 찌푸렸다. "샘슨 씨가요? 샘슨 씨는 출근 안 했어요."

"출근 안 했다고?" 브리디가 멍하니 되물었다.

"네. 그래서 샘슨 씨의 비서가 전화해서 회의를 연기한 거였어요. 샘슨 씨가 아파서 오늘 출근 못 했대요."

「하지만 샘슨 씨의 목소리를 들었어.」 브리디가 생각했다.

차를라가 걱정스러운 눈길로 브리디를 바라봤다. "괜찮으세요?"

"그럼. 당연하지. 아마 샘슨 씨가 자료나 뭐 그런 걸 가지러 잠깐 들렀나 보지."

"병가를 냈는데 왜 출근을 하겠어요? 그리고 자료 같은 건 비서가 메일로 보내주면 되잖아요."

"나도 몰라." 브리디는 뒤늦게 C.B.의 거짓말 원칙이 떠올랐다. 그래서 그녀는 문제가 더 커지기 전에 개인 사무실로 들어가 문을 닫았다. 브리디는 조금 전 복도를 걸어오는 샘슨 씨의 목소리를 들은 게 아니었다. 머릿속으로 그의 목소리를 들었던 것이었다. 어제도 그랬던 걸까?

브리디는 오늘에서야 처음으로 다른 사람들의 목소리를 들었다고 C.B.에게 말했지만, 샘슨 씨도 그런 목소리 중 하나라면 그건 잘못된 말이었다. 실은 어제 아침부터 다른 목소리를 들었던 것이다. C.B.는 이삼일 내로 브리디가 주체하지 못할 정도로 많은 목소리를 듣게 될 거라고 했었다. 그게 오늘이 될 수도 있었다. 「C.B.가 진실을 말하는 거라면 어떡하지. 내가 트렌트에게 말하는 걸 막으려는 또 다른 거짓말이 아니면 어떡하지.」 하지만 이 사실을 C.B.에게 말하는 게 좋을지는 의문이었다.

「샘슨 씨가 오늘 출근하지 않았다는 사실을 확인하기 전까지는 말하면 안 돼.」 브리디가 생각했다. 그리고 그걸 확인하기 위해 샘슨 씨의 사무실로 전화했다.

그는 사무실에 없었다. 샘슨 씨는 오늘 아침에 병가를 냈다. 그리고 5분 후 브리디는 샘슨 씨의 목소리를 들었다. 「처음엔 정리해고, 이제는 독감까지. 이건 말도 안 돼!」 그리고 잠시 후, 「젠장, 이 빌어먹을 아스피린이 어디 있지? 마누라가 약장에 있다고 했는데.」 이건 샘슨 씨가 집에 있다는 아주 확실한 증거였다.

하지만 디카페인 라테를 주문했던 남자나 「이게 왜 이렇게 오래 걸리지?」라고 했던 사람의 소리는 다시 들리지 않았다. 그래도 샘슨 씨의 목소리가 들리는 덕분에 트렌트에게 C.B.의 일을 말하기가 훨씬 수월해졌다. 브리디가 샘슨 씨와 정서적 유대감을 갖고 있을 가능성은 없으니 말이다.

그녀가 영업부의 로레인에게도 정서적 유대감을 갖고 있을 리 없었다. 하지만 로레인의 목소리가 불쑥 튀어 들어왔다.「컴스팬에 기업 스파이가 있는 게 틀림없어. 그게 누굴까 궁금하네. 영업부장일지도 몰라. 그랬으면 좋겠네. 그래서 발각되어 해고당해버리면 좋겠다. 인사부에 있는 제러마이어에게 문자를 보내서 누가 스파이인지 알고 있는지 물어봐야겠다. 제러마이어는 정말 멋져.」

이제 트렌트가 튀어 들어올지도 모른다. 하지만 그러지 않았다. 다행히 C.B.도 그러지 않았다.「결국 내가 자기의 거짓말을 더 이상 들을 생각이 없다는 사실을 깨달은 거겠지.」브리디가 생각했다.

하지만 C.B.의 말이 다 거짓은 아니었다. 브리디에게는 점점 더 많은 목소리가 들리기 시작했다. 그리고 그 목소리들은 무작위적인 것처럼 보였다. 브리디는 로레인의 생각을 더 듣고 샘슨 씨의 생각을 듣지 않으려고 해봤지만, 그들의 목소리를 골라서 듣기에는 역부족이었다. 브리디는 살짝 걱정되기 시작했다. 혹시 이에 대한 C.B.의 말이 맞는다면, 사람들이 많이 모인 장소에 가지 말라는 이야기도 맞는 게 아닐까?

하지만 C.B.는 브리디가 레스토랑에서 트렌트를 만나는 게 싫어서 그렇게 말한 게 틀림없었다. 그리고 샘슨 씨와 로레인의 목소리는 막을 필요도 거의 없었다. 브리디의 머릿속에 들리는 그들의 소리는 매일 아침 사무실에 출근하는 동안 겪는 상황에 비하면 그리 심한 것도 아니었다. 차라리 이게 더 나았다. 그들에게서 벗어나려고 변명을 할 필요도 없었고, 로레인이 인사부에 있는 누군가에게 홀딱 빠져서 멋지다고 생각한다는 사실과 자기 부장을 싫어한다는 사실을 알게 되는 건 나름 재미있는 일이었다.

차를라가 브리디의 개인 사무실로 들어와서, 질 퀸시가 그녀를 만나고 싶어 한다는 사실과 트렌트에게서 메일이 왔다고 말해줬다. 브리디가 메일을 열었더니 티파니 보석매장의 약혼반지 광고였다. "저녁식사 때 당신에게 줄 특별한 선물을 생각 중이야."

「트렌트의 회의가 끝났나 보다.」 브리디가 생각했다. 하지만 트렌트에게 전화를 했더니 받지 않았다. 그래서 메일을 보낸 시간을 확인했더니 회의에 들어가기 전에 보낸 것이었다.

브리디는 질을 만나기 위해 올라가면서, 혹시 질의 목소리도 들을 수 있을지, 그래서 질이 누구를 몰래 좋아하고 있는지 알 수 있을까 궁금했다. 「조심해야지. 꼭 수키 같은 소리를 하기 시작하네.」 수키가 만일 목소리들을 들을 수 있다면 얼마나 위험할지 곰곰이 생각해봤다.

「우리 모두가 위험해질 거야.」 브리디가 생각했다. 그리고 텔레파시는 위험하다던 C.B.의 말이 맞다는 사실을 인정해줄 수밖에 없었다. 그리고 사람을 불안하게 만들었다. 여기에 없다는 사실을 아는 샘슨 씨를 제외하고는, 들려오는 목소리가 현실에서 들리는 건지 머릿속에서 들리는 건지 그녀로서는 구별할 수 없었다. 그래서 필립이 "브리디 플래니건." 하고 부르는 소리를 들었을 때, 브리디는 그 소리를 무시했다. 그러자 필립이 와서 브리디를 붙잡고 물었다. "내가 부르는 소리 못 들었어? 물어볼 게 있어. 헤르메스 프로젝트가 뭘 만들고 있는지 혹시 알아? 누가 그러는데 '스마트 야구 모자'를 만들고 있대."

브리디 생각에는 그게 스마트 문신보다는 나을 것 같았다. "난 몰라." 브리디가 말했다. "나도 온갖 이야기들을 들었어. 미안해, 내가 지금 회의에 가는 중이거든." 브리디는 필립을 지나쳐 질의 사무실로 향했다.

"아, 있잖아, 알았어. 나한테 말해주기 싫다는 거지?" 필립이 말했다. 하지만 브리디는 그가 실제로 말을 한 건지 아닌지 전혀 알 수가 없었다. 그 결과, 그녀는 대답을 해야 할지 말아야 할지도 알 수 없었다.

「조현병 환자들도 처음부터 미친 건 아닐 거야.」 브리디가 생각했다. 「자신들에게 들리는 목소리가 실제 소리인지 아닌지 알 수 없는 상태의 긴장이 계속되니까 결국 미쳐버리는 거지.」

브리디는 질의 사무실에 도착해서 대화를 하는 사람을 마주 보고 앉아 상대가 말을 하는지 안 하는지 눈으로 볼 수 있게 되자 확실히 안심이 되었다. 하지만 굳이 그럴 필요가 없었다. 회의 시간 내내 브리디에게는 질의 생각이 들리지 않았고, 다른 사람들의 생각도 들리지 않았다.

"좋았어." 회의를 마치자 질이 말했다. "그러면, 이거에 대한 분석을 나한테 보내줄 거지?"

"응." 브리디가 대답하며 자리에서 일어섰다.

"오늘 밤에 너랑 트렌트랑 뭔가 짜릿한 계획이 있겠네?"

「난 그러지 않길 바라고 있어.」 브리디가 생각했다. "아냐, 트렌트와 저녁식사를 하러 가는 계획밖에 없어. 루미네스로."

"아, 넌 정말 운도 좋아. 난 항상 그 레스토랑에 가고 싶었단 말이야! 멋진 시간 보내!"

「멋진 시간이라.」 브리디는 사무실로 돌아오면서 뚱한 얼굴로 생각했다. 「트렌트에게 내가 목소리를 듣는다는 이야기를 해야 되니 그리 멋진 시간을 보내진 못할 거야.」 하지만 적어도 마침내 거짓말을 하지 않아도….

"브리디…." 브리디는 질이 부르는 소리를 듣고는, 질이 뭔가 잊었던 말이 떠올랐나 보다 싶어서 돌아봤다. 하지만 복도에는 아무도 없었다.

「내가 들은 건 질의 마음속 목소리였어.」 브리디가 생각했다. 「이제 다섯 명의 목소리를 들은 거네. 아냐, 내가 헤르메스 프로젝트에서 뭘 하고 있는 건지 알 거라던 필립의 말도 생각이었다면, 여섯 명이야.」 C.B.의 말은 사실이었다. 브리디에게는 점점 더 많은 목소리가 들리기 시작했다.

「'아냐, 오늘 밤에 짜릿한 일은 없을 거야.'」 질이 브리디의 목소리 흉내를 내며 빈정댔다. 「'트렌트가 루미네스로 데려가는 것뿐이야. 시내에서 가장 비싼 레스토랑이지.' 아, 잘난 척하는 그 년의 조그만 면상을 후려쳤어야 하는 건데!」

「내가 무슨 잘난 척을 해.」 브리디가 항의했다. 「네가 나한테 오늘 트렌트랑 뭐 하냐고 물었잖아.」

「짜증나게 완벽한 남자친구랑 짜증나게 완벽한 자기 삶에 대해 떠들어대는 이야기는 구역질나서 더 이상 못 들어주겠어!」

「하지만 그 이야기를 꺼낸 건 너잖아.」 브리디는 분하고 억울했다. 그리고 질이 자신에게 그런 감정을 가졌다는 사실을 알게 되자 섬뜩했다. 브리디는 샘슨의 목소리가 그때 끼어들어서 기뻤다. 그는 또다시 건강보험에 대해 조바심쳤다. 브리디가 사무실로 돌아오자 차를라가 그녀를 보며 활짝 웃었다. 그래서 브리디는 궁금해졌다. 「너도 나를 증오하니?」

"전해드릴 메시지가 엄청 많아요." 차를라가 말했다. "메리 클레어 씨가 전화하셔서 조카가 나아졌지만, 아직 걱정된다고 하셨고요. 캐슬린 씨는 전화하셔서 '라테와 사랑'에 가기로 결정하셨답니다. 그게 뭔지는 모르겠지만."

"인터넷 데이트 사이트야. 커피까지는 헌신할 생각이 있어도 점심은 같이할 생각이 없는 사람들을 위한 서비스지."

"저도 네이트가 제게 헌신할 의지가 있는 건지 알고 싶어요." 차를라가 애처로운 목소리로 말했다. 브리디는 차를라가 그 말을 한 건지 아니면 생각만 한 건지 궁금해서 고개를 돌려 그녀를 날카롭게 쳐다봤다.

"그리고 워스 씨의 비서가 전화했어요. 워스 씨의 회의가 길어져서, 플래니건 씨가 댁에 돌아가 계시면 7시에 데리러 가시겠답니다. 아, 그리고 이것도 왔어요." 차를라가 연분홍 동백꽃 다발을 가리키며 말했다. 카드 내용은 간단했다. "오늘 밤, 트렌트."

"고마워." 브리디가 꽃다발과 카드를 집어 들고 사무실로 가서 악의적인 목소리가 들려올 일에 대비해 마음을 다졌다.

「플래니건 씨가 집에 일찍 가면 좋겠다.」 브리디에게 차를라의 생각이 들렸다. 「너무 피곤해 보여.」 브리디는 차를라가 지독한 소리를 하지 않아서 몹시 기뻤다. 그래서 밖으로 나가 말했다. "차를라, 지금 퇴근해도 좋아. 나도 마무리할 거야."

그 뒤로 브리디가 일을 마치고 차를 타러 갈 때까지는 차를라의 다른 생각이나 다른 사람의 목소리가 들리지 않았다. C.B.의 목소리도 전혀 들리지 않았다. 그건 정말 다행이었다. 브리디가 주차장에서 막 빠져나갈 때 에덜 고드윈이 전화해서 계획이 바뀌었다고 알려줬다. 트렌트는 브리디를 데리러 가지 않을 것이므로, 그녀가 극장으로 가서 거기에서 트렌트를 만나야 한다는 이야기였다.

"극장이요?" 브리디가 말했다.

"네. 워스 씨가 '통화 중단' 표를 구하셨답니다. 그래서 두 분은 그 연극을 본 후에 식사하러 갈 예정입니다." 그녀가 브리디에게 극장의 이름과 주소를 알려줬다. "공연은 8시에 시작됩니다."

C.B.는 브리디가 레스토랑에 가는 것도 말렸으니, 극장에는 절대로 가지 못하게 할 것이다. 브리디는 C.B.가 불쑥 나타나서 또 그녀에게 툴툴거리지 않아 기뻤다. 특히 집까지 가는 길의 교통체증이 지독한 상황이라 더욱 그랬다. 아무래도 제시간에 집에 도착해서 샤워하고 옷을 차려입기 힘들 것 같았다. 하지만 C.B.가 엿들을지도 모른다는 사실을 알고 있는 상태에서 과연 샤워를 할 수 있을까?

어쩌면 목소리를 막을 수 있다던 C.B.의 설명을 듣는 게 나았을지도 모르겠다. 그랬다면 그 방법을 이용해서 C.B.를 막을 수 있었을 것이다. C.B.가 뭐라 그랬더라? 방어벽을 세우라고 했던가? 「그렇게 해야겠어.」 브리디가 생각했다. 「납으로 만든 방어벽을 세워야지. C.B.가 투시에 관해서도 거짓말을 했을지 모르니까.」

교통체증이 점점 더 심해지더니 브리디가 있는 차선의 차들에 브레이크등이 하나둘씩 켜지기 시작했다. 그녀는 다른 차선으로 넘어가려고 깜빡이를 켰다.

"당신 대체 무슨 생각으로 그러는 거야?" 브리디의 귀에 낯선 목소리가 들렸다.

당황한 브리디는 뒷좌석에 누가 있는지 보려고 고개를 재빨리 돌렸다. 경적 소리가 요란하게 울렸다. 브리디는 그제야 자신이 차를 갑자기 휙 틀었다는 사실을 깨닫고, 자기 차선으로 돌아왔다. 심장이 쿵쾅거리고, 자신이 거의 칠 뻔했던 차의 운전자에게 저절로 "죄송합니다"라는 말이 튀어 나갔다. 그는 저속한 몸짓을 하고 요란한 소리를 내며 브리디의 차를 앞질러 갔다.

「운전이라는 걸 배우긴 한 거야?」 목소리가 소리쳤다.

「뒷좌석에는 아무도 없어.」 브리디가 마구 요동치며 뛰는 심장을 가라앉히며 혼잣말을 했다. 그건 그냥 목소리였을 뿐이다. 디카페인 라테를 주문하던 남자의 목소리처럼 말이다.

하지만 그 목소리는 도로에서 눈을 떼지 않으려던 브리드의 의지를 누그러트렸다. 그녀는 출구 차선으로 변경해서 진출로로 내려가며 휴대폰을 찾아서 손에 쥐었다.

「깜빡이를 켜란 말이야! 어디로 갈지 결정해! 이 차선으로 갈 거야 말 거야?」

「나한테 하는 말이 아니야.」 브리디가 스스로에게 다짐하듯 말했다. 그리고 우회전을 해서 지상 도로로 내려갔다.

브리디는 기회가 생기자마자 차를 인도로 붙인 뒤, 잠긴 휴대폰을 열고 주소록을 내려서 911에 멈추고, 누군가 그녀의 머리에 총을 겨누고 있으면 바로 누를 자세를 취했다. 그리고 고개를 돌려 뒷좌석을 쳐다봤다.

아무도 없었다. 「그 남자는 다른 운전자에게 소리를 질렀던 거야.」 브리디는 그렇게 생각하며 안도했다. 그리고 그녀는 다시 고가도로로 돌아갔지만, 그 남자의 분노 때문에 아직도 떨렸다. 그게 자신을 향한 게 아니었는데도 말이다.

「젠장, 저 인간은 뭐 하는 거야!」 1킬로미터 정도를 갔을 때 그 남자가 다시 소리쳤다. 「저거 보라고! 운전하는 법을 배우란 말이야!」 그 즉시 다른 목소리가 말했다. 「제기랄, 이런 속도로 계속 가면 8시까지도 배달을 못 하겠어!」

「이 남자는 나랑 똑같은 체증을 겪고 있나 보다.」 브리디가 생각했다. 그의 목소리가 다시 들렸다. 「컴스팬에 그 동백꽃만 배달하지 않았어도 이렇게 옴짝달싹 못 하지는….」 브리디는 마지막 부분을 듣지 못했지만, 이 남자가 누구인지는 분명하게 알 수 있었다. 트렌트가 보낸 꽃을 배달했던 사람이었다.

「여기를 벗어나야 장미랑 장례식용 꽃장식을 배달할 수 있는데.」 그가 말했다. 그리고 채 몇 초가 지나기도 전에, 정리해고에 대해 안절부절못하는 아트 샘슨 씨의 목소리가 다시 들리기 시작했다. 샘슨 씨의 독백은 브리디가 집에 도착할 때까지 이어졌다. 그사이에 간간이 화난 운전자와 질 퀸시가 끼어들었다. 그래서 브리디는 이런 상황에서는 극장까지 직접 차를 몰고 가지 않는 게 좋겠다고 결론을 내렸다.

브리디는 아파트로 올라가자마자 택시를 부르고 샤워실로 들어갔다. 그리고 C.B.가 엿들을 경우에 대비해서 방어벽을 상상했다. 브리디는 그가 이렇게 오랫동안 끼어들지 않은 게 놀라웠다.

그녀는 C.B.가 뭘 하고 있는지, 그리고 아까 왜 「제기랄, 안 좋은 일은 꼭 한꺼번에 터져」라고 했는지 궁금했다. 혹시…?

「이거 좀 봐!」 목소리가 말했다. 브리디는 본능적으로 수건을 움켜쥐었다.

"꺼져!" 브리드는 소리를 지르며 몸을 수건으로 감싸고, 무기로 쓰려고 샴푸 통을 잡았다.

하지만 그건 꽃집 배달부의 목소리였다. 「줄기가 절반이나 부러졌잖아! 다시 가게로 돌아가야겠네.」

「어처구니가 없네.」 브리디가 생각했다. 하지만 머리를 말리고, 하늘거리는 짧은 치마가 달린 에메랄드 녹색의 태피터 드레스를 입고, 트렌트가 생일선물로 줬던 다이아몬드 귀걸이를 할 때까지 다른 사람의 목소리가 들리지 않아 기분이 나아졌다. 그녀는 머리를 틀어서 올리고, 마스카라와 립스틱을 바른 뒤 은색 이브닝 핸드백을 찾으러 방에 들어갔다.

브리디의 전화벨이 울렸다. 「제발 이게 가족은 아니어야 할 텐데.」 브리디가 생각했다. 「나도 할 만큼 했어.」

아니었다. 택시 운전사였다. 브리디는 운전사에게 곧 내려가겠다고 말하고, 맨 아래 칸 서랍을 뒤졌다. 다행히 이브닝 핸드백이 거기에 있었다. 핸드백에 립스틱과 빗, 신용카드, 열쇠, 휴대폰을 집어넣고 계단을 뛰어 내려갔다. 브리디는 택시를 타고 반 블록을 간 뒤에야 아무것도 먹지 않았다는 사실을 깨달았다. 공연이 끝난 뒤에 저녁식사를 하기로 했으니 뭔가를 먹어두어야 했다. 뭐, 극장에 일찍 도착하면 스타벅스에 들러서 뭔가 요기를 할 수 있을 것이다.

하지만 그러기도 힘들어 보였다. 택시가 린덴 가로 방향을 틀자마자 가다가 서다가를 반복했다. 「당연히 그렇겠지.」 브리디가 생각했다. 「토요일 저녁이니까.」 그녀는 직접 운전을 하지 않기로 결정했던 게 더욱 다행스럽게 느껴졌다.

"제기랄!" 한 블록을 더 지난 후 운전사가 소리쳤다. "차 밀리는 거 좀 봐. 존나 악몽이 따로 없네."

"그러게요." 브리디가 차 앞에 수놓인 붉은 브레이크등의 바다를 바라보면서 말했다.

"뭐라고 하셨나요?" 운전사가 백미러로 브리디를 쳐다보며 물었다.

브리디는 앞좌석의 등받이를 손으로 짚고 앞으로 몸을 기울이며 말했다. "'그러게요'라고 했어요."

"뭐가 그렇다는 말씀인가요?"

「아, 이런.」 브리디가 생각했다. 「운전사가 입으로 말한 게 아니었구나.」 "아무것도 아니에요." 브리디가 대답했다. "죄송합니다."

"괜찮으세요?" 운전사가 인상을 찌푸리고 백미러로 그녀를 쳐다보며 물었다.

"네." 브리디는 미소를 지으려고 애썼다. "그냥 혼잣말이었어요." 그리고 택시가 다시 움직이기 시작하자, 브리디는 다음에 누군가의 목소리가 들릴 때 운전사의 입술이 움직이는지 볼 수 있도록 옆으로 슬쩍 자리를 옮겼다. 하지만 그럴 필요가 없었다. 그녀는 다른 목소리들을 알아볼 수 있었다.

「컴스팬이 사람들을 정리해고하면, 모토로라도 그럴 게 틀림없어.」 아트 샘슨 씨가 애처로운 소리로 말했다. 그리고 로레인이 말했다. 「우리 부장을 내가 하루라도 더 견뎌야 한다면….」 그리고 꽃집 배달부가 말했다. 「다시는 거기로 배달가기 싫어.」

두 블록을 지난 뒤 질이 말했다. 「나는 저녁식사로 라면을 먹고 있는데, 그년은 루미네스 레스토랑에 간단 말이야! 이건 불공평해! 그년은 빨간 머리를 가졌답시고 자기가 대단한 줄 알아! 내가 장담하는데, 그 머리는 절대로 자연 모발이 아닐 거야!」

「C.B.의 그 말도 거짓은 아니었네.」 브리디가 생각했다. 「중학교 때 화장실에 갇혀있던 거랑 똑같아.」

「이번 주에만 워스 어쩌고 하는 녀석의 꽃배달을 네 번이나 했어.」 배달부가 말했다. 「녀석은 틀림없이 진하게 바람을 피우고 있을 거야. 아니면 그 여자가 섹스를 안 해줘서 살랑거리는 말로 꼬드기고 있거나!」

「'트렌트가 루미네스에 데리고 간대.'」 질이 브리디 흉내를 냈는데, 그 목소리에서 경멸감이 뚝뚝 떨어졌다. 「'트렌트가 이리듐에 데리고 간대!', '트렌트랑 나랑 EED 할 거야!'」

"도로가 이렇게 막혀서 죄송합니다." 택시 운전사가 말했다. "좀 괜찮은 길을 찾아볼게요." 그리고 링컨 가로 방향을 틀었다. 그 도로는 몇 블록 정도 괜찮게 진행되더니 완전히 멈춰버렸다. "몇 시까지 가셔야 되는 건가요?"

"8시요." 「하지만 상관없어. 트렌트와 난 공연 보러 가지 않을 거야. 시끄럽게 지껄여대는 이 목소리들을 못 견디겠어.」 그러자 마치 그 생각의 핵심을 찌르듯, 갑자기 필립의 목소리가 들렸다. 「… 저 차에 있는 빨간 머리는 브리디 플래니건 같네. 워스가 브리디의 마음과 연결하려고 EED를 했을 리가 없어. 그놈은 섹스를 위해서 했을 거야…. 내가 브리디와 자더라도 신경 쓰지….」

「텔레파시는 정말 끔찍하구나.」 브리디가 생각했다. 「트렌트에게 조금이라도 일찍 이야기하는 게 나을 거야.」 그러려면 브리디는 트렌트에게 '통화 중단'을 보지 말고 모든 걸 설명할 수 있는 장소로 가자고 설득해야 한다.

브리디는 트렌트가 자신을 믿어주길 바랐다. 「난 나한테 일어난 일이었는데도 믿지 않았어.」 브리디는 C.B.에게 병실에 도청 장치를 설치하고 지독한 속임수를 펼치고 있다며 비난했던 일을 떠올렸다.

「하지만 C.B.는 비난받을 짓을 했어.」 브리디는 잊고 있었던 분노가 다시 치밀어 올랐다. 하지만 트렌트도 브리디가 했던 실수를 그대로 해서, 둘이 연결되지 않는 이유를 해명하겠다며 미친 이야기를 만들어냈다고 그녀를 비난하면 어쩌지? 그보다 더 심하게, 그녀가 미쳤다고 생각하면 어쩌지?

「아냐.」 브리디가 생각했다. 「당연히 트렌트는 나를 믿을 거야. 나를 사랑하니까. C.B.가 목소리를 듣는 사람들이 자동으로 조현병 진단을 받았다는 이야기를 한 건 내가 트렌트에게 말하는 걸 막으려고 그런 거야.」

브리디는 얼마나 더 남았는지 살펴보려고 앞으로 몸을 쭉 뺐다. 아직도 극장까지 가려면 멀었다. 브리디가 휴대폰을 슬쩍 쳐다봤다. 7시 30분. "전 최선을 다하고 있어요." 운전사가 중얼거렸다.

"알아요." 브리디가 말했다. 그때 생각이 들었다. 「아, 이런,

이번에도 말로 한 게 아니면 어쩌지?」

하지만 택시 운전사가 이렇게 답한 걸 보면 그가 말로 했던 게 분명했다. "걱정하지 마세요. 시간에 맞춰서 모셔다드릴게요." 그는 경적을 울리더니 자동차들 사이로 몇 밀리미터 정도의 틈이 있는 왼쪽 차선으로 요란한 소리를 내며 끼어들었다.

브리디의 몸이 뒤쪽으로 확 젖혀졌다. 브리디는 여기서부터 걸어가겠다고 운전사에게 말할까 말까 갈등했지만, 브리디를 내려주려면 택시를 인도 쪽으로 이동해서 대야 하는데, 그러려다가는 둘 다 죽을 수도 있기에 차라리 늦게 도착하는 게 나을 것 같았다. 브리디가 도착하기 전에 공연이 시작되면, 공연을 포기하고 이야기를 나눌 수 있는 곳으로 가자고 트렌트를 설득하기가 쉬울 것이다. 앞으로 30분만 더 이 교통체증이 협조해주기만 한다면….

그러나 택시가 경적을 울리고 사고 직전의 상황을 넘나들며 꽉 막힌 한 블록을 지나자 갑자기 차량들이 홍해처럼 갈라졌다. 택시 운전사는 급강하하듯 내달려서 극장 정문 앞에 차를 대고 브리디를 내려주며 말했다. "제가 딱 맞춰서 데려다주겠다고 말씀드렸잖아요."

「네. 말씀대로 해주셨네요. 유감스럽게도.」 브리디가 보도에 가득 찬 극장 관객들을 바라보며 생각했다. 사람들은 서둘러서 극장으로 들어갈 생각이 없는 것 같았다. 그들은 극장 앞에 옹기종기 모여서 담배를 피우고, 잡담을 주고받고, 친구들과 인사를 나누고 있었다. 브리디가 휴대폰을 봤더니 겨우 7시 45분밖에 되지 않았다.

트렌트는 어디에서도 눈에 띄지 않았다. 「트렌트도 교통체증 때문에 아직 못 왔나 보네.」 브리디가 희망적으로 생각했다. 트렌트가 늦으면 오히려 더 나을 것이다. 브리디는 택시비를 내고 안으로 들어갔다.

하지만 곧 걸음을 멈췄다. 널찍한 로비에 사람들이 가득했다. 「C.B.가 사람들 많은 장소에는 가지 말라고 했는데.」 브리디가 생각했다. C.B.의 이야기가, 사람들이 많은 곳에 오면 더 많은 목소리를 촉발시킬 거라는 의미였는지 모르겠지만, 지금은 그렇지 않았다. 브리디가 듣는 목소리라고는 오로지 주변의 사람들이 교통체증과 공연에 대해 떠드는 소리뿐이었다. "이 공연 내용 혹시 아니?", "아니. 그래도 토니상을 탔대.", "네 코트 정말 멋지다!", "…여긴 완전히 악몽 그 자체네."

브리디는 트렌트를 찾으려고 로비를 한 바퀴 돌았다. 드레스를 차려입은 여성들과 턱시도를 입은 남성들 사이를 비집으며 외투 보관소와 기념 티셔츠와 머그 판매대 앞에 서 있는 줄을 돌아서, 사람들이 안내인에게 표를 주고 공연장으로 들어가는 계단 위를 쳐다봤지만, 트렌트의 흔적은 보이지 않았다. 잘 됐다.

"그 여자는 어디 있어?" 브리디의 바로 뒤에 있는 여자가 말했다. 고개를 돌려 봤더니 모피를 걸친 중년의 여성 두 명이 있었다. "이제 들어갈 시간이 다 됐는데, 그 여자 때문에 1막을 놓치겠네…."

"안 놓칠 거야." 그녀의 친구가 말했다. "내가 걔한테 말해뒀어. 우리가 공연장에 들어갈 때까지 오지 않으면, 보관소에 공연표를 맡겨놓고 들어갈 거라고 했어."

브리디는 트렌트가 공연 표를 맡겨놨을 가능성에 대해서는 생각하지 못했다. 그녀는 사람들을 뚫고 보관소 창구로 가서 직원에게 자기 이름을 댔다. 직원은 봉투들이 들어있는 상자를 훑어보더니 물었다. "플래니건이라는 이름으로 맡겼다고 했죠?"

"네. 아니면 워스라는 이름으로 맡겼을 수도 있어요." 보관소 직원은 보관 목록에서 워스를 찾아본 뒤, 처음부터 다시 꼼꼼히 살펴보기 시작했다. 그사이 브리디 뒤로 사람들의 줄이 생겼다.

"이런, 젠장." 브리디 귀로 어떤 여성의 소리가 들렸다. "완전 짜증이네."

브리디가 사과를 하려고 고개를 돌렸다. 하지만 그녀 뒤에 서 있는 사람은 나이 많은 남자였고, 그 남자 뒤에는 어린 소녀 둘이 다음 주에 시작되는 '해밀튼'을 보러 가자는 이야기를 신나게 하고 있었다. 근처에 있는 성인 여성이라곤 예쁘장하게 생긴 금발 아가씨뿐이었는데, 그녀일 가능성은 없었다. 그 여자는 이 극장의 역사를 이야기해주고 있는 체격이 다부진 젊은 남자에게 환하게 미소를 짓고 있었다. "제인에게 남자를 소개받는 건 이번이 마지막이야." 같은 목소리가 말했다. "걔한테 소개받은 남자들은 죄다 덕후잖아."

「다른 목소리들이 들리기 시작하는구나.」 브리디가 생각했다. 그리고 다시 보관소로 고개를 돌리자 직원의 얼굴에 짜증이 맺혀 있었다. 아마도 방금 브리디에게 뭔가 말을 했던 모양이었다. "죄송해요." 브리디가 사과했다. "뭐라고 하셨나요?"

「난 이 극장이 얼마나 오래됐는지, 그리고 누가 여기에서 공연했는지는 관심 없어.」 소개팅한 여자가 말했다. 「이 남자한테 먼저 커피를 마시러 가자고 할 걸 그랬어.」

"손님?" 점원이 말했다. "손님!"

"죄송해요. 뭐라고 하셨죠?" 브리디가 말했다.

"그 이름으로는 맡겨둔 표가 없다고 말씀드렸어요." 그는 브리디 뒤에 있는 사람을 내다보며 말했다. "다음 분…."

「커피숍에서 만났더라면 저녁 내내 이 남자에게 시달리지 않아도 됐을 텐데. 어쩌면 막간에 몰래 빠져나갈 수 있을지도 몰라.」

"빨리 좀 비켜." 노인이 말했다. "당신 표는 안 가지고 있다잖아."

브리디는 어떻게 그렇게 무례하게 말할 수 있는지 놀라서 고개를 돌려 노인을 쳐다봤다. 하지만 그는 정중한 눈길로 그녀를 바라보고 있었다. 그렇다면 이 줄의 다른 사람의 목소리일 것이다. "이런, 젠장. 밤새 거기에 서 있을 거야?"

「난 이 노인의 생각을 들었던 거야.」

"다음이요!" 점원이 짜증스런 목소리로 말했다. 브리디는 그제야 자신이 보관소 창구 앞을 막고 서 있다는 사실을 깨달았다.

"죄송합니다." 브리디가 옆으로 물러났다.

「형편없는 인간들.」 그 남자의 목소리가 날카롭게 말했다. 「대체 이 여자는 뭘 하는 거야?」

「목소리를 듣고 있지.」 브리디가 생각했다. C.B.가 브리디에게 이런 장소에서 멀리 떨어져 있으라고 경고했었는데, 그녀는 이제야 그 이유를 알 수 있었다. 공연장 안에는 더 많은 사람이 있을 것이다. 그건 어떻게 해서든 트렌트를 설득해서 조용한 곳으로 가도록 해야 한다는 의미였다.

「막간 휴식시간까지 못 견디겠어.」 소개팅 여자가 말했다. 「이 극장 덕후한테 안내 책자를 사달라고 하고, 그걸 사러 간 사이에 난 옆문으로 빠져나가는 게 나을지도 모르겠다.」

「정말 괜찮은 생각이네.」 브리디가 생각했다. 「옆문으로 빠져나가서 기다리다가 막이 올라간 뒤에 들어와야겠다. 그리고 트렌트한테는 교통체증 때문에 제시간에 못 왔다고 하는 거야.」 브리디는 사람들 사이를 뚫고 택시 운전사가 내려줬던 문 쪽으로 가기 시작했다.

「도대체 어딜 가는 거야, 조심해!」 여자 목소리가 들렸다. 그리고 분명히 트렌트의 목소리가 그녀를 불렀다. 「브리디! 브리디!」

「으, 안 돼!」 브리디가 생각했다. 「지금 연결되면 안 돼. 하필이면….」

"브리디!" 트렌트가 소리쳤다. 그의 목소리는 머릿속에서 들린 게 아니었다. 트렌트가 그녀의 앞에 미소를 지으며 서 있었다. "내가 부르는 소리 못 들었어? 당신 이름을 5분 동안은 불렀을 거야."

"못 들었어, 난…. 그, 그게, 여기가 너무 시끄러워서." 브리디가 말을 더듬었다. "좀 조용한 곳으로 갈까? 당신한테 할 이야기가 있…."

"들어봐, 계획이 바뀌었어."

「아, 다행이다.」 브리디가 생각했다. 「공연 표를 결국 못 구했구나.」

"무슨 일이 있었는지 당신은 상상도 못 할 거야." 트렌트가 말했다. 그리고 브리디를 사람들 사이로 몰면서 계단 쪽으로 데려갔다. "해밀튼 씨와 회의를 하는 도중에, 어쩌다 오늘 밤에 우리가 데이트하려고 했는데 표를 못 구했다는 말을 했더니, 해밀튼 씨 부부도 여기 올 거라면서 우리를 입장시켜 주겠다고 계속 주장하시는 거야. 정말 끝내주지 않아?"

13

"앨리스가 말을 하지 않자 이번에는 그 목소리들도 조용해졌다.
하지만 놀랍게도, 그 목소리들이 합창하듯 한꺼번에 '생각'했다…."
— 루이스 캐럴, '거울 나라의 앨리스'

"검은색 드레스를 입고 왔으면 좋았을 텐데." 트렌트가 브리디에게 인상을 찌푸리며 말했다. "그게 훨씬 더 우아하고 차분하잖아. 아, 뭐, 상관없어." 트렌트가 그녀의 팔을 붙잡더니 안내인에게 공연 표를 슬쩍 보여줬다. "해밀튼 부부는 중이층 바에서 우리를 기다리고 있어."

"하지만 내 생각엔 이게 우리 둘만의…." 브리디가 말하기 시작했다.

"그랬지." 트렌트가 브리디를 내부 로비로 밀고 가며 말했다. "하지만 상사한테 안 된다고 할 순 없잖아. 그렇지 않아? 헤르메스 프로젝트가 얼마나 중요한지는 당신도 알잖아. 그리고 해밀튼 부인이 당신을 만나고 싶대."

"알았어. 하지만 우리에게 필요한 건…."

"알아. 우리에게 필요한 건 휴식이지. 그래야 연결될 수 있을 테니까." 트렌트는 브리디를 건너편의 계단으로 데리고 갔다. 그 계단에는 위쪽으로는 중이층과 2층 특별석, 아래쪽으로는 여자화장실을 가리키는 화살표들이 붙어 있었다. "하지만 우리는 편안히 쉬면서도 해밀튼 씨에게 좋은 인상을 줄 수 있어. 두 일은 서로 충돌하는 문제가 아니야."

「아냐, 충돌해.」

"그리고 이건 베릭 박사가 우리에게 지시했던 일과 정확히 일치해. 우리 둘만 있게 되면 온통 연결에 대해서만 생각하게 될 테니까 말이야." 트렌트가 브리디를 계단 위쪽으로 데려가며 주장했다. "이렇게 하면 우리는 다른 생각을 할 수밖에 없게 될 거야. 공연과 해밀튼 부부 사이에 끼어 있으면 연결에 대해 걱정할 틈이 없을 거 아냐."

「그리고 내가 당신한테 목소리에 대해 말할 틈도 없겠지.」 목소리들은 언제 다시 시작될지 모른다. 브리디는 트렌트에게 이게 좋은 생각이 아니라고 설득해야 했다. 트렌트의 상사가 있든 없든, 그들은 이야기를 나눌 수 있는 조용한 곳으로 가야 한다고 말이다.

하지만 어디로 가지? 그 계단은 로비보다 더 북적였다. 재잘거리는 연인들이 사람들 사이를 비집으며 계단을 바쁘게 오르내렸고, 여자화장실로 들어가는 줄에도 할 말이 많은 여성들이 벽에 기대어 서 있었다. 이런 상황은 층계참까지 계속 이어졌다.

"이건 말도 안 돼." 그 소음을 뚫고 울부짖는 소리가 브리디의 귀에 들어왔다. "여긴 화장실을 더 지어야 해!"

「나도 울부짖어야 하려나.」 브리디가 생각했다. "트렌트…." 브리디가 소리쳤다.

"엿 먹어!" 목소리 하나가 브리디의 귀에 대고 말했다. 그래서 브리디가 고개를 돌렸더니 흠잡을 데 없이 깔끔하게 손질된 백발의 여성이 그 줄에서 벗어나 계단 아래로 내려가는 모습이 보였다. "나는 일흔 살이야. 어떻게 줄에 서서 20분이나 버티라는 거야."

그 노인의 입술은 움직이지 않았다. 오히려 불만스러운 표정으로 입술을 꼭 오므리고 있었다. 「제발.」 브리디가 생각했다. 「누군가 다른 사람도 저 소리를 들었어야 하는데.」

잠시 후 그 목소리가 또렷하게 들렸다. "때려치워. 난 남자화장실로 갈 거야."

"아, 안 돼." 브리디가 중얼거렸다.

"응? 뭐라고 했어?" 그녀의 앞에 있던 트렌트가 물었다.

"아냐." 「저 할머니도 입말로 말하지 않았지.」

"거의 다 왔어." 트렌트가 말했다. "사람들이 너무 많지? 미안해. 조금만 더…."

「이거야말로 성차별이야.」 다른 목소리가 말했다. 「남자들은 절대로 이렇게 긴 줄을 서지 않잖아.」 그리고 소개팅 여자가 끼어들었다. 「옆문으로 몰래 빠져나갔어야 했어.」

「C.B.의 말대로 목소리들이 점점 더 빠르게 들어오기 시작하네.」 브리디가 생각했다. 중이층 바는 부디 사람이 덜 붐비기를 바랐다. 하지만 사람들이 너무 북적거려서, 해밀튼 부부에게 가기 위해서는 트렌트가 브리디의 손목을 잡고 사람들 사이로 잡아 당겨야 했다. 해밀튼 부부는 반대쪽 벽에 붙어서 옴짝달싹 못 하고 있었다.

해밀튼 부부는 사람들 사이에 끼어있는 상황을 전혀 개의치 않는 듯했다. "어서 와요!" 해밀튼이 브리디를 반갑게 맞았다. "좁다란 축사에 늘어선 소들처럼 '음메'라고 인사할 걸 그랬나?"

"그건 아니야, 여보." 해밀튼 부인이 소음 너머로 소리쳤다. "당신이 내야 할 소리는…." 부인이 장난스러운 표정을 지으며 말을 멈췄다. "정어리가 어떻게 소리를 내지?"

"내 생각엔 정어리는 너무 빽빽하게 짓눌린 상태라 소리를 못 낼 것 같아." 해밀튼이 브리디와 악수를 하며 말했다. "이쪽은 우리 집사람, 트레이시예요."

"안녕하세요." 트레이시가 소음 너머로 소리쳤다. "만나서 반가워요. 이야기 많이 들었어요."

"내 발 밟지 마!" 목소리가 소리쳤다. 브리디의 바로 뒤에서 난 소리였다. 그래서 그녀는 반사적으로 고개를 돌려서 자기가 누구의 발을 밟고 있는 건지 봤다.

"무슨 문제 있나요?" 그레이엄 해밀튼이 브리디에게 물었다.

"아뇨, 저는… 죄송합니다. 전 아는 사람의 목소리가 들리는 줄 알았어요."

「발을 디딜 때는 뭘 밟는지 보란 말이야!」 그 목소리가 불평했다. 그리고 다른 목소리가 말했다. 「여기는 너무 북적대.」 그러자 세 번째 목소리가 분개하며 외쳤다. 「포도주 한 잔에 8달러라니!」

「점점 더 많은 목소리가 들리기 시작한다.」 브리디가 생각했다.「여기서 나가자고 트렌트를 설득해야 해.」

“아는 사람의 목소리가 들렸다니 저보다 낫네요.” 트레이시가 말했다. “전 하나도 못 알아듣겠어요.”

“브리디도 못 알아듣긴 마찬가지예요.” 트렌트가 말했다. “브리디, 해밀튼 씨가 혹시 마시고 싶은 게 있는지 물으셨어.”

“아, 죄송합니다.” 브리디가 말했다.「해밀튼 부부가 바에 마실 걸 사러 가면 그사이에 트렌트에게 말할 수 있겠네.」“저는 포도주가 좋아요.”

“적포도주, 아니면 백포도주?” 해밀튼이 물었다.

「이 백포도주는 오줌 맛이야.」목소리가 뚜렷하게 말했다.

“브리디, 적포도주, 백포도주?” 조바심이 난 트렌트가 물었다.

“적포도주로 부탁드릴게요.”

“적포도주라.” 해밀튼이 말했다. “금방 돌아올게요.” 그는 사람들을 헤치며 몇 걸음 걸어가다가 돌아보고 말했다. “일주일 내로 우리가 돌아오지 않으면 원정대를 보내주세요. 트렌트, 가세.” 그리고 둘은 사람들 속으로 사라졌다.

“아, 잘됐네요.” 트레이시가 가까이 다가오며 말했다. “남자들이 갔네요. 이제 우리끼리 이야길 나눌 수 있겠어요. 그쪽의 EED에 대해 너무 궁금했어요.”

“제 EED요?” 브리디가 말했다.「하지만 트렌트는 EED를 비밀로 해야 한다고 그랬었잖아.」

“다들 쉬쉬하는 이야기죠. 그래서 EED에 대해 이야기하면 안 된다는 건 저도 알아요.” 트레이시가 말했다. “그래도 너무 궁금해요. 베릭 박사는 괜찮았어요? 박사가 대단하다는 이야긴 들었어요."

"네." 브리디가 멍하게 대답했다. 해밀튼 부인이 말한 '다들 쉬쉬하는 이야기'라는 게 무슨 뜻인지 궁금했다.

"입원하지 않고 수술했나요?" 해밀튼 부인이 물었다. 그때 브리디 옆에서 목소리가 들렸다. "카리스가 아직 안 왔어."

「누군가 입말로 한 걸까, 아니면 생각이 들린 걸까?」 브리디는 궁금했다.

"제이슨에게 문자를 보내서 말해야 해." 그 목소리가 말했다.

「그렇게 하면 되겠네.」 브리디가 생각했다. 「트렌트한테 문자를 보내서 여기서 나가야 한다고 말하면 되겠다.」 물론 전부 다 말할 수는 없겠지만, 적어도 무슨 일이 있어서 지금 나가야 한다고 말할 수는 있을 것이다. 그러면 트렌트가 변명거리를 만들어 내서….

"아, 이런." 트레이시가 말했다. "플래니건 씨가 저를 무례한 사람이라고 생각하겠네요. 이렇게 개인적인 질문을 하다니."

"아뇨, 전혀 그렇지 않아요." 브리디가 말했다. 하지만 트레이시가 뭘 물은 건지는 전혀 알 수 없었다. "저야말로 무례한 사람이에요. 저희 가족 문제 때문에 온통 그 생각만 하느라."

"아, 저런! 누가 지병이 있으신가요?"

"아뇨. 제 조카가 문제예요. 메이브라는 아이죠. 아홉 살짜리 여자애인데, 정서적인 문제가 있어요. 그래서 저희 언니는 그 아이를 걱정하느라 제정신이 아니에요." 브리디는 괜히 메이브의 이름을 꺼내서 꺼림칙했지만, 그 이름밖에 생각나지 않았다. "그래서 공연이 시작되기 전에 전화를 해봐야 할 것 같아요."

"아, 당연히 그래야죠." 트레이시가 말했다. "어떤 상황인지 잘 알겠어요. 어서 문자라도 보내세요."

「여기선 안 돼. 여기선 트레이시가 내가 입력하는 내용을 볼 수 있으니까.」 브리디가 생각했다. "아무래도 통화를 해야 할 것 같아서, 좀 조용한 곳으로 가야겠어요."「트렌트가 돌아오기 전에.」

"계단으로 가봐요." 트레이시가 말했다. 브리디는 계단에 그 많던 사람들이 사라졌을지 의문스러웠지만, 트렌트나 해밀튼이 보이는지 조심스럽게 살피며 즉시 계단으로 향했다.

트렌트와 해밀튼은 아직도 바를 둘러싼 사람들 틈에 있었다. 「잘됐다.」 브리디는 사람들을 사이로 비집으며 문으로 가서 계단참으로 나왔다. 거기도 역시 사람들이 북적거렸다. 브리디는 이브닝 핸드백에서 휴대폰을 꺼내 잠긴 걸 풀고 뭐라고 말하면 좋을지 생각했다. "긴급, 다른 사람이 없는 곳에서 당신한테 꼭 할 말이 있어"라고 보낼까?

트렌트는 브리디가 그에게 연결되었다고 오해할지도 모른다. 그러나 그건 어쩔 수 없는 일이었다. 브리디는 문자를 입력하기 시작했지만, 오가는 사람들이 밀치며 계속 그녀의 팔꿈치를 쳐서 글자 하나 입력하는 일조차 힘들었다. 그런데 그녀가 어찌어찌해서 문자를 보내더라도 트렌트가 문자가 도착한 소리를 과연 들을 수 있을까? 소음의 수위가 꾸준히 올라가고 있는 것 같았다.

"여기서 뭐 하고 있어?" 사람들 사이에서 트렌트가 갑자기 나타나 말했다. "해밀튼 부인과 이야기를 나누고 있어야 하잖아."

"알아. 그런데…. 들어봐, 당신한테 할 말이 있어. 문제가 생겼어."

"해밀튼 부인한테 들었어." 트렌트가 말했다. "메이브는 괜찮아. 당신 언니가 항상 히스테리 때문에…."

"메이브에 대한 이야기가 아니야. EED에 대한 거야. 난…."

"내 감정이 전달되기 시작했어?" 트렌트가 브리디의 양팔을 붙잡으며 흥분해서 물었다. "와, 끝내준다! 이렇게 좋은 때에 딱 맞춰서 일어나기도 힘들 거야!" 트렌트가 뒤쪽의 바를 슬쩍 돌아봤다. "난 더 기다릴 수가…."

"아냐! 그 이야기가 아니야. 이건…. 있잖아, 여기선 당신한테 말하기 힘들어. 조용한 곳으로 가서…."

"가자고? 우리는 가면 안 돼. 저 사람은 우리 상사잖아! 그냥 가버리는 건 터무니없이 무례한 짓이야."

"알아." 브리디가 말했다. "그래도…."

"여기들 있었군요." 해밀튼이 사람들 사이에서 포도주 두 잔을 들고 부인과 함께 나타나 말했다. 그가 브리디에게 잔을 내밀었다. "미안해요. 적포도주는 다 떨어졌다네요."

"언니하고 통화했어요?" 트레이시가 물었다.

"아니요." 브리디는 해밀튼에게서 잔을 받기 위해 휴대폰을 이브닝 핸드백에 집어넣으며 대답했다. "언니한테는 문자를 남겼어요. 막간 휴식시간에 다시 연락해봐야죠." 브리디가 트렌트를 흘긋 쳐다봤더니, 트렌트는 그녀를 노려보고 있었다. "아니면, 공연이 끝난 뒤에 해도 되고요."

브리디가 포도주를 한 모금 마셨다. 「누군지는 몰라도 오줌 맛이 난다던 그 사람 말이 맞았어.」 브리디는 인상을 찌푸리지 않으려고 애쓰며 생각했다. 그리고 다음에 들려올 목소리에 대비해 마음을 다졌다. 지금 당장은 목소리가 들리지 않았지만, 곧 있으면 공연이 시작될 것이다. 브리디는 더 이상 트렌트와 이야기를 나눌 수 있을 거라는 기대를 하지 않았다. 공연이 시작되기 전에 이야기를 나눌 수만 있다면….

브리디가 그런 생각을 하고 있던 바로 그때, 전등 불빛이 어두워졌다가 다시 밝아졌다. 관객들이 자기 좌석으로 갈 때가 되었다는 신호였다. 트렌트가 브리디와 트레이시가 들고 있던 포도주잔을 낚아채더니 바에 돌려주기 위해 갔다. 그러자 해밀튼이 문 쪽으로 브리디와 부인을 몰아서 다른 사람들과 함께 계단을 내려갔다.

"트렌트를 기다려야 하지 않을까요?" 브리디가 물었다.

해밀튼이 고개를 저었다. "트렌트는 곧 따라잡을 겁니다."

"내가 플래니건 씨랑 화장실에 다녀올 시간은 없겠지?" 트레이시가 남편에게 물었다.

"없어." 계단에 서 있던 화장실 줄이 눈에 띄게 줄어든 상태이긴 했지만, 해밀튼이 단호하게 반대했다. "5분 내로 막이 오를 거야." 해밀튼이 그들을 1층 로비로 이끌고 내려갔다. "막이 오르면 공연장에 들여보내 주지 않아."

"남편 말이 맞아요." 트레이시가 말했다. "여보, 지난번에 '킨키 부츠' 보러 갔던 때 기억나?"

"당연하지!"

"당시 남편은 전화를 받으러 로비로 나갈 수밖에 없었는데, 극장 사람들이 1막이 끝날 때까지 들여보내 주지 않았어요." 그들이 통로를 따라 내려갈 때 트레이시가 설명했다. "정말 짜증나는 일이었죠. 덕분에 남편은 공연의 절반이나 놓쳤어요."

"자, 다 왔습니다." 해밀튼이 말했다. "여섯 번째 줄이에요. 저기 가운데에 비어 있는 좌석들이 우리 자리입니다. 10번부터 13번까지죠." 해밀튼이 통로 쪽 좌석에 앉은 남자에게 몸을 숙이더니 말했다. "실례합니다. 저희가 저쪽으로 들어가야 돼서요." 그가 우리 좌석을 가리켰다.

"그러셔야죠." 그 남자는 일어나서 통로로 걸어 나왔다. 그래서 일행은 옆걸음으로 줄지어 앉은 사람들을 지나 자리로 갔다. 브리디가 목소리를 더 많이 듣게 될 거라면, 지금이 바로 그때여야 했다. 이미 자리에 앉아 있던 사람들이 그들 때문에 다시 일어나야 했으니 확실히 짜증이 났을 것이다.

하지만 브리디가 들은 목소리라고는 트레이시가 외치는 소리뿐이었다. "이 자리는 지난번보다 훨씬 낫네! 난 앞줄이 정말 싫어! 배우들의 발밖에 안 보이잖아!" 그때 트렌트가 자리로 와서 브리디의 옆자리에 앉더니, 엄청나게 느린 사람들 뒤에 서 있었던 이야기를 했다.

「목소리가 멈췄나보네. 정말 다행이야.」 브리디가 생각했다. 그리고 해밀튼 부부에게 고개를 돌리고 말했다. "좌석이 아주 좋네요. 저희를 초대해주셔서 정말 감사합니다."

"별말씀을." 해밀튼이 말했다. 그러자 멀리 앉은 트레이시가 남편 쪽으로 몸을 기대며 말했다. "감사해야 할 쪽은 우리예요. 당신이 그걸 해준 덕분에…." 턱시도를 입은 남자가 무대 위로 올라와서 그녀가 말을 멈췄다. "아, 좋다. 시작하네요." 트레이시가 속삭이더니 고개를 돌려 무대 위의 남자를 응시했다.

그 남자는 무대 중앙으로 가더니 한 손을 들어서 관객들을 조용히 시켰다. "오늘밤 공연에 와주셔서 감사합니다. 공연을 시작하기 전에 휴대폰을 끄거나 무음으로 바꿔주시기 바랍니다. 물론 이미 그렇게 하신 분은 안 하셔도 됩니다."

"염병할 규칙 타령!" 누군가 몹시 짜증난 목소리로 말했다. 그 소리가 너무 크고 가깝게 들려서, 브리디는 반사적으로 고개를 돌려 그렇게 무례한 소리를 하는 사람이 누구인지 찾다가, 아나운서가 방해받지 않고 평온하게 장광설을 계속 늘어놓고 있다는 사실을 뒤늦게 깨달았다.

브리디는 트렌트를 살펴보며 혹시 그녀가 돌아보는 모습을 그가 알아채지 않았을지 걱정했다. 하지만 트렌트와 해밀튼 부부는 휴대폰을 끄느라 바빴다.

"받아야 하는 급한 전화가 있을 때는," 아나운서가 말했다. "부디 로비로 나가주시기 바랍니다."

「그래, 그리고 염병할 공연의 절반을 놓치라는 거 아냐!」

"공연장 안에서는 카메라 플래시나 녹화 장비는 금지되어 있습니다. 협조해주셔서 감사합니다."

「협조라니, 허튼소리!」 그 목소리가 아나운서의 말을 자르고 들어왔다. 「이건 씨발, 독재야!」

"왜 그래? 무슨 일이야?" 트렌트가 브리디를 걱정스럽게 바라보며 속삭였다.

"아무것도 아냐." 그 목소리가 계속 소리를 질러댔지만 브리디는 미소를 지으려 애쓰며 대답했다. 「저 호모 새끼한테 이래라 저래라는 소리를 들으려고 2백 달러나 낸 게 아니란 말이야!」

「저녁 내내 저 소리를 어떻게 견디지?」 브리디가 생각했다. 과연 공연을 들을 수는 있을까? 사람들이 아나운서에게 박수를 쳤다. 그건 그 아나운서가 뭔가 다른 말을 했다는 뜻이었지만, 브리디는 듣지 못했다.

「나는 휴대폰 안 꺼.」 그 무례한 남자가 말했다. 동시에 여자 목소리가 말했다. 「저 남자 정말 잘 생겼다. 배우 같은데… 저 사람 이름이 뭐지?」 그리고 소개팅한 여자도 말했다. 「이 극장이 얼마나 오래됐는지는 관심 없어. 난 이 소개팅이 끝나기만 바랄 뿐이야!」 실제 말소리와는 달리, 이 세 사람이 동시에 떠들 때에도 그 목소리들이 서로 중첩되며 다른 소리를 가리지 않았다. 브리디는 각각의 목소리를 따로따로 구별해서 뚜렷하게 들을 수 있었다.

브리디는 처음으로 여러 목소리가 동시에 말하는 소리를 들었다. C.B.가 브리디에게 더 많은 목소리를 듣게 될 거라고 했을 때, 그녀는 하나씩 차례차례 들릴 거라고 추측했다. 하지만 C.B.의 말이 모든 목소리가 동시에 들릴 거라는 의미였다면 어떡하지?

「그 지겨운 이야기가 아직도 남았어?」 소개팅한 여자가 말했다. 「자, 제발 그 염병할 커튼 좀 올려! 그래야 저놈이 입을 닥칠 거 아냐!」 그리고 동시에 먼젓번의 여자가 생각했다. 「저 아나운서는 '어벤저스'에 나왔었어. 이름이 뭐였더라? 알렉스? 아론?」

다른 목소리도 끼어들었다. 「시작하기 전에 소변을 눴어야 했는데… 마샤 브라이언트가 왔는지 모르겠네… 공연이 재밌어야 할 텐데….」

「이건 빌어먹을 돈 낭비야!」 그 무례한 남자가 고함을 쳤다. 그 남자의 목소리가 워낙 커서 다른 소리들을 다 압도해버릴 것 같았지만, 브리디에게는 다른 목소리도 제각각 완벽하게 들렸다. 「표 하나에 2백 달러나 하면서, 이놈들은 그 빌어먹을 쇼를 제 시간에 시작하지도 않아! … 저 사람 이름이 영이던가? … 차를 거기에 세워두는 게 아니었는데… 이 염병할 소개팅은 그만둬야겠어… 급한 전화가 왔다고 하면서 로비로 나갈까….」

"브리디." 트렌트가 브리디의 팔을 흔들었다. "네 휴대폰을 끄라고 했잖아."

"뭐라고?" 브리디가 멍한 얼굴로 말했다. "아, 미안. 깜빡했어." 브리디가 이브닝 핸드백의 버클을 만지작거리며 말했다.

"괜찮아?" 트렌트가 물었다. "당신한테 두 번이나 말했는데도 못 듣는 것 같았어."

"괜찮아. 미안해. 내가 딴 데 정신이 팔려 있어서 그래."

그건 절제된 표현이었다. 그녀는 목소리들에 막혀서 트렌트도, 해밀튼 부부도, 자신이 극장에 있다는 사실조차 인식하지 못하는 상황이었다. 브리디는 그 목소리들 말고는 아무것도 의식할 수 없었다. 그 무례한 남자는 그저 분노를 표현할 뿐이고, 그 분노가 브리디를 향한 것도 아니었지만, 그것만으로도 그녀는 위협을 받는 느낌이었다. 그 목소리들은 모두 거기에서 브리디를 을러대고 자신들의 목소리를 그녀에게 강요했다.

"메이브는 걱정하지 마." 트렌트가 말했다. "아마 괜찮을 거야. 그냥 당신의 정신 나간 언니가…." 트렌트는 말을 멈추더니 고개를 숙이며 인사를 하는 지휘자에게 박수를 치기 시작했다.

「메이브는 괜찮겠지.」 브리디가 생각했다. 「하지만 난 안 괜찮아. 목소리들이 더 심해지기 전에 여기서 나가야 해. 공연이 시작되기 전에.」 공연이 이제 곧 시작된다. 지휘자가 오케스트라석으로 들어갔다. 지휘자가 지휘봉을 치켜들면 서곡이 시작될 것이다. 브리디는 지금 나가야 했다. 하지만 어떻게?

휴대폰. 소개팅한 여자는 로비로 나가서 급한 전화를 받아야 한다고 말할 거라고 했었다. 그러나 브리디는 이미 휴대폰을 꺼버렸다.

「트렌트는 그 사실을 몰라.」 브리디가 생각했다. 「진동으로 해놓았다고 하면 될 거야.」 브리디는 휴대폰을 들어서 귀에 댔다. "아, 이런." 브리디가 이브닝 핸드백을 움켜쥐고 일어서면서 말했다.

"무슨 짓이야?" 트렌트가 겁에 질린 얼굴로 물었다.

브리디가 트렌트에게 휴대폰을 슬쩍 보여줬다. "이 전화를 받아야 해. 무슨 일이 일어난 게 틀림없어. 메리 언니 전화야."

"하지만 그러면 안…. 막간 휴식시간까지 기다리면 안 될까? 당신 가족들이 어떤지 잘 알잖아. 아무 일도 아닐 거야. 그리고 이런 기회를 망가트…."

"금방 돌아올게." 브리디가 말했다. "아냐. 따라올 필요 없어." 브리디가 트렌트에게 자리에 앉으라는 손짓을 하며 말했다. "나 혼자 다녀오는 게 빠를 거야."

브리디는 트렌트가 일어나서 막기 전에 그를 밀어 앉히며 옆통로로 향했다. "하지만 공연이 곧…." 트렌트가 말했다.

"알아." 브리디가 그 옆에 앉아 있는 사람을 비집고 지나며 속삭였다. "내가 제시간에 못 돌아오면, 막간 휴식시간까지 뒤쪽에서 볼게."

트렌트가 당황스러운 눈으로 해밀튼 부부를 쳐다본 뒤 다시 브리디를 돌아봤다. "괜찮…?"

"응. 여기에 있어. 문자 보낼게." 브리디는 트렌트가 더 반대하기 전에 까치발로 좌석 열을 따라 무릎들을 비집고 나가며 "죄송합니다"를 연발했다.

"이렇게 무례할 수가 있어!" 누군가 말했다. 그 소리에 심장이 움찔하며, 목소리가 다시 시작되는 건가 두려웠지만, 그 소리는 브리디가 막 옆걸음으로 지나친 중년 여성이 한 말이었다.

"죄송합니다." 브리디는 그 여성과 마찬가지로 골이 난 그 여성의 남편을 비집고 지나가며 속삭였다. 그리고 마침내 좌석 열을 빠져나와 통로로 나갔다.

공연장의 불이 꺼지자 브리디는 어둠 속에서 어찌할 바를 모르고 서 있었다. 그래서 브리디는 트렌트가 그녀를 멈추게 하려고 눈앞을 막은 게 아닐까 싶어서 깜짝 놀라 뒤를 휙 돌아봤다. 그리고는 공연이 시작되려 한다는 사실을 깨달았다. 「빨리 공연이 시작되어야 할 텐데.」 브리디가 생각했다. 「앞이 안 보이잖아.」 다행스럽게도 그때 가느다란 빛줄기가 비추더니 파도 같은 박수 소리와 함께 막이 올라가기 시작했다.

브리디는 성큼성큼 걸어서 옆통로를 올라가기 시작했다. 그리고 한 손에 쥔 휴대폰을 안내인을 향해 흔들었다. 다른 손으로는 이브닝 핸드백을 움켜쥐었다. 브리디는 비록 자신은 공황상태일지라도, 사람들에게 불이 났다고 오해하게 만들거나 당황시키지 않을 정도의 속도 내에서 최대한 빠르게 걸어갔다.

「목소리가 다시 시작되기 전에 로비까지 나가야 해.」 브리디가 생각했다. 그리고 그때 뒤에서 한 남자가 외치는 소리가 들렸다. "거기, 너 말이야. 대체 어딜 가는 거야?" 브리디는 낚싯줄에 걸린 물고기처럼 화들짝 놀랐다.

"아무 데도 안 가요, 아빠." 남자아이의 목소리가 말했다. 그제야 브리디의 굳었던 몸이 풀렸다. 「그냥 공연 소리였어.」 브리디가 생각했다. 그리고 무대에서 들려오는 소리를 무시하며 더 빨리 걸었다.

"미리엄, 난 어떻게 해야 할지 모르겠어. 난 저 아이랑 도대체 소통이 안 돼."

"그건 당신이 아이의 말에 귀를 기울이지 않으니까 그런 거야, 헨리."

브리디는 공연장 뒤편에 거의 도착했다. 십여 개의 좌석 열을 지난 뒤 중앙으로 가서 안내 프로그램을 가슴에 안고 있는 안내인 두 명이 서 있는 이중문으로 나가면 된다.

"와, 진짜 흥미진진하다!" 목소리가 말했다. 브리디는 서막이 진행되는 동안에 그렇게 소리를 질러댈 사람이 없으리라는 사실을 잘 알고 있으면서도, 그 소리가 너무 가까워서 막 지나고 있던 좌석 열을 쳐다봤다. 그 목소리들 중 하나인 게 틀림없었다. 「난 극장이 너무 좋아!」 그 목소리가 계속 말했다. 그러자 다른 사람이 외쳤다. 「이 좌석 정말 짜증나네!」

「저 여자는 대체 어딜 가고 있는 거야?」 그 무례한 남자가 버럭 소리를 질렀다. 그러자 새로운 목소리가 말했다. 「정말 교양이 없어!」

「계속 걸어가야 해.」 브리디가 연이어 쏟아져 들어오는 목소리를 뚫고 생각했다.「몇 미터만 더 가면 공연장 뒤편에 도착할 거야.」

「…대리주차를 할 걸 그랬나… 아무것도 안 보여… 나중에 우리를 저녁식사에 데려가면….」 목소리들이 말했다. 그 생각들은 여러 겹으로 중첩되고 조각조각 난 상태로 그녀의 머릿속으로 들어왔다.

관객들이 다시 박수를 쳤지만, 브리디에게는 박수 소리가 전혀 들리지 않았다.「안내인에게 말하는 건 불가능하겠다.」 그녀가 문을 지키고 서 있는 안내인들을 보면서 생각했다.「나한테 어딜 가냐고 물어보면 어쩌지?」

안내인이 벌써 브리디를 쳐다보고 있었다. 그는 다른 안내인에게 고갯짓을 하더니 그녀를 가리켰다.「난 여기서 나가야 해.」 브리디가 생각했다. 그녀는 탈출할 길을 찾으려고 사방을 두리번거렸다. 몇 미터 떨어지지 않은 곳에 커튼으로 덮인 벽감이 눈에 들어왔는데, 커튼 위로 녹색의 출구 표시가 붙어 있었다.

「…여기서 저 사람들을 보게 되다니 놀랍네… 저 둘이 이혼했다는 소문을 들었는데… 다리 저려… 설마 무슨 문제가 있는 건 아니겠지… 우리를 루미네스로 데려갈지도….」

안내인 한 명이 브리디에게 걸어오기 시작했다. 브리디는 묵직한 커튼을 뚫고 벽감으로 뛰어들었다. 커튼이 브리디의 뒤에서 흔들거렸다. 그리고 마치 묵직한 벨벳 천을 뚫고 나오지 못하는 듯 목소리들이 즉시 멈췄다.

천만다행이다. 이제 로비로 나가는 길을 찾기만 하면 된다. 브리디는 계단참에서 희미한 불빛을 받고 서 있었다.「여자화장실로 가야겠다.」 브리디는 안내인들이 그녀가 화장실에 가는 거라 결론 내리고 따라오지 않기를 바라며 생각했다. 「그리고 그쪽으로 가면 로비로 나갈 수 있을 거야.」

브리디는 카펫이 덮인 계단을 뛰어 내려갔다. 「설마 화장실에 아직 남아 있는 사람은 없겠지.」 브리디는 계단에 늘어서 있던 화장실 줄을 떠올리며 생각했다. 「아, 안 돼. 가끔 화장실에도 보조 안내인이 있기도 하던데.」

혹시 화장실에 보조 안내인이 있었더라도, 막이 오른 후 휴식하러 간 게 틀림없었다. 대리석으로 둘러싸인 화장실에 줄지은 세면대와 길게 늘어선 화장용 거울에 비치는 사람이라곤 브리디밖에 없었다. 브리디는 곧 까무러칠 사람처럼 창백해 보였다. 안내인들이 그녀를 걱정했던 것도 무리가 아니었다.

「로비로 가기 전에 립스틱을 좀 바르는 게 낫겠다.」 브리디가 생각했다. 하지만 이브닝 핸드백을 열 때 손이 떨렸다. 브리디는 한동안 핸드백 안을 부질없이 뒤적거리다가 포기하고는, 양손을 대리석 화장대 위에 털썩 내려놓고 거기에 몸을 의지한 채 기운을 차리려 애썼다.

「이건 말도 안 돼.」 브리디가 혼잣말을 했다. 그냥 목소리였을 뿐이었다. 그리고 그들이 말하는 내용도 그 무례한 남자만 빼고는 특별히 나쁘지도 않았다. 하지만 목소리가 너무 많아서 브리디는 그 목소리들에서 빠져나갈 수가 없었다. 이건 마치 질문을 퍼붓고, 더 가까이 다가오려고 서로 밀치고, 사진을 찍어대고, 그녀를 을러대고, 카메라 플래시로 눈을 멀게 하고, 마구 밀어붙이는 파파라치 무리에 둘러싸인 것 같았다.

「조현병 환자들에게 미안하다는 감정을 제대로 느껴보긴 처음이야.」 브리디가 생각했다. 「그들은 머릿속에 있는 목소리에서 도망칠 수도 없고, 그들을 둘러싸고 생각할 수 없게 만드는 소음의 소용돌이에 맞서서 자신의 온전한 정신을 지키기 위해 힘겹게 싸우고 있는 사람들인 거야.」

C.B.가 왜 브리디에게 사람들 많은 곳에 가지 말라고 했었는지 알 것 같았다. 브리디는 C.B.의 경고를 새겨들었으면 좋았을 거라는 생각이 들었다. 그녀는 트렌트가 걱정해서 그녀를 찾으러 나오기 전에, 그리고 목소리가 다시 시작되기 전에 극장에서 빠져나가야 했다. 계단과 로비가 한산한 지금 가야 했다. 하지만 여자화장실이라는 안전한 피난처를 버리고 나가는 게 몹시 싫었다.

브리디는 휴대폰을 주머니에 쑤셔 넣었다가 다시 꺼냈다. 혹시라도 안내인과 맞닥뜨리면 변명거리가 필요할 것이다. 그녀는 이브닝 핸드백을 집어 들었다. 그리고 깊게 숨을 들이쉬고, 여자화장실의 문을 살짝 열어봤다. 밖에는 아무도 없었다. 브리디는 내부 로비를 빠르게 지난 뒤 중이층으로 올라가는 계단을 찾았다. 계단이 보였다. 브리디는 달리고 싶은 충동을 자제하며 올라가기 시작했다.

브리디가 계단참에 거의 도착했을 때 목소리들이 다시 시작됐다. 「…아까 전화가 왔다는 거짓말을 했어야 했는데.」 소개팅 여자가 말하는 소리가 들렸다. 「이제는 너무 늦어버렸어.」

「너무 늦었지.」 브리디가 계단 난간을 움켜쥐며 생각했다. 그러자 다른 목소리들이 그녀에게 돌진했다. 「…완전히 바가지야… 기회가 있을 때 도망쳐야 했는데… 내가 나갔을 때 자동차 뒷부분이 찌그러져 있으면… 프로젝트 전체를 위태롭게 할 수도 있어… 이제는 이 남자한테 완전히 잡혀버렸네… 집에 가고 싶어….」

「나도 집에 가고 싶어.」 브리디가 생각했다. 「나를 집에 가게 내버려둬!」 브리디가 애원했지만, 그들은 계속 투덜거리며, 그녀를 두들겨 패고, 귀를 먹게 하고, 가는 길을 막았다. 브리디는 몸을 돌려 그 목소리들에서 필사적으로 벗어나기 위해 이제는 잘 보이지도 않는 난간을 더듬거리고 비틀거리며 계단을 다시 내려가기 시작했다. 「네 말이 맞았어, C.B.」 브리디가 말했다. 「사람들이 너무 많이 모여 있는 장소는 오지 말았어야 했어.」 하지만 C.B.는 대답하지 않았다.

「C.B.가 가버렸나 보다.」 브리디가 난간에 매달리며 생각했다. 「영원히 떠나버렸어.」

"너한테 꺼져버리라고, 날 혼자 내버려두라고 말했던 거 미안해." 브리디가 큰 소리로 말했다. "내 진심은 아니었어." 하지만 당시 그 말은 진심이었다. C.B.도 그 사실을 안다. 브리디의 생각을 읽을 수 있으니까.

목소리들이 점점 커지고 더 강렬해졌다. 브리디는 양손으로 귀를 감쌌지만, 소용이 없었다. 목소리는 여전히 크게 들렸다. 「C.B.…. 제발, 이 목소리들을 막을 방법을 말해줘.」

「그냥 찢어서 열어버려.」 남자 목소리가 들렸다. 순간적이었지만, 생각하기엔 충분한 시간이었다. 「아, 다행이다!」 브리디는 그게 C.B.의 목소리라고 생각했다.

「단추를 풀 시간이 없어.」 그 남자가 계속 말했다. 「난 정확히 2분 안에 무대 위로 돌아가야 해.」

「공연하는 사람이었구나.」 브리디가 생각했다. 「목소리가 더 많이 들리기 시작했네.」 마치 그녀의 말이 수문을 열어버린 듯 목소리들이 비처럼 쏟아져 내렸다.

「…이 소도구는 누가 옮긴 거야?… 저 현수막을 들어… 찢어져도 놀라지 마… 결혼한 날부터 그녀를 속였어… '레인 메이커'를 보러 갈 걸 그랬어… 네 순서야, 이 멍청아!… 나비넥타이 때문에 죽겠네… 초밥은 싫어… 팔을 나한테 올리지 마!… 아냐, 아냐, 아냐. 무대 오른쪽!」

브리디는 몸을 돌려서 왔던 방향으로 도망쳤다. 바깥으로 나갈 길을 찾는 건 포기했다. 의식적인 사고라는 걸 아예 할 수가 없었다. 그녀는 으르렁거리는 사냥개의 무리에서 도망치는 여우처럼 그저 본능적으로 숨을 곳을 찾고 있었다.

하지만 이 상황은 그보다 더 심했다. 으르렁거리는 사냥개 무리와 고함치는 폭도들이 모두 하나로 모여 둔중한 굉음이 되었다. 이 총체적인 소음 속에서는 각각의 목소리를 제대로 알아들을 수도 없었다. 하지만 브리디에게는 그 모든 목소리가 하나로 뭉치지 않고 따로따로 들렸다. 이제는 수십 명이 되었는데도 말이다. 그 모든 소리가 제각각 떠들어대며 일시에 그녀에게 욕지거리를 쏟아냈다. 목소리들은 모두 완벽하게 선명했다.

그래서 견딜 수가 없었다. 목소리들은 곤봉처럼 브리디를 내려쳤다. 그래서 그녀는 그 목소리들을 피해 도망가려는 발버둥 외에는 아무 생각도 할 수 없었다. 하지만 갈 수 있는 곳이 없었다. 브리디가 등을 벽에 기대고 있다가 몸을 돌려 달려가면, 또 다른 벽이 눈앞을 막았다.

브리디는 다시 몸을 돌렸다. 그리고 구석에 몰린 동물처럼 겁에 질린 채 벽의 모서리를 찾아 최대한 기어들어 갔다.

"꺼져!" 브리디는 손을 들어서 목소리들을 막으며 소리쳤다. 하지만 목소리들은 밖에 있는 게 아니라 머리 안에서 욕하고, 트집 잡고, 절규하고, 으르렁거렸다. 브리디는 그들의 입을 막을 수도, 싸워서 물리칠 수도 없었다. 그들은 난잡한 생각과 감정의 급류를 그녀에게 퍼부었다.

「제발 도와줘!」 브리디는 잠긴 휴대폰을 풀어서 트렌트에게 전화하려 했다. 하지만 트렌트는 휴대폰을 꺼놓은 상태였다. 게다가 그녀는 목소리들 때문에 앞이 보이지 않아서 휴대폰 잠금을 풀 수도 없고 트렌트의 번호를 찾을 수도 없었다. 「…무대 오른쪽이라고, 젠장! … 그년이 나쁜 년이었어… 저 여자는 자기 코치하고 잤어… 제기랄, 달랑 여섯 줄 외우는 게 그렇게 어려워?… 내 무릎에서 손 떼!… 이건 쓰레기야! … 완전히 창녀야… 쪼다… 한물간 퇴물!」

브리디는 양손으로 머리를 감싸고 구석에 쭈그리고 앉아서 몰아치는 목소리들을 막아보려 했다. "C.B.!" 브리디가 울부짖었다. 하지만 너무 늦었다. 이미 파도가 덮쳐서 그녀를 물속으로 끌고 내려갔다.

「아, 성 패트릭과 아일랜드의 모든 성인들이여, 도와주세요!」 브리디가 생각했다. 「C.B.!」 홍수 속에서 버둥거리다가 숨이 막혀왔다.

14

"엄청난 소음과 아우성이었다… 군중들을 몰고 가는 흐름이…
동요하며 제자리를 뱅뱅 돌았다…."

— 빅토르 위고, '노트르담의 꼽추'

「브리디.」 불쾌한 잡음 사이로 어둠을 가르는 손전등의 불빛처럼 C.B.의 목소리가 뚫고 들어왔다. 「무슨 일이야? 브리디, 말을 해!」

브리디는 그 목소리가 생명을 살려줄 구명조끼라도 되는 듯 꽉 붙잡고 머리를 물 위로 올리려 애썼다. 「어디야?」 브리디가 소리쳤다.

「어디냐니? 넌 어디야? 무슨 일이야?」

「목소리들이… 그 전에 빠져나가려고 했는데… 못 나갔어. 목소리들이….」

목소리들이 그녀가 더 이상 말하는 걸 허용하지 않았다. 그들이 다시 브리디를 덮쳐서 C.B.에게서 떼어내고, 그의 목소리를 물속으로 끌어당겼다. 그녀의 목소리도. C.B.는 브리디의 목소리를 듣지 못하고, 그녀를 찾지도 못할 것이다. C.B.는 무슨 일이 일어났는지 알 수 없을 것이다⋯.

「아냐. 무슨 일인지 알아.」 C.B.의 목소리는 평온하고 위안이 되었다. 「목소리들이 엄청난 규모로 몰아친 거겠지. 그렇지? 젠장, 미안해. 이렇게 빨리 진행될 줄은 몰랐어. 나한테 텔레파시가 시작된 후에 그 정도로 진행될 때까지는 거의 2주가 걸렸거든. 그리고 그때는⋯.」 C.B.의 목소리가 갑자기 끊겼다.

「그때는 뭐?」 브리디가 말했다. 하지만 아우성 소리 때문에 C.B.의 대답을 들을 수 없었다. 「⋯이 남자가 나를 한 번만 더 건드리면 죽여 버릴 거야⋯ 너무 많은 게 달려 있어⋯ 전 산업에 혁명적 변화를⋯ 빌어먹을 돈 내놔⋯ 네 대사만 하란 말이야, 젠장! ⋯」

「C.B.!」 브리디가 흐느껴 울었다. 「어디에 있어?」

「여기 있어.」 C.B.가 말했다. 「약을 먹은 건 아니지? 진정제라든가 발륨이라든가?」

「응. 그런데 포도주를 몇 모금 마셨어.」

「제기랄.」 C.B.가 말했다. 「괜찮아.」 그는 꼭 병원에 있을 때처럼 말했다. 「네가 어디에 있는지 말해줘.」

「모르겠어! 극장의 로비로 통하는 계단을 올라가려고 했는데⋯.」

「극장에 갔어? 내가 사람들 많은 장소에는 가지 말라고 했잖아!」 하지만 브리디에게는 들리지 않았다. 그리고 이제 목소리들이 몰려와서⋯.

「아냐. 몰려오지 않을 거야.」 C.B.가 말했다. 「소리쳐서 미안해. 계단에 있어?」

「모르겠어.」 브리디가 훌쩍거렸다. 「모르겠….」

「괜찮아. 어느 극장이야? 시네마크? 리걸?」

브리디는 대답하려고 했지만, 목소리들이 그녀를 두들겨댔다. 「아냐.」 목소리들 때문에 웅크린 채 브리디가 말했다. 「우리는 영화를 보러 온 게 아니야. 트렌트가 표를 구해서….」

「연극? 어디야? 시민센터? 브로드허스트?」

「아니….」 브리디는 C.B.가 다른 극장의 이름을 말해주길 기다렸지만, 그는 그리지 않았나. C.B.가 사라졌다. 그러자 목소리들이 회오리처럼 브리디를 감싸고돌며, 그녀를 소용돌이의 중앙으로, 아래로 끌어당겼다…. 「C.B.!」

「아직 여기 있어. 인터넷으로 극장들을 찾아보느라 그랬어. 어떤 연극이야? '노 맨스 랜드'? '베니스의 열정'? '통화 중단'?」

브리디가 「그거야」라고 생각했던 모양이다. C.B.가 말했다. 「금방 갈게. 그대로 있어.」 그렇게 끔찍한 상황만 아니었다면 재미있는 농담이라고 생각할 수도 있었을 것이다. 브리디는 지금 아무 데도 갈 수 없는 상황이었으니까. 「빨리 와!」 브리디가 울부짖었다. 하지만 C.B.는 대답하지 않았다.

「벌써 가버렸구나.」 브리디는 애써 공황을 가라앉히며 생각했다. "C.B.!" 그녀가 입으로 울부짖었다. "날 두고 가지 마!"

「안 그럴 거야. 난 여기 있어. 이제부터 네 곁에 계속 있을 거야. 나한테만 집중하고 다른 목소리는 생각하지 마. 그냥 주변 소음이라고 생각해. 트렌트가 너를 데려가던 멋진 칵테일 파티에 참석한 사람들처럼 말이야. 파티에서 대화를 할 때처럼 다른 소리들을 무시해버려. 몇 분 내로 거기에 도착할 거야. 벌써 컴스팬에서 나왔어….」

「컴스팬이라니!」 C.B.가 컴스팬에 있었다면 극장까지 적어도 20분은 걸릴 것이다. 목소리들은 벌써 세력을 키우며 몰려들기 시작하고 있다. C.B.가 틀렸다. 그 목소리들은 주변 소음이 아니고, 이건 칵테일 파티가 아니었다. 칵테일 파티에 참석한 사람들은 이렇게 끔찍한 말을 하지 않는다. 「…이렇게 함부로 만지작거리라고 여기에 온 게 아니야… 자기 대사도 모르는 너를 대신해주는 것도 지긋지긋해… 더러운 속물… 우리 집 개새끼가 연기를 더 잘하겠다!」 비 오는 날 밖에 나가서 끊임없이 두들기는 빗줄기를 맞고 있는 상황과 비슷했다. 그녀를 계속 내려치는 빗방울의 소음이 귀를 먹게 했다.

「비가 아냐.」 C.B.의 목소리가 억수같이 쏟아지는 호우를 가르며 들어왔다. 「나이아가라 폭포야.」

「나이아가라 폭포?」 브리디가 멍하게 말했다.

「너한테 들리는 소리를 그렇게 상상해봐. 넌 나이아가라 폭포에 있는 거야. 그리고 그 소음은 그저 요란한 폭포 소리일 뿐이야. 나이아가라 폭포에 가본 적 있어?」

「아니….」

「그래도 나이아가라 폭포의 모습을 본 적은 있지? 영화에 많이 나왔잖아. '브루스 올마이티', '슈퍼맨 2', 그리고 드라마 '오피스'의 결혼 장면에도 나왔어. 멋진 곳이야. 신혼여행으로 많이들 가잖아. 안개 아가씨 호, 말굽 폭포….」 C.B.가 말하는 사이 브리디는 그 모습이 눈앞에 그려졌다. 포효하며 절벽을 넘어 아래의 바위로 떨어지는 물줄기, 피어오르는 물안개와 물보라….

「나이아가라 폭포의 소음은 정말 어마어마해.」C.B.가 폭포 소리 너머로 소리쳤다. 「소음이 너무 커서 관광객들이 하는 말도 잘 들리지 않아. 하지만 그게 다야. 그저 소음일 뿐이야. 소음은 너를 해칠 수 없어.」

「아냐. 해칠 수 있어.」 브리디가 생각했다. 그리고 목소리들이 그녀를 폭포 가장자리로 몰고 가서 떨어뜨리고, 숨 막히는 물속으로 그녀를 잡아당겨 물거품 속에서, 바위틈에서 이리저리 돌리다가 아래로 가라앉혀 익사시키는 모습이 갑자기 떠올랐다….

「브리디!」C.B.가 날카롭게 말했다. 「넌 폭포의 가장자리를 넘어가지 않아. 거기엔 난간이 있거든. 난간 보이니?」

「아니….」

「난간은 가슴 높이야, 검은색이고. 가로대가 워낙 촘촘해서 너는 그 사이로 떨어질 수 없어. 그리고 난간의 윗부분은 네가 손으로 움켜잡기에 적당한 굵기여서 잘 붙잡을 수 있어. 물보라 때문에 젖어있기는 하지만 미끄럽지는 않아. 느껴지니?」C.B.가 말했다.

「으응….」 브리디는 손으로 난간을 붙잡고 있는 모습을 상상했다. 「차가워.」 그녀는 손등에 부딪히는 물보라까지 느껴지는 듯했다.

「잘했어. 그걸 꽉 붙잡고 있어. 그 난간이 너를 안전하게 지켜줄 거야.」

「이게 휩쓸려 가면 어떡해?」

「안 그럴 거야. 난간은 지면에 나사로 박혀 있어.」

「하지만 지면이 쓸려나가면 어떡해?」

「안 그럴 거야. 지면은 단단한 바위거든. 넌 몇 분만 더 거기에 매달려있으면 돼. 그러면 내가 갈 거야. 그때까지 폭포가 얼마나 아름다운지만 생각해.」

「폭포는 아름답지 않아!」 브리디가 거칠게 말했다. 「끔찍하게 무서워!」

「그러면, 우리가 나이아가라 폭포로 신혼여행을 갔을 때 하게 될 끝내주는 섹스에 대해 생각해.」 C.B.가 말했다. 완전히 손상을 입지 않은 브리디의 마음 한구석에서는, 그녀의 생각을 다른 곳으로 돌리기 위해, 그리고 그녀를 화나게 만들어 반응하게 하려고 C.B.가 그런 말을 한다는 사실을 알았다. "나이아가라 폭포가 됐든 어디가 됐든 우리가 섹스할 일은 없어. 난 트렌트와 정서적 유대감으로 묶여있단 말이야!" 하지만 효과가 없었다. 목소리들이 너무 크고 격렬했다.

「알았어. 그러면 시리얼을 생각해봐.」 C.B.가 말했다.

"뭐라고?" 브리디는 그걸로 그녀의 생각에서 목소리를 어떻게 떼어놓겠다는 건지 이해가 되지 않아서 물었다. 「시리얼이 나이아가라 폭포와 무슨 상관이야?」

「그건 나도 모르겠어.」 C.B.가 말했다. 「하지만 예전에 시리얼 상자에 나이아가라 폭포 사진이 있었잖아. 어쩌면 그 시리얼은 거기서 만들어졌을지도 모르지. 그건 그렇고, 럭키참스 시리얼 상자에는 레프러콘이 그려져 있어. 하지만 아일랜드에서 만든 건 아냐. 하긴 요즘은 다들 외주를 주니까 알 수 없지. 아일랜드에서 만들어질 수도 있겠네. 프룻룹스는 핀란드에서 만들어.」

C.B.는 달달한 시리얼과 이상한 방식의 외주에 대해 계속 떠들었다. 브리디는 그 말을 전혀 믿지 않았지만, 검은색 젖은 난간에 매달리듯이 그의 말에 매달렸다. C.B.가 계속 말을 하고 있는 한 목소리들은 그녀를 가장자리로 쓸어가지 못할 것이다.

「내가 이 분야에 대해선 아주 잘 알거든.」 C.B.가 말했다. 「캡틴크런치 시리얼은 토르투가의 해적 섬에서 만들어. 그리고….」

C.B.의 목소리가 갑자기 뚝 끊어졌다. 「C.B.?」 당황한 브리디의 목소리가 커졌다.

「괜찮아. 닌 여기 있어.」 C.B.가 밀했다. 하지만 그의 목소리가 다르게 느껴졌다. 가까우면서도 더 멀어진 느낌이었다.

「어디야? 네 목소리가 안 들려!」

「극장 바로 앞에 있어. 너 혼자 힘으로 바깥까지 나오기는 힘들겠지, 그럴 수 있겠어?」

「아니!」 브리디가 차가운 난간을 꽉 움켜잡았다. 「왜?」

「극장에서 날 들여보내 줄지 모르겠어. 내가 극장에서 요구하는 의상 규칙에 맞는 옷을 입지 않았거든. 혹시 네가 로비까지 나올 수만 있으면….」

「C.B.가 이 목소리들에서 나를 구해줄 수 있을 거야.」 브리디가 생각했다. 하지만 나가서 계단을 올라갈 생각만으로도 목소리들이 그녀를 향해 파도처럼 몰려왔다.

「못 하겠어.」 브리디가 대답했다. 그 소리는 말이라기보다는 흐느낌에 가까웠다.

「괜찮아.」 C.B.가 그녀를 안심시켰다. 「내가 방법을 찾아볼게. 그런데 있잖아, 네가 어디에 있는지 나한테 말해줘야 해.」

「나이아가라 폭포에 있지.」 브리디가 어리둥절한 목소리로 말했다. 「네가 그랬잖아….」

「아니, 극장 안에서 어디냐고. 아직 계단에 있어?」

「아니.」

「계단에서 어디로 갔어? 기억해봐.」

「못 하겠어….」

「괜찮아. 그러면 아주 잠깐만 눈을 떠봐. 목소리들이 너를 덮치지 않을 거야. 내가 장담할게. 내가 너를 붙잡고 있잖아. 하지만 네가 어디에 있는지 모르면 데리러 갈 수가 없어. 눈을 떠.」

「못 하겠어.」 브리디는 필사적으로 난간에 매달렸다. 하지만 이 목소리들과 함께 홀로 남게 되리라는 생각은 폭포에 휩쓸려 떨어질 가능성보다 훨씬 무서웠다. 브리디가 눈을 떴다.

브리디는 아주 짧은 순간에 쇠파이프와 검은색과 흰색의 타일이 눈에 들어왔지만, 생각할 시간은 충분했고, 놀라서 말했다. 「난 바닥에 앉아 있어.」 목소리들이 다시 퍼부어지기 전에 눈을 질끈 감아야 했다.

하지만 그 정도로도 충분했던 모양이다. C.B.가 말했다. 「화장실이네. 좋았어, 곧 갈게. 그리고 그때까지는 나이아가라 폭포를 생각하지 마. 럭키참스 시리얼을 생각해. 럭키참스에 각각의 모양과 색으로 된 작은 마시멜로가 들어있던 거 기억나? 그게 어떤 모양이었는지? 분홍색 하트가 있었고, 또 뭐가 있었지?」

「몰라….」

「에이, 왜 이래.」 C.B.가 구슬렸다. 「메이브도 럭키참스를 먹잖아, 그렇지? 그리고 넌 아일랜드계잖아. 럭키참스는 너희 민족의 시리얼이야. 넌 어떤 마시멜로가 있었는지 알고 있을 거야. 분홍색 하트랑….」

「노란색 달?」

「그렇지. 잘한다. 이제 두 개 맞췄고. 다른 건 또 뭐가 있었지? 생각해봐.」

브리디는 물보라와 으르렁거리는 물을 피해 눈을 꼭 감고, 각진 모서리가 손바닥을 파고들 정도로 젖은 난간을 꽉 움켜쥐며 생각했다. "분홍색 하트." 브리디가 웅얼거렸다. "노란색 달, 녹색 토끼풀." 그리고 또 뭐였더라? 별이 있었다. 그런데 무슨 색이었지? 파란색? 자주색? 브리디는 시리얼과 상자를 떠올리려고 온 정신을 집중했다.

하지만 그 정도로는 충분하지 않았다. 목소리들이 파고들어 와서 난간 너머로 물을 튀기고 브리디를 흠뻑 적셔서, 그녀는 얼음물을 뒤집어쓴 듯 멍해졌다. C.B.는 브리디에게 거짓말을 했다. 목소리들은 그저 해로울 게 없는 폭포라거나 신혼여행자들을 위한 관광명소 정도가 아니었다. 그 소음은 위험하고, 분노로 사납게 날뛰고, 심술궂고, 적의가 넘쳤다. 「여섯 줄 외우는 게 그렇게 힘들어, 이 멍청아? … 재네들이 혼나는 걸 얼마나 좋아하는지 봐… 쓰레기… 변태… 주정뱅이… 그녀가 싫어!」

목소리들은 굉음을 내며 브리디를 들이받더니 바위에서 쓸어가서 급류에 쑤셔 넣었다. 브리디는 난간을 붙잡으려 했지만 찾을 수가 없었다. 「C.B.!」 브리디가 소리치며 다른 목소리들 사이에서 그의 목소리에 귀를 기울였지만, 그녀는 그 목소리도 찾을 수 없었다. 목소리들이 너무 많았다. 급류가 그녀를 휩쓸어갔다.

브리디는 숨을 쉴 수 없었다.

「C.B.!」 브리디가 생각했다. 그리고 필사적으로 C.B.에게 손을 뻗었다.

그러자 C.B.가 거기에 있었다. 브리디의 머릿속이 아니라 그가 실제로 거기에 있었다. C.B.는 데님 재킷과 스타워즈 티셔츠 위로 체크무늬 셔츠를 입고 그녀 옆의 타일 바닥에 쪼그리고 앉아 있었다. C.B.가 브리디의 팔을 잡고 속삭였다. "괜찮아. 이제 여기 왔어." 그는 그 말을 반복하고 또 반복했다.

"넌 나한테 거짓말을 했어." 브리디가 부들부들 떨면서 말했다. "난간이 쓸려갔어. 폭포에서 떨어질 뻔했단 말이야."

「알아. 미안해. 내가 공짜로 연극을 훔쳐보려는 게 아니라고 안내인을 설득하느라 힘들었어. 그러고 나서 우리는 어느 화장실에 네가 있는지 찾으러 다녔어.」

"미안해. 너를 믿지 않아서 미안해. 정말 미안해. 난…."

「쉿. 말로 하지 마.」 C.B.가 주의를 줬다. 그는 화장실 밖에 있는 사람이 이야기를 들을까 봐 걱정했다.

「너랑 다시는 말하지 않겠다고 했던 거 미안해….」

「나도 더 빨리 오지 않아서 미안해. 여기에 화장실이 얼마나 많은지 모르지? 층마다 하나씩 있더라고. 극장은 막간에 아주 바쁜가 봐. 휴식시간이 언제지?」

「모르겠어.」 브리디가 말했다. 하지만 C.B.는 그 말을 못 들은 게 틀림없었다. C.B.가 입으로 말했다. "쉬는 시간이 언제죠?"

"2막 끝난 후에 쉬니까 앞으로 45분 정도 남았어요." 여성의 목소리가 들렸다. 브리디는 화장실에 그들 말고도 다른 사람이 있다는 사실을 알고 놀랐다.

「안내인이야.」 C.B.가 설명했다. 「그러니까 내가 말하는 대로 해. 알았지?」

「알았어.」

"여자분은 괜찮으신가요?" 안내인이 물었다. "극장 안에 의사가 있는지 알아볼까요?"

「안 돼!」 브리디가 생각했다.

"아뇨." C.B.가 안내인에게 조용히 말했다. "그냥 불안발작일 뿐이에요. 사람들이 많은 장소에 가면 불안발작이 일어나곤 합니다." 그가 브리디에게 고개를 돌렸다. "혼자 극장에 가면 안 된다고 내가 말했잖아, 루시."

「혼자?」 브리디는 혼란스러웠다. 「루시?」

"이런 일이 일어날까 봐 걱정스러웠어." C.B.가 말했다. 「자, 네가 이렇게 말해. '알아, 찰리. 미안해.'」

「난 이해가….」

「트렌트가 물으러 다니기 시작했을 때 안내인이 네 이름을 알면 좋겠니? 그리고 안내인이 여기서 이런 상태로 너를 발견했다고 트렌트에게 이야기하면?」

아, 젠장, 트렌트! 「그 전에 우리가 여기서 나가야….」

「그렇지. 그러니까 이렇게 말해. '알아, 찰리.'」

"알아, 찰리." 브리디가 말했다. "미안해." 그리고 C.B.에게 말했다. 「트렌트를 까맣게 잊고 있었어.」

「트렌트에게 목소리에 대해서 말했어?」

「아냐! 트렌트는….」

「목소리가 널 덮쳤을 때는 어땠어? 혹시 트렌트에게 도와달라고 했어?」

'덮치다', 그게 딱 맞는 표현이었다. 목소리들은 늑대나 피에 굶주린 폭도들처럼 브리디를 덮쳤다.

「브리디!」 C.B.가 엄하게 말했다. 「트렌트에게 말했어?」

「응. 그런데 트렌트는 내 목소리를 못 들었어.」

「전화는? 혹시 휴대폰으로 트렌트에게 전화했어?」

「아니. 휴대폰을 꺼내긴 했는데,」 브리디가 기억을 되살리며 말했다. 「그때 트렌트의 휴대폰이 꺼져있다는 사실이 기억났어. 공연이 시작될 때 휴대폰을 끄라고 했거든.」

「혹시 다른 사람한테는 전화 안 했어? 너희 가족이나 컴스팬 직원한테는?」

브리디가 고개를 저었다. 「그 목소리들 때문에….」

「그래, 알아.」 C.B.가 말했다. 「그러면 트렌트한테 문자도 안 보냈고 전화도 안 했다는 거지? 그럼 부재중 전화 목록에도 안 뜨겠네?」

「응.」

「좋았어. 그렇다면 막간까지 여기에 있어도 되겠지만, 지금 나가는 게 좋을 것 같아.」

「그래.」

「그러려면 네가 그 파이프를 놔야 돼.」

「파이프라니?」 브리디가 생각했다. 「지금 무슨 이야길 하는 거지?」 이건 파이프가 아니었다. 이건 철제 난간이었다. 그래서 브리디는 이걸 놓을 수 없었다. 난간을 놓으면 그녀는 폭포로 쓸려

갈 것이다.

「아냐. 그러지 않을 거야.」 C.B.가 말했다. 「내가 잡고 있잖아. 이리 나올 수 있겠어?」

「나가다니?」 브리디가 멍하게 되물었다. 그리고 그녀는 자신이 세면대 밑에 있다는 사실을 깨달았다. 브리디는 구석에 처박혀서 구부러진 크로뮴 하수 파이프에 양손으로 매달려있었다. 「구석에 몰린 짐승 같네.」 브리디는 부끄러웠다.

「그건 걱정하지 마.」 C.B.가 말했다. 「목소리는 누구에게든 그런 효과를 일으켜.」 C.B.가 세면대 아래로 몸을 숙여서 브리디에게 손을 뻗었다. 「나올 수 있겠어?」

브리디가 고개를 끄덕였다. 「가능할 것 같아.」 하지만 현실로 돌아오자, 그녀의 맘대로 되지 않았다. 그녀의 손이 파이프에 단단하게 얼어붙어 있었다.

「괜찮아.」 C.B.가 브리디를 안심시켰다. 그리고 그녀 쪽으로 기어들어가다가 머리를 세면대의 아랫면에 부딪혔다. "아으."

"무슨 일이세요?" 안내인이 물었다. "여자분이 때렸나요?"

"아뇨. 머리를 부딪쳤어요. 별일 아니에요."

안내인의 말투를 들어보니 그다지 그 말을 믿는 것 같지 않았다. "911이나 구급차를 부르지 않아도 될까요?"

"네. 부르지 마세요." C.B.가 말했다. "이미 치료사한테 연락해놨어요. 집에 데려가기만 하면 괜찮을 겁니다." 그가 브리디에게 손을 뻗었다. 「네가 폭포에 휩쓸려가게 하지 않을게. 나를 믿어. 하지만 우리는 가야 해. 안 그러면 안내인이 경찰을 부를 거야.」

「그러면 트렌트가 모든 일을 알게 될 테지.」 브리디가 생각했다. 그리고 파이프를 놓았다.

브리디가 손을 놓자마자 1나노초도 되기 전에 C.B.가 그 손을 낚아챘다. "제가 잡았어요." C.B.가 안내인에게 말했다. 그리고 브리디에게도 말했다. 「넌 할 수 있어. 그렇지. 자, 거의 다 됐어.」

C.B.는 양손으로 브리디를 천천히 당기면서 뒤로 물러났다. 그러다 한 손을 놓고 그 손으로 그녀의 머리를 누르며 말했다. 「머리 부딪치지 않게 조심해.」 그리고 둘이 세면대 아래에서 나왔다. C.B.는 손으로 브리디의 허리를 감싸고 그녀가 엉거주춤 설 수 있도록 도와줬다. "걸을 수 있겠어?"

브리디는 C.B.에게 "응"이라고 대답하려고 고개를 돌렸다가 세면대 위의 거울에 비친 자신의 모습을 봤다. 끔찍한 몰골이었다. 위로 틀어 올린 머리는 반쯤 풀려서 헝클어졌고, 아름다운 녹색 드레스는 모양을 알아보기 힘들 정도로 구겨졌다. 그리고 초췌하고 겁에 질린 그녀의 하얀 얼굴이 자신을 응시하고 있었다. 「완전히 엉망진창이네.」 브리디가 생각했다. 「안내인이 911을 부르고 싶어 했던 것도 무리가 아니야.」

「안내인은 지금이라도 부를지 몰라.」 C.B.가 말했다. 「그러니까 이렇게 말해. '응. 걸을 수 있어, 찰리. 집에 가고 싶다는 생각밖에 없어.'」

"응. 걸을 수 있어, 찰리." 브리디는 자신이 걸을 수 있을지 전혀 확신이 들지 않았지만 그렇게 말했다. "집에 가고 싶다는 생각밖에 없어."

"루시는 괜찮아요." C.B.가 안내인에게 말했지만, 안내인은 아직도 의구심이 깃든 눈으로 쳐다봤다. "이제 갈까?" C.B.가 브리디에게 입말로 물었다. 그래서 브리디가 고개를 끄덕였다.

C.B.는 바닥에 있던 브리디의 이브닝 핸드백을 집어서 자기 재킷 주머니에 쑤셔 넣었다. 「휴대폰 가지고 있어?」 C.B.가 물었다.

「응.」 브리디가 휴대폰을 꺼내기 위해 치마 주머니에 손을 넣었는데 거기에 없었다. 「휴대폰을 떨어트렸나 봐.」

「하지만 네가 공연장에서 나올 때는 가지고 있었어. 트렌트한테 전화하려고 했었잖아. 휴대폰으로 전화를 하려던 곳이 여기였어?」

「모르겠어.」 브리디는 그게 여기였는지 계단이었는지 기억해내려 애썼다.

「괜찮아.」 C.B.가 브리디에게 말했다. 그리고 안내인에게 말했다. "주변에 아무도 없는지 살펴주실래요? 제가 이 사람을 로비로 데려가야 하는데, 다른 사람들이 눈에 띄면 루시가 다시 불안발작을 일으킬 수 있어서요."

안내인이 고개를 끄덕이고 밖으로 나갔다. 안내인이 나가고 문이 닫히자마자 C.B.는 브리디의 허리에 감았던 팔을 풀고 세면대로 달려갔다.

「안 돼! 가지 마!」 브리디는 비트적거리며 C.B.를 따라가려는 발걸음을 멈출 수가 없었다. 그리고 그를 향해 손을 뻗으며 울부짖었다.

「난 가는 거 아냐.」 C.B.가 세면대 아래쪽을 훑어보며 말했다. 「네 휴대폰을 찾으려는 거야. 잠깐이면 돼.」

C.B.는 휴대폰을 찾고 있을 뿐이야, 브리디가 혼잣말을 했다. C.B.는 떠나려는 게 아니다. C.B.는 바로 코앞에 있다. 그리고 안내인이 돌아오기 전에 휴대폰을 찾아야 한다. 브리디가 그의 팔을 움켜잡으면 오히려 그를 늦출 뿐이다. 브리디는 C.B.가 살펴볼 수 있도록 내버려둬야 하고 공황상태에 빠지면 안 되지만 그건 불가능했다. 브리디의 뒤에 있는 거울 속에서 포효하던 폭포 소리가 수백의 목소리로, 수천의 목소리로, 수백만의 비명 조각으로 갈라져서 날아들며 그녀를 마구 베기 시작했다….

「거기에 해적도 있지 않았어?」 C.B.가 화장실 칸의 문 아래를 살펴보며 그녀에게 물었다.

「거기라니? 목소리?」

「아니, 럭키참스 마시멜로 말이야. 마시멜로 중에서 해적처럼 생긴 것도 있지 않았어?」 C.B.가 화장실 첫 번째 칸의 문을 열었다. 「아니면 내가 캡틴크런치랑 착각하는 건가?」

「캡틴크런치에는 마시멜로가 없어.」

「아, 그렇구나.」 C.B.가 다음 칸의 문을 열었다. 「상자에 큰부리새가 그려진 건 뭐였지?」

「프룻룹스야.」 브리디가 말했다. 「하지만 프룻룹스에도 마시멜로는 없어.」

「그런가, 그중 하나엔 해적이 있었어.」 C.B.는 그렇게 말하며 다음 칸으로 갔다. 「카운트초쿨라 시리얼이나 프랑켄베리 시리얼, 아니면 좀비라든가… 아하!」 C.B.가 마지막의 두 번째 칸으로 뛰어들어가서 브리디의 휴대폰을 집어 주머니에 넣고 브리디의 허리를 팔로 감쌌을 때 안내인이 문을 열었다.

“아무도 없어요.” 안내인이 C.B.에게 말했다.

“잘됐네요.” C.B.가 안내인에게 말했다. “저희가 나갈 수 있게 문을 좀 잡아주실래요? 고맙습니다.”「좋았어.」C.B.가 브리디에게 말했다.「이 지겨운 곳에서 빠져나가자.」그리고 둘은 문으로 갔다.

“정말 괜찮으세요?” 안내인이 걱정스러운 표정으로 브리디에게 물었다.

“네. 전 괜찮아요.” 브리디가 억지 미소를 지으며 대답했다. 그리고 C.B.의 부축을 받으며 문을 나섰다.

「여기를 빠져나간다는 말이 나와서 생각났는데, 오늘 밤에 여기는 어떻게 왔어?」브리디가 계단을 올라갈 수 있도록 C.B.가 부축하며 말했다.

「택시 타고 왔어. 목소리들이 들려오기 시작하고 있었거든….」

「잘됐네. 덕분에 우리의 걱정거리가 하나 줄었네. 지금 잘하고 있어, 내 사랑.」C.B.가 브리디를 격려했다.「이제 층계참에 거의….」

「못 하겠어.」브리디가 붙잡은 C.B.의 손을 빼내며 말했다.「바로 저기에서 목소리들이….」

「알아.」C.B.가 그녀를 더 꽉 붙잡으며 말했다.「우리는 폭포 근처에도 가지 않을 거야. 마시멜로에 온 정신을 집중하면 네가 알아채기도 전에 여기를 빠져나가 조용한 장소로 가게 될 거야.」

「조용한 장소.」브리디가 생각했다. 그 소리가 천국처럼 들렸다. 하지만 거기에 가기 위해서는 반드시 저 층계참을 지나야 한다….

「그건 생각하지 마.」 C.B.는 그녀가 계단을 계속 올라갈 수 있도록 도와주며 지시했다. 「조용하고 건조한 장소를 생각해. 애리조나 사막이나 데스밸리. 우리 신혼여행을 데스밸리로 가면 어떨까?」

브리디는 대답하지 않았다. 그녀는 층계참을 쳐다보고 있었다. 층계참 너머에 있던 목소리들이 벌써 층계참을 넘어서 계단을 따라 내려오고 있었다….

「참, 아까 럭키참스 말이야, 내 기억에 노란 마시멜로는 별이었던 것 같아. 그렇다면 달은 파란색이었을 게 틀림없어. '파란 달이 비출 때 한 번쯤*'이라는 말처럼 말이야. 아까 넌 뭐가 녹색이라고 했지?」

「토끼풀.」

「아, 그래. 토끼풀이었지. 아일랜드의 상징. 아주 적절하네. 우리 상황을 감안하면 말이야.」

「무슨 상황…?」

「나중에 이야기해줄게. 다른 색은 뭐였지? 오렌지색? 오렌지색이 호박이었던가?」

「아일랜드에서는 호박 안 먹어.」

「그렇지. 그럼, 뭐였지? 위스키? 아일랜드 공화국군?」

「아냐. 무지개나 금항아리 같은 게 있었을 거야.」

「역시 아주 적절하네. 우리가 마침 여기에 도착했으니까 말이야.」 C.B.가 말했다. 브리디가 고개를 들어 쳐다봤더니 텅 빈 로

* '극히 드물게 일어나는 사건'을 가리키는 관용어.

비를 거의 가로지른 상태였다. 안내인은 인도로 나가서 그들을 위해 문을 열어놓은 채로 붙잡고 있었다.

"루시 씨가 괜찮은 게 확실한가요?" 안내인이 물었다.

"그렇고말고요." C.B.는 그렇게 말하며 브리디를 부축해서 문으로 걸어갔다.

"저희는 기꺼이 환불을 해드리겠습니다. 아니면 다른 날 공연표로 바꿔드리겠습니다."

「안내인은 네가 극장을 고소해서 자기가 곤란해질까 봐 두려워하고 있어.」 C.B.가 말했다. 「네가 그러지 않을 거라고 말해줘. 안 그러면 저 사람들은 면피용으로 911을 부를 거야.」

"환불해주실 필요는 없어요." 브리디가 안내인에게 말했다. "이건 순전히 제 잘못이에요. 제가 주의했어야죠."

안내인이 눈에 띄게 안도했다. 「잘했어.」 C.B.는 그렇게 말하고 브리디를 부축하며 열린 문을 지나 밖으로 걸어 나갔다.

「목소리에서 벗어났다.」 긴장이 풀린 브리디가 축 늘어져서 생각했다. 하지만 그들은 여전히 어두운 거리의 인도에 서 있는 상태였다. "여자분을 차까지 데려가는 걸 도와드릴까요?" 안내인이 걱정스러운 목소리로 물었다.

"아뇨, 전 괜찮아요." 브리디가 간신히 말했다. "정말이에요."

안내인은 그 말을 믿는 것 같지 않았지만 그래도 극장 안으로 돌아갔다. 「아주 잘했어.」 C.B.가 말했다. 「자, 이제 내 차가 견인당하지 않았길 바라자. 아, 다행이다. 그대로 있네.」

C.B.가 그의 낡은 혼다 자동차를 가리켰다. 그 차는 택시가 브리디를 내려줬던 인도 쪽에 주차되어 있었는데, 차의 앞뒤로 큰

'주차 금지' 표지판이 있었다. "오늘은 운이 좋네." C.B.가 브리디를 조수석으로 데리고 가서 문을 열며 말했다. "틀림없이 녹색 토끼풀 덕분일 거야. 자, 여기 타." C.B.가 브리디를 좌석에 앉혔다.

"이제 괜찮아." C.B.가 그의 목을 감싸고 있는 브리디의 팔을 떼어내려 애쓰며 말했다. "네가 놔줘야 내가 운전석으로 가지."

"안 돼…."

"1초면 돼. 약속할게." C.B.가 부드럽게 말했다. "그러면 여기에서 벗어나서 목소리에서 멀리 데려갈게. 알았지?"

브리디가 고개를 절레절레 흔들었다. C.B.가 그녀에게서 떠나자마자 목소리들이 돌아올 것이다.

"이것 봐, 우리가 여기에 있을 수는 없어." C.B.가 말했다. "혹시라도 트렌트가 나타나면, 우리의 신혼여행 계획이 심각하게 방해를 받을 거야."

C.B는 브리디의 약을 올려서 그녀가 붙잡은 손을 놓게 하려는 것이었지만, 브리디는 그를 놓아줄 수 없었다. 목소리들이 그녀를 덮쳐서 쓸어가 버릴….

"아냐, 그러지 않을 거야." C.B.가 말했다. "내가 지금 운전석 문을 열어놓을게. 그러면 차를 돌았을 때 문을 여느라 머뭇거리지도 않을 거야." C.B.가 브리디를 넘어 운전석 문손잡이를 꾹 눌러 밀어서 문을 살짝 열어놓았다. "그리고 내가 진짜 빨리 움직일게, 약속해. 넌 마지막 마시멜로에만 집중하고 있으면 돼, 알았지?"

「싫어….」 브리디가 중얼거렸다. 하지만 C.B.는 벌써 차의 앞쪽을 향해 출발했다. "C.B.!"

「난 여기 있어.」 C.B.는 차의 앞쪽을 빠르게 가로 지나며 계속 말했다.「다섯 번째 마시멜로는 정장용 실크모자 아니었나? 아냐, 잠깐만, 내가 모노폴리 보드게임 생각을 하고 있었네. 다리미였던가? 아냐. 그것도 모노폴리야. 그런데 모노폴리에서 다리미 모양의 말을 없앤다는 기사를 읽었던 것 같은데?」

C.B.가 운전석 문을 열고 안으로 미끄러지듯 들어왔다. C.B.가 들어오자마자 브리디가 그의 팔을 움켜쥐고 찰싹 달라붙었다.「빅토리아 시대의 소설에 나오는 멍청한 여주인공 같네.」브리디가 생각했다. 그렇지만 그녀 자신도 어쩔 수 없었다.

C.B.는 알아차리지 못한 것 같았다. 그는 계속 말을 했다. "모노폴리가 다리미를 어떤 말로 바꿨을까? 아마 뭔가 더 현대적인 물건이겠지. 킨들이라든가, 드론이라든가."

"아냐." 브리디가 말했다. "고양이 모양의 말로 바꿨어."

"맞아. 그랬지." C.B.가 차문을 닫으며 말했다. "아주 현대적이네." 그러자 브리디가 웃었다. "미안한데, 또 잠깐 나를 놔줘야 할 것 같아."

"왜?" 브리디가 반사적으로 C.B.를 더 꽉 움켜잡으며 물었다.

"차의 시동을 걸어야 하니까 그러지. 나를 놓지 않으려면, 네가 내 청바지에서 열쇠를 꺼내줘야 해."

"아!" 브리디는 깜짝 놀란 듯 팔을 풀었다. 그녀는 수치스러움 때문에 화들짝 냉정을 되찾았다. 하지만 C.B.가 차 열쇠를 꺼내서 시동을 걸자마자 브리디는 다시 그의 팔을 붙잡았다. "미안해. 나도 내가 어린아이처럼 굴고 있다는 걸 알아. 하지만 목소리들이 너무…."

"이해해." C.B.가 말했다. "나도 처음 그 일이 일어났을 때 침대 기둥을 꽉 붙잡고 있어서 어른들이 간신히 떼어놨어."

"너도 그랬어?"

"그럼." C.B.는 힘겹게 기어를 넣고 차도로 나갔다. "그래도 이 교통체증에서 빠져나갈 때까지는 팔보다 다리를 잡는 게 훨씬 나을 것 같아."

브리디가 고개를 끄덕이더니 C.B.의 무릎 바로 위 허벅지를 움켜잡았다. 하지만 록 콘서트의 미친 팬처럼 그의 다리를 양팔로 감싸 안고 싶은 욕구를 참기 위해 모든 의지를 동원해야 했다.

"넌 잘하고 있어." C.B.가 말했다. "잠시만 참으면 여기서 벗어나게 해줄게."

「도시 밖으로 가자.」 브리디가 창문 너머로 스쳐 지나가는 가로등과 빌딩을 겁에 질린 눈으로 흘끗거리며 생각했다. 「목소리가 닿지 않는 곳으로 가야 해.」 "빨리 가줘." 브리디가 중얼거렸다. "목소리들이 따라올 거야."

C.B.가 고개를 끄덕이고 시계를 보더니 액셀을 밟았다. 「좋아.」 브리디가 온 힘을 짜내서 진입로의 표지판을 쳐다보며 생각했다. 「이제 곧 고속도로로 빠질 거야.」

하지만 브리디가 바로 그렇게 생각하는 동안 C.B.는 차의 속도를 늦췄다. 그는 우회전해서 가로등이 비치지 않는 옆길에 차를 세우더니 시동을 껐다.

15

"전 세계가 아일랜드인을 미친 사람들이라고 추측하는데도,
다행히 아일랜드인은 그런 생각을 깨려는 노력을 전혀 하지 않았다."
— 오언 콜퍼, '아르테미스 파울'

"뭐하는 거야?" 브리디가 초조한 눈으로 어두운 도로를 돌아보며 말했다. "왜 차를 세웠어?"

"시간을 벌려는 거야." C.B.가 앉은 자리에서 앞쪽으로 엉덩이를 빼더니 청바지 주머니에서 브리디의 휴대폰을 꺼냈다. "비번이 뭐야? 생각하지 말고, 입으로 말해."

"그럴 필요 없어. 난 이제 우리의 신경 통로가 강화되는 걸 걱정하지 않아. 더 강화되면 더 좋아." 브리디가 어색한 표정으로 웃으며 말했다. "우리가 텔레파시가 통한다는 사실에 너무 감사해."

"나도 그래. 하지만 그래서 너한테 입으로 말하라는 건 아냐. 말로 하는 게 목소리들을 막는 데 도움이 돼. 네 비번이 뭐야?"

브리디가 말해줬다. "그래도 목소리에서 벗어난 다음에 하는 게 낫지 않을까?"

C.B.가 고개를 저었다. "이건 막간 휴식시간이 되기 전에 해야 할 일이야."

휴식시간이 되면 트렌트가 브리디를 찾으러 나올 것이다. 그리고 그녀를 찾지 못하면 안내인에게 물을 것이다. "녹색 드레스를 입은 빨간 머리 여자를 보셨나요?" 그러면 C.B.가 그녀를 루시라고 부르고, 안내인에게 극장에 혼자 왔다고 했던 이야기가 다 소용없게 될 것이다.

"바로 그거야." C.B.가 말했다. "트렌트한테 공연장에서 왜 나간다고 했었어?"

"메이브."

"메이브?" C.B.가 겁에 질린 얼굴로 휴대폰에서 고개를 들었다. "왜 그랬어?"

"바에서 목소리가 시작되었을 때 해밀튼 부인한테 메이브가 걱정된다고, 메이브한테 문제가 있어서 메리 언니한테 전화를 해봐야겠다고 말했었거든. 당시 내 생각에 거기서 벗어날 방법은 그거뿐이었어. 그리고…."

"목소리를 처리해야 하니까." C.B.가 브리디의 말을 받았다. "혹시 무슨 문제인지 해밀튼 부인이나 트렌트에게 말했어?"

"아니. 그때 트렌트는 거기에 없었어. 해밀튼 부인에게는 메리 언니가 메이브 걱정을 한다는 이야기밖에 안 했어. 공연장에서 나올 때는 메리 언니의 전화가 막 온 척했어. 그리고 트렌트에게는 무슨 일이 일어난 것 같으니 알아봐야겠다고 했어."

"그러면 괜찮을 거야." C.B.는 그렇게 말하고 빠르게 문자를 입력하게 시작했다.

"트렌트에게 뭐라고 하게?" 브리디가 물었다.

"메이브가 가출했다고 할 거야."

"가출이라고? 메이브는 그런 짓을 할 애가 아니야!"

"너도 메이브가 숙제로 B를 받았다는 이유로 공연장에서 급히 뛰어나가 언니한테 전화할 사람은 아니지. 트렌트와 해밀튼 부부를 버려두고 떠난 상황을 정당화할 수 있는 정도로 심각한 일이어야 해. 즉, 메이브가 가출을 했는가, 팔다리가 부러졌든가 해야 하는데, 그 중에선 가출이 속이기 쉬워. 가출은 깁스를 할 필요가 없으니까."

"하지만 트렌트가 우리 가족한테 전화를 하면…."

"안 할 거야. 메이브가 우나 고모랑 함께 있는 걸 찾았고 무사하다는 소식을 나중에 추가로 보내줄 테니까."

"하지만 네가 트렌트에게 그렇게 말하면, 나한테 극장으로 돌아오라고 할 거야." 브리디는 그렇게 말하며 본의 아니게 C.B.의 다리를 더 꽉 움켜쥐었다.

"걱정하지 마. 트렌트에게는 메리 언니가 완전히 멘붕이라 네가 곁에 머물면서 진정시켜야 한다고 말해놓으면 돼."

"그래도 트렌트가 막간에 나한테 전화해서, 메리 언니는 내버려두라고, 해밀튼 부부가 훨씬 더 중요하다고 하면 어떡해?"

"트렌트는 그렇게 못 할 거야. 내가 네 휴대폰을 꺼버릴 테니까."

"트렌트가 우나 고모네로 전화하면 어떡해?"

"그건 내가 처리할게." C.B.가 문자를 계속 입력하며 말했다.

"무슨 말이야? 설마 메이브한테 문자 보내는 건 아니지?" C.B.가 메이브에게 알리바이에 협조해달라고 요구하면, 메이브는 그 이유를 꼬치꼬치 캐물을 것이다. 그러면….

"메이브한테 안 보냈어." C.B.가 브리디의 휴대폰을 주머니에 넣고 차를 출발시켰다. "그리고 아무튼 트렌트는 전화 안 할 거야. 트렌트는 네가 갑자기 떠난 건 그들이 싫어서가 아니라고 해밀튼 부부에게 해명하느라 바쁠 거야. 트렌트에게는 휴식시간 후에 문자를 한 통 더 보내서, 가족들을 진정시키는 게 생각보다 오래 걸릴 것 같다면서 내일 연락하겠다고 할 거야."

「트렌트는 화가 나서 펄펄 뛸 거야.」 브리디가 생각했다.

"애석하지만 어쩔 수 없지." C.B.가 말했다.

그는 백미러를 슬쩍 쳐다본 뒤 차도로 차를 몰고 나갔다. 그러자 브리디는 그들이 다시 움직이며 목소리에서 멀어지고 있다는 생각에 한결 안심이 되었다.

"거기서 트렌트의 목소리는 못 들었지?" C.B.가 물었다. "그 목소리 중에 트렌트가 있었어?"

"아니, 물론 그중엔 없었어." 브리디가 말했다. "내가 들은 목소리들은 끔찍했어!"

"사실, 그들은 그저 평균적인 관객일 뿐이야. 네 친구나 친척, 동료 같은 평균적인 사람들…."

"하지만 그 목소리는 지독하게…."

"천박해? 악의적이야? 심술궂어? 교활해? 유감스럽지만, 사람들이 머릿속으로 혼자 생각하는 소리가 그래." C.B.가 빈정거리는 표정을 지으며 씩 웃었다. "거긴 시궁창이라고 내가 말했잖아."

C.B.가 빨강 신호등을 받고 차를 세웠다. "그게 전적으로 그 사람들의 잘못은 아니야. 그들도 입으로 말할 때는 아주 근사하게 이야기할 수 있어. '와우, 너 정말 멋지다!' 혹은 '아주 근사한 날이다!' 아니면 '따뜻한 인정으로 가득 찬 느낌이야!' 입으로 말할 때 '지옥으로 꺼져버려!'라든가 '와우, 젖통 끝내준다!'라고 하지는 않지. 그들의 머릿속은 나쁜 생각들을 뱉어낼 수 있는 유일한 장소야. 그래서 겉으로 보이는 것과는 달리 사람들의 생각은 불쾌한 모습을 띠는 경향이 있지. 사람들은 야비하고, 악의적이고, 탐욕스럽고, 비열하고, 교활하고, 잔인한 면을 갖고 있어."

"하지만 모든 사람이 그렇게 지독할 리는 없어."

"너도 나만큼 목소리를 오래 듣다 보면 알게 돼."

"그러면 세상에 좋은 사람이 아무도 없다는 말이야?"

"난 그렇게 말하지 않았어. 그렇지만 좋은 사람이 상황을 더 나쁘게 만들기도 해. 괜찮은 남자가 실제로는 최악일 때도 많아. 괜찮은 여자도 마찬가지야. 그들은 거짓말하고, 배신하고, 다른 사람과 바람을 피워서 가슴을 아프게 하지. 불쾌한 녀석이나 괴물의 생각을 듣는 것보다 그런 사람들의 생각을 들을 때 더 불쾌해. 그 이야기가 나와서 말인데, 아직 내 질문에 제대로 대답 안 했어. 트렌트 목소리 들었니?"

"내가 말했잖아. 트렌트는 그런…."

"그런 목소리 중 하나였을 거야. 그래, 트렌트의 목소리도 있었을 거야. 하지만 내가 오늘 아침에 말해줬듯이, 네가 만일 트렌트의 목소리를 들었다면, 그의 목소리를 알아봤을 거야. 네가 내 목소리를 알아봤듯이."

「그리고 질과 샘슨 씨의 목소리도 알아봤듯이.」 브리디가 생각했다.

"그렇지. 네가 예전에 들어봤던 사람의 목소리를 들으면, 네 두뇌가 자동으로 그들의 말소리를 생각의 소리에 할당해. 때때로 그들이 말하는 내용을 기초로 해서 성이나 나이를 할당하기도 하지만, 그럴 만한 게 없을 때는 완전히 특성이 없는 소리로 들려. 그래서 네가 디카페인 라테를 주문했던 목소리의 특성을 묘사할 수 없었던 거야."

그래서 소개팅 여자의 목소리가 두 번째 들렸을 때부터 여성의 소리로 들렸던 것이다. "그들도 내 목소리를 들을 수 있을까?" 브리디가 물었다.

"아니."

"확실해?" 브리디가 C.B.의 허벅지를 발작적으로 세게 움켜잡으며 물었다. 그들이 들을 수 있다면, 그들은 브리디가 어디에 있는지 알 것이므로 그녀의 뒤를 쫓아올 것이다.

"확실해." C.B.가 말했다. "나는 목소리를 15년 동안 들었어. 기억하지? 그들은 네가 그들의 생각을 들을 수 있다는 사실을 전혀 몰라."

"하지만 꼭 그 사람들이 나한테 소리를 지르는 것처럼 느껴졌어. 그리고…."

"널 공격하는 거 같았어? 널 죽이려고 하고? 그래, 나도 알아. 하지만 그들은 그러지 않아. 그 사람들은 심지어 네가 존재하는지도 몰라. 그저 네가 그들의 생각을 엿들은 거야. 마치 레스토랑에 갔다가 옆자리에서 이야기를 나누는 낯선 사람들의 대화를 우연히 듣게 되는 상황과 같아."

「아냐, 그거와는 달라.」 브리디가 생각했다. 엿듣는 사람들의 목소리는 차단하는 게 가능하지만, 이건….

"그건 네 두뇌가 들려오는 소리를 이해하려고 하기 때문이야." C.B.가 말했다. "두뇌는 그 목소리들을 이해하려고 하는데, 목소리가 너무 많은 거야. 게다가 모두 동시에 떠들어대잖아. 그리고 네가 귀로 듣는 사람들의 소리와 달리 서로 겹쳐지거나 합쳐져서 배경 소음처럼 뭉개지지도 않아. 제각각의 소리가 다 그대로 들리지. 그래서 두뇌가 감각의 과부화로 공황상태에 빠져버리는 거야."

「감각의 과부하? 넌 그걸 그렇게 불러?」 브리디는 불길한 목소리들이 다시 자신을 집요하게 두들겨대는 게 느껴졌다.

"하지만 그들이 내 목소리를 듣지 못한다면, 내가 트렌트의 목소리를 들었는지가 왜 중요해?"

"EED 때문이야. 네가 트렌트의 목소리를 들을 수 있다면, 트렌트도 네 감정을 느끼기 시작했을 수 있어. 지금 당장 우리에게 가장 골치 아픈 일은, 네가 곤란한 상황에 빠졌다는 걸 트렌트가 느끼고, 무슨 일이 일어난 건지 알아내야겠다고 결심하는 상황이야. 그러면 우리가 처리해야 할 일이 너무 많아져. 하지만 네가 트렌트의 목소리를 못 들었다면, 우리로서는 다행이야."

그리고 몇 분이 채 지나기 전에 그들은 안전하게 간선도로로 진입해서 극장과 목소리를 벗어났다. 브리디는 얼마나 멀리 가야 하는 건지 궁금해졌다.

「목소리가 너무 멀리까지는 따라오지 말아야 할 텐데.」 브리디가 창밖을 스쳐 가는 어둠을 바라보고 C.B.가 차의 속도를 더 높이길 바라며 생각했다. 「C.B.가 차의 속도를 높이지 않으면, 목소리들이 차를 휩쓸어 버릴….」

「그만.」 브리디가 스스로 명령을 내렸다. 「목소리는 생각하지 마.」

"아냐, 그건 안 좋은 생각이야." C.B.가 말했다. "그건 누군가 '네가 뭘 하든 상관없지만, 코끼리는 생각하지 마'라고 말했을 때처럼 어떤 특정한 대상만 생각하지 않도록 하면, 오히려 그것만 생각하게 돼. 그러니까 다른 생각할 거리가 함께 있어야 해. 코끼리라든가 럭키참스, 아니면 우리의 신혼여행을 어디로 가면 좋을지 같은 생각 말이야. 백색소음을 만들 수 있으면 뭐든지 좋아."

"잠드는 데에 도움이 된다는 CD 같은 거 말이지? 졸졸 흐르는 시냇물 소리나 부드러운 파도 소리 같은 게 들어있는 CD 말이야." 브리디는 그 말을 하자마자 후회했다. 으르렁대는 폭포의 물소리가 떠올랐다.

"그러니까 넌 그런 CD를 사용하면 안 돼." C.B.가 말했다. "게다가 그런 건 도움도 안 돼. 쾅쾅거리는 음악 소리나 오디오북을 듣는 것도 마찬가지야. 소음 차단 헤드폰도 그렇고. 그 목소리들은 '소리'와는 전혀 상관이 없어. 목소리는 두뇌 안에서 나오는 거야."

"하지만 나한테 백색소음을 만들어내야 한다고 했잖아…."

"정신적인 백색소음이라는 의미였어. 다른 것에 집중해서 일련의 신호를 억제하는 거야. 보고서 작성하다가 전화벨 소리를 못 듣는 상황이랑 비슷해. 보고서에 집중하면, 네 두뇌가 자동으로 네가 원하는 신호를 높이고 다른 모든 신호의 볼륨을 낮춰버리는 거지.”

“그렇다면, 내가 럭키참스에 들어있는 마시멜로에 집중하면, 목소리들에도 같은 효과를 일으킬 수 있다는….”

C.B.가 고개를 끄덕였다. “아니면, 모노폴리 보드게임의 말이나 영화배우, 명품 구두에 집중해도 좋아. 아니면 코미디 그룹 몬티 파이튼의 유행어도 좋고, 노래 부르기도 좋아. 특히 가사가 긴 곡이 좋아. ‘길리건의 섬’의 주제곡처럼 말이야. 알지?”

“‘길리건의 섬’의 주제곡을 모르는 사람이 어디 있어.”

“좋았어. 그러면 그 노래를 불러. 아니면 ‘포켓몬’ 주제곡도 좋아. 아니면 ‘아일랜드인의 눈에 미소가 맺힐 때’도 좋고.”

“그런 노래를 부르면 목소리가 멈출까?”

“아니, 어떤 것도 목소리를 멈추게 할 수는 없어. 하지만 노래를 하면….”

브리디의 숨이 가빠졌다. “그게 무슨 뜻이야, 어떤 것도 목소리를 멈추게 할 수 없다니?”

“미안해. 너를 겁주려고 한 말은 아니었어. 다가오는 목소리를 구석에 몰아넣을 방법은 있어….”

“구석에?” 목소리들이 언제까지나 구석에 똬리를 틀고 으르렁거리며 뛰어들 기회만 노리고 있을 거라는 생각에 브리디가 울부짖었다.

“미안, 안 좋은 비유였네. 목소리를 통제할 방법이 있다고 말했어야 했는데. 이건 이명과 아주 비슷해. 끊임없이 귀에서 소리가 들리는 사람들, 알지? 그걸 없앨 방법은 없지만….”

없앨 방법이 없다고? “그런데 메리 언니 말로는 시간이 지나면 EED의 효과가 사라진대.”

“그렇지, 그렇긴 한데, 난 15년 동안 목소리를 들었어도 지금껏 사라질 기미는 전혀 보이지 않아. 유감이지만 목소리는 영구적인 것 같아. 그래도 통제할 방법이 있어. 내가 그걸 너한테 가르쳐줄게….”

브리디에게는 ‘영구적’이라는 말 뒤로는 아무 소리도 들리지 않았다. 그녀가 공연이나 회의에 갈 때마다 목소리는 항상 거기에 있으면서 공격할 기회를 노릴 것이다….

「그래서 C.B.가 회의에 참석하지 않았던 거야.」 브리디가 생각했다. 「목소리들이 거기에서 기다리고 있으니까. C.B.는 열세 살 때부터 그런 목소리를 들어왔잖아. 이놈들은 절대로 사라지지 않을 거야. 하지만 난 영원히 노래하거나 시를 외우고 있을 수는 없어….」

“아냐, 아냐. 넌 그럴 필요 없어.” C.B.가 말했다. “이것들은 우리가 영구적인 방어벽을 세울 때까지만 이용하는 임시 조치일 뿐이야.”

“영구적인 방어벽?”

“그래. 목소리가 접근하지 못하도록 막는 방어벽을 건설하는 방법을 가르쳐줄게. 하지만 안전한 장소로 데려가기 전에는 가르쳐줄 수 없어. 그리고 빨리하면 빨리할수록 좋아.”

안전한 장소는, 목소리를 멈추게 할 수는 없더라도 목소리가 닿지 못하게 할 수 있는 장소를 의미했다. 브리디는 목소리의 범위를 벗어날 수 있다는 사실을 알게 되자 즉시 차분해졌다. 그리고 자신이 C.B.의 다리를 죽일 듯이 움켜쥐고 있다는 사실을 깨달았다.

"미안해." 브리디가 손에서 힘을 빼며 말했다.

"괜찮아. 아직 피는 살짝 통하고 있어." C.B.가 그녀를 쳐다보며 씩 웃었다. 그리고 외울 만한 시에 대해 말했다. "시도 좋아. 서사시가 가장 잘 먹혀. 아는 서사시 있어? '타라의 방에 있었던 하프'는? 아니면 '이니스프리 호수 섬'은?"

"몰라." 브리디가 말하며 생각했다. 「우나 고모가 계속 졸라대는 아일랜드의 딸 모임에 가볼 걸 그랬네.」 "'노상강도'는 조금 알아. 고등학교 때 외워야 했거든. 하지만 끝까지 다 외우는지는 모르겠어."

"그러면, 크리스마스 캐럴은 어때? 아니면 뮤지컬에 나오는 노래들은? 스티븐 손드하임이나 로저스와 해머스타인이 만든 뮤지컬 말이야. '위키드'나 '렌트', '뮤직맨'. 뮤지컬은 대체로 다 좋아. '캣츠'만 빼고."

"왜? '캣츠'는 목소리를 차단 못 해?"

"아니. 아주 잘 차단해. 하지만 아주 끔찍한 뮤지컬이야. 덕분에 생각났는데, 따라 부를 노래는 신중하게 골라야 해. 짜증나는 곡이 머릿속에 박히면 차라리 목소리를 듣고 말겠다는 생각이 들 수도 있어."

"무슨 짓을 해도 목소리를 듣고 싶지는 않을 거야." 브리디가 단호하게 말했다.

"네 생각엔 그럴 거 같지. '아이브 갓 유, 베이브'가 네 뉴런에 박혀 몇 주 동안 꼼짝도 안 하는 경험을 해보지 않아서 그래. 아니면 '타이 미 캥거루 다운 스포트'나 '필링' 같은 노래들." C.B.가 진저리를 쳤다. "예전에 그런 노래가 목소리를 막기에 좋을 거라고 착각했던 적이 있었는데, 2주일이 지나니까 자살하고 싶어지더라. 잉글버트 험퍼딩크도 죽여 버리고 싶고. 특히 그 사람들의 노래는 최악이야."

"그 사람들 노래라니…?"

"다른 사람들의 머릿속에 박힌 노래 말이야. 목소리가 항상 투덜대고, 고함치고, 욕하고, 절규만 하는 건 아냐. 가끔 노래를 할 때가 있어. 사람들은 입으로 노래를 부를 때처럼 콧노래를 하거나 머릿속으로 음정이 안 맞는 노래를 불러. 게다가 사람들의 음악 취향이 완전 개떡이야. 사람들은 밥 딜런이나 콜 포터, 스티비 원더 같은 가수의 노래는 절대로 안 불러. 항상 '에이키 브레이키 하트'나 '엉덩이 흔들어' 같은 노래를 부르거나, 빌어먹을 셀린 디온의 '타이타닉' 같은 노래를 부른다고. 게다가 절반은 가사를 틀려. 특히 크리스마스 캐럴은 부를 때마다 틀려. '루돌프 사슴 코는 개코, 매우 반짝이는 코딱지'라든가 '만일 내가 봤다면 불붙는다 했겠지렁이' 같은 식이야. 그 사람들한테 '기쁘다 그분 오셨네'가 아니라 '기쁘다 구주 오셨네'라고 아무리 소리를 질러도 소용이 없어."

「C.B.는 다시 나한테 다른 생각을 하게 하려는 거야.」 브리디가 생각했다. 「노래에 대한 이 모든 이야기는, 어디인지는 몰라도 우리가 가려는 곳에 도착할 때까지 목소리를 듣지 않게 해주려는 백색소음인 거야.」

거기가 어딜까? 차로 15분 동안 달려왔지만 시 경계를 벗어나거나 고속도로에 가려면 아직 먼 것 같았다.

"'몰리 말론'이라는 노래 알아?" C.B.가 물었다. "당연히 알겠지. 넌 아일랜드계니까. 음, 몰리 말론이 손수레를 끌고 좁은 길, 넓은 길을 다니면서 '새조개와 홍합'을 외치며 파는 부분 알지? 그런데 나한테 들리는 목소리 중에는 그녀가 무슨 개를 팔고 다녔다고 확신하는 인간이 있어. 계속 틀리면서도 도대체 찾아볼 생각을 안 해! 그것 때문에 아주 미치겠어." C.B.가 고개를 돌려 브리디를 바라봤다. "그 이야기가 나와서 말인데, 넌 얼마나 아일랜드계야?"

"그게 무슨 말이야?"

"그러니까, 아일랜드 혈통이 얼마나 섞였냐는 거야. 플래니건이라는 성과 빨간 머리카락을 보면 적어도 네 조상 중에 3분의 2는 아일랜드에서 왔을 것 같긴 한데. 맞아?"

"아니. 난 백 퍼센트 아일랜드계야. 우리 가족은 아일랜드 순수 혈통이야. 우나 고모가 너한테 그 이야기를 하지 않았다니 놀랍네. 보통 고모는 그 이야기부터 제일 먼저 하시는데."

"우리는 다른 이야기를 할 게 있었거든." C.B.가 말했다. "순수 아일랜드 혈통이란 말이지? 흐음. 그러면 너희 가족은 어디에서 왔어? 케리? 코크?"

"클레어에서 왔어. 왜? 내가 목소리를 듣는 게 우리 조상이랑 뭔가 관계가 있다고 생각하는 거야?"

"아니, 그 정도가 아니라 전적으로 혈통과 관련되어 있어. 더 자세히 말하면, 아일랜드인에게 유전되는 반수체 집단유전자 R1b-L21와 관련되어 있지."

"그래서 내 EED 수술을 네가 막으려고 했었구나." 브리디가 말했다. "넌 내가 아일랜드계라는 사실을 아니까, 이런 일이 일어날까 봐 걱정되어서."

"글쎄, 그거야 뭐, 굳이 할 필요도 없는 뇌수술을 하는 건 누가 봐도 좋은 생각이 아니지. 이제는 너도 알다시피."

"하지만 아일랜드인에게 전해지는 유전자가 원인이라면, 모든 아일랜드인이 텔레파시를 해야 하는 거 아냐? 내가 아는 아일랜드계 사람이 수십 명은 되지만, 그중에 생각을 읽을 수 있는 사람은 아무도 없어."

"넌 그렇게 알겠지. 그 사람들이 나처럼 비밀을 지켰기 때문이야. 혹은 내가 지난번에 이야기해줬던 라인 박사의 실험 참가자처럼 말이야. 목소리를 듣는 사람들에게 일어났던 나쁜 일이란 게…."

"조현병 진단을 받거나 화형을 당했지. 알아." 브리디가 말했다. "그러면 그 사람들이 전부 비밀리에 텔레파시를 하고 있다는 말이야?"

"그건 아냐. 내 생각에 그 사람들은 대체로 부분적으로만 아일랜드 혈통을 물려받았을 것 같아. 대부분의 '아일랜드계'는," C.B.가 운전대에서 손을 살짝 떼서 양손으로 따옴표를 찍는 시늉을 하며 말했다. "사실 바이킹이나 게르만, 혹은 앵글로 색슨의 유전자를 많이 가지고 있어. 게다가 미국에서 한두 세대만 지나면 온갖 종류의 유전자를 이어받게 되지."

"그러면 백 퍼센트 아일랜드계에게만 이 유전자가 전해지는 거야?" 브리디가 물어보며 생각했다. 「우나 고모가 이 사실을 알게 되면 나한테 '참한 아일랜드계 총각'과 결혼하라고 그렇게 단호하게 밀어붙이진 않겠네.」 "하지만 그 주장이 맞는다면, 왜 언니와 동생은 텔레파시를 못해? 나한테 언니와 동생이 텔레파시를 할 수 있을 거라는 말은 하지 마. 그 둘이 텔레파시를 할 수 있었다면, 메리 언니는 메이브에게 무슨 일이 있는지 온종일 안달복달하지 않을 거고, 캐슬린도 지금껏 만났던 남자애들과는 사귀지 않았을 거야. 그리고 너도 우나 고모의 예감은 진짜가 아니라고 했잖아. 아니면 네가 거짓말했던 거야?"

"아냐. 투시나 염력 같은 건 없어. 텔레파시만 있을 뿐이야."

"그리고 우리 가족들이 텔레파시를 할 수 있다면 내가 EED를 했다는 사실을 알았을 거야." 브리디가 말했다. "그런데 모르잖아. 네 이론이 맞는다면 왜 우리 가족들은 텔레파시를 안 해? 잔 다르크는 왜 텔레파시를 하고? 잔 다르크는 아일랜드계가 아니었잖아. 너도 마찬가지고. 네 성은 머피나 오코넬 같은 아일랜드계가 아니라…."

"슈워츠지." C.B.가 말했다.

"그러면 대체 네 이야긴 뭐야? 그 반수체 유전자 R1b 어쩌고 하는 게 아일랜드계와 프랑스계, 유대계에 유전되는 거야?"

"아냐. 아일랜드계에만 유전돼. 집시들에게도 유전될 가능성이 조금 있긴 하지만 말이야. 집시의 점술이 거기서 유래했을 수도 있어."

"그러면 넌 집시 혈통이야?"

C.B.가 고개를 저었다. "전혀 아냐."

"음, 그렇다면, 넌 어떻게 목소리를 들을 수 있을 거야? 아일랜드계는 확실히 아니잖아."

"음… 그게…." C.B.가 말했다. "사실, 난 아일랜드계야."

16

"도서관으로 갑시다. 액셀 밟아요."

— 데이비드 포스터 월리스, '끝없는 농담'

"네가 아일랜드계라고?" 브리디가 말했다.

"그래. 너처럼 부계와 모계 전부다."

"하지만…."

"슈워츠는 내 계부의 성이야. 우리 친아버지의 성은 오한론이야. 그리고 어머니의 성은 갤러거."

"그래도 넌…." 브리디가 C.B.의 검은 머릿결, 가로등에 비치는 불빛으로 보면 거의 새까맣게 보이는 그의 머릿결을 보며 눈살을 찌푸렸다.

"아일랜드계처럼 안 보여? 사실 그렇긴 하지. 아일랜드에서는 검은 머리도 일반적이야. 특히 클레어 지역에선 그렇지. 외가가 그쪽 출신이야." C.B.가 그 말을 하는 순간 브리디가 생각했다.

「내가 진작 알아봤어야 하는 건데.」 C.B.는 아일랜드계 흑발의 특성인 고전적인 검은 머리와 검은 속눈썹이 달린 회색 눈동자, 그리고 '숯검댕이 같은 진한 눈썹'을 가졌다.

"하지만 너는 내 빨간 머리가…."

C.B.가 고개를 저었다. "네가 빨간 머리 유전자를 가지고 있는 아일랜드계라면, 빨간 머리는 다른 유전자인 MC1R의 돌연변이지만, 텔레파시 유전자도 가졌을 확률이 높아. 하지만 서로 필요충분조건 관계는 아냐."

"그래도 넌…." 브리디는 아직도 이 사실을 받아들일 수 없었다. "그러니까 내 말은, 컴스팬에 있는 사람들은 전부 다 널 유대인이라고 생각해."

"사실 유대인이나 다름없어. 친아버지는 내가 두 살 때 돌아가셨고, 어머니는 내가 네 살 때 재혼하셨어. 그리고 어머니가 돌아가시자 계부가 날 키웠지. 그분이 돌아가실 때까지. 성도 보호색처럼 내 정체를 가려줬어."

"하지만 네가 아일랜드계라면 왜 이름은 아일랜드식이 아니야?" 브리디가 물었다. 그리고 C.B.라는 이름이 뭘 줄인 건지 전혀 모른다는 사실을 깨달았다. 아무거나 줄여도 C.B.라는 약자를 만들 수 있었다. 크리스찬 베일이나 샬럿 브론테일 수도 있었고, 컴퓨터 대역폭(Computer Bandwidth)이나 시민용 무선망(Citizens' Band radio)을 가리키는 별명일 수도 있었다.

"마치 '이봐, 친구들, 여긴 대형 트럭 운전사야'라고 무전을 주고받는 것처럼 말이지?" C.B.가 잠깐 브리디를 돌아보고 씩 웃으며 말했다. "그것도 비교적 나쁘진 않네. 하지만 사실 C.B.는 콘랜 브레너의 약자야. 내 본명은 콘랜 브레너 패트릭 마이클 오한론이야."

"그렇다면 네 생각에는 우리 둘 다 아일랜드계이니까 이 반수체 유전자가 텔레파시를 일으켰다는 거야?"

"유감스럽지만, 그렇지."

"하지만 두 사람만으로는 네 이야기가 증명됐다고 보기 힘들어. 우리 둘뿐일까? 너희 어머니와 아버지도 텔레파시를 했어?"

"몰라. 두 분은 나한테 이런 일이 일어나기 전에 돌아가셨어. 그리고 이건 다른 사람에게 말할 게 못 되잖아. 아무리 자기 자식이라도 말이야. 어쩔 수 없이 말해야 되는 경우가 생기면 모르겠지만."

"하지만 그렇다면 어떻게 넌 유전이 원인이라고 그렇게 자신 있게 말할 수 있어? EED가 원인일 수도 있잖아?"

"난 EED 수술을 안 받았으니까, 기억하지?"

"그래도 여전히 네가 왜 텔레파시의 원인을 아일랜드계 유전이라고 생각하는지 이해가 안 돼. 네가 그 유전자를 가진 다른 사람과 텔레파시를 했던 게 아니라면 말이야. 그랬니?"

C.B.가 고개를 획 돌려 그녀를 쳐다봤다. "뭐?"

"그렇지? 네가 텔레파시를 하는 다른 사람을 발견했는데, 그 사람도 아일랜드계였던 게 틀림없어. 누구야? 혹시 네가 전에 말했던 직업적인 심령술사 중의 한 사람이야?"

"당연히 아니지. 그 사람들은 가짜라고 내가 말했잖아."

"넌 '대체로' 가짜라고 했었지. 내 생각엔, 네가 가짜가 아닌 사람을 발견했는데 그 사람이 아일랜드계였을 거야."

"아냐. 내가 말했잖아. 소위 독심술이라는 건 모두 속임수야."

"그렇다면 왜…?"

"텔레파시 소통에 대해 기록된 대부분의 역사적 사건에 아일랜드인이 개입되어 있었기 때문이야. 라인 박사의 ESP* 실험 참가자를 포함해서, 3등 선실에 아일랜드 클레어 지역의 이민자들이 가득 타고 있었던 타이타닉에서 날아온 메시지, 그리고 어뢰를 맞은 수병의 목소리를 들었던 네브래스카 주의 소녀 사건이 있지. 그 소녀의 성은 도나휴, 수병의 성은 설리번이었어. 그리고 아일랜드에는 목소리를 듣는 주민들의 역사가 아주 오래됐어. 성 패트릭과 성 키에란부터 시작해서…."

"브리디 머피도 아주 완벽하게 믿을 만했지." 브리디가 빈정대듯이 말했다. "레프러콘을 봤다고 주장하는 그 숱한 아일랜드 남자들은 말할 것도 없고."

"레프러콘을 무시하지 마. 그 이야기들을 자세히 살펴보면, 대부분 다른 사람이 보지 못하는 누군가에 관한 이야기라는 걸 알게 될 거야."

「C.B.가 진지하게 하는 이야긴 아닐 거야.」 브리디가 생각했다. 「이건 그냥 백색소음인 거야. 아니면 지금 상황에선 듣기 좋은 소리라고 하는 게 더 나을지도 모르겠다. 우리가 안전하게 도시를 벗어날 때까지 소리를 구석에 붙잡아놓기 위해 늘어놓는 듣기 좋은 소리.」 아직도 시 경계는 근처에도 가지 못했다. 그들의

* Extra-Sensory Perception의 약자로 초감각적 지각, 즉 투시, 텔레파시, 예지 등의 초능력을 이른다.

차가 달리고 있는 어두운 거리에는 아직도 상가 건물과 아파트들이 빼곡하게 줄지어 있었다.

"거의 다 왔어." C.B.가 브리디를 안심시켰다. "그리고 내 이야긴 듣기 좋으라고 하는 소리가 아냐. 이걸 조사하느라고 정말 많은 시간을 보냈어."

"그래서 그 조사에 따르면, 초기 아일랜드인에게서 어떤 종류의 유전자가 발달해서, 그 유전자가 아일랜드인에게만 텔레파시 능력을 부여해줬다는 거야?"

"아냐, 그 반대야. 모든 사람은, 혹은 적어도 인류의 선조 중 상당수는 텔레파시 능력이 있었을 거야. 하지만 이제는 아일랜드인에게만 그 능력이 남은 거지. 혹시 줄리언 제인스의 '양원적 정신' 이론을 들어본 적 있어?"

"아니."

"그 이론에 따르면, 대부분의 인간 역사에서 목소리를 듣는 건 흔히 일어나는 일이었어. 사람들은 그 목소리가 신의 소리라고 생각했지만, 사실은 양쪽으로 나뉜 두뇌가 서로 대화를 한 것이었어. 그런데 두뇌가 단일한 실체로 진화한 후로는 목소리가 멈췄어. 아니면, 사람들이 그걸 목소리라고 생각하길 멈추고, 자기 생각이라는 사실을 깨달았다고 할 수도 있겠지."

"그러면, 네가 실제로 나한테 이야기하고 있는 게 아니라, 내가 그저 혼잣말을 하고 있었다는 뜻이야?"

"전혀 아니지. 목소리가 사라진 이유에 대한 제인스의 결론은 완전히 틀렸어. 하지만 목소리를 듣는 게 흔히 일어나는 일이었는데, 그 후에 그런 현상이 사라졌다는 그의 주장은 맞았어. 내 생각엔, 당시에는 모든 사람이 텔레파시를 했을 거 같아. 그런데 시간이 지나면서 자연 선택에 의해 그 능력이 대부분 죽은 거지. 내 짐작에는 일부 사람들에게는 목소리를 듣는 수용체를 억제하는 유전자가 있을 거야. 아마도 경계선이나 '십대의 천사'의 가사 같은 작용을 했을 거야."

"경계선이라니? 그게 뭐야?"

"일종의 방어벽이야. 우리가 가야 할 곳에 도착하면 구축하는 방법을 가르쳐줄게. 그건 그렇고," C.B.가 계속 말했다. "그 억제 유전자는 그들에게 진화적 이점을 제공했어. 텔레파시는 생존에 유리한 형질이라고 하긴 힘들거든. 전투에 집중해야 할 때 머릿속에 으르렁거리는 목소리가 들리면 유전자를 물려주기도 전에 죽을 가능성이 크니까. 악마에게 홀렸다고 오해받을 수도 있고. 목소리를 듣는 수많은 사람이 그 목소리에서 도망치기 위해 절벽에서 스스로 뛰어내렸다고 해도 난 그다지 놀라지 않을 거야. 아니면 빌리 조 맥칼리스터처럼 다리에서 뛰어내렸더라도."

"누구?"

"'빌리 조의 송가'에 나오는 사람 이름이야. 멋진 노래지. 가사도 길고 좋아. 가사도 백색소음을 일으키기 딱 좋아. 미국 니사나무와 동부콩, 탤러해차이 다리 같은 가사들이 나오거든."

"그 사람이 그 다리에서 뛰어내렸어?"

"응. 하지만 빌리 조는 텔레파시를 하지 않았어. 난 그가 텔레파시 능력자였을 거라고 짐작하긴 하지만 말이야. 남부의 그 지역에는 아일랜드계 사람들이 많이 살거든. 빌리 조의 성도 맥칼리스터였잖아. 아무튼, 내 말의 요점은, 시간이 흐르면서 억제 유전자를 가진 사람들이 억제 유전자가 없는 사람들을 이겨왔다는 거야. 그래서 텔레파시가 자취를 감춘 거지."

"그런데 왜 아일랜드인들에게는 같은 일이 안 일어난 거야?"

"지난 수백 년간 유럽의 다른 지역에서는 침략하고 침략당하면서 억제 유전자를 가진 사람들과 얽혔지만, 아일랜드인은 그렇지 않았어. 아일랜드는 다른 사람들의 손길이 닿지 않는 지역이었어. 특히 서부 외곽은 더 그랬지. 그래서 주민들의 고유한 유전자가, 설령 그게 빨간 머리와 텔레파시처럼 열성 유전자라고 해도 살아남을 수 있었어."

"하지만 아일랜드인은 고립되어 있지 않았어." 브리디가 말했다. "1500년대에 잉글랜드가 침략했었고, 대기근 당시에는 수십만 명이 미국으로 이민을…."

"맞아. 아일랜드인은 억제 유전자를 가진 사람들과 결혼했지. 그래서 오늘날 대부분의 아일랜드계가 텔레파시를 아예 못 하거나 기껏해야 부분적인 텔레파시 능력밖에 갖지 못한 거야."

"부분적인 텔레파시 능력이라니?"

"응. 부분적인 텔레파시 능력자들은 감정이 고조된 상태에 있을 때 누군가 그들을 불러줘야만 들을 수 있어. 혹은 뭔가 잘못되었을 때 희미하게 느낄 뿐이야. 극히 일부의 아일랜드인만이 지금까지 완전하게 텔레파시 능력을 쓸 수 있는 유전적 구성을 가지고 있어."

"너랑 나는 그런 부류겠네."

"그래. 운이 좋지, 응?"

"하지만 네 이론이 맞는다면, 난 그 유전자를 부모님에게서 물려받았을 텐데, 왜 캐슬린이나 메리 언니는 그렇지 않은 거지?"

"그 유전자가 활성화되어야 하기 때문이야. 두뇌가 화학적으로 변화하거나, 회로가 바뀌어야 되는 거지."

"EED처럼 말이지." 브리디가 뚱한 표정으로 말했다.

"바로 그거야. 하지만 마취제만으로도 쉽게 활성화될 수 있었을 거야. 두뇌의 자연적인 방어의 수준을 낮추거나, 텔레파시 신호의 수용력을 증가시키는 거라면 뭐든지 텔레파시 능력을 촉발할 수 있어. 약물과 최면, 수면 박탈, 신체적 외상, 정신적 스트레스. 감정 상태를 고양시키는 거라면 뭐든지 가능해. 공포, 갈망, 사춘기의 불안."

"그게 너를 촉발시켰구나."

"잔 다르크도 그렇지. 그녀가 목소리를 들었을 때도 열세 살이었어."

"하지만 잔 다르크는 아일랜드인이 아니었잖아."

"아니지. 그래도 잔 다르크는 유럽의 다른 지역에서도 아직 그 유전자가 남아 있을 정도로 오래전에 살았던 사람이잖아. 잔 다르크가 태어난 동레미는 아일랜드의 더블린에서 별로 멀지 않아. 게다가 잔 다르크는 연결되려고 노력했어. 그게 촉발시킨 것 같아."

"연결?" 브리디가 멍한 얼굴로 물었다. "잔 다르크는 누구랑 연결되려고 했어…?"

"누구라니? 신이었지. 잔 다르크가 처음으로 천사장 미카엘의 목소리를 들었을 때, 그녀는 기도하고 있었어. 그건 확실히 연결하려는 시도로 볼 수 있지." C.B.가 앞으로 몸을 기울이더니 자동차 앞유리 너머를 뚫어져라 쳐다봤다. "혹시 저 앞의 도로 이름이 보여? 우리가 얼마나 더 가야 되는 건지 알고 싶어서."

"내 휴대폰에 GPS가 달렸는데…." 브리디가 말을 시작하다가, 휴대폰을 켜면 안 된다는 사실이 기억나서 도로표지판을 흘끗 쳐다봤다. 어둠 속이라 잘 보이지 않았지만, 최대한 노력을 기울였다. "팔머 대로." 브리디가 마침내 말했다.

"좋았어."

"시 경계에 거의 다 온 거야?" 브리디는 변두리가 가까워졌다는 표지판이 있는지 찾으며 물었다.

"아니야." C.B.가 빨강 신호등을 받고 차를 세웠다. "우린 시외로 나가지 않을 거야."

"그게 무슨 말이야? 왜 안 나가?"

"그래 봐야 별로 소용이 없거든. 목소리는 거리에 영향을 받지 않아. 글쎄, 거리에 영향을 받기는 하는데, 이 지역 안에서 차로 이동하는 정도로는 그 범위를 벗어나긴 힘들어. 그리고 네가 극장에서 들었던 목소리들에서 충분히 벗어난다고 하더라도, 곧 다른 목소리들의 범위 안에 들어가게 돼."

목소리가 닿지 않는 곳으로 벗어날 방법은 없다. 그리고 목소리를 멈추게 할 방법도 없다. 그렇다면 목소리들이 그들을 따라잡고, 차로 몰려와서 그녀를 덮칠 것이다. 그리고….

"브리디!" C.B.가 말했다. "브리디! 내 말 들어!"

"목소리들이 나를 빠트려 죽일 거야." 브리디가 신경질적으로 소리 질렀다. "그놈들이…."

"아냐, 그러지 않을 거야. 내가 그렇게 놔두지 않을 테니까. 너를 안전한 장소로 데려가는 중이야."

"그런 장소는 없어. 네가 방금 말했…."

"아냐, 그렇게 말 안 했어. 안전한 장소가 있어. 지금 널 거기로 데려가는 거야. 하지만 네가 놔줘야, 내가 차를 몰고 거기로 갈 수 있어." 브리디는 그제야 자신이 양손으로 C.B.의 팔을 붙잡고 있다는 사실을 깨달았다. 그리고 그때 신호등이 녹색으로 바뀌자 누군가 그들을 향해 경적을 울렸다.

"미안." 브리디가 C.B.의 팔을 놓자, 다시 대홍수가 사방에서 밀어닥치기 시작했다.

"괜찮아, 괜찮아." C.B.가 한 손으로 브리디의 손을 낚아채서 꽉 움켜쥐었다.

차 뒤에서 또 경적 소리가 들렸다.

"아, 좀 조용하지." C.B.가 온화한 말투로 말했다. 그리고 움켜쥔 브리디의 손을 잠시 자신의 가슴에 대고 있다가 무릎 위에 올려놨다. "나를 꽉 붙잡고 노래를 불러. '아일랜드인의 눈에 미소가 맺힐 때'를 불러. 괜찮은 다른 아일랜드 노래도 좋아. 그러면 내가 눈 깜빡할 사이에 그 장소로 데려다줄게. 사실 '아일랜드인의 눈에 미소가 맺힐 때'는 아일랜드 노래가 아니긴 하지만, 뭐 어때. 그 곡은 아일랜드에는 한 번도 가보지 않았던 뉴욕의 대중음악가가 만든 곡이야. '투라루라루랄'하고 '킬라니 호수의 크리스마스'도 마찬가지야. 완전히 아일랜드 노래 같은 '대니 보이'도 그래. 그 노래는 영국인, 즉 거짓말하는 짐승이 썼어."

「이 이야기도 우리가 그 장소에 도착할 때까지 나를 무너지지 않게 하기 위해 늘어놓는 듣기 좋은 소리일 뿐이야.」 브리디가 생각했다. 그리고 스스로를 추스르려고 노력하며, 목소리가 닿지 않는 곳은 없다는 사실을 알게 되었을 때, 머릿속에서 울려대기 시작한 무시무시한 조종(弔鐘) 소리를 애써 무시했다.

“거기 이야기가 나와서 말인데, 거기에 도착하기 전에 매무새를 다듬는 게 좋을 거야. 나를 위해서 다듬어달라는 건 아냐. 난 헝클어진 머리가 좋아.” C.B.가 브리디를 보며 씩 웃었다. “하지만 우리는 공공장소로 나갈….”

“우리가 공공장소로 간다고? 지금 어디로 가는 건데?” 브리디가 가는 곳을 보기 위해 차창을 내다보며 물었다.

C.B.는 남쪽으로 차를 돌려서 기술센터 쪽으로 향했다. 「C.B.는 컴스팬에 있는 자기 연구실로 데려가는 거구나.」 브리디가 생각했다. 「그렇겠지. C.B.는 거기에서는 목소리가 들리지 않으니까, 그 지하에서 일을 했던 거야.」

“유감이지만, 아니야.” C.B.가 말했다. “안타깝게도, 콘크리트와 단열재는 목소리에 아무런 영향을 주지 않아. 0도 이하의 온도도 마찬가지고. 게다가 컴스팬에는 헤르메스 프로젝트팀이 늦게까지 일하고 있어. 그 사람들이 너를 보게 되는 위험을 무릅쓸 수는 없어. 넌 우나 고모네에 메이브랑 있기로 했잖아. 기억하지?”

“그러면 어디로 데려가는 거야?”

C.B.는 대답 대신 재킷 주머니에 손을 넣어서 브리디의 이브닝 핸드백을 꺼내서 그녀에게 건넸다. 브리디는 핸드백을 열어서 화장 거울을 꺼냈다. 아, 이런. 이게 가능한지 모르겠지만, 브리디의 모습은 화장실에서 봤을 때보다 더 안 좋았다. 마스카라는 번지고, 머리카락은 엉키고 헝클어졌다. “혹시 휴지는 없겠지, 있

어?" 브리디가 물었다.

C.B.가 고분고분하게 주머니에서 똘똘 뭉친 휴지 하나를 꺼내서 브리디에게 건넸다. 브리디는 계기판에 화장 거울을 받치고, 휴지에 침을 발라 화장이 망가진 부분을 고쳤다. 마스카라를 지우고 립스틱을 매만졌다. 그 모든 일을 한 손으로 해야 했다. 다른 손으로는 C.B.의 무릎을 붙잡고 있어야 했기 때문이었다. 브리디는 머리를 빗질하면서 다시 묶을 수 있는 게 있으면 좋겠다는 생각이 들었다.

"이건 어때?" C.B.가 차문에 달린 주머니로 손을 뻗더니 짧은 컴퓨터 케이블을 꺼냈다.

"완벽해." 그리고 브리디는 어떻게 해야 C.B.의 무릎을 놓지 않고 머리카락을 뒤로 넘겨 케이블로 묶을 수 있을지 고민하며 입술을 깨물었다.

"쉬워." C.B.가 그녀를 쳐다보지도 않고 말했다. "내가 '빌리 조의 송가'를 부를게." 그리고 노래를 부르기 시작했다. 그 노래는 한 가족이 저녁을 먹다가 아무렇지도 않게 빌리 조 맥칼리스터가 탤러해차이 다리에서 뛰어내렸다는 이야기를 하는데, 이 노래를 읊는 소녀가 식사를 중단했다는 걸 아무도 알아채지 못했다는 이야기였다.

브리디는 그 노래를 듣고 있지 않았다. 그녀는 C.B.가 노래를 끝내기 전까지 머리를 넘겨서 케이블로 묶느라 너무 바빴다.

브리디가 아슬아슬하게 마쳤다. "그래서 아무도 그녀가 빌리 조를 사랑한다는 사실을 알지 못했어." 브리디가 마쳤을 때 C.B.가 말했다. "그 가족은 아일랜드계도 아니고, 텔레파시도 할 줄 몰랐기 때문이야. 그리고 자, 도착했습니다." C.B.는 이야기를 마치고, 차를 인도로 붙여서 세웠다.

"어디야?" 브리디가 물었다. 차는 기숙사 건물이 줄지어 있는 거리에 서 있었다. 그리고 기숙사 지붕 너머로 대학 건물이 보였다. "날 어디로 데리고 온 거야? 대학생 파티?"

"아냐." C.B.가 자동차 열쇠를 뽑고 안전벨트를 풀며 말했다. "혹시 극장 관객들의 생각이 불쾌했다면, 술에 취한 남자 대학생 무리의 생각을 한 번 들어봐. 관객들에 대한 생각이 달라질 거야." C.B.가 손목시계를 다시 쳐다보더니, 브리디 너머로 몸을 숙여서 그녀 쪽의 차문을 반 뼘 정도 열었다. "자, 이제 내가 차를 돌아서 다시 너한테 갈 때까지 잠시 떨어져야 해."

브리디가 고개를 끄덕이다가 C.B.가 무릎을 놔주기를 기다리고 있다는 사실을 깨달았다. 브리디는 숨을 깊게 들이쉬고 손을 떼어내서 깍지를 끼고 자신의 무릎 위에 올려놓았다.

"물론 네가 대학생들의 파티에 가고 싶지는 않겠지만," C.B.가 차에서 내려 앞쪽으로 돌기 시작하며 계속 말했다. 「사실, 그들의 생각을 들어보면 파티에 참석하는 상황과 별로 다르지 않아.」

그리고 C.B.가 도착했다. 브리디의 차문에 기대에 그녀의 손을 붙잡고 차에서 내리도록 도와주며 흐름을 끊지 않고 입말로 말했다. "…대신 맥주와 토사물을 옷에 적게 묻힐 수 있지."

길은 추웠다. 브리디는 소매 없는 녹색 드레스를 입고 벌벌 떨었다. 그러자 브리디가 알아채기도 전에 C.B.가 그녀의 손을 놓더니 병원에서처럼 데님 재킷을 벗어서 그녀의 어깨 위로 씌워줬다.

"네 재킷을 빼앗아 입을 수는…." 브리디가 입을 열었다.

"이건 보호색이야." C.B.가 말했다. "이렇게 해야 너랑 나랑 전혀 안 어울리는 연인처럼 보이는 걸 피할 수 있어."

"정신병원에서 탈출한 환자랑 보호자처럼 보인다는 소리지?" 브리디가 절망적으로 구겨진 자신의 드레스를 흘끗 쳐다보며 물었다.

"아니, 무도회의 여왕과 노트르담의 꼽추지. 이거 입어." C.B.가 지시했다. 그리고 브리디가 재킷을 입는 사이에 자동차 뒷좌석으로 들어가서 뭔가를 들고 나왔다. C.B.는 몸을 똑바로 세우더니 그녀를 위아래로 훑었다. "아니야." 그가 고개를 절레절레 흔들었다. "아직도 나 같은 놈에 비하면 너무 아름다워. 가시죠, 아일랜드 아가씨."

둘은 길을 따라 걸었다. C.B.가 뒷좌석에서 꺼낸 물건을 브리디에게 건넸다. 책 몇 권이었다.

"도서관으로 데려가려는 거야?" 브리디가 물었다.

"아냐. 나한테 대출 기한을 넘긴 책이 몇 권 있는데, 우리가 사귀기 시작했으니까 그 책들을 돌려주는 게 낫지 않을까 싶어져서 말이지." C.B.가 그럴 리가 있겠냐는 투로 말했다. "그래, 널 도서관으로 데려갈 거야."

「좋네.」 브리디는 고요함과 불빛과 도서관의 색인카드를 생각했다. 그리고 줄지은 책들이 그녀와 목소리 사이를 막는 모습이 떠올랐다. 목소리들에 사로잡히기 전에 도서관에 도착할 수 있다면….

"차를 너무 멀리 세워서 미안해." C.B.가 빠른 걸음으로 그녀를 재촉하며 말했다. "학교 측에서 학내 주차장을 매시간 확인하거든."

"괜찮아." 브리디는 C.B.의 무릎을 붙잡았을 때처럼 책들을 꼭 끌어안았다. 하지만 괜찮지 않았다. 도서관은 몇 블록이나 떨어져 있었고 길이 너무 어두웠다. 앞에는 가로등까지 꺼져 있으니, 다음 블록은 더 어두울 것이다. 그리고 자살한 빌리 조의 이야기가 담긴 노래가 어떻게 뚫고 들어오는 목소리를 차단할 수 있는 건지 이해가 되지 않았다. 그리고….

C.B.가 브리디에게서 책들을 가져가더니 나른 쪽 손으로 넘기고, 그녀의 손을 잡았다.

"고마워." 브리디가 속삭였다.

"천만에. 그건 그렇고, 꼭 '빌리 조의 송가'일 필요는 없어. 가사만 길면 어떤 노래라도 괜찮아. 컨트리 앤 웨스턴, 포크, 랩, 아니면 뮤지컬도 괜찮아. '해밀튼', '킨키 부츠'. 그리고 '아가씨와 건달들'에는 좋은 노래가 많아. '행운의 여신'이나 '애들레이드의 탄식', '실속 없는 노름꾼을 위한 푸가' 같은 노래들. 아니다. 다시 생각해보니까, '실속 없는 노름꾼을 위한 푸가'는 빼자. 그 곡은 목소리들이랑 너무 비슷해. '애들레이드의 탄식'을 계속 부르는 게 낫겠다. 그 곡은 8절까지 있는 데다가 온갖 종류의 백색소음 같은 가사들이 잔뜩 있어. '심신성 증후군'이라든가 '연쇄상구균', '후비루(後鼻漏)' 같은 단어들 말이야."

"후비루?"

"이게 감기에 대한 노래거든. 혹시 그게 별로라면, '피니언의 무지개'에 나오는 노래들은 어때? 아일랜드계 아가씨와 칠칠치 못한 남자에 대한 뮤지컬이야. 그리고 레프러콘도 나오지. 레프러콘 이야기가 나오니까 마시멜로가 다시 떠오르네. 마시멜로 중에 금항아리가 있었던가?"

C.B.가 계속 재잘댔다. 마시멜로와 '글로카 모라 사람들은 어떻게 지낼까?'라는 곡과 아일랜드인이 만들지 않은 아일랜드 노래에 대한 이야기들. 브리디는 C.B.가 이러는 건 그녀가 이 어두운 거리를 무사히 지날 수 있도록 하기 위해서라는 걸 알았지만, 상관없었다. C.B.는 둘이 도서관에 도착할 때까지 목소리들을 구석에 묶어놓았다.

C.B.가 도서관의 문 앞에서 멈췄다. "당황하지 마." 그가 말했다. "도서관 안에 들어가면 네 손을 놓을 거야."

"왜?"

"사서에게 우리가 공부하러 온 사람들이고, 위에 있는 서고로 올라가지 않을 거라는 믿음을 주고 싶으니까. 지금 같은 밤 시간에는 성욕이 과잉된 학생들이 서고에 가서 정교(情交)를 나누거든."

"정교라니?"

"정교는 포옹, 애무, 섹스를 가리키는 옛날 말이야. 사서가 우리를 확인해봐야겠다고 생각하지 않기를 바라자. 물론 너처럼 아름다운 아가씨가 나 같은 녀석이랑 데이트를 할 거라고 믿는 사람은 없겠지만 말이야. 내가 손을 붙잡지 않더라도 걱정하지 마. 그게 너를 완전히 놓아버린다는 뜻은 아니니까. 준비됐어?"

브리디가 고개를 끄덕였다. 그러자 C.B.는 그녀의 손을 놓고, 대신 그녀의 등을 손으로 단단히 받쳤다. 그리고 다른 손으로 문을 열다가 멈췄다. "잠시만." C.B.가 허리를 굽혀 문에 붙은 '도서관 이용 시간' 안내판을 쳐다봤다. '토요일 오전 10시부터 오후 10시 30분까지.'

「젠장. 예산이 깎였나 보네. 이용 시간이 또 줄었어.」 C.B.가 말했다.

"그러면 도서관에 있을 수 없는 거야?" 브리디는 어두운 거리를 네 블록이나 걸어서 차까지 돌아갈 생각에….

"아냐." C.B.가 말했다. "쉿." C.B.가 고개를 들었다. 그는 문이 아니라 그 너머를 쳐다보고 있었다.

「C.B.는 안내표지판을 읽고 있는 게 아니야.」 브리디가 생각했다. 「지금 도서관에 사람들이 얼마나 많은지 듣고 있는 거야.」 아마도 사람들이 별로 없는 모양이었다. 잠시 후에 C.B.가 그녀에게 다시 책들을 넘겨주며 말했다. "내가 너한테 해주는 말을 그대로 하고, 사람들의 주의를 끌지 않도록 조심해." 그리고 문을 열었다.

"그래, 아이버슨 교수의 시험은 진짜 어려워." C.B.가 입말로 이야기하며 브리디를 안으로 이끌었다. 그는 브리디의 팔꿈치를 잡고 있었다. 「이제 이렇게 말해. '난 그 시험에서 못해도 B는 받아야 돼.'」

브리디는 책을 가슴으로 끌어안으면서 학생처럼 보이려 노력했다. "난 그 시험에서 못해도 B는 받아야 돼."

"그건 내가 도와줄 수 있을 거야." C.B.가 말했다.

도서 대출계 책상에 앉은 젊은 여성이 컴퓨터에서 고개를 들어 그들을 응시했다. 「이 드레스를 입는 게 아니었어.」 브리디가 생각했다. 「트렌트의 말이 맞았어. 이 드레스는 너무 화려해. 검은색 드레스를 입었어야….」

「트렌트는 바보야.」 C.B.가 말했다. 「넌 아름다워. 이렇게 말해. '이건 비언어적 소통에 대한 부분인데, 난 이해가 안 돼.' 그리고 나를 바라봐, 저 여자 말고.」

브리디가 시키는 대로 고개를 돌려 C.B.를 쳐다봤다. "이건 비언어적 소통에 대한 부분인데, 난 이해가 안 돼." 브리디가 말했다. 그러자 사서가 관심을 잃고 컴퓨터로 다시 눈을 돌렸다.

"그래, 아무튼, 넌 사람 제대로 찾아온 거야." C.B.가 말했다. "어쩌다 보니 비언어적 소통 분야에서 내가 좀 알아주거든." 둘은 대출계를 지나 커다란 열람실로 들어갔다.

하지만 열람실은 텅 빈 상태가 아니었다. 많은 사람이 공부하고, 노트북을 쳐다보고, 서로 속삭이고 있었다. 그리고 생각도. 브리디가 겁에 질린 얼굴로 C.B.를 바라봤다. 「나한테 사람들이 많은 장소는 피하라고 했었잖아.」 브리디가 속삭였다.

「그랬지.」 C.B.가 그녀를 밀며 열람실을 서둘러서 지났다. 「있잖아, 속삭일 필요 없어. 네 목소리를 들을 수 있는 사람은 나뿐이야.」 그가 브리디를 데리고 '서고'라고 쓰인 계단을 지나서 두 번째 계단으로 갔다.

「서고에 가려는 건 줄 알았는데.」 브리디가 말했다.

「아냐. 거긴 너무 산만해.」 C.B.가 그녀를 계단 위로 이끌었다. 「나랑 '얽힐' 생각이 있는 거라면 모르겠지만 말이야. 하긴, 목소리를 막는 쪽으로는 나쁜 생각이 아니지. 섹스는 아주 뛰어난 방어벽이거든. 거의 모든 걸 다 막아버리지. 나는 너한테 다른 종류의 방어벽을 가르쳐줄 생각이긴 하지만, 혹시 네가 원한다면….」

「난 너랑 '얽힐' 생각 없어. 혹시 네가 나를 여기 데리고 온 이유가….」 브리디는 그렇게 말하며 C.B.가 잡은 손을 뺐다. 그리고 즉시 후회했다. 목소리가 큰 파도처럼 몰려오는 것 같았다.

「괜찮아. 나 여기 있어.」 C.B.가 브리디의 손을 잡았다.

「고마워.」 브리디가 속삭였다.

「천만에.」 C.B.는 다시 계단을 올라가기 시작했다. 그러다 계단참에서 멈췄다. "잠깐만. 트렌트에게 다시 문자를 보내야 해." 그가 브리디의 휴대폰을 켜더니 화면을 넘기고 아래로 스크롤을 내렸다.

"트렌트가 문자 보냈어?"

"유감스럽지만, 그러네." C.B.가 휴대폰을 그녀에게 건넸다. 그러자 브리디는 C.B.가 왜 그러는지 알게 됐다. 트렌트가 보낸 문자 다섯 통과 녹음 메시지 세 개가 와 있었다. "공연이 끝난 후에 해밀튼 부부와 함께 이리듐에 가기로 약속했어. 당신이랑 거기에서 만나기로 했다고 말했어. 가족들한테 알아서 처리하라고 할 수 있겠어?" 그리고 "왜 전화를 안 받아?"의 이런저런 변형이 있었고, 그중 최악은 "아직 연결은 진척되는 게 없어?"였다.

「당신이 생각하는 종류의 연결은 그렇지.」 브리디는 이 메시지에 대체 어떻게 대답해야 할지 고민이 됐다.

"이렇게 해." C.B.가 그녀의 휴대폰을 가져갔다. 그는 문자를 빠르게 입력하고 송신 버튼을 눌렀다. "트렌트에게 만나러 가기 힘들다고, 생각했던 것보다 사람들은 진정시키는 게 오래 걸린다고, 내일 아침에 연락하겠다고 보냈어." C.B.는 브리디의 휴대폰을 끄고 자기 주머니에 넣었다.

"봤지? 문제없어. 가자." C.B.가 말했다. 그리고 브리디를 다음 층으로 데리고 올라가서, 복도를 따라 걷다가 '열람실'이라고 적힌 문으로 향했다. 그는 열람실 바깥에서 걸음을 멈추더니 귀를 기울였다. 「우리가 운이 좋네.」 그리고 아래층처럼 활짝 열린 큰 공간의 문을 열었다. 안내창구에는 아무도 없었고, 도서관 탁자는 더 길고 넓었다. 신문 열람대가 옆에 있었는데, 아래층보다는 사람들이 적었다. 하지만 텅 비었다고 하기는 힘들었다. 적어도 20여 명이 탁자에 앉아서 노트북이나 책이나 신문을 보고 있었다. 20여 명의 사람이 모두 생각을 했다. 그리고 그보다 더 심각한 문제가 있었다.

최악은 그 열람실 자체였다. 그녀는 C.B.가 도서관에 데려간다고 했을 때 벽처럼 줄줄이 놓인 책장이 목소리를 막는 요새 역할을 해주기를 기대했다. 하지만 이 방에서 책이라곤 사람들이 탁자에서 읽고 있는 책 외에는 없었고, 두 벽은 전면이 창문이었다. 청문 너머의 어둠 속에는 깜깜한 암흑만 있을 뿐, 목소리를 막을 수 있는 게 아무것도 없었다.

「이제 어떻게 할 거야?」 브리디는 C.B.가 대안이 있다고 이야기해주길 기대하며 물었다. 그리고 서고로 가거나 심지어 계단통으로라도 돌아가길 바랐다. 사람들과 창문이 없는 곳이라면 어디든 상관없었다. 하지만 그러기는커녕 C.B.는 이렇게 말했다. 「여기가 좋아.」 그리고 브리디를 가까운 탁자 쪽으로 이끌며 말했다. 「끝까지 쭉 가.」

브리디가 고개를 돌려 애원하듯 C.B.를 바라봤다. 「목소리는….」

「괜찮을 거야. 계속 가. 내가 너를 납치라도 하는 것처럼 보이지 않게 해줘. 우린 여기에 공부를 하러 온 척해야 돼, 기억하지?」

브리디는 책을 끌어안고 창문과 그 너머에 있는 어둠을 보지 않기 위해 아래에 눈을 고정하고 걸어갔다. 그리고 C.B.가 가리킨 의자에 앉았다. C.B.가 뒤에서 의자를 잡아주며 말했다. 「책은 탁자 위에 놓고, 제일 위에 있는 책의 6쪽을 열어.」 그리고 탁자 반대편의 의자로 갔다.

「6쪽.」 브리디는 책장을 찾는 일에 모든 신경을 집중하면서, C.B.가 그녀의 손을 놓았다는 사실과, 창문에서 1미터도 안 떨어져 있고, 탁자가 너무 넓다는 사실을 떠올리지 않으려고 노력했다. C.B.가 반대편의 의자에 앉으면, 그는 브리디의 손을 잡아줄 수 없을 테니 목소리들이….

「난 반대편에 안 앉을 거야.」 C.B.가 자신의 의자를 탁자 끝으로 당겨서 그녀와 대각선으로 앉으며 말했다. 그리고 탁자 위로 손을 뻗긴 했지만, 그녀의 손을 잡지 않고 탁자 위에 있는 다른 책을 집었다. 그는 책을 펴더니 눈을 아래로 내리고 책을 바라봤다. 「나 여기 있어. 넌 완벽하게 안전해. 목소리는 여기로 못 들어와. 들어봐.」 C.B.가 말했다. 그건 명령이었다.

브리디는 책 옆에 무심코 올려놓은 C.B.의 손을 애처롭게 쳐다봤다. 「넌 내 손이 필요 없어.」 C.B.가 말했다. 그래도 그녀가 망설이자 덧붙였다. 「나를 믿어. 그냥 들어봐.」

브리디는 탁자를 양손으로 붙잡고, 그녀가 두려워하는 목소리가 몰아칠 것에 대비해 마음을 다지며 C.B.가 시키는 대로 했다.

목소리들은 몰아치지 않았다. 사라진 건 아니었다. 하지만 포효하며 브리디에게 쇄도하지 않았다. 목소리들은 순진하게 재잘거리는 시냇물처럼 차분하고 조용했다. 브리디는 깜짝 놀라 C.B.를 바라봤다.「어떻게 이렇게 한 거야?」

「내가 그런 게 아니야.」C.B.가 고갯짓으로 긴 탁자들에 앉은 다른 사람들을 가리키며 말했다.「저 사람들이 한 거야.」

「하지만 어떻게…?」

C.B.가 방긋 웃었다.「좋은 책의 힘을 절대 과소평가하지 마.」

17

"에헴!" 생쥐가 거드름을 피우며 말했다. "이게 내가 아는 가장 건조한 이야기야. '지도자를 갈구하고 약탈당하고 정복당하는 데 아주 익숙했던 영국 사람들은 교황의 총애를 받던 정복자 윌리엄에게 곧바로 복종했어. 메르시아와 노섬브리아의 에드윈과 모르카르 백작은….'"

— 루이스 캐럴, '이상한 나라의 앨리스'

「난 이해가 안 돼.」 브리디가 놀란 눈으로 열람실을 두리번거리며 말했다. 책을 읽는 목소리들이 재잘거리는 시냇물처럼 윙윙거린다던 그녀의 처음 생각은 틀렸다. 정원에서 날아다니는 꿀벌의 소리처럼 훨씬 따스하고 흥겨웠다. 「책이 어떻게…?」

「책 때문이 아니야.」 C.B.가 말했다. 「처음에 이런 현상을 봤을 때는 나도 그렇게 생각했었어. 이건 책을 읽는 사람들의 생각 덕분이야. 독서는 일반적인 생각과는 완전히 다른 과정으로 진행돼. 운율이 있고, 훨씬 집중하지. 그리고 관련이 없는 생각들을 모두 차단해버려. 그래서 충분히 많은 사람이 책을 읽으면, 다른 사람의 생각도 차단해버리는 거야.」

「하지만 어떻게…?」

「나도 우연히 발견했어. 내 머릿속 목소리의 원인이 뭔지 알아내려고 여기로 조사를 하러 왔었거든.」 C.B.가 브리디를 바라보며 미소를 지었다. 「흔히 책이 피난처가 될 수 있다고들 하잖아. 확실히 맞는 말이야.」

'피난'은 적절한 표현이었다. 브리디는 극장에서 목소리가 들리기 시작한 이래로 공포에 질려 쿵쾅대던 심장이 처음으로 차분하게 가라앉았다.

「그래서 널 여기로 데리고 온 거야.」 C.B.가 말했다. 「우리가 네 방어벽을 세우는 동안 책을 읽는 사람들이 목소리들을 차단해줄 거야.」

「책을 읽는 사람들이 방어벽이라며?」

「방어벽 중에 하나지. 다행히 거의 아무 때나 이용할 수 있는 방어벽이야. 낮이든 밤이든 사람들이 책을 읽지 않는 시간은 거의 없거든. 그러니까 목소리가 너를 압도하기 시작하면 여기나 공공 도서관, 서점, 스타벅스로 가면 돼. 그곳들이 닫히면, 너 스스로 책을 읽어도 돼.」

「하지만 네가 오디오북은 소용없다고 했었잖아.」

「그렇지, 그건 소용없어. 목소리를 차단하는 건 소리가 아니라 책을 읽는 사람들의 시냅스 패턴이야. 그러니까 너 스스로 책을 읽거나, 읽고 있는 실제 사람의 소리를 들어야 해. 되도록 고상하고 길고 단조로운 문장이 있는 빅토리아 시대의 소설이 좋아. 이런 거 말이야.」 C.B.가 눈앞에 들고 있는 책을 읽기 시작했다. 「하지만 그보다 훨씬 더 긴장되는 일은, 직관, 감각, 기억, 유추, 증거, 개연성, 귀납적 추정 등 논리학자들의 사용하는 온갖 종류의 증거가 모두 하나가 되어 전적으로 혼자일 뿐이라고 의식을 설득하고 있는데, 바로 그때 어떤 수수께끼 같은 동반자를 찾아내게 될 때이다.」

「이건 토머스 하디의 작품이야.」 C.B.가 말했다. 「이 사람의 작품들이 끝내줘. 디킨스도 그렇고, 앤서니 트롤로프나 윌리엄 윌키 콜린스도 괜찮아. 그래도 너무 지루한 책은 안 돼. 책에서 마음이 떠나서 방황하기 시작하면 소용이 없거든. 그러니까 헨리 제임스 책은 읽지 마. 사일러스 마너의 책도 마찬가지야. 네게 필요한 책은 '바체스터의 탑'이나 '우리 서로의 친구' 같은 작품들이야. 휴대폰에 다운받아 놓으면 항상 들고 다닐 수 있어. 그리고 시 '노상강도'를 다시 외워.」

「그리고 네가 얘기해줬던 노래들도.」

「그렇지. 하지만 그런 건 다 임시 조치야. 너한테 진짜로 필요한 건 영구적인 방어벽이야.」 C.B.가 손목시계를 쳐다봤다.

브리디는 시간이 어떻게 됐는지 보려고 무의식적으로 휴대폰을 찾다가 C.B.가 아직 가지고 있다는 사실이 떠올랐다. 그녀는 안내창구 너머에 있는 시계를 쳐다봤다. 9시 45분. 이 도서관은 10시 30분에 닫는다. 이제 한 시간도 안 남았다.

「그래서 좀 바쁘게 움직여야 해.」 C.B.가 말했다. 「먼저 해야 할 일은 네 방어벽을 세우는 일이야. 책을 읽는 사람들의 목소리가 지금 하고 있는 그 일을 영구적 형태로 만드는 거지. 고속도로에 있는 소음차단벽 알지? 고속도로 바로 옆에 집을 세울 정도로 바보 같은 사람들을 위해 교통 소음을 둔한 굉음으로 만들어주는 거 있잖아. 너는 그 소음차단벽 같은 걸 세우게 될 텐데, 다만 네 머릿속에 세운다는 게 다를 뿐이야.」C.B.는 열람실 안에서 책을 읽는 다양한 사람들을 훑어봤다.「그건 그렇고, 넌 책을 읽는 것처럼 보여야 해. 우리는 공부하는 척해야 하잖아.」

「미안.」브리디는 그렇게 말하고, 허둥지둥 고개를 숙여 책으로 눈을 돌렸다.

「괜찮아. 지금 당장은 우리를 쳐다보는 사람이 없으니까. 하지만 사서가 곧 돌아올 텐데, 그 사람의 의심을 살 필요는 없잖아.」C.B.는 손으로 턱을 받치고 고개를 숙여 자기 책을 쳐다보며 열심히 읽는 시늉을 했다.「우선 네가 해야 할 일은 담장을 마음속에 그리는 거야.」C.B.가 말했다.

「소음차단벽 같은 거?」

「꼭 그럴 필요는 없어. 어떤 종류의 담장이든 상관없어. 컴퓨터 방화벽도 좋고, 자극을 줘서 개를 마당에서 나가지 못하게 하는 보이지 않는 전자 장벽도 괜찮아. 중국의 만리장성도 좋고. 네가 목소리를 막아줄 거라 믿을 수 있는 거라면 뭐든지 좋아.」

「내가 믿을 수 있는 거라니?」브리디가 고개를 들어 C.B.를 쳐다봤다.「목소리는 실제로 존재하는 거야. 내가 상상으로 만들어 낸 게 아니잖아! 목소리는….」

「담장도 실제로 존재해.」C.B.가 책에서 눈을 떼지 않고 말했다.「네가 극장에서 매달려있던 난간도 마찬가지야. 베릭 박사가 신경 통로 구축에 관해 이야기했을 때 네가 상상했던 숲 속 오솔길도 그렇고.」

「하지만….」

「목소리들은 두뇌로 날아오는 텔레파시 신호야. 그 신호는 청각 신호와 똑같이 시냅스를 활성화시켜. 아무튼, 담장도 시냅스를 활성화시키는 신호야. 단, 이 경우에는 텔레파시 신호에 수용체가 활성화되는 걸 억제하는 역할을 하지.」

「네가 우리한테는 억제 유전자가 없다고 했잖아.」

「없지. 우리는 스스로 억제 유전자를 만들어내야 해. 진짜 억제 유전자보다는 효력이 약하고, 더 많은 에너지를 소비하고, 유지하기 위해 더 많이 집중해야 하지만, 그래도 그걸로 너를 보호할 수 있어.」

「그래서 내가 수용체를 억제하는 상상을 해야 한다는 말인 거지?」

「그래. 하지만 너 스스로 납득이 되는 이미지를 상상해야 돼. 그리고 모든 이미지는 구체적이어야 해. 극장에서 네가 상상했던 난간처럼 말이야.」

브리디는 자신이 매달려있던 물에 젖고 검은 난간을 떠올렸다.「그런데 난간은 그다지 튼튼하지 않았어.」브리디가 생각했다. C.B.가 와서 구해주지 않았더라면, 물이 난간의 틈새와 위로 쏟아져 들어와….

「그러니까 충분히 튼튼한 담장을 세워야 해.」C.B.가 말했다. 「둑이나 제방 같은 건 어때?」

「제방이라면.」브리디가 열심히 생각했다.「네덜란드에 있는 게 제방이지?」하지만 그 제방에는 구멍이 뚫렸다. 그래서 네덜란드의 어린 꼬마가 분출되는 물을 막기 위해 손가락으로 구멍을 막아야 했다.

「미안해.」 C.B.가 말했다. 「무너지거나 구멍이 뚫리는 모습이 떠오르는 이미지는 안 된다고 너에게 미리 말을 해줬어야 했어. 나도 처음에 그런 실수를 했었어. 나는 성벽을 상상했었는데….」

「성…?」

「알아.」 C.B.가 당황한 투로 말했다. 「난 당시 겨우 열세 살이었단 말이야. 알겠지? 아무튼, 성곽을 쌓고 도개교와 끓는 기름까지 갖췄었어. 완벽하게 안전했지. 내가 영화에서 공성망치와 투석기, 그리고 횃불을 든 소작농 무리를 보기 전까지는.」

「그래서 뭐로 바꿨어?」

「흰색 판자로 만든 울타리. 그런 담장이 공성망치로 박살나는 광경은 본 적 없잖아.」

「농담은 그만해.」 브리디가 말했다. 「지금 네 울타리는 뭐야?」

C.B.가 대답하지 않았다.

「C.B.?」

여전히 대답이 없었다. 브리디가 C.B.를 살짝 훔쳐봤더니, 그는 책에서 눈을 떼고 고개를 들어 브리디 뒤쪽의 창문을 멍하게 보고 있었다.

「C.B.?」 브리디가 다시 부르자 그제야 정신을 차린 모양이었다.

「미안해.」 C.B.가 말했다. 「책 때문에 넋을 놓고 있었네. 뭐라고 물었어?」

「지금 네 담장은 뭐냐고.」

「아, 성 이후로 난 최대한 보안이 잘된 감옥을 짓는 게 최선이라고 마음먹었어. 감옥 탈출 영화를 피할 수만 있다면 말이야. 있잖아, 서치라이트와 개, 철책선, 칼날이 달린 철조망 같은 것들 말이야.」

「하지만, 철책선으로는 물을 막을 수 없어.」

「사실이야. 너는….」

C.B.가 다시 멈췄다. 브리디가 힐끗 봤더니 그는 문을 쳐다보고 있었다. 사서가 돌아오고 있나?

「아니, 그런 것 같지는 않아.」 C.B.가 말했다. 「잠시만, 내가 확인해봐야 할 게 있어. 넌 책 읽고 있어.」

브리디는 시키는 대로 책으로 눈을 돌렸다. "그녀는 바람 소리를 듣고 있었던 게 틀림없을 것이다." 브리디가 책을 읽었다. C.B.는 무슨 소리를 듣고 있는 걸까? 틀림없이 목소리다. 하지만 C.B.는 목소리들을 어떻게 견딜 수 있지? 목소리들은 너무 크게 떠들어대며 아우성치기 때문에 정신을 차리기가 힘들다. 울부짖는 폭풍 속으로 제 발로 걸어 들어가는 짓이다. C.B.는 겁을 먹은 얼굴도 아니고, 폭풍우에 맞서기 위해 긴장한 표정도 아니었다. 어쩌면 C.B.가 브리디에게 세우라는 담장이 그 목소리들을 어떻게든 온순하게 길들이는 건지도 모르겠다. C.B.는 아까와 마찬가지로 멍한 눈으로 앞을 응시하고 있었다.

C.B.가 확인해봐야 한다는 게 뭐였을까? 「C.B.?」 브리디가 불러봤지만, 그는 대답이 없었다. 심지어 그녀가 불렀다는 사실을 알아채지도 못한 듯했다.

「정신이 완전히 다른 데에 가 있네.」 브리디가 생각했다. 「아니면 자기를 괴롭히는 목소리를 막는 일에 집중하고 있는지도 몰라.」 브리드는 C.B.를 방해하고 싶지 않았다. 그래서 그녀는 조용히 책을 읽을 수밖에 없었다.

"사실 그 바람은 풍경을 위해 만들어진 것처럼 보였다. 그 풍경이 시간을 위해 만들어진 것처럼…." 브리디가 책을 읽었다. "거기서 들리는 것은 다른 어디에서도 들을 수 없는 소리였을 것이다."*

「그래서 그녀는 밖의 황야가 아니라 도서관에 있어야 했지.」 C.B.가 말했다. 그가 책에서 고개를 들고 브리디를 바라보며 씩 웃었다. 「미안해. 잠깐 사서가 돌아오는 소리를 들었던 것 같았는데 아니었어.」

C.B.가 그걸 알 수 있는 건 사서의 개인적인 생각을 들을 수 있기 때문이다. 캐슬린의 생각을 들었을 때처럼, 그리고 간호사의 생각을 들었을 때처럼 말이다. 하지만 어떻게 그걸 듣지? 목소리들은 단어와 감정이 뒤엉킨 거대한 소용돌이였다. C.B.는 그 목소리 중에서 하나를 골라낼 수 있는 건가?

「이건 후천적으로 습득한 기술이야.」 C.B.가 말했다.

「나한테 어떻게 하는지 가르쳐줄 수 있어?」 브리디가 물었다.

「응. 하지만 기본적인 방어벽을 구축하기 전에는 안 돼. 시간이 별로 없어.」

브리디가 시계를 쳐다봤다. 10시였다. 도서관이 닫힐 때까지 30분밖에 남지 않았다.

「그렇지.」 C.B.가 말했다. 「자, 그럼. 물이 뚫고 들어오지 못하는 방벽이 필요해. 후버댐은 어때?」

「난 후버댐이 어떻게 생겼는지 몰라.」 브리디가 말했다. 「후버

* 브리디가 읽는 책은 모두 토머스 하디의 여러 작품에서 일부분씩 인용한 것이다.

댐이 거대하고 콘크리트로 만들어졌다는 사실은 알지만, 아는 거라곤 그게 다야.」

「그러면 작동하지 않을 거야. 네가 구체적인 모습을 머릿속에 그릴 수 있어야 해. 방파제는 어때?」

「그것도 어떻게 생겼는지 몰라. 벽돌담도 괜찮을까?」

「테니슨의 시 '금이 간 담장 위에 핀 꽃'에 나오는 벽돌담? 아니면 에드거 앨런 포의 '아몬틸라도 술통'에 나오는 벽돌담?」 C.B.가 묻더니 씁쓸한 웃음을 지었다. 「미안해. 내가 도서관에서 시간을 많이 보내서 그래. 벽돌담이라.」 그리고 그 벽돌담이 어떻게 보이는지, 벽돌의 정확한 색깔부터 벽돌 사이에 바른 모르타르의 두께까지 브리디가 모든 부분을 세밀하게 익히도록 도와줬다.

「더 구체적으로 상상할수록, 네게 더 실질적인 도움을 줄 거야. 그리고 목소리를 더욱 잘 견디….」 C.B.가 단어 중간에 말을 멈추고 다시 잠깐 귀를 기울이더니 말했다. 「사서가 오고 있어.」

브리디는 고개를 들어 쳐다보고 싶은 충동을 억눌렀다. 문이 열리는 소리가 들렸다. 「괜찮아.」 C.B.가 말했다. 「아무렇지 않게 고개를 들어서 문을 쳐다보고 다시 책으로 눈을 돌리면 돼.」

브리디는 진짜로 공부하고 있는 척을 하려면 어떻게 해야 하는지 생각하며 C.B.가 시키는 대로 했다. 그리고 과연 사서를 속일 수 있을지 궁금했다.

「사서는 이미 속았어.」 C.B.가 말했다. 「비록 사서가 너를 보면서 토요일 밤에 나 같은 덕후랑 도서관에 온 걸 보니 학사경고가 누적되어서 제적당하기 직전인 모양이라고 생각하긴 하지만 말이야. 좀 더 두고 보자. 계속 읽어.」

「알았어.」브리디가 말했다. 그리고 책에 정신을 집중했다. "침묵에서 모습을 드러낸 수백 개의 소리가 결합된 상황에서 한 개인의 소리는 너무 약했다…."

「벽을 세우고 나면 그 목소리들이 조용해지길 바라자.」브리디가 생각했다. 하지만 상상의 벽이 어떻게 뭔가를 막아낼 수 있다는 건지 이해되지 않았다. 목소리는 말할 것도 없고.

「나에 대한 믿음은 어디로 가버린 게야, 내 사랑?」C.B.가 우나 고모의 아일랜드 억양과 거의 비슷한 말투로 말했다. 브리디는 고개를 들어 그를 쳐다봤다가 바로 다시 고개를 떨어트렸다.

「미안.」브리디가 말했다.「너를 쳐다보면 안 된다는 사실을 자꾸 잊어버려.」

「괜찮아. 사서도 우리한테 관심 없어. 오늘이 다른 사서의 생일이거든. 그래서 퇴근 후의 파티에 대해 생각하느라 머릿속이 바빠. 좀 더 큰 케이크를 샀어야 했나 걱정하는 중이야.」C.B.가 책장을 넘겼다.「네 벽돌담을 나한테 설명해줘.」

브리디는 벽돌담이 정확히 어떻게 보이는지 집중하고, 자신이 들어와 있는 열람실이나 앉아 있는 탁자처럼 사실적으로 묘사하려 애썼다. 하지만 C.B.는 계속 걱정스러운 눈으로 손목시계를 계속 쳐다봤다.

도서관은 10시 반에 닫힐 것이다. 도서관이 닫히면 그들은 다시 어둠 속으로 나가야 한다. 그리고 차까지 가려면 네 블록이나 걸어야 했다. 그때까지 브리디가 방어벽을 만들어내지 못하면, 혹은 그게 작동하지 못하면…. 여기 안전한 열람실에서 벽돌담을 머릿속에 그리는 일이 무엇보다 중요했지만, 강물을 따라가다가 폭포가 가까워질 때처럼, 브리디는 책을 읽는 사람들이 내는 안전하고 단조로운 소리 너머에서 그녀를 기다리는 다른 목소리를 들을 수 있었다. 브리디는 무심결에 창문을 올려다봤다. 그리고 그 너머의 어둠을 응시했다.

「네 왼손을 탁자 밑으로 내려줘.」 C.B.가 말했다. 그래서 브리디가 왼손을 탁자 밑으로 내리자, 그는 손을 꽉 움켜잡더니 자신의 무릎 위에 놓았다. 「좀 나아졌어?」

「응.」 브리디가 고마운 마음을 담아 대답했다. 「하지만 너한테 영원히 매달려있을 수는 없어.」

「아냐, 그래도 돼. 자, 네 벽이 어떻게 보이는지 나한테 다시 말해줘.」

브리디는 그녀와 목소리 사이에서 어떤 소리도 통과시키지 않고 믿음직하게 단단하고 물샐틈없이 서 있는 벽이 눈앞에 있는 모습을 상상하며 C.B.에게 묘사했다.

「이제 벽돌담에 익숙해진 것 같아.」 브리디가 묘사를 마치고 말했다. 하지만 C.B.가 고개를 저었다.

「그냥 익숙해지는 거로는 부족해. 생각하지 않고도 머릿속에 떠올릴 수 있어야 해. 타자나 자동차 운전을 배울 때처럼 말이야. 무의식적으로 떠올려야 한다는 말이야.」

C.B.가 그녀에게 담장을 세 번 더 묘사하도록 하더니 말했다. 「좋았어. 이제 네 손을 놓을 거야. 그러면 목소리가 들리기 시작할 텐데, 그러자마자 담장을 떠올려. 준비됐어?」

「안 돼.」 브리디가 생각했다.

「괜찮아. 책을 읽는 사람들이 있잖아. 그리고 나도 바로 여기에 있을 거야. 그리고 너한테는 벽돌담도 있잖아. 아무것도 그 담을 뚫고 들어오지 못해. 준비됐지? 고개는 끄덕이지 마. 책을 읽는 척해야지. 눈은 책에 고정해두고, 벽돌담을 떠올려봐.」

「준비됐어.」 브리디가 말했다. 그리고 C.B.가 손을 뺄 때 그의 손을 붙잡으려는 충동을 자제하려고 탁자 아래에서 주먹을 꽉 쥐었다.

「창문은 쳐다보지 마.」 브리디가 혼잣말을 했다. 「책을 봐.」 그러자 붕붕거리던 책 읽는 사람들의 목소리가 시끄러운 아우성으로 부풀어 오르기 시작했다. 「…공부해야 해… 전쟁 전의 남부 지역은 이상적으로… 이번에 낙제하면 우리 아버지가… X가 플러스와 마이너스 무한으로… 가정법 시제는….」

「목소리는 담장을 통과할 수 없어.」 브리디는 책을 응시하며 단호하게 혼잣말을 했다. 그리고 그녀와 목소리 사이에 단단하게 서 있는 붉고 거친 표면의 벽돌담을 응시했다….

「잘했어.」 C.B.가 브리디의 손을 잡으며 말했다. 「좋았어. 다시 한 번 해봐. 이번에는 내가 언제 손을 놓을지 미리 말해주지 않을 거야.」

「알았어.」 브리디는 숨을 깊게 들이쉬고 책을 읽기 시작했다. "갑자기 언덕 위에서 밤의 거친 수사(修辭)가 모두 함께 뒤섞였다."

「이게 내가 읽어도 되는 책인지 모르겠네.」 브리디가 생각했다. 그리고 그때 C.B.가 그녀의 손을 놓았다.

목소리들이 으르렁댔다. 「…캐롤라인 왕조… 황산의 환원… 이 헛소리들은 기억이 전혀… 민사소송 개정의 근거… 존나 멍청한 수업이야!」

「벽을 생각해.」 브리디가 혼잣말을 하며 이를 악물었다. 그러자 즉시 벽이 눈앞에 나타나 목소리들을 막았다.

그다음엔 더 쉬웠다. 세 번째 시도에서는 목소리들이 떠들 기회도 주지 않고 벽이 나타나서 그들을 막았다.

「아주 잘했어.」 C.B.가 말했다. 그리고 손목시계를 쳐다보더니 책을 덮었다. 「자, 이제 가야 해.」

「가다니?」 브리디가 시계를 쳐다보며 말했다. 10시 10분이었다. 「도서관은 10시 30분까지 열려 있을 거라고 했잖아.」

「그렇지.」 C.B.가 그렇게 말하며 손을 뻗어서 브리디의 책을 덮었다.

「하지만 난 준비가 안 됐어.」 밝은 빛이 비치는 열람실에서는 목소리가 벽돌담 뒤에 안전하게 막혀있는 모습을 상상하기 쉬웠지만, 어둠 속에서 목소리가 기다리고 있는 밖에서는…. 「도서관이 닫힐 때까지 그냥 있으면 안 될까?」 브리디가 애원했다.

「그럴 거야. 하지만 여기서는 아니야. 책을 들고 의자를 다시 집어넣어.」 C.B.가 다른 책들을 그러모았다. "초밥 같은 거 먹으러 갈래?" 그가 입으로 말했다.

사서가 고개를 들어 그들을 쳐다봤다. "죄송합니다." C.B.가 입모양으로 사서에게 말했다. 그리고 브리디에게 다시 작은 소리로 그 질문을 다시 물어보면서 텔레파시로 덧붙였다. 「넌 안 된다고 해. 남자친구랑 만나기로 했다고.」

"안 돼." 브리디가 일어나서 의자를 집어넣으며 작은 소리로 말했다. "미안해. 남자친구랑 약속이 있어서…."

C.B.가 그녀를 문 쪽으로 데리고 나가며 사서를 지나칠 때 실망한 듯 말했다. "그래, 그럴 줄 알았어." 그리고 브리디를 위해 여닫이문을 열어줬다. "난 그저…."

"정말 미안해." 브리디가 문을 나가며 말했다.

"남자친구랑 어디서 만나기로 했어?" C.B.가 뒤쪽으로 문이 닫힐 때 물었다.

"내가 태워다 줄까?"

「그래야 돼?」 브리디가 물었다.

「아니.」 C.B.가 그들이 왔던 반대 방향으로 그녀를 데리고 가며 대답했다.

「어디로 가는 거야?」 브리디가 물었다.

「우선, 화장실.」 C.B.가 여자화장실 표시가 되어 있는 문 앞에 멈추더니 브리디의 책을 넘겨받으며 말했다. 「한동안 화장실에 갈 기회가 없을 거야. 여기에서 다시 보자.」

브리디가 문을 열고 들어가다가 몸이 굳었다. 극장의 여자화장실과 거울, 세면대, 그리고 목소리에서 도망치려고 세면대 밑의 구석에 웅크리고 있던 자신의 모습이 떠올랐다. 「여길 나 혼자 들어가란 말이야?」

「넌 혼자가 아니야.」 C.B.가 말했다. 「너를 보호해줄 멋지고 단단한 벽돌담이 있잖아. '길리건의 섬'도 있고, '빌리 조의 송가'도 있고.」

「그건 알지만, 그래도….」

「그리고 넌 아직 열람실의 범위 안에 있어. 들어봐.」 C.B.가 말했다. 그의 말이 맞았다. 벌처럼 붕붕거리는 학생들의 책 읽는 소리가 아직도 들렸다. 하지만 학생들이 독서를 중단하고 집에 갈 준비를 하기 시작하면, 저 소리는 언제라도 멈출 수 있었다.

「내가 너랑 함께 들어갈까?」 C.B.가 물었다. 「정신적으로 말이야. 이게 내가 처음 들어가 본 여자화장실은 아니야. 첫 침실도 아니고, 첫 뒷좌석도 아니지. 내가 들어야 했던 소리들을 이야기해주면 넌 놀라서 자빠질 걸. 화장실은 아무것도 아냐. 난….」

「고맙지만 사양할게. 나 혼자 해낼 수 있어.」 브리디가 허둥지둥 말했다.

「좋았어.」 C.B.가 말했다. 「넌 잘해낼 거야. 잠시 후에 여기서 만나자.」 C.B.가 남자화장실로 사라졌다.

「나는 해낼 수 있어.」 브리디는 혼잣말을 하며 문을 열었다. 그녀는 해내야만 했다. 유일한 대안이라곤 굴욕스럽게 C.B.를 데리고 들어가는 방법밖에 없었다. 지금 C.B.가 함께 들어오지 않았다고 자신 있게 말할 수 있는지는 모르겠지만 말이다.

「C.B.의 말이 맞았어.」 브리디가 생각했다. 「텔레파시는 정말 끔찍해.」 브리디는 벽돌담을 마음속에 견고하게 쌓아 올리고, 추가로 암기까지 시작했다. "노란 달, 녹색 클로버, 탤러해차이 다리…." 화장실에서 안전하게 나올 때까지 계속 외웠다.

C.B.가 손목시계를 보면서 브리디를 기다리고 있었다. C.B.는 즉시 그녀에게 책을 건네고 손으로 그녀의 팔꿈치를 잡더니 1층 로비로 내려가는 계단을 향해 서둘러 걸어갔다.

「도서관에 더 있을 거랬잖아?」 브리디가 말했다. 바깥의 어둠과 차까지 끝도 없이 걸어가야 할 길을 떠올리자, 돌연한 공포가 그녀의 흉곽을 다시 때리기 시작했다.

「그럴 거야.」 C.B.가 계단으로 들어가는 문을 열더니 그녀를 안으로 이끌었다.

「그러면 지금 어디로 가는 거야?」

「서고로 갈 거야.」 C.B.가 그녀를 돌아보며 씩 웃었다.

18

"하지만 점잖은 분이시여,
애정과 예의를 위해 더 멀리 떨어져서 누우시죠."
— 윌리엄 셰익스피어, '한여름 밤의 꿈'

「서고라고?」 브리디가 되물었다.

「그래. 우리가 올라가는 모습을 보는 사람이 없는지 확인한 다음에.」 C.B.가 고개를 들고 귀를 기울였다. "좋았어." 몇 초가 지나자 C.B.가 입으로 말했다. "아무도 없어. 가자. 서둘러." 그리고 그는 브리디를 계단 밖 복도로 데려가더니 '서고'라고 적힌 문으로 갔다.

그 안은 병원에서 도망칠 때 들어갔던 계단통과 아주 흡사한 철제 계단이었다. 「즐거운 추억이지, 응?」 C.B.가 계단을 빠르게 오르며 말했다. 「한 사람의 목소리와 툭탁거리는 상황이 얼마나 행복한 건지 당시는 생각도 못 했지?」

"알려드립니다." 어딘지 모를 곳에서 갑자기 목소리가 들려왔다. 브리디는 헉 숨을 멈추고 좌우를 빠르게 둘러봤다.

「도서관 안내방송이야.」 C.B.가 설명했다. 목소리가 계속 흘러나왔다.

"도서관은 10시 30분에 마칩니다. 대출받을 책이나 자료가 있으신 분은 지금 대출계로 가지고 오시기 바랍니다."

「미안해. 미리 말해줬어야 하는 건데.」 C.B.가 말했다.

"괜찮아." 브리디가 C.B.를 따라 계단을 빠르게 올라가며 말했다. 철제 계단이라 브리디의 하이힐이 엄청나게 시끄러운 소음을 일으켰다. "벗는 게 나을까?" 브리디가 물었다.

「응.」 C.B.가 계단 위쪽을 쳐다보며 말했다.

브리디는 C.B.에게 의지해서 하이힐의 끈을 풀었다. C.B.가 신발을 그러모아서 그녀에게 건넸다. 그리고 둘은 다시 계단을 올라가기 시작했다. A-C와 D-Em이라고 적힌 문이 있는 계단참들을 지났다.

"도서관은 15분 후에 마칩니다." 안내방송이 나왔다.

「그러면 열람실 안에 있는 학생들이 책 읽는 걸 중단하겠네.」 브리디는 온몸이 오싹해졌다. C.B.가 그녀의 공포를 느낀 모양이었다. 그가 브리디의 손을 잡더니 En-G가 적힌 다음 계단참으로 서둘러 데리고 올라갔다.

C.B.는 문 위에 손을 올려놓고 잠시 귀를 기울이더니 말했다. 「사람들이 너무 많아.」 그리고 계단으로 그녀를 다시 이끌었다. H-K와 L-N에서도 똑같이 했다.

O-R이 적힌 문 앞에서 C.B.가 한참 동안 귀를 기울이고 있더니 말했다. 「이 층에는 한 쌍이 있어. 복도 맨 끝에. 미생물학 칸

에 있네. 이 정도면 적당해. 들어가자.」 C.B.가 문을 열려고 옆으로 움직였다.

「비어 있는 층을 찾는 게 낫지 않을까?」 브리디가 속삭였다. 하지만 이번에는 C.B.가 그녀에게 그렇게 속삭일 필요가 없다고 하지 않았다.

C.B.도 속삭이며 대답했다. 「아니.」 그리고 다시 잠깐 귀를 기울이더니 문을 열었다. 커다랗고 어둑한 공간을 바닥부터 천장까지 닫는 책장들이 줄지어 늘어서서 꽉 채우고 있었다. 책장 사이의 좁다란 통로에는 입구 쪽에만 어스름한 불빛이 하나씩 켜져 있고, 가장 먼 통로에 그보다 밝은 등이 하나 켜져 있었다. 다른 통로들은 그늘에 잠기고, 책장과 책들은 어둠 속으로 모습을 감췄다.

「학생들이 사랑을 나누려고 여기로 온다는 사실이 놀랍지도 않네.」 브리디가 생각했다. 「여긴 완전히 '캘커타의 블랙홀*'이네.」 브리디는 여기로 책을 찾으러 온 사람들이 도대체 어떻게 볼 수 있는지 궁금해졌다.

브리디는 연인 한 쌍이 끝 쪽에 있으므로 C.B.가 첫 번째 통로로 그녀를 데리고 갈 거라고 짐작했다. 하지만 그는 그러지 않았다. C.B.는 그녀를 이끌고 대여섯 개의 통로를 지나쳤다. 「어디로 가는 거야?」 브리디가 속삭였다.

「커뮤니케이션학이지. 거기가 아니면 어디겠어?」 그리고 C.B.는 P148-160이라고 표시된 통로로 그녀를 이끌었다. 둘이 통로

* 18세기 인도 병사들이 영국군 포로들을 감금했던 캘커타의 작은 지하 감옥.

를 따라 걸어갈 때 머리 위의 작은 등에 불이 들어와서 그들이 지나가는 통로를 비췄다.

「절전등이야.」C.B.가 말했다. 「15분 후에 꺼질 텐데, 그 전에 사서가 여기로 올 거야.」

그런데 불이 켜져 있으면 사서는 이 층에 사람이 있다는 사실을 알게 될 것이다. 그 등이 켜진 상황을 정당화하기 위해 다른 연인이 필요했던 것이다.

「너도 이해했구나.」C.B.가 말했다.

「하지만 다른 연인도 우리가 여기 있다는 사실을 알아채지 않았을까?」

C.B.가 고개를 저었다. 「지금 그 사람들은 다른 걸 알아채고 말고 할 상황이 아니야.」그리고 그녀를 책장 사이의 가로 통로로 데려갔다. 세로로 쭉 이어진 책장 사이가 중간 중간 끊어지며 십자로 형태로 만들어진 가로 통로였다.

「하지만 그 사람들이 다른 쪽 끝에 있으면,」브리디가 계속 말했다. 「사서가 이쪽에 불이 켜져 있는 상황을 이상하다고 생각하지 않을까?」

안내방송이 끼어들었다. "도서관은 10분 후에 마칩니다."

「이리 와.」C.B.가 말했다. 「시간이 별로 없어.」그가 브리디를 가로 통로를 따라 이끌고 가다가 세로 통로로 이동한 뒤 다음 가로 통로로 갔다.

C.B.가 잠깐 멈추더니 브리디에게서 책을 받아서 쪼그리고 앉아 그 책들을 '커뮤니케이션 기초'와 '몸짓 언어 해석' 사이의 가장 아래 칸에 집어넣었다.

「이 책들은 네 책 아냐?」 브리디가 물었다.

「맞아. 그렇지만 우리가 잡힐 경우에 그 책들을 확인하러 아래층까지 끌려가기 싫어서 그래.」 C.B.가 몸을 일으키고 잠시 귀를 기울이더니 허리를 굽혀 통로 사이를 내다봤다. 「아무도 없어. 가자.」 그리고 가로 통로를 따라 걸었다.

브리디는 C.B.를 따라 재빨리 책장 사이를 지났다. 그리고 다음 책장으로, 또 다음 책장으로 넘어갔다. 전등을 켜지 않기 위해 몸을 한쪽으로 붙여봤지만, 소용이 없었다. 전등이 하나씩 차례로 켜졌다.

「전등 때문에 우리가 어디로 가고 있는지 들킬 거야.」 브리디가 말했다. 「도서관에는 감시카메라도 있지 않을까?」

「옛날엔 달려 있었는데, 지금은 없어.」 C.B.가 다음 책장으로 넘어오라고 손짓하면서 말했다. 「예산이 삭감됐거든.」

「네가 그걸 어떻게 알아?」

「난 생각을 읽을 수 있어, 기억하지?」 C.B.가 통로를 따라 서고의 뒤쪽 벽을 향해가면서 말했다.

「쥐덫에 갇힌 쥐 신세가 될 거야.」 브리디가 생각했다. 「게다가 머리 위로 조명까지 비추고.」

「우리 자기는 나를 못 믿는 거야?」 C.B.가 앞으로 계속 나가며 말했다. 책장의 끝에 가까워지자 책장과 벽 사이의 좁은 공간이 눈에 들어왔다. 그 공간은 서고의 끝에서 끝까지 이어졌다. C.B.는 다시 귀를 기울이는 자세를 취했다. 그리고 브리디를 데리고 그 좁은 공간으로 들어가서 왔던 방향으로 되돌아갔다.

그 공간은 간신히 걸어갈 수 있을 정도의 너비이긴 했지만, 그들이 움직여도 전등은 켜지지 않았다. C.B.는 그들이 들어왔던 문에서 책장 두 줄을 남겨두고 어두운 통로 끝에 멈췄다. 이제 가까이에 있는 통로에는 불이 켜진 곳이 없었다. 그렇게 어두운데도, C.B.는 벽에 등을 대고 서더니 손짓으로 브리디에게 책장 옆면에 기대어 서서 자신과 마주 보라고 했다.

「봤지? 걱정할 거 없다고 했잖아.」C.B.가 말했다.「서고 앞쪽에서는 우리가 전혀 보이지 않아.」C.B.가 아래를 슬쩍 내려다봤다.「네 드레스만 빼면.」

C.B.의 말이 맞았다. 나팔 모양으로 벌어진 브리디의 드레스 자락이 책장의 모서리 너머로 삐져나가 있었다. 브리디가 치마를 끌어 모았다. 한쪽 팔 가득 치마를 모으고, 다른 손으로는 가슴께에 신발을 들었다.

「잘했어.」C.B.가 말했다.「이제 사서는 절대로 우리를 못 볼 거야.」

「하지만 사서가 여기까지 확인하러 오지는 않을까?」

「안 올 거야. 사서는 방송 소리를 못 듣거나 꾸물대느라 안 나가고 있는 사람들을 확인하러 오는 거지, 안 나가려고 숨어있는 사람을 잡으러 오는 건 아니거든.」

「네가 그걸 어떻게 알아.」브리디는 말하고 나서, C.B.가 알지도 모르겠다는 생각이 들었다.

"도서관은 5분 후에 마칩니다." 안내방송이 말했다.

방송 소리가 끝나자 브리디가 말했다.「하지만 다른 연인도 사서가 다가오는 소리가 들려오면 이쪽으로 숨지 않을까?」

「사서 소리가 들리면 그 사람들은 숨는 거보다 옷을 챙겨 입느라 더 바쁠 거야.」C.B.가 머리를 한쪽으로 갸우뚱하게 기울여서 듣더니 덧붙였다.「하지만, 아마 사서가 다가오는 소리도 못 들을 걸.」

「넌 그 사람들이 성관계 하는 소리를 듣고 있는 거야?」

C.B.가 인상을 찌푸렸다.「나도 그랬으면 좋겠어. 그게 재미있을 것 같긴 하거든. 하지만 난 그 사람들이 얽혀있는 동안 머릿속으로 하는 생각을 듣는 거야. 그건 완전히 달라.」

「네가 섹스는 모든 걸 차단해버린다고 했잖아. 그… 그게 모든 걸 차단하는 건 아닌가 보네.」브리디가 말을 더듬었다.「하지만 아까 네가 섹스가 목소리를 막는다고 했잖아.」

「섹스를 할 경우 그렇게 된다고 했지, 다른 사람이 섹스하는 소리가 들리지 않는다는 이야긴 아니었어. 그리고 그건 정말로 완벽하게 푹 빠져있는 누군가와 섹스할 때의 이야기야.」C.B.가 말했다. 브리디는 문득 그들이 이 좁은 공간에 얼마나 가까이 붙어있는지 깨달았다. C.B.는 책장을 양손으로 짚고 서 있었는데, 브리디의 얼굴이 그의 양손 사이에 끼어있었다. 그래서 그의 얼굴은 브리디의 얼굴에서 몇 센티미터도 채 떨어져 있지 않았다.「게다가 C.B.는 내 생각을 모조리 들을 수 있어.」

「그렇다면 미생물학 쪽에 있는 두 명은 서로에게 완전히 푹 빠진 게 아니라는 말이야?」브리디가 서둘러서 말했다.

「전혀.」C.B.가 말했다.「남자는 자기 친구한테 뭐라고 말해야 할지 고민하고 있어. 여자는 페이스북 프로필 사진을 바꿀지 말지 고민 중이야. 그리고 둘 다 바닥이 너무 불편하다고 여기면서, 좀 더 마르고 예쁘고 잘 생긴 사람과 하고 싶다는 생각을 하고 있어.」

「끔찍하네.」

「사실, 이 정도는 끔찍한 것도 아냐. 적어도 저 여자는 남자를 구슬려서 경제학 노트를 받기 위해 할 수 없이 하고 있는 건 아니잖아. 남자도 자기가 숨겨 놓은 몰래카메라가 제대로 작동하고 있는지 궁금해하지도 않고. 둘 다 살해한 시체를 어떻게 해야 할지 고민하지도 않고.」

「하지만 분명히 어떤 사람들은….」

「미칠 듯이 사랑할 거라고? 당연하지. 하지만 마무리할 방법을 고민하는 사람들도 많아. 그래야 배우자가 의심하기 전에 집에 돌아갈 수 있을 테니까. 내가 말했잖아, 거긴 시궁창이라고.」

「그렇다고 해도 역겨운 관음증 변태처럼 다른 사람들이 섹스하는 소리를 듣는 것에 대한 변명이 될 수는 없어.」 브리디가 비난하듯 말했다.

C.B.가 고개를 저었다. 「관음증 변태는 듣고 싶어서 환장한 사람들이지. 우리는 지금 본의 아니게 들을 수밖에 없는 상황에 대해 이야기하는 거잖아. 난 목소리를 들어야 하는 상황을 벗어날 수 있다면 정말 기쁘겠어.」

「나도.」 브리디가 열광적으로 호응했다.

「아무튼, 모든 사람이 다 나가자마자 우리가 그걸 시작할 거야.」

「뭘 시작해?」 브리디는 자신의 의지와 상관없이 맥박이 마구 뛰기 시작했다. 「C.B.도 이 사실을 알아.」

「걱정하지 마. 너 스스로 보호할 방법을 가르쳐주겠다는 거야.」C.B.가 말했다.「네 담장은 1차 방어선일 뿐이야. 다른 게 더 있어.」

「그중에 하나는 이렇게 빤히 생각을 읽히지 않도록 막아주는 벽이라면 좋을 텐데.」브리디가 생각했다.「텔레파시는 정말로 끔찍해.」

「너한테 그 사실을 알려주려고 나도 노력했어.」C.B.가 말했다. 그리고 진지한 목소리로 말했다.「그때까지 뭘 하면서 보내면 좋을까?」

브리디는 서고에 올라오기 시작한 뒤로 허겁지겁 숨고 소리를 내지 않으려 애쓰느라 너무 바빠서 목소리에 대해서는 전혀 생각하지 못하고 있었다. 목소리는 여전히 존재한다. 하지만 열람실에 있을 때처럼 배경 소음으로 머물러 있을 뿐이었다. 그녀의 담장이 작동을 하고 있는 게 틀림없다. 아니면 그녀가 목소리에 적응했든지. 아니면 가까이에 있는 C.B.와 그들의 위와 아래, 주위를 둘러싼 수십만 권의 책이 합쳐져서 일종의 방어막을 형성했을지도 모른다. 그 이유 때문에 C.B.가 밤에 머물 곳으로 서고를 선택했을 것이다.

「밤새 여기에 있지는 않을 거야. 우선, 사랑을 나누는 저 친구들이 지적했듯이 바닥이 편하지 않아. 그리고 예산이 깎이는 바람에 도서관이 난방 온도를 낮춰서 여긴 내 연구실보다 더 추워. 우린 얼어 죽을 거야.」

브리디는 벌써 얼어붙기 시작하던 참이었다. 맨발에 닿는 타일 바닥이 얼음장 같았다. 여기에 더 오래 있으면 브리디는 이를 떨기 시작할 것이다.

「미안해.」C.B.가 말했다. 「그래도 아직은 나갈 수 없어. 직원들이 사방을 돌아다니면서 열쇠를 채우고 집에 갈 준비를 하고 있거든. 우리는 기다리다가….」C.B.가 갑자기 고개를 번쩍 치켜들었다. 「쉿! 누군가 오고 있어.」

둘은 전혀 소리를 내지 않고 있는데도, C.B.는 손가락을 입술에 대고 조용히 하라는 신호를 했다. 그리고 눈에 띄지 않게 하려고 브리디에게 반 발짝 앞으로 다가왔다. 브리디는 치맛자락을 앞으로 더 그러모으고, 온 신경을 집중해서 문이 열리는 소리에 귀를 기울였다.

「사서야?」

「아니, 조교야, 남자.」

문이 철커덕 소리를 내며 열렸다. 브리디는 숨을 죽이고 전등이 켜지기를 기다렸지만, 아무 일도 일어나지 않았다.

「조교는 문 앞에 서서 무슨 소리가 나는지 듣고 있어.」C.B.가 말했다.

잠시 침묵이 흐른 후, 남자 목소리가 소리쳤다. "도서관 마칠 시간입니다."

"어머, 어떡해!" 저쪽 끝에서 여자 목소리가 들렸다. 그리고 이어서 당황해서 허둥대는 속삭임과 이리저리 급하게 움직이는 소리, 입을 막고 키득대는 소리, 그리고 소리가 나는 쪽으로 조교가 성큼성큼 걸어가는 소리가 들렸다. 조교가 소리쳤다. "대출할 자료가 있으면 지금 즉시 대출계로 내려가시기 바랍니다."

「여자는 블라우스 단추를 채우려고 낑낑대는 중이야.」C.B.가 중계방송을 했다. 「그리고 남자는 신발을 찾으면서 이것 때문에 자기 코치와 골치 아픈 문제가 안 생기길 바라고 있어.」

「그러면 조교는?」

「조교는 이번 주에 이게 벌써 네 번째 근무라며, 저들이 문제를 일으켜서 자기가 보고해야 하는 상황이 일어나지 않기를…. 아, 잘됐네. 조교는 퇴근 후에 화끈한 데이트 약속이 있어. 그건 저 조교가 여기 일을 빨리 마치고 나갈 거라는 희망적인 조짐이지.」

급하게 움직이는 소리와 속삭대는 소리가 갑자기 멈추고 조용해졌다. "안녕하세요." 여자의 목소리가 들렸다. 브리디는 그녀가 자신의 헝클어진 머릿결을 매만지려고 안달하는 모습이 상상이 되었다. "저희는 시간이 이렇게 됐는지…."

조교가 그녀의 말을 잘랐다. "서고는 닫힐 거야. 너희 둘은 아래층으로 내려가."

"저희도 막 내려갈 참이었어요." 남자가 말했다.

"여기에 다른 사람이 더 있나?" 조교가 묻자 C.B.가 브리디의 어깨를 손으로 짚었다. 필요할 경우 브리디를 통로 쪽으로 잡아당길 준비를 하는 것이었다.

"아뇨." 남자가 말했다. "저기요, 제가 농구팀에 있는데요, 이번 일을 보고하지 말아 주시면 정말 고맙겠습니다."

"그건 너희가 여기에서 얼마나 빨리 나가느냐에 달렸어." 조교가 말했다. 그리고 두 쌍의 발이 문을 향해 재빨리 뛰어가는 소리가 들렸다. "곧장 아래층으로 내려가." 조교가 그들을 향해 소리쳤다.

"알았어요." 여자애가 말했다.

"고맙습니다." 남자애가 중얼거렸다. 그리고 문을 쾅 열더니 닫았다.

「조교는 그 사람들하고 같이 갔어?」 브리디가 속삭였다.

「아니.」

저쪽 끝에서 전등이 하나 켜졌다. 그러더니 불이 켜지는 통로가 조금씩 가까워졌다. 「조교가 이쪽으로 오고 있어.」 브리디가 속삭였다.

「알아.」 C.B.가 말했다. 「이봐, 친구. 여긴 아무도 없다고. 오늘 화끈한 데이트가 있다며.」 그러자 조교가 그의 말을 듣기라도 한 것처럼 소리쳤다. "여기 남은 사람 더 없나요? 도서관 마칩니다."

조교가 문 쪽으로 돌아가는 발소리가 들렸다. "마지막이에요." 그리고 문이 열렸다가 닫히는 소리가 들렸다.

「갔어?」 브리디가 속삭였다.

C.B.가 고개를 끄덕였다.

"이제 도서관은 마칩니다." 마치 목소리가 귀에 대고 말하는 것 같아서 브리디가 깜짝 놀랐다.

「다시 방송 소리야.」 C.B.가 그녀를 안심시켰다.

"1층으로 내려와 주시기 바랍니다." 목소리가 말했다. "도서관은 내일 오전 11시에 다시 열립니다."

목소리가 조용해졌지만, C.B.는 움직일 기미가 없었다. 브리디는 놀라지 않았다. 어차피 둘은 모든 직원이 일을 마치고 순찰을 하고 건물을 떠날 때까지 서고에서 나갈 수 없기 때문이다. 하지만 C.B.는 브리디에게서 한 발자국도 움직이지 않았다. 그는 그녀 쪽으로 몸을 기댄 채 그대로 그렇게 서 있었다. 브리디의 맥박이 다시 달리기 시작했다.

「C.B., 나는….」 브리디는 말을 시작하다가 C.B.가 자신의 말을 듣고 있지 않다는 사실을 깨달았다.

그는 고개를 들고 다른 누군가의 목소리를 듣고 있었다. 누구지? 조교인가? 아니면 다른 사서가 마지막 점검을 하려고 여기로 올라오고 있나? 브리디로서는 알 수 없었다. 이렇게 가깝게 있어도, 그녀는 C.B.의 생각을 전혀 읽을 수 없었다.

「C.B.는 내가 자기 마음을 읽지 못하도록 일종의 방어벽을 설치했을 거야.」 브리디가 생각했다. 하지만 C.B.는 그 소리도 못 듣는 것 같았다.

누구의 목소리를 듣고 있을까? 책장의 한쪽 끝을 멍한 눈으로 바라보고 있는 그의 눈길은 너무 멀게 느껴졌고, 겨우 사서의 목소리를 듣는다고 보기엔 너무 집중하고 있었다. 트렌트의 목소리일까? 공연은 지금쯤 끝났을 것이다. 트렌트가 일이 어떻게 진행되고 있는지 알아보기 위해 그녀에게 전화를 걸 생각을 하고 있는 걸까? 브리디는 메이브에게 문자를 보내야….

「걱정하지 마.」 C.B.가 다시 현실로 돌아와서 말했다. 「내가 벌써 처리했어. 네가 화장실에 갔을 때 메이브에게 문자를 보내서 상황을 설명했어. 그리고 트렌트에게서 전화가 오면 네가 거기에 있다고, 전화를 줄 거라고 말하라고 했어.」

하지만 트렌트가 메리 언니나 우나 고모에게 전화하면 어떡하지? 가족들이 트렌트한테 뭐라고 할지 누가 알겠어.

「메이브에게 반드시 전화를 받으라고 했더니, 메이브가 다른 가족들의 휴대폰을 꺼놓겠대.」

하지만 메이브가 어떻게 그렇게 하지? 우나 고모는….

C.B.가 '너 지금 농담하는 거지?'라는 표정으로 그녀를 쳐다봤다. 「네가 모르나 본데, 네 조카는 정말 영리한 꼬마인 데다 컴퓨터 천재야.」 C.B.가 말했다. 「메이브가 내 연구실에 왔을 때, V칩*과 엄마가 노트북에 설치한 감시 프로그램을 무력화하는 방법을 나한테 보여줬어. 정말 감동적이었다니까. 원격 조종으로 우나 고모의 휴대폰을 꺼버리는 정도는 메이브에게 말 그대로 애들 장난이야. 걱정하지 마. 난 메이브가 상황을 확실하게 통제할 거라고 믿어.」

C.B.야 그렇게 말하는 게 쉽겠지만, 트렌트가 메리 언니나 우나 고모에게 연락하는 걸 메이브가 막을 수 있다고 해도, 메이브에게 왜 거짓말을 하라고 했는지 설명해줘야 하는 문제가 남는다. 메이브는 질문을 수십 개는 늘어놓을 것이다. 그리고….

「지금 가야 돼.」 C.B.가 갑자기 말했다. 그는 브리디의 손을 잡고 벽을 따라 아직 불이 켜있는 통로, 즉 그들이 처음 왔던 곳으로 서둘러서 돌아갔다.

「조교는 어떡하고?」 C.B.를 따라 통로를 지나 문 쪽으로 가면서 브리디가 물었다.

「조교는 W-Z로 올라갔어.」 C.B.가 문을 열고 아래 계단으로 내려가기 시작했다. 「화끈한 데이트가 기다리고 있을 때 사람이 서고 열 개 층을 얼마나 빨리 점검할 수 있는지 알면 놀랄걸.」

「네 책은 어떡해?」

* 미성년자가 폭력, 외설 등을 보지 못하도록 TV에 설치하는 일종의 검열 장치.

「나중에 가져가면 돼.」 C.B.는 층계참에서 층계참으로 계단을 빠르게 내려가다가 마지막 층계참에서 멈췄다. 그리고 브리디에게 고개를 돌렸다. 「나가기 전에 네 신발을 신는 게 좋을 것 같아.」

「하지만….」 브리디는 초조하게 계단을 올려다봤다.

「괜찮아. 위에는 그가 몰아내야 할 연인이 다섯 쌍이나 있어.」 그래도 C.B.는 브리디가 서둘러주기를 바라는 게 확실했다. 브리디가 하이힐의 끈을 조이는 걸 힘들어하자 C.B.가 무릎을 꿇고 대신 조였다.

「직원들이 다 퇴근할 때까지 서고 안에서 기다리는 게 더 안전하지 않을까?」 브리디가 물었다.

C.B.가 고개를 저었다. 「직원들이 전등을 다 끌 거야. 동작 인식 감지기가 달린 전등까지 전부 다. 그렇게 되면 우리는 길을 찾기 위해서 손전등을 사용할 수밖에 없는데, 그러면 도서관 밖에 있는 누군가 그 불빛을 보게 될 위험을 감수해야 해. 지금은 괜찮아. 직원들은 지금 전부 생일 파티에 참석하고 있어.」

「하지만 수위는 어떡해?」

「수위는 토요일 밤에 근무 안 해.」 C.B.는 그녀를 데리고 3층으로 가는 마지막 계단을 빠르게 내려갔다. 그는 문의 손잡이를 붙잡더니 한참 동안 그대로 서서 귀를 기울였다. 그리고 만족스러운 표정을 짓더니, 입술에 손가락을 가져다 대고 조용히 말했다. 「발끝으로 걸어.」 문을 열었다.

여긴 직원 전용 공간이 틀림없었다. 복도가 컴스팬과 아주 비슷했다. 사무실이 줄이어 있었는데, 브리디는 그중 한 곳에 들어가 숨을 거라고 짐작했다. 하지만 C.B.가 말했다. 「아냐, 사무실들은 잠겼어.」 그리고 복사실이라는 팻말이 붙은 문으로 성큼성큼 빠르게 걸어갔다.

「그럴 줄 알았어.」 브리디가 생각했다. 그리고 컴스팬에서 C.B.가 어떻게 숨어 있다가 그녀를 붙잡았는지 떠올렸다. 하지만 C.B.는 복사실 안을 빠르게 훑어보더니 고개를 젓고 문을 닫았다. 그리고 다시 복도를 걸어가기 시작했다.

「저기에 있으면 안 돼?」 브리디가 허둥지둥 따라가며 물었다.

「탁자 위에 스마트폰이 있었어. 즉, 누군가 그 스마트폰을 찾으러 오거나, 어디에 있는지 찾기 위해서 벨 소리를 들으려고 다른 사람의 휴대폰을 빌려서 저 폰으로 전화를 걸 거야. 둘 다 우리에겐 별로 좋지 않아.」 C.B.는 복도가 90도로 꺾이는 곳까지 빠르게 걸어가더니 다시 멈춰 서서 귀를 기울였다.

「직원들이 전부 다 생일 파티에 갔댔잖아.」 브리디가 말했다.

「난 그랬을 거라고 생각해. 하지만 생각에는 GPS가 안 달렸어. 사람들이 '나는 42번가를 향해서 브로드웨이를 걸어가고 있어'처럼 적극적으로 생각하지 않는 한, 그들이 어디에 있는지 혹은 어디로 가고 있는지 알 방법이 없어. 텔레파시가 처음 들렸을 때 나는 텔레파시를 일종의 초능력일지도 모른다고 생각하고, 그 능력으로 범죄자들과 싸울 수 있을 거라고 믿었어. 그런 거 있잖아, 스파이더맨이 되어서 미스터리 사건을 해결하고 나쁜 놈들을 잡고 그러는 거 말이야. 하지만 불운하게도….」

「텔레파시는 그런 식으로 작동하지 않지.」 브리디가 말했다. 그리고 특색이 없는 목소리들이 홍수처럼 난폭하게 몰아치는 모습을 떠올렸다.

「그래.」 C.B.가 말했다. 「그 사실과, 그들이 어디에 있는지, 또 누군가를 정말로 칼로 찌르려는 건지, 아니면 그저 식료품점에서 느린 줄에 서서 열 받은 건지 구별할 수 없었다는 게 문제였어.」

C.B.가 잠시 귀를 기울이더니 말했다. 「직원들은 다들 아직 아래층에서 열리는 생일 파티에 참가하고 있어. 그 조교만 빼고. 그 사람은 화끈한 데이트를 할 상대에게 지금 가는 중이라고 문자를 보냈어.」

「그렇다면 지금 여기로 내려오고 있겠네.」

「바로 그거야.」 C.B.가 말했다. 그리고 그는 서둘러서 모퉁이를 돌아 텅 빈 복도로 가더니, 비품창고라는 팻말이 붙은 문으로 브리디를 재빨리 데리고 갔다. 그는 문을 열고 먼저 브리디를 밀어 넣었다.

창고 안에는 의자와 상자들이 잔뜩 쌓여서 단단한 벽을 이루고 있었다. 그리고 자료 캐비닛 위에는 낡은 컴퓨터 모니터와 구형 프린터들이 쌓여있었다. 「여기에 들어갈 공간이 있을지 모르겠….」 브리디가 이야기를 시작했지만, 이미 C.B.는 안으로 들어와 문을 거의 닫은 상황이었다. 문을 닫자 둘이 꽉 끼었다.

「조금만 더 안으로 들어갈 수 있어?」 C.B.가 물었다.

「아니.」 브리디가 말했다. 그리고 뭔가 흔들거리는 물건에 부딪혔다. 「더 이상 들어갈 수가 없어. 네가 좀 더 편안한 데로 갈 거라고 했었잖아.」

「갈 거야. 이게… 젠장! 이 문에는 잠그는 게 없어.」

「그러면 다른 장소를 찾아야 한다는 뜻이야?」

「글쎄.」C.B.는 브리디의 어깨너머로 엉망진창으로 쌓여있는 가구들을 바라봤다. 복도에서 스며든 빛으로 희미하게 내부가 보였다.「어쩌면 여기도 완벽한 장소가 될 수 있어. 여기는 몇 년 동안 사람들이 들어오지 않은 곳 같거든. 우리가 조금만….」C.B.가 목을 쭉 빼고 자료 캐비닛과 박스 너머로 뭐가 있는지 보려 했다.

「나랑 자리를 바꾸자.」C.B.가 브리디에게 말했다.「이 물건들 뒤로 뭐가 있는지 보고 싶어.」그리고 어색한 자세로 브리디를 비집고 지나가더니 의자들을 옮기기 시작했다.

「뒤에 뭐가 있어?」브리디가 물었다.

"더 많은 물건들." C.B.가 입으로 말했다. "제기랄, 여긴 편집증으로 물건을 쌓아놓고 사는 사람들에 대한 TV쇼에 나가도 되겠다. 도서관 직원들이 여기를 확인이나 해보는지 모르겠네. 여긴 너무 물건이 많아서 숨기 힘들겠다."

「꼭 입으로 말을 해야겠니?」브리디가 아직도 살짝 열려 있는 문밖을 내다보며 초조하게 말했다.

"괜찮아. 조교는 아직도 서고에 있고, 메리언은 '생일 축하합니다'를 부르고 있어."

"메리언?"

"사서 말이야. 메리언은 '뮤직맨'에 나오는 사서의 이름인데, 내가 목소리를 듣고 있는 사서에게 그 이름을 붙였어. 그녀가 오늘 밤에 문단속 담당이거든. 그건 그렇고 '뮤직맨'에 나오는 노래도 괜찮아. 가사가 길거든. 저 뒤에 공간이 좀 있을지도 모르겠다." C.B.가 멈칫하더니 말했다. "가서 문 닫아."

브리디는 문을 닫으며 생각했다.「아, 안 돼. 어둠 속에 혼자 있으면 목소리가….」

"아냐, 넌 혼자가 아니야." C.B.가 말했다. "나 여기 있어. 그리고 너에겐 벽돌담이 있잖아. 나한테 손전등이 있어."

C.B.가 손전등을 켰다. 하지만 그가 손전등을 켜지 않았더라도 문 아래로 빛이 한 줄기 들어와서 창고 안이 완전히 깜깜한 어둠 속에 잠기지 않게 해주었다. 그리고 브리디의 담장이 작동하는 모양이었다. 목소리가 속삭이는 소리 정도에서 머물렀다.

C.B.는 쌓여있는 가구 주위를 손전등으로 비추며 그 뒤를 살폈다. 그는 손전등을 브리디에게 건네고 양손으로 캐비닛을 밀더니 쌓여있는 의자 더미를 옆으로 밀었다. 그러자 의자가 바닥에 긁히며 지독한 소리가 났다. 브리디는 직원들이 아직 이 소리를 듣지 못하는 곳에 있을 거라는 C.B.의 생각이 맞기만 바랐다.

「나도.」 C.B.가 양쪽으로 쌓여있는 상자들 사이로 움직이며 말했다. 그는 브리디에게서 손전등을 받더니 그녀에게 자기를 따라오라고 손짓했다. "이리 와, 저 뒤쪽에 공간이 무더기로 있어."

「나라면 무더기라고 표현하지는 않았을 거야.」 브리디가 생각했다. 그리고 버려진 탁자와 의자, 높게 쌓인 컴퓨터, 그리고 손전등 불빛에 덩굴처럼 보이는 컴퓨터 케이블이 달랑거리는 사이를 비집고 들어갔다.

C.B.는 물건들 사이를 누비며 뒤쪽의 벽까지 나아갔다. 거기에는 구식 색인카드 캐비닛이 세워져 있고, 검은색 백과사전 더미와 오래된 등사기를 올려놓은 도서관용 탁자와 더 많은 박스에 둘러싸여 있었다. 탁자와 상자, 캐비닛이 아담하게 닫힌 공간을 만들어서 그 안에서는 문이 보이지 않았다. 즉, 누군가 문을 열더

라도 그들을 볼 수 없다는 의미였다.

「그렇지.」 C.B.가 말했다. 그리고 손전등으로 지구의와 '독서는 유익합니다'가 적힌 낡은 포스터, 플라스틱 화분에 담긴 종려나무, 앞을 노려보고 있는 조지 워싱턴의 초상화를 비췄다. 「왜 도서관에서는 항상 워싱턴의 초상화를 걸어두는 걸까?」 C.B.가 물었다. 「링컨이야말로 늘 책을 들고 다니며 읽는 독서광이었는데 말이야.」

C.B.는 색인카드 캐비닛 위쪽을 손전등으로 비추더니 서랍 하나를 열고 색인카드를 주르륵 넘겼다. 「내 짐작대로, 여기에 '잃어버린 성궤'가 있었네.」

C.B.가 고개를 들더니 잠시 귀를 기울이다가 말했다. "직원들이 이제 막 생일케이크를 잘랐어. 즉, 우리는 여기 한동안 있어야 될지도 모른다는 뜻이지. 편안하게 있어."

"그게 가능할지 모르겠어." 브리디가 말했다. "여긴 우리 둘이 서 있을 여유조차도 없잖아."

「게다가 우리는 너무 가깝게 붙어 있지.」 C.B.는 서고에 있을 때보다 더 가깝게 서 있었다. 브리디가 뒤로 물러나자 색인카드 캐비닛의 놋쇠 손잡이가 등에 배겼다. 둘의 얼굴은 몇 센티미터도 채 떨어져 있지 않았다.

"이렇게 하자." C.B.가 백과사전들을 탁자 끝으로 밀면서 말했다. 그는 브리디의 허리를 손으로 잡더니 참나무 탁자 위에 올려서 앉혔다. "이게 낫지?"

「아니.」 브리디가 생각했다. 허리에 닿은 C.B.의 손의 느낌이 사라지지 않았다. "응." 브리디가 말했다. "조교는 어디에 있어?"

"아직도 서고에 있어." C.B.가 말했다. "자기 여자친구랑 섹스팅 중이야." 그가 잠깐 귀를 기울였다. "아니네. 내가 틀렸어. 다른 여자친구랑 섹스팅 중이야. 내가 말했잖아. 거긴…."

"시궁창이지." 브리디가 말했다. "나도 알아. 잃어버린 휴대폰은 어떻게 됐어?"

"누가 잃어버렸는지 몰라도 아직 알아채지 못했어. 그래서 우리는 다행히…." C.B.가 갑자기 고개를 들더니 귀를 기울였다.

"무슨 일이야?" 브리디가 속삭였다. "생일 파티가 끝났어?"

C.B.는 대답하지 않았다.

"C.B.?"

"응?" C.B.가 다시 정신을 차리고 되물었다. "미안해. 뭐라고 했어?"

"파티가 끝났느냐고 물었어."

"그렇게 봐도 될 것 같아." C.B.가 중얼거렸다. 그리고 손을 뻗어 손전등을 집었다. "다들 아직 거기에 있긴 한데, 사서들이 '난 진짜 집에 가봐야 하는데' 같은 생각을 하기 시작했어." 브리디가 손전등 불빛이 새어나갈까 봐 걱정하는 걸 C.B.가 들은 모양이었다. "문을 뭔가로 막아야겠다."

"그래." 브리디는 그렇게 말하고 탁자에서 내려왔다.

"아니야, 넌 여기에 있어. 두 사람보다는 한 사람이 움직이는 게 그나마 물건들이랑 덜 부딪힐 거야."

"네 재킷 돌려줄까?"

"아냐. 이걸 벗어서 하면 돼." C.B.가 티셔츠 위로 입은 체크무늬 셔츠를 가리키며 말했다. "금방 돌아올게." 「그래도 여기에 너랑 함께 있을 거야.」 C.B.가 조용히 덧붙였다.

「고마워.」 브리디가 답했다. C.B.가 그녀를 어둠 속에 남겨두고 떠나버린 느낌은 들지 않았다. 브리디는 C.B.가 쌓여있는 의자와 상자들과 조지 워싱턴의 못마땅한 눈길을 헤치고 문 쪽으로 가면서 흔들거리는 손전등 불빛을 볼 수 있었다.

「네가 손전등 불빛을 볼 수 있다면 사서도 그럴 거야.」 C.B.가 말했다. 그리고 그가 셔츠를 벗어서 문 아래의 틈에 쑤셔 넣는 소리가 들려왔다.

「파티가 끝났으면 말해줄래?」 브리디가 물었다.

C.B.는 한참 동안 대답을 하지 않더니, 말했다. 「응. 사서 몇 명이 자기 외투와 지갑을 가지러 돌아오고 있어.」

「메리언은?」

「메리언은 다른 사람들이 다 나간 후에 파티 장소를 청소하고 있는데, 그다지 기분이 좋은 상태는 아니야.」

「다행이네.」 브리디가 생각했다. 이제 C.B.가 문 아래의 틈을 막고 여기로 돌아올 수 있을 것이다. 하지만 그는 돌아오지 않았다. 그렇다고 또 C.B.를 불러서 사서가 청소를 마쳤는지, 그 사서가 지금 어디쯤 있는지 알아봐 달라고 물어볼 수는 없었다.

C.B.의 말이 맞았다. 사람들은 자신이 어디에 있는지, 혹은 어디로 가고 있는지 거의 생각하지 않는다. 특히 자신에게 익숙한 장소에 있을 때는. 그럴 때 사람들은 무의식적으로 움직인다. 마치 C.B.가 그녀에게 담장을 무의식적으로 세워야 한다고 말했던 것처럼 말이다. 그래서 C.B.는 사서가 어디에 있는지 알려주는 단서를 놓치지 않기 위해 집중해서 들어야만 할 것이다.

하지만 몇 분이 더 지나도 C.B.는 아무 말이 없었고 손전등 불빛의 움직임도 없었다. 「C.B.?」 브리디가 불렀다. 「사서가 어디에 있는지 들리니?」

「응?」 C.B.가 얼이 빠진 목소리로 대답했다. 하지만 그는 브리디가 무슨 말을 하는지 전혀 모르는 것 같았다. 「아, 이런, 사서가… 아, 젠장. 사서가 바로 여기로 오고 있어.」 그리고 손전등이 꺼졌다.

그 즉시 완전히 동굴 속 같은 어둠, 석탄 광산 같은 어둠이 덮쳤다. 브리디는 불시에 이둠에 완전히 사로잡혔다. 그녀는 숨을 멈추고 얼결에 C.B.를 붙잡으려 했지만, 숨 막히는 어둠 속에서 그와 문이 어느 쪽에 있는지도 알 수 없었다.

그리고 브리디의 마음은 목소리에 적응된 게 아니었다. 그녀의 담장과 도서관의 책들, 그리고 빅토리아 시대의 소설과 성궤와 섹스로 그녀의 관심을 돌렸던 C.B.의 잡담이 목소리로부터 그녀를 보호해왔던 것도 아니었다. 목소리들은 그저 웅크리고, 그녀가 경계심을 풀 때까지, C.B.를 보내고 혼자 남을 때까지 기다리고 있던 것뿐이었다. 어둠 속에서.

〈2권 계속〉

옮긴이 **최세진**

SF 전문 번역자. 옮긴 책으로 《우주복 있음, 출장 가능》, 《리틀 브라더》, 《화재감시원》(공역), 《여왕마저도》(공역), 《계단의 집》, 《마일즈 보르코시건: 바라야 내전》, 《마일즈 보르코시건: 남자의 나라 아토스》, 《SF 명예의 전당 2: 화성의 오디세이》(공역), 《SF 명예의 전당 3: 유니버스》(공역), 《제대로 된 시체답게 행동해!》(공역) 등이 있고, 지은 책으로 《내가 춤출 수 없다면 혁명이 아니다》가 있다.

크로스토크 1

초판 1쇄 인쇄 2016년 10월 5일
초판 1쇄 발행 2016년 10월 10일

지은이 코니 윌리스
옮긴이 최세진
펴낸이 박은주
기획 김창규, 최세진
디자인 김선예, 장혜지
마케팅 박동준, 정준호

발행처 아작
등록 2015년 9월 9일(제300-2015-140호)
주소 03174 서울시 종로구 사직로 8길 24 1618호
(내수동, 경희궁의 아침 2단지 오피스텔)
대표전화 02.324.3945 **팩스** 02.324.3947
이메일 decomma@gmail.com
홈페이지 www.arzak.co.kr

ISBN 979-11-87206-30-9 04840
979-11-87206-28-6 04840 (세트)

책 값은 표지 뒤쪽에 있습니다.

아작은 디자인콤마의 문학 브랜드입니다.

이 도서의 국립중앙도서관 출판예정도서목록(CIP)은 서지정보유통지원시스템 홈페이지(http://seoji.nl.go.kr)와 국가자료공동목록시스템(http://www.nl.go.kr/kolisnet)에서 이용하실 수 있습니다. (CIP제어번호: CIP2016022805)